U0599212

甄嬛傳

（叁）

流潋紫 —— 著

作家出版社

壹拾　103　厭聽啼鳥夢醒後

壹壹　111　雨霖鈴

壹貳　119　故人來

壹叁　130　弦斷無人聽

壹肆　135　玉壺冰心

壹伍　147　三春暉

壹陸　156　青裙玉面如相識

壹柒　166　絕代有佳人

壹捌　175　青青河邊草

貳捌　262　秋夕

貳玖　277　北遊

叁拾　284　蛇毒

叁壹　297　陌上花

叁貳　310　杜鵑啼

叁叁　320　顧佳儀

叁肆　329　結愛

叁伍　340　輾斷羅衣留不住

后宮品級次序表

目次

壹 01 燕雙飛

貳 15 火蔓

叁 27 蘭折

肆 39 睡起莞然成獨笑

伍 51 君心半夜猜恨生

陸 64 荊棘滿懷天未明

柒 76 不悟尋時暗銷骨

捌 87 訣別

玖 95 甘露莫愁

壹玖 182 思情

貳拾 188 出其東門

貳壹 195 不辭冰雪

貳貳 208 再相逢

貳叁 219 蕭關往事

貳肆 227 子夜歌

貳伍 233 碧玉歌

貳陸 239 丁香結

貳柒 246 沉心如醉

如何四纪为天子，
不及卢家有莫愁。

我没有立即回宫，而是到了眉庄的存菊堂。

其时天气寒冷，已近腊月，菊花早已凋落殆尽。眉庄在采月的陪同下坐在檐下晒太阳。

空气虽然清冷，但是正午的日光如轻纱覆盖在身上，亦有暖暖的感觉。我挨着她身边坐下，笑道："你倒会享福。"

眉庄懒懒抬眼，示意采月下去，道："你可来了。"

我"嗯"了一声，轻轻道："姐姐还在怨我么？"

她看一看我，道："怨你就该让你在无梁殿受冻，巴巴儿地给你送什么丝绵包袱，现下悔得我肠子都青了。"

我"扑哧"一笑，翻开披风道："这下悔也来不及了，我已让人做成了小袄贴身穿着。"

眉庄笑吟吟地，忽而握了我的手，冷寂了神情道："当日是我不好，不该疑你的。"

我静一静，道："当日我也有无法言说之由，事关朝政实在是不能说，才叫姐姐误会了。"

眉庄唇角扬起一抹凄微的笑容，恍惚道："我也不晓得那一日是怎么了，对你说那样的话。"

我忙按住她的手，笑道："姐姐一向是刀子嘴豆腐心的啊，我还不晓得么？"她举眸，眼中尽是清澈的诚恳之色。我与她相对一笑，所有不快的记忆，尽数泯去了。

眉庄拉了我进寝殿，又命人暖了炭盆搁置，见无人了方道："如今华妃已无所依靠，犹如漂萍，听说乔选侍也不敢和她一同居住，早早避了嫌疑搬了。"

我晓得眉庄言下所指，轻声道："我们自然是不能出首的，总要避嫌。且不是她亲近的人，知道的底细毕竟不多。"我抿嘴一笑，"该是用人的时候了。"

次日，婕妤曹琴默至凤仪宫向皇后告发华妃慕容世兰曾于太平行宫在温宜帝姬的马蹄羹中下木薯粉，毒害帝姬，意图嫁祸于我，嫁祸不成后又指使御膳房小唐顶罪。

皇后道："既然你知情，为何不早说，非要挨到此时呢？"

曹婕妤道："臣妾本不知情，也受了华妃蒙蔽，只一心以为是莞贵嫔所为。直到后来一日臣妾听见华妃指使小唐顶罪这才知晓。可惜臣妾不小心被华妃娘娘发现，她便要挟臣妾不许说出去，否则就要把帝姬夺去抚养。"

她的哭诉让闻者泫然欲泣："可怜温宜帝姬小小年纪，就要遭这番罪过，差点儿连性命也没了。臣妾身为人母实在是痛心疾首，更怕不能亲自抚养帝姬。"

当日温宜帝姬中毒之事人人都有疑惑，只奈何玄凌不追查下去。皇后叹道："若真如此，华妃当真是歹毒。她虽不是温宜帝姬的生母，但也是庶母啊，怎能对小小婴孩下此毒手呢？"

敬妃在一旁无奈道："只是小唐已被杖毙，是死无对证了。"

曹婕妤不慌不忙，拭了泪道："华妃当日指使两个宫女说曾见莞贵嫔经过烟爽斋，后经端妃娘娘澄清，已知是诬陷，可见华妃司马昭之心。只是可怜温宜在襁褓之中这样遭人利用。"

皇后看向我道："莞贵嫔，这件事牵涉到你，你有什么要说的？"

我起身深深行了一礼，一字一字清晰道："当日之事，臣妾的确是冤枉的。"

皇后点头，道："你且坐吧，找人去请华妃来。"

我深深看了曹婕妤一眼，温宜帝姬的事本已了然，虽无确实证据，但人人心中都有自己的疑惑，再度提起，不过是让后面的事更易让人相信了。

果然我刚坐稳，曹婕妤抬起一直低垂的双眸，看着皇后道："臣妾有罪，有件事一直不敢说出来。"

皇后面色沉静，道："你放心大胆地说。"

曹婕妤迟疑片刻，重重磕了个头道："淳嫔之死——"

此语一出，在座的几位嫔妃皆是受了一惊，欣贵嫔急道："淳嫔不是淹死的么？"

我坐于欣贵嫔身侧，幽幽道："据臣妾所知，淳嫔是熟识水性的。"

气氛顿时如胶凝住，皇后正声道："曹婕妤，你说。"

曹婕妤似有惊恐之状，惶惶道："那一日淳嫔去湖边捡风筝，臣妾正好抱了帝姬在假山后头玩。谁知竟见到华妃娘娘命手下的内监周宁海按着淳嫔入水，淳嫔挣扎了没多久就死了，他们便作势把淳嫔抛入水中，做成溺水之象。"曹婕妤说到此，两眼惶恐，死死地咬住手中的绢子不敢再说。

敬妃等人如同眼见，个个吓得面色苍白。我的手指狠狠抠住座椅的扶柄，淳儿死得那样惨！

皇后冷静道："然后呢？"

"然后……"曹婕妤呜咽着哭出来,"臣妾吓得魂飞魄散,只想快点儿跑开,谁知帝姬正在这时候哭了,惊动了华妃。"曹婕妤絮絮道,"臣妾吓得手脚都软了,华妃说若是臣妾敢说出去,定要杀了臣妾和帝姬。臣妾害怕得不得了,她竟然敢在宫中杀人……可是臣妾夜夜难眠,总是梦见淳嫔的死状……臣妾受不了了。"

我在袖中笼着小小的平金手炉,那样热,散发出温暖的气息,唇角却是渐渐凝起了一个冰冷的微笑。这本不是真相,可从曹琴默口中说出就如同真相一般,将自己从华妃所做的恶事中撇得干干净净,顶多是一个受宠妃胁迫的无助的母亲,值得原谅和同情。

华妃本不笨,只是从前被玄凌的宠爱蒙蔽了双眼,磨钝了她的智慧,而曹琴默,才是真正可怕的。没有了曹琴默的华妃是失了翅膀的老鹰,莽撞而没有方向,一味只会用强;而被曹琴默反咬一口的华妃呢,她会怎样?我不觉微笑。

皇后极力屏下怒气,道:"那她为何要杀淳嫔?是嫉妒淳嫔得宠么?"

曹婕妤惶然摇头,道:"臣妾后来留心打听,才晓得是淳嫔无意撞见了华妃与汝南王……不,是庶人玄济在宫中安排的小内监说话,知晓华妃私交大臣,才被灭口的。"

众人又惊又怒,敬妃望向皇后,道:"华妃她竟敢……"

皇后的怒气积聚在眉心涌动,正要说话,抬头见华妃站立在殿门外,遂道:"好!你来了。"

我闻声回头,见华妃头上仍包扎着白布,脸色铁青,想必方才曹婕妤所说的话尽数落在了她耳中,不由得冷笑。

华妃哪里按捺得住性子,甩开宫女的手一个箭步冲了进来,对着曹婕妤的脸就是响亮的一个耳光。皇后怒喝道:"华妃你这是做什么!在本宫面前不得放肆!"

华妃理也不理皇后,揪着曹婕妤还要再打,忙被一众宫女、内监死命拉开,口中犹自大骂:"好贱货!竟敢出卖本宫,血口喷人,枉费本宫多年来厚待于你!"曹婕妤只是躲在敬妃身后,如老鼠避猫一般呜呜咽咽不止。

华妃被力气大的内监死死扭住按在座椅上,双目有血红的凶光,死命盯住曹婕妤大骂:"贱人!你忘了当年是谁提携你到这个地位,是谁拼了命地讨好本宫?枉费本宫这么信任你!"

皇后站起身,冷冷对左右道:"记下,华妃自己说的,与曹婕妤过从亲密,因此曹婕妤所说可信。"皇后微笑:"本来只是曹婕妤一面之词,本宫未必相信,可华妃你自己说了信任曹婕妤,可见关系亲密,那么曹婕妤所说必然是真的。"说罢语气肃然:"去回皇上,着暴室急审周宁海。"

华妃愣在当地,如泥胎木塑一般。她有一瞬间的心虚,很快回过神来,静静扫过在座嫔妃的面颊,目光之凌厉,让人不觉为之一震。她的目光最后落在我身上,厉声喝道:"是你?还是皇后?还是你们之中的哪一个?指使她这样来诬陷本宫!"

我平静回视她,淡淡道:"没有谁要诬陷你。若要人不知,除非己莫为。"

华妃悲愤指着众人道:"你们——一个个落井下石,墙倒众人推啊!本宫已经失了父兄……"

皇后的唇划起一道平缓的弧度,打断华妃道:"他们是咎由自取。看你这个样子本宫也不能问什么了。先回宫去吧。"她顿一顿,又道,"别像个市井泼妇似的,怎么说你还是华妃呢!"

皇后的裙裾华丽如彩云拂过地面,华妃的宫女扶着颓然失色的华妃上了轿辇。欣贵嫔在我身边不无快意地笑:"受她的气这么多年了,终有这一天,当真是痛快!"

终有这一天,我的唇角微微牵动。

周宁海曾经是华妃手下最得力的总管内监,昔日亦是无比风光的。可是落到了暴室,无论什么人都是一样的。暴室是宫中惩处犯错的宫女、内监的地方，亦是刑审之地。当夜取了玄凌"可以用刑"的旨意，又是皇后亲自吩咐，更加着力，不到天亮，周宁海受不得重刑便招供了。

得到供状的玄凌即刻召正三品以上嫔妃和出首揭发的曹婕妤聚于皇后宫中。供状上的陈述令玄凌勃然大怒，不仅有曹婕妤所诉的木薯粉事件、淳嫔之死、交结大臣，更指使余更衣在我的药中下毒、推眉庄入水、眉庄假孕以及陷害其他妃嫔之事。

送供状来的暴室总管内监小心翼翼道："周宁海晕过去了两次，他说他只知道这些，别的也不清楚了。"

"别的？"玄凌愤然道，"还有别的么？她作的孽还不够？"

皇后取过供状细看，蹙眉道："当真是罄竹难书。"于是问玄凌："皇上打算怎么处置华妃？"

我静静看着玄凌，晨光熹微，他负手立于窗前，神色在朦胧的光影中有些模糊。静默良久，方一字一字道："去查！和华妃有来往的内监凡形迹可疑的一律杖毙！华妃慕容氏，久在宫闱，德行有亏，着废除封号，降为从七品选侍，迁出宓秀宫居于永巷。"

我心中一沉，玄凌，他到底还是放不下。

皇后已经温言道："皇上有仁德之心，宽待后宫，料想慕容选侍一定能改过自新。臣妾替慕容选侍谢过皇上。"皇后轻声道，"慕容选侍一直想面见皇上，大约一是想有所申诉，二是求皇上宽恕其家人。"

玄凌双唇紧闭，摇头道："朕与她之间已经无话可说了。"

他忽然转身问曹婕妤："你既然知道她的所作所为，为何到现在才说？"

曹婕妤只是垂首，道："臣妾是不敢。昔日华妃如日中天，十分跋扈，所害嫔妃不少，臣妾在其威势之下只能三缄其口，保全自身和帝姬。如今帝姬逐渐长大，臣妾不想让帝姬和臣妾一样受人挟制。"她叩首，"臣妾之命尚不足惜，但帝姬是皇上的骨血啊。而皇上又在此刻平靖前朝，臣妾才有勇气向皇后告发此事。"她的语气不卑不亢，却说得十分动容。

我暗赞她此时的镇定，若有一丝慌乱，玄凌必定疑心有人指使。而经她如此一说，更显得是天时地利人和，又加之她身为母亲对女儿的眷眷之心，更令人信服。

果然玄凌道："起来吧。"

我低声叹息："舐犊之情，眷眷牵动人心肠啊。"

敬妃亦道："曹婕妤为护其女而受此胁迫，也实在是委屈的。"

玄凌向皇后道："功臣之女选了哪几个？何时入宫？"

皇后翻出一卷书页，慢慢念道："臣妾按皇上所说选了羽林军副都统之妹管氏和京城令尹之女洛氏，奉皇上口谕皆封为正六品贵人。"皇后淡然微笑，"内务府拟定了几个封号待选，皇上说事忙，就由臣妾择定。臣妾择了'祺、瑞'两字，管氏为祺贵人，洛氏为瑞贵人。腊月十二入宫。"

我仔细听着，虽说是功臣之女，然而新贵人们的父兄官位品级皆不高，大抵是玄凌不想再有像华妃这样有手握重兵的家族的女眷入宫了吧。

玄凌草草看了一眼，道："甚好，叫起来口彩吉利。"

皇后笑得自然而平和："皇上满意就好。"

欣贵嫔在一边道："那么和慕容选侍一起的乔选侍呢，皇上要怎么处置？"

玄凌不言，皇后道："随她去吧，让敬事房撤了她的绿头牌不再侍寝吧。皇上以为如何？"

玄凌道："你是皇后，这些事你决定吧。"

我故意道："那么曹婕妤也曾和慕容选侍亲近……"

曹婕妤连连叩首道："臣妾有罪，不该受慕容选侍胁迫。"她泪眼汪汪仰望着玄凌，"臣妾愿受任何惩罚，但求皇上不要怪责帝姬。"

敬妃不忍，道："曹婕妤也是不得已的吧，何况帝姬还那样小。"

玄凌的目光久久落在曹婕妤身上，想一想道："再下道旨，婕妤曹氏揭露慕容氏罪行有功，册封为正三品贵嫔，封号'襄'，也是腊月十二行册封礼。"

曹琴默夙愿得偿，泪痕未干又添喜色，忙叩首谢恩不已。

眉庄早已等在我的宫中，翘首以盼，见我来了，忙问："如何？"

我摇头："没有赐死。"

眉庄神色一变，又问："那么被打入冷宫？"

我亦失望，冷然道："只是废除封号，降为选侍，居于永巷而已。"

眉庄猝然站起，双手紧握成拳，脸色一时青一时白，惊愕且愤怒，半晌方道："只是这样！"

我点头："她的罪行皇上都知道，可是皇上对她心有愧疚。"眉庄愕然望着我，我叹息，将"欢宜香"一事细细说与她知道，"她当日小产，后来一直不曾有身孕，皆是皇上的缘故。加之她父兄已被处死，皇上难免心下怜悯。"

眉庄起先怔怔听得入神，待我讲完，神色又复清冷："她父兄被处死，但其余族人得以保命。皇上当日能狠心除去她腹中祸患，今日怎么倒妇人之仁了？"

我微微冷笑："一日夫妻百日恩，何况这么多年来她一直得宠，皇上难免有旧情。"

眉庄咬一咬牙，冷笑道："好在她如今已不是华妃了，我自然有办法。"

我怕她性急，忙道："她虽然贬黜，毕竟还是宫嫔，你别冲动。"

眉庄的笑嫣然而森冷，道："这个自然，我不会以身涉险。"

我默默片刻，雪亮的仇恨如刻在心上，决绝道："我的孩子和淳儿都死在她手上，你和我也几番险些丧命，你不能忘的我自然也不会忘。"

纵有余波，事情总算是告一段落了。惩处了汝南王一党后，对于有功之臣的封赏也陆续而来。爹爹晋为正二品吏部尚书，加封太子太保；哥哥晋兵部侍郎，羽林军都统兼翰林院侍讲学士。

玄凌向我笑言："向来文臣武将甚少能和睦，朕让你哥哥甄珩身兼文武之职，也是我朝第一例呢。"

我盈盈而笑，依偎在身边："皇上用心良苦，只是怕臣妾的哥哥还年轻，无法担当此重任呢。"

玄凌心情甚好，笑呵呵道："当日你没有瞧见，你哥哥横刀立马、浴血围攻汝南王府的情形，一人力战十数死士，当真英雄少年啊！"

我亦是高兴，口中谦道："还请皇上让臣妾的哥哥多加历练吧，玉不琢不成器。"

他欣然应允，道："你嫂嫂此次也出力不少，朕打算封她为正六品命妇新平县君，如此你哥哥可再不敢休朕亲封的夫人了。"

我轻轻啐了一口："那场戏做得真是辛苦，害臣妾流了许多眼泪。若非皇后娘娘帮衬，只怕还圆不过去。"

他亲吻我的耳垂，低声道："朕再不让你流这许多眼泪便是。"

自我从无梁殿回宫，玄凌对我的宠爱一如以往。而陵容，因着在我幽禁无梁殿时自请与我相伴，玄凌对她更是另眼相看，十分宠爱，以至于陵容虽然只是一个没有封号的嫔，但是待遇隆宠却远在有封号的嫔位之上了。

待得第一场雪落时，已是腊月初七。这一日，正是嫂嫂被封为正六品命妇新平县君后进宫谢恩的日子。

待见过皇后，皇后笑容满面道："如今夫妻和睦，又有了孩子，可太好了。"

嫂嫂面上一红，忙与哥哥一起谢恩，皇后道："你们难得来一趟，自然有好多体己话要和莞贵嫔说，本宫就不虚留你们了，去贵嫔宫里吧。"

下雪的天气路上风大，轿辇坐了好一会儿才到了棠梨宫，流朱和浣碧早带着人候在宫门外，远远迎上来喜滋滋道："给公子、少夫人贺喜。"

如今我在宫里，哥哥、嫂嫂对流朱和浣碧更加客气，忙扶起来道："两位姑娘好。"

如此簇拥着进去了，厚重的棉帘子一掀，暖风兜头兜脑扑上脸来，嫂嫂不由得笑道："原来在轿辇里只是不觉得冷，现在才是暖阳如春了。"

我和他们一同坐下，又命人上了茶，才仔细端详兄嫂。嫂嫂产后略丰腴了些，脸色红润气色甚佳，哥哥也是神清气爽，雄姿英发，眉宇间勃然生威。

我笑："果然是人逢喜事精神爽。"顾盼间又问，"怎不见我的侄儿呢？"

嫂嫂忙道："小儿啼哭怕吵扰了娘娘呢。既然娘娘想见，我让乳母抱进来吧。"于是唤过乳母，道："把小公子抱过来。"

我不待乳母请安，抱过了孩子在手中。

嫂嫂道："娘娘抱孩子的手势很娴熟呢。"

我一怔，蓄了笑容道："是啊，我在宫中也常常抱两位帝姬呢。"

小小孩子尚未满月，身体还有些红红的，胎发浓密，想是刚吃饱了奶水，睡得正香，睡梦中亦带了笑容，尚浑然不知世间愁苦滋味。我心下欢喜，亦触动了哀愁。我的孩子若能出世，又会长成什么样子呢？

我的孩子。我情不自禁亲吻他幼嫩的脸颊，将他细小的手握在手中，头也不回地对浣碧道："把我匣子里那个长命百岁金锁片拿来，还有，再抓一把金锞子装在香囊里。"浣碧刚走两步，我又道，"再去取一把玉如意来。"

哥哥忙道："娘娘，孩子还小，用不了那么多。"

我满怀怜惜亲吻孩子的小手，心疼道："现在用不了，还怕以后不能用么。是我当姑姑的一点心意。"

嫂嫂笑道："娘娘心疼这孩子是孩子的福气，只是太多了些。"

我心下酸楚，道："嫂嫂不知道。我自己的孩子没能落地，这个孩子我是把他当成自己的孩子来看的，自然加倍疼爱些。"正说话间，浣碧已经捧了东西过来，笑吟吟道："翠玉如意可使小公子将来事事如意，金锞荷包可使小公子福寿绵长，金锁片自然是要小公子长命百岁了。"一番话说得众人笑得合不拢嘴。

我问："孩子取名了没有？"

嫂嫂见我如此疼爱这孩子，欢悦道："还没有呢。"说着依依望了哥哥一眼，"夫君的意思是请娘娘赐名。"

我自然高兴，道："这是哥哥和嫂嫂的长子，定要取个好名字才行。"我思量片刻，道，"就叫'致宁'吧。诸葛孔明先生教导子孙'宁静以致远，淡泊以明志'，才是长远之道啊。"

哥哥若有所思，道："宁静以致远。娘娘所言颇有深意。"

我颔首道："这是我对孩子的期望，也是对爹爹和哥哥所言。如今慕容一族销声匿迹，我甄家却是备沐皇恩，声势日益显赫。望戒骄戒躁，谨言慎行。"我见左右皆是亲信之人，方轻声而郑重道，"慕容一族是我们的前车之鉴啊，戒之慎之。"

哥哥神色肃穆，望了嫂嫂一眼，道："是，臣谨记。"

我稍微释然，侧首见浣碧盈盈望着我怀中的孩子，心中一动，向她道："你也抱一抱吧。"

浣碧几乎不可置信，迟疑道："奴婢可以抱么？"

我点头道："是。"她小心翼翼接过孩子，牢牢搂在怀中像是抱着一件稀世珍宝。

哥哥是明白其中缘故的，我向嫂嫂道："浣碧是我自幼的贴身侍女，我一向待她和待自己的亲妹妹一般，正想有件事要叮嘱哥哥呢。"

哥哥忙起身道："娘娘请说。"

我笑容欢欣，拉了浣碧的手道："浣碧已到嫁龄，请哥哥在朝中择一位品行端方、仪容颇正之人，我要收浣碧为义妹，风风光光把她嫁出去。"

哥哥脸上颇有喜色，深深看了浣碧一眼，道："臣必当尽力。"

浣碧含羞，却侧身趁人不注意时擦去眼中泪水。我心中亦是唏嘘，此时是甄家得势的时候，我便全力为她寻一个好归宿吧，于是微笑道："也请为流朱留心。"

哥哥道："臣此来还有一件喜事要告诉娘娘。"

我"哦"了一声，好奇道："是什么？"

嫂嫂却先说了："公公为二妹玉姚定下了婚事，准备明年重阳成婚。"

我十分高兴，道："是哪一家的公子？"

哥哥也是笑："是臣的同僚羽林军副都统管路的弟弟管溪，也就是将要入宫的祺贵人之兄。"

我微笑点头道："既是哥哥同僚，自然是知根知底的。这是好事。"我略微沉吟，道，"为我浣碧妹妹寻的夫婿可不能比我这位未来妹婿差太多啊。"

浣碧再听不下去，忙把致宁交到乳母怀中，一转身跑了。

我留兄嫂吃过了点心，留心他们的神色果然是琴瑟和谐，相敬如宾，方开口道："那位叫佳仪的女子怎么处置了？"

哥哥从容道："已为她赎了身，置了一所房子。若将来要嫁人，再由我们出钱为她聘一副好嫁妆。"

我用茶盏的盖子慢慢撇去了浮沫，轻啜一口，半开玩笑道："哥哥总没打算把佳仪姑娘聘来做妾室吧？"

哥哥深情望了嫂嫂一眼，神色坚定而柔和，显然是一个丈夫对妻子深切的关怀："茜桃对臣情深意重，又为臣付出良多，臣此生绝不愿辜负她。"

嫂嫂双颊泛起红晕，纯粹是一个沉醉在幸福里的小妇人，道："我也曾想佳仪姑娘仗义相助，虽在污浊之地，却是难得的义妓，若夫君有意，不如纳为妾室，但是夫君执意不肯。"说着含情看向哥哥。

我心中一块大石落地，若真如嫂嫂的侍女所说，佳仪有几分像陵容，那么哥哥此举，应当也是对陵容无意了。

我为兄嫂情分所感动，患难夫妻自然是情意更深的。那么我与玄凌，也算是共同经历过患难的吧。只是，我们却不是夫妻。

我摒开自己的遐想，笑着对兄嫂道："当日为哥哥选嫂嫂，纯粹是我仰慕嫂嫂在闺中的名声，哥哥却是没有见过嫂嫂的，因而我总是担心因为这个而使兄嫂之间情意不谐，更怕上次的事会弄假成真，今日才是真正放心了。"我的话是对他们说，更像是安慰自己的心，"可见夫妇之间若有心，便是婚前无所熟识的也可彼此和谐。"

哥哥朗声而笑："好险！好险！当日娘娘可不知臣是多害怕娶回一个河东狮①来。"

嫂嫂亦笑："好险！好险！当日我也怕嫁与一个鲁莽武夫啊。"

我失笑："如今可是如愿了吗？其实河东狮配鲁莽武夫也是不错的啊。"

我与兄嫂絮絮说了许多，又问了爹娘的起居安好，待得向晚时分，才依依不舍地送至仪门外告别。

罡风四起，飞雪如鹅毛飘落。下雪的日子天黑得早，满天皆是昏暗的黄与灰交错，低垂铅云。哥哥正要扶了嫂嫂进轿，见她被风吹乱了头发，顺手为她拂好，方才自己坐进后面的轿子。

我见哥哥如此细心体贴，心中亦是温暖。如此恩爱夫妇应当是能白首偕老的。

待见他们走得远了，正要回身进去，却见一人独自撑伞远远立在我宫门之外，银装素裹之中，更显身影孤清。

我留神细看，仿佛是陵容。我适才心思全在兄嫂身上，也不知她是何时来的，刚才那一幕落入她眼中，自然是要伤心的吧。正待要人去请，她却自己过来了。果然是陵容。她着一身香色八团喜相逢厚锦镶银鼠皮披风，衣饰华贵，珠翠满头，端正是一位后宫宠妃的姿容，只是面色雪白，与其妆饰不太相衬。

我脑中一凉，知道不对，忙拉了她的手道："下着大雪呢，怎么一个人就跑出来了？"

陵容缓缓转头，向我微微一笑，那笑却是如冰雪一般："刚从李修容处过来，想来看看姐姐，不想却见良辰美景如斯。"

---

① 河东狮：宋朝文人陈季常，自称龙丘先生，其妻子柳氏非常凶妒，所以，苏东坡给陈季常写了首诗："龙丘居士亦可怜，谈空说有夜不眠。忽闻河东狮子吼，拄杖落手心茫然。"柳氏是河东人，河东狮即指柳氏，后来使用"河东狮吼"四字来形容妻子凶悍。

我握紧她的手，道："外头冷，有什么话进去说吧。"

陵容只是摇头，我忙对身后的人道："你们进去吧，我和安嫔赏会儿雪景。"

见众人皆去了，陵容只盯着雪地出神，半晌笑了笑："姐姐瞒得我好苦呢，叫我白白为公子担心。"

我不免心疼，道："兹事体大，皇上的意思是越少人知道越好。何况你关心则乱，终究还是不知道的好。"

陵容鬓角垂下的一支赤金累丝珠钗泛起清冷的光泽。"是啊。我要知道那么多做什么呢？不如不知道吧。"她的神情欢喜中有些悲凉，"公子和少夫人好就是了。"

我不禁失神，轻轻唤她："陵容——"

她嫣然回首，神色已经好转，轻笑道："姐姐错了，皇上都是叫我容儿的。"

"容儿？"我仔细回味，忽然笑了，"你记得就好。"

她喃喃："我自然是记得的。"说罢，道，"天色晚了，我回宫添件衣裳，姐姐也请进去吧。"

我穿的披风领上镶有一圈软软的风毛皮草，呼吸间气息涌出，那银灰色的风毛渐渐也模糊了我的眼。

她的身影渐渐消失在漫天大雪中，唯见一行足迹依稀留于地上。簌簌雪花飞舞如谪仙，晶莹剔透，宛如泪花。不消多时，便把陵容的足迹覆盖了。

一切如旧。仿佛，她从来没有来过；仿佛，她从来没有爱过。

火蔓 ◇贰◇

腊月十二，曹婕妤晋封襄贵嫔，于宫中太庙行册封礼，又赐她为一宫主位，改了住所和煦堂为和煦殿。珠光宝气流影下的她笑容矜持，亦可算是一偿凤愿了。

册封礼后的第一天，我与她在上林苑相遇，彼时的她风华正茂，看着温宜和保姆、宫女在雪地里玩耍追逐，素日清秀的容色亦添了几分娇艳。我和她以平礼相见，互问了安好。

她笑容可掬道："莞妹妹精神越发好了。"

我微笑："怎能不好呢？曹姐姐的好日子刚过去，听说昨日下午两位新贵人已经入宫了，皆住在慕容选侍从前的宓秀宫里，可热闹呢。"

襄贵嫔系一系莲青色披风上的绒白流苏球，道："那可好，旧人一去，新人就来了，也不算荒废了宓秀宫。从前慕容选侍在时极尽奢华，宓秀宫很是富丽堂皇呢。可见皇上多重视这两位新贵人。"

我笑吟吟颔首，既然是平汝南王时的功臣眷属，那么住进宓秀宫亦是当然，自然要显示得青眼有加些，于是笑："两位新来的妹妹是何等人物，后日即可知晓了。"

她原本还不时叮嘱保姆、宫女小心看顾帝姬，与我说得投契，渐渐也便不那么关注周遭情形。只闻得"哎哟"一声，传来小女孩响亮清脆的哭声，我与襄贵嫔俱是惶然转头，追寻温宜的身影。

只见皑皑雪地上，温宜仆倒在地上，旁边伏着一位宫装女子，亦跌在地上。

保姆和宫女慌忙苍白了脸奔去想扶起那位女子和温宜，那女子却是眼疾手快，一把抱起温宜柔声哄着。

襄贵嫔急得脸也白了，匆忙和我一同跑过去，草草向那女子行了礼，道："端妃娘娘金安。"便要伸手去抱温宜。

温宜年幼，只认得母亲，被生母抱在手里，立刻便止住了哭，只瞪着一双滴溜滚圆的乌黑眼珠，团团打量着周围的人。

襄贵嫔眼看女儿跌倒，顿时气急败坏，一脸怒容斥责保姆和宫女："全是一群饭桶，连帝姬都不好好照顾，只晓得偷懒懈怠，明日本宫就回了皇后，狠狠打你们一顿。"几个保姆、宫女吓得跪在地上求饶不止。

襄贵嫔犹自斥责不已，端妃在一旁皱眉，神色关切，道："还不快看看帝姬有无受伤。"

襄贵嫔回过神来立时住口，手忙脚乱和保姆检查着温宜是否受伤，确认无事才松了口气，道："多谢端妃娘娘救助。"

我见端妃唇色微白，左手掩在袖间，姿势古怪，左手手臂上的衣袖亦沾染了泥土痕迹，道："娘娘没有事吧？"她微微摇头，向襄贵嫔道："温宜帝姬只是滑了一跤，本宫抱住得快，应该没事，不过还请太医来看看更稳妥。"

襄贵嫔连连称"是"，忙遣了贴身宫女去请太医。

温宜精神很好，口中"咿咿呀呀"唱着掰着自己的手指，忽然抬头张开手臂扑向端妃。端妃微有诧异，已是满面抑制不住的笑容和怜爱，伸出右手将温宜抱在怀里。襄贵嫔松了手笑道："这孩子真不认生，看了娘娘亲切呢。"

我在旁看了欢喜，凑趣道："温宜很喜欢端妃娘娘呢。"端妃越发欢喜，轻轻哼了一首曲子，额头抵着温宜的额头，逗得温宜呵呵直乐。

我见端妃这样喜爱温宜，也只以右手抱住，知道她左手定是受伤了。于是接过温宜递与襄贵嫔，道："娘娘怎么一个人，吉祥和如意呢？"

端妃并未将我的话放在心上，目光恋恋不舍只看着温宜，随口道："我命吉祥、如意去收些竹叶上的雪水，正在此处等她们回来。"

我忙笑着道："娘娘的衣裳跌脏了，若不嫌弃，请移驾棠梨宫换一件干净衣裳吧。"

我的目光似无意扫过她的左臂，她会意，道："也好。"于是我唤过流朱，引了端妃往棠梨宫中去，只道："娘娘先行一步，我随后就到。"

她点头将笑容抿于双唇间，行了几步又回首，凝神看着温宜帝姬在襄贵嫔怀中嬉戏欢闹，神色眷恋。

襄贵嫔见端妃走远，望着她瘦弱的背影幽幽叹了一声，道："可惜我家道中落，即使跻身为贵嫔，也难确保能为温宜挣得一个好前程。若能像端妃娘娘一样位列妃位，就好得多了。"

我听在心里，只是未动声色。她转身见我，神情有些尴尬，自知是失言了，忙掩饰着道："我不过顺口说说而已，莞妹妹别往心里去。"

我含笑道："哪里。曹姐姐有这样的心才是好事，不为自身计，也要为帝姬打算，我即将成为帝姬的义母，自然希望帝姬来日得嫁贵婿，我也好沾光啊。"

襄贵嫔眼中微含了戒色，亦浮着笑意："承莞妹妹吉言。我哪里能比得上妹妹得皇恩眷顾，兄长又新近为大周立下功劳，甚得皇上信任。看来妹妹封妃指日可待，温宜的来日全指望妹妹垂怜了。"

她一口一个"妹妹"叫得亲热，我只是含了恰到好处的笑，想起端妃身子虚弱，叹了一句道："端妃娘娘很喜爱帝姬，可是自己身子不好，大约也不能有孩子了。"

襄贵嫔的笑容倏然收拢,沉默片刻,道:"端妃娘娘被灌了红花,是决计不能再生育了。"

我怆然,怆然之中更有惊愕,道:"怎会?端妃是宫中资历最久的妃子啊。"

襄贵嫔似乎不欲再言,然而耐不住我的追问,终于吐露道:"你以为会有谁行此跋扈狠毒之事?"她似乎也有些不忍,"端妃虽然入宫最早,奈何却早早失宠。"

我飞快思索,将前因后果的蛛丝马迹拼凑在脑海中,惊道:"可是因为当日慕容选侍小产一事?"

襄贵嫔点头,与我走得离众人更远些:"此事本来只有皇上、皇后和端妃、慕容选侍知道,宫闱秘事,我也是后来听慕容选侍无意提起,妹妹切勿再向人提起。"见我应允,她娓娓道来,"当时慕容选侍还是华贵嫔,怀着的孩子已断出是男胎,可惜未足月就小产了。此前只吃过端妃送来的安胎汤药,于是向皇上皇后进言告发,可后来只是不了了之。华妃一怒之下带人冲进端妃寝宫,强灌了红花汤药,使得端妃绝育作为报复,至此端妃大病一直未愈。皇上龙颜大怒,斥责了慕容选侍,也将当日所有在场的人全部灭了口,对端妃只是礼遇更加优渥。"

我震惊:"慕容选侍下手如此狠辣,难道她不曾怀疑会是旁人做的手脚?"

"旁人?"襄贵嫔疑惑,继而微笑不以为然,"或许有旁人,但是汤药的确出自端妃手中。再说事情长远,端妃病居,慕容选侍废黜,还有谁会再来问津呢?"

她笑过,也便住了声。我心念转动,缓缓道:"襄者,助也。皇上为曹姐姐选此字为封号,似乎颇有深意呢。"

她凝神,望着我道:"做姐姐的在文字上不通,但请妹妹解释给我听。"

我捻着手上碧玺珠串一颗颗拨着:"姐姐得这贵嫔是因为什么呢?是

因为前朝汝南王之事平息，而后宫中慕容选侍素来与汝南王密切，需要有人出面将其扳倒，皇上和皇后都是这样打算。而姐姐正得其时，所以皇上封您为襄贵嫔，就是这个意思。"我沉一沉声，若有似无地叹息了一句，"可惜慕容世兰现在还是选侍，皇上碍于情面大概也不能太为难了她吧。"

襄贵嫔的神色略变了一变，拢一拢身上彩绣十团白色狮子绣球的锦袄，道："端妃娘娘还在妹妹宫中更衣，想必妹妹要赶回去，我也要陪帝姬回宫了。"

我含笑让过，转身便走。

回到宫中，见槿汐已为端妃换了干净衣裳，正在给端妃受伤的左臂包扎。我让槿汐抱了换下的脏衣去洗，亲自为端妃的手肘涂上药粉。

她的伤其实并不太轻，划开了长长一条口子，肿得高高的。我轻轻抹着药粉，低头只看着她的伤口，道："娘娘向来不喜慕容选侍，襄贵嫔从前是慕容选侍的人，娘娘怎么肯奋不顾身去救她的孩子？"

药粉上时有些疼，端妃却是连眉头也不皱一下，只是淡淡如常的容色，沉静如水，道："稚子无辜。"

我取了纱布为她缠上，又替她拢好衣袖，轻声道："娘娘仿佛是真疼爱那孩子。"

她笑笑，那笑有些恍惚而悲切："我于儿女分上无缘，只能疼疼别人的孩子。"她微笑，"不过温宜那孩子当真可爱。"

我笑言："的确有她母亲的聪明相，只盼将来不要学得她母亲的刁滑就好了。"

端妃惋惜了一声，道："耳濡目染，只怕是不行的。"

我半真半假道："若是为她换一位好母亲好好教导便好了。"

端妃一凝神，也不作他言，下意识地伸了伸手。我忙道："别动，等下伤口疼了。"

端妃爽朗一笑，道："在这宫里疼的地方多了去了，哪里在意这个。"

我微微敛容，道："慕容选侍废黜的事娘娘该听说了吧，不知娘娘作何想？"

她眉梢微挑，似笑非笑道："选侍？理该如此啊。"

我释然，笑："娘娘也这样想？"

她正襟危坐，脸上虽有笑容，眼中却一点笑意也无，似含了寒冰冷雪一般："当日她罚你暴晒下跪失了孩子，皇上也只是降她为妃夺了封号思过而已。你以为只是为了忌惮汝南王的缘故么？"

我摇头："若真如此，皇上今日早已杀了她了。"

她道："不错。我虽然不知是什么缘故，但素日来看，皇上对她并非真正无情。"

我心口一跳，骤然抬头："旧情难了，慕容世兰纵有大错，毕竟这些年来是最得宠的妃子，皇上对她未必没有一丝真心。"我的笑从唇边溢出，"所以若这个时候谁去劝皇上杀她，只会让皇上厌恶。"

她的目光一冷，很快又笑："我一定要让她死。"

我的手指笃笃敲着桌面，粲然而笑："这一点上，我与娘娘志同道合。"

她收敛了笑容："这样最好。不过你要留意襄贵嫔，她不是善与之辈。"

我为她斟上一壶"童子送春"茶，盈然盛了笑意："这个我知道，娘娘好好品一品这个茶，来日我有大礼送与娘娘。"

"祺""瑞"两位贵人在皇后的昭阳殿参拜了宫中所有位分在她们之上的妃嫔。我与欣贵嫔、襄贵嫔同坐，欣贵嫔趁着皇后教导她们，偷笑道："人长得倒还不错，只是这封号好喜气。"

我忙用手按一按她，示意她噤声，道："新近的喜事是不少啊。"襄贵嫔却只是含笑不语。

细看之下，这两位新贵人姿容都还出众。祺贵人管氏容华端妙，瑞贵人洛氏傲若寒梅。欣贵嫔忍不住又道："瑞贵人长得倒是出尘，不过细看之下还是祺贵人更美些。"

襄贵嫔笑笑："人多了，是非也就更多了。"

我望着她，淡淡笑："可惜这宫里的人，永远只会多不会少。"

当晚，玄凌便召了祺贵人侍寝，大约是喜欢，次日就迁了她来我宫里居住，住在从前史美人的居室。我也无异议，祺贵人娘家管氏本与我家要结亲，这样倒彼此更亲近。

玄凌本意是想按仪制在侍寝后为她晋封，却是皇后以慕容选侍当初也为功臣之女入宫太过恃功而骄为由，出面拦了下来。皇后一向端淑，玄凌碍于她的面子，又以慕容选侍为前车之鉴，也无异议。此例一开，这两位新贵人在侍寝后都未得晋封。而其中以祺贵人最为得宠，屡屡被召幸却无晋封，她知了其中缘由，深以慕容世兰为恨。

祺贵人很是不服气，仗着几分风情，玄凌也颇宠幸她，在玄凌面前大大诋毁了慕容选侍一番，玄凌也不作计较，只一笑了之。

襄贵嫔闻风，便也向玄凌进言宜严惩慕容选侍，杀之平后宫之愤。然而玄凌未及她说完，便已翻了脸色，将她斥退。

我听闻之后只是微笑，端妃道："襄贵嫔聪明一世，糊涂一时。皇上对慕容世兰尚有旧情，祺贵人是新宠又是功臣之女，撒娇撒痴些皇上自然不会说什么。可襄贵嫔从前与慕容世兰交好，当时反咬她一口或许合时宜，若再三进言反而让皇上觉得她忘恩负义了。"她轻笑，"必是你从旁撺掇的。"

我抱了软枕斜靠在贵妃榻上，笑着拨了自己头发玩，道："娘娘太抬举我了，她其实也有私心，否则哪能听进我的撺掇。何况娘娘是颗七窍玲珑心，你能想到的别人未必能想到。"

她道："皇上虽没说什么，可是这两天却只召其他几位贵人陪伴，也不把祺贵人放在心上了。她本最得宠，可是不甚驯服，现下去了也好。"

我弹指笑笑："她实在也算不得什么心腹大患，只是举手之劳除去罢了。我一见她总想起过去丽贵嫔的神气。"

端妃容色依旧清癯，可是精神气色都已经好了许多，再无病态。我赞道："娘娘的身体近来仿佛好了许多了。"

她安然笑："你荐给我的温太医医术的确不错，我也觉得病发时没往年那么难过了。"

我拨正衣襟上的珍珠纽子，笑容亦含了锐利之意，道："太医嘛，不是只会医人，也能杀人的。"

端妃目光一跳，转眼已是心平气和，道："是有人该死了。"

大雪一直下了十来日也未有放晴的迹象，新年的气息却是越来越重了。各宫各院都忙着添置衣裳、打扫宫苑。棠梨宫也是一般的忙碌喜庆。

这一日我兴致颇佳，亲自写了对联唤了小允子带人攀了梯子往宫门上贴，一群宫女皆乐呵呵地围在下头仰着脖子瞧。我笑道："等贴完了再看吧，这样一齐抻着脖子，等下小允子他们鞋底的灰落下来眯了你们的眼睛。"

佩儿笑嘻嘻道："娘娘就爱取笑奴婢们。"

我与她们说笑了一会儿，觉得冷得受不住，方打了帘子进了暖阁，小连子却一溜小跑进来，我见他神色有异，知是有事要说，便唤他进来。小连子道："奴才这几日留心着，似乎总有人在外头窥视我们。"

我一惊，皱眉道："你看仔细了？"

"是。"他答，"奴才有两回瞧得不太真切，有两回却看清了，装着是在永巷里打扫的，扎扎实实是窝在墙根下听壁脚呢。"

我心下烦恶，也知道事关重大，遂问："看清是谁了没有？哪个宫里的？"

他眉间隐有愤色，道："是慕容选侍处的近身内监。"他道，"似乎还随身带有火石一类，意图不轨。只是宫中守卫森严，他还未曾得手。娘娘是否要让奴才擒了他去见皇上？"

我的护甲用力扣在手炉上，有金属相击的刺耳声。"竟敢窥视我宫中情景。"须臾却笑了，道，"别理会，只要私下小心他的举动即可，不许打草惊蛇。"

小连子虽不解，却也唯唯应了告退。

眉庄连日来为了玄凌并未重惩慕容世兰一事大为光火，又听闻襄贵嫔进言杀慕容氏反被斥责，越发终日闷闷不乐。我瞅了个雪消日晴的好日子，特意请了眉庄来我宫里下棋散心。

眉庄支着手歪在椅上，懒懒地落了一颗黑子，发觉错了，便要悔棋，我哪里肯。她一推棋盘，道："罢了，罢了，眼见我是要输了，不玩了。"

我忙道："这算什么，悔棋不成就耍赖，半点儿大家子的气度也没有了，净学足了那小家子气。来来来，再下一局。"

眉庄拨弄着金架子上的白羽鹦哥，道："我心里烦着呢，再下十局也是个输。"

我慢慢收起了棋盘上的棋子，重新摆开了架势，道："我晓得你烦什么，可惜机会还未到，总得寻一个大错处才好了断了她。人家毕竟得宠那么些年，要死也不是轻而易举的事。"

眉庄咬一咬唇，道："你哪里晓得我心里的恨——"

我打断她，平静道："我只会比你更恨。我腹中掉下的，是我的亲骨肉。"

眉庄默默，重又回到棋盘前坐下。

天色渐渐晚了，我只和她有一搭没一搭絮絮说着新进的两位贵人谁更得宠些，由着小允子带人进来一盏盏点着了烛火。

我问："祺贵人呢？"

槿汐答："娘娘忘了，前儿刘慎嫔宫里就来说，请祺贵人今日听戏去了。"

我"唔"一声，道："雪才化，她晚上回来怕瞧不见路滑，你在她殿门口多多点上灯笼。"

槿汐答应了出去，我见小连子走在最后，示意他留下，他道："来了，在西墙根下。"

眉庄见他没头没脑说了这一句，不觉疑惑。我让小连子出去，向眉庄轻笑道："姐姐想看慕容世兰怎么死么？"

我微微一笑，端起烛台拉了她向寝殿里进去。我的寝殿隔墙就是祺贵人殿阁的暖阁，此时她不在，想必也是无人。我顺势将烛台扔在殿角的木桌下，火苗"嗖"一下蹿了起来。

眉庄大骇，惊道："你要做什么？"

我徐徐道："姐姐别慌，也别出声。"我打开窗，冷风呼呼直灌进来。风势越大，火势越大。我忙拉了她出去，依旧如常坐在西暖阁里下棋。

眉庄惊魂未定，我估算着火烧得要被人发现还需一点时间，拣要紧的告诉了她。眉庄释然微笑，露出翩然大袖，静静道："既然做戏，就要做足全套，我可不想她再有生路可逃。"

她遽然起身，奔向内殿。我知道不好，急忙奔进去，床帷、衣柜俱已烧着，眉庄宽广的衣袖已然着火，我脑中轰然一响，举了盆水便扑了上去。

眉庄宁和一笑，声音清脆如冰，道："我可不想死。"骤然大声呼救。

玄凌匆匆赶来时，棠梨宫的后殿已经烧毁了大半，到处都是焚烧的刺鼻气味、乌黑的梁宇和水泼的痕迹，狼狈不堪。

我浑身是水，冻得瑟瑟发抖，勉强裹了一条被子取暖，眉庄亦是。玄凌闪身冲了进来，将我裹进他的明黄玄狐大氅里，抱着我道："没事了，没事了。"

我又冷又惊，骤然被他抱在怀里安抚，呜呜咽咽哭了出来，唤："皇上……"

他急急忙忙看我："没有事吧？"

我用力摇了摇头，满脸是泪，指了指旁边的眉庄道："皇上，眉姐姐她——"我复又哭了起来。温实初正半跪在眉庄面前为她包扎手臂的烧伤，玄凌放开我向眉庄道："婕妤，你的伤怎么样？"

眉庄似乎在怔怔地出神，对玄凌的关怀充耳不闻，我"哇"的一声哭起来，道："皇上，姐姐定是吓坏了。都是臣妾不好，好端端的请姐姐来下棋做什么，倒害了她受惊吓。"

温实初忙道："贵嫔娘娘别急。沈婕妤精神没有大碍，只是手上的伤稍稍严重些。"

眉庄恍惚地回头，手下意识地一撩，包了一半的伤口露了出来，小臂上的皮肉焦黑血红，手掌大小的一片，撒满了黄的绿的药粉，乍看之下十分可怖。

玄凌又急又怒，向身后喝道："好好的怎么会走水？宫里的掌事内监呢？"

小允子正在一边忙得手脚并用，听得玄凌喝问，忙不迭跑了过去，道："皇上恕罪。都是奴才当差不小心。不过纵火的人已经抓到了，正等着发落。"

玄凌闻得"纵火"二字，神色一变，道："带上来。"

纵火者已经被抓住，正是服侍慕容选侍的肃喜，事发时他在我宫外鬼鬼祟祟，并在他身上搜出了打火石和火油。人赃并获，纵然他矢口否认拼命喊冤，也无人肯相信他没有纵火。

正在这时候，去听戏的祺贵人也赶了回来，见自己所住的偏殿烧得不成样子，加之闻得事情经过，不由得又惊又怕，悲从中来，哭得越发伤心。

玄凌神色变了又变，眉庄始终是恍恍惚惚受了惊吓的样子。我抽泣道："臣妾也不晓得哪里得罪了这位公公，竟遭如此报复，要臣妾宫毁人亡，幸而奴才们发现得早，否则臣妾就没命见皇上了。"

玄凌冷冷道："区区奴才哪里有这个熊心豹子胆。慕容氏一向狠辣，倒是朕小觑了她。"

祺贵人在旁只牵住了玄凌的衣袍苦苦道："臣妾的兄长和莞贵嫔的父兄都是平汝南王与慕容氏的有功之臣，臣妾又听闻慕容选侍向来与莞贵嫔不睦。如今贬黜，自然深以臣妾和莞贵嫔为恨。要不小小一个内监为何要火烧棠梨宫，必定是有人主使的。请皇上做主啊！"

我发髻散乱，只得随手绾了头发道："慕容选侍就算不满也只是对臣妾，不想却连累了祺妹妹和眉姐姐，都是臣妾的不是。"

玄凌拉了我道："哪里是你的不是呢。朕本不想做得太绝，想给她一个改过自新的机会，谁料她反而更加毒辣。罢了！"他眉心挑动，向李长道："告诉皇后和敬妃，连夜审问慕容氏，若经属实，即刻打入冷宫赐死，不必来回朕了。"

我回首，见眉庄嘴角凝了一丝冷笑，亦是从心底冷笑出来。皇后和敬妃从来与慕容世兰为敌，落入她们手中，即便她没有指使纵火也会证据确凿，何况现在"铁证如山"呢。我靠在玄凌肩上，复又嘤嘤哭泣了起来。

蘭折 | 叁

因快要新年，审议慕容世兰之事不宜拖到年后，怕不吉利。肃喜刚被亲审就招了是慕容世兰指使，因而皇后和敬妃当机立断连夜审了慕容世兰，将她废入冷宫。

我暂居在眉庄的存菊堂，虽然窄小些，两人却是情谊融融。仿佛还是幼年时，她常常和我头并头挨在床上说着悄悄话。眉庄的头发极长，黑且粗，在洁白月色下似一匹上好的墨色缎子，从纱帐里流出来。

眉庄掰着指头算日子："今日是二十五，顶多不过二十九，必死无疑。"她轻笑了一声，"也不枉我伤了自己。"

我小心察看她的伤口，埋怨道："你也真是的，何苦要烧伤自己。幸亏现在天冷，若在夏天必定要化脓。"

眉庄不以为然道："顶多不过是留个疤痕而已，换她的命也不算亏。"她又道，"若不让皇上亲眼见到我烧伤的伤口有多可怖，他永远不会知道焚火是多么可怕的一件事。只有见到我的伤，皇上才会想到若是烧在你身上，是多么可怕的一件事，才更加对慕容世兰恨之入骨。"

也许仇恨真的会让一个人心思缜密吧，眉庄这样的勇气和心思令我敬服。

想是受伤的缘故，她的容色有些苍白，明亮的烛火若飘浮的红光，照耀之下她的肤色更似透明的颜色。她望着南窗下一株幽幽吐香的水仙，喃喃道："来日慕容世兰一死，我倒不知道和谁斗了。"

我微微一笑，语中带了凄凉之意："这个宫里要斗还不简单，人人都可是敌人。要不斗也简单，默默无闻即可。新人会源源不断地进来，姐姐还怕以后的日子会寂寞么？"我道，"你还是担心自己的伤势吧。待疤痂脱落后，我去拿舒痕胶给你用，去疤是最好不过了。"

过了两日，清晨去向皇后请安，众人皆在，陵容仿佛浑然忘了当日雪中之事，向我和眉庄嘘寒问暖了一番，道："姐姐若是在眉姐姐处不方便，来我处也好啊。"

我笑道："没什么不方便的。也只是暂住，过一段时日棠梨宫修整好了，就可以搬过去了。"

她对眉庄关切道："沈姐姐可不许贪嘴吃鱼虾海味，也不能喝酒，对伤口不好的。"

正说着，皇后开了口："慕容氏不思悔过，心肠歹毒，竟然指使奴才肃喜放火烧棠梨宫，如此十恶不赦，本宫决意严惩以儆效尤，赐死慕容氏，否则后宫就无纲纪法度可言了。"

在座众人皆对慕容世兰怨尤已久，尤其我罚跪失子当日，她命后宫嫔妃坐在烈日下暴晒相陪，更是犯了众怒。当时敢怒不敢言，现在皇后此举，却是大快人心，众人纷纷称皇后"治内有方"。

皇后沉吟道："慕容氏毕竟侍奉皇上年久，本宫就网开一面留她一个全尸吧。"她唤剪秋："去告诉李公公，准备鸩酒、匕首和白绫，让她自己选一个了断吧，也算是顾念一同伺候皇上一场。"

欣贵嫔畅快爽然地笑："皇后仁慈，若换了臣妾，见她这么为非作歹，必定要给她来个一刀两断才解气。"

我盈盈笑道："欣姐姐顶好去做断案御史，碰上个什么案子，一刀两断就完了，是最省力爽气不过的。"

欣贵嫔笑着作势在我身上轻轻拍了一下，道："莞妹妹这张猴儿嘴，真真是最刁钻不过的。"

众人一时皆笑了，唯襄贵嫔神色恹恹的，直到皇后连问了两声，方才答道："臣妾近日总是神思倦怠，吃了几味药也不见效，在皇后娘娘面前真是失礼。"

皇后道："你要照顾帝姬，又近新年忙碌，难免劳累些。"于是叮嘱了她几句好生保养，众人也就散了。

待到午睡起来，我问槿汐："李公公那边说什么时候赐死慕容氏？"

她扶我起来漱口，道："冷宫行死刑一般都是在黄昏时分的。"

我想了想，微笑道："替我好好梳妆，我要去送一送咱们这位尊贵的华妃娘娘。"

于是精心梳理了一个雅致的仙游髻，镶红蓝绿宝石的攒珠四蝶金步摇灼烁生辉，仿佛是闪耀在乌云间的星子光辉。烟紫色云霏织彩百花飞蝶的锦衣，袖边织进翠绿的孔雀羽线。梳妆完毕，槿汐笑："娘娘甚少这样艳丽的。"

我的笑妩媚而阴冷："最后一面了嘛，自然要好好送一送的。"

往去锦冷宫的路已经熟了。慕容世兰独自蜷缩在冷宫一角，衣衫整齐，容颜也不甚邋遢。

她见我只带了小连子进来，只道："你胆子挺大的，冷宫也敢一个人就进来。"

我泰然微笑："这个地方，我比你来得多。当初余氏，我就是在这里看着她死的。"

她的嘴角轻轻向上扬了扬："你也要看着我死么？"她本是丹凤眼，乜斜着看人愈加妩媚凌厉，"你这身打扮，不像是来送行的，倒像是没见过世面的村野妇人赶着去办喜事。"

我不以为忤，笑道："能亲眼见你去西方极乐世界，怎能不算是大喜事呢？何况活着的村野妇人总比死了的人好些。"

她冷笑："你有什么好得意的，不过是设计陷害我！"她暴怒起来，"我从没指使过肃喜放火！"她喘息，"他虽是我宫里的人却不是我的心腹，我怎会这样去指使他！"她狂怒之下，就要扑上来掐住我的脖子。我也不避，在她快要接近我的一刹那，小连子反拧了她的双手，将她抵在墙上。

经久霉潮的墙粉经人一撞，簌簌地往下掉。慕容世兰的半张脸皆成粉白，被墙粉呛得咳嗽不止。她犹自挣扎着狂喊："你冤枉我——"

我用绢子挥一挥，婉转地笑了："你可错了——是皇上冤枉你，可不是我。我不过是陷害你罢了。"我和静微笑，"不过你也算不得冤枉，淳嫔溺水是你做的吧？在温宜帝姬的食物中下木薯粉也是你做的？指使余更衣在我的药中下毒，推眉庄入水，拉了江穆扬、江穆伊冤枉眉庄假孕争宠，件件可都是你做的吧？拿一个火烧棠梨宫来冤了你也实在算不上什么。"

她仰头冷哼："我就知道，曹氏那个贱婢敢反咬我一口必定是你们指使的，凭她哪里有那个狗胆！"

我大笑摇头，步摇上垂下的璎珞叮玲作响，片刻道："你还真是知人不明。你几次三番利用温宜帝姬争宠，甚至不惜拿她性命开玩笑，襄贵嫔是她生母，焉有不恨的道理，你以为她恨你的心思是今日才有的么？冰冻三尺，非一日之寒啊。你早该知道她有异心了。"

她神色变了又变，转而轻蔑道："以我当年的盛势，皇后这个老妇还要让我几分，曹氏不过是我手下的一条狗，我怎么会把她放在眼里！"

我拂一拂袖口上柔软的风毛，阴冷潮湿的冷宫里，每说一句话皆会伴随温热的白气涌出，我平缓道："若是狗便好了，狗是最忠心的。人和狗不一样，人比狗狡诈得多。"

她扬眉，呼吸浊重："贱人！你和你的哥哥嫂嫂一样狡诈。若不是你哥哥设下诡计假意让王爷对他放松戒备，他又怎能轻易得到那份名单，慕容氏和汝南王也不至于一败涂地！你们宫里宫外联手就是要置我于死地！"

"如果不是汝南王跋扈，慕容一族为虎作伥，又何至于此？你别忘了，你的夫君是皇帝，皇帝的枕畔怎容他人酣睡？你想皇上能容忍他们，真是太天真了！"我的声音清冽冷澈，如冰雪覆面一般让她依旧姣好的脸孔失了血色。

她颓然倒在了一堆干草上，强撑着力气道："他们是有功之臣，为大周厮杀沙场，战功赫赫……"

我冷冷打断她："再怎么战功赫赫还是君王的臣子，怎可凌驾君王之上，岂非谋逆？"

她良久无语，我也默默。正在此时，李长带了人进来，与我见了礼，将盛放着匕首、鸩酒和白绫的黑木盘整齐地列在慕容世兰面前，向她恭恭敬敬道："奉皇后懿旨，请小主自选一样。"

慕容世兰回过神来，瞟了他一眼，冷冷道："皇后懿旨？那皇上的旨意呢？拿来！"

李长依旧垂着眼，道："皇上的意思是全权交由皇后处理，小主请吧。"

她屏息片刻，重重道："没有皇上的圣旨，我慕容世兰决不就死。"她凄然一笑，似含了无限恨意，"他已经亲口下令杀了我父兄，还怕再下一道圣旨给我么？"

李长只是依旧恭谨的样子道："皇上已经说过，关于小主的任何事都不想再听到。"

她嘿嘿一笑，似是自问："皇上厌恶我到如此地步么？"说着整理好衣衫鬓发，端正盘腿坐下，道："你去请皇上的旨意来。"

李长进退两难，我见机向他道："李公公缓一缓吧，容我和慕容小主告别几句。"

李长忙道："娘娘自便，奴才在外候着就是。"

我见李长出去，笑着对慕容世兰道："对不住，称呼惯了您'娘娘'，骤然成了'小主'，改口还真不习惯。"

她斜视看我，淡漠道："随便，反正我就要死了。"

我把怀中的手炉交到小连子手中，道："本宫的手炉凉了，你出去再加几块炭来。"

小连子迟迟不肯动身，神色戒备道："她……"

我道："你去吧。有什么动静李公公他们就在外头呢。"

小连子依言出去，我站在她身前，道："你知道皇上为什么厌恶你么？"

她摇摇头，轻声道："皇上从前很宠爱我，就算我犯了再大的过错，他再生气，还是不舍得不理我太久。"

我淡淡道："那皇上为什么宠爱你，你想过么？"我冷笑，"只是因为你美貌么？这宫里从来不缺美貌的女人。"

她嗤笑："你是说皇上因我是慕容家的女子才加意宠爱？端妃也是将门之女啊。"她的身子有点儿不安，挪了又挪。

我平静审视着她："你自己心里其实知道，又何必自欺欺人呢？"

慕容世兰的左手紧紧握着自己的右手，厉声斥道："你胡说！皇上对我怎会没有真心。"

我脸上笑容越发浓，慢慢道："也许有吧。即使有，你和你的家族跋扈多年，这点子真心怕也消耗完了，一点也不剩了。"

她轻轻笑了，笑得单纯而真挚，神情渐渐沉静下去，缓缓道："是么？那一年我才十七，刚刚进宫，只晓得自己身份尊贵，一入宫就封了华嫔。那是个夏天的早晨，我在太平行宫的林子里策马。整个宫里就我一个人敢骑马，端妃虽然出身将门，却也不敢逾越。结果皇上出现了，他拦下了我的马。我当时很害怕，怕他会责骂我，可是嘴上却不肯服气，还想和他赛马，结果他笑眯眯地答应了。赛马我赢了他，他也不生气，还和我一块儿骑。就在那个晚上，皇上宠幸了我。"她的思绪沉浸在往日的甜蜜记忆里，在冷宫昏暗的光线下，似一朵娇然绽放的玫瑰，开在朽木之上，"我才十七啊，就成了整个后宫里最得宠的女人。他说宫里那么多女人，个个都怕他，就我不会，所以他只喜欢我一个。"她幽幽叹息了一声，"可是宫里的女人真多啊，多得叫我生气，他今晚宿在这个妃子那里，明晚又宿在那个贵嫔那里，我常常等啊等，等得天都亮了，他还没有来我这里。"

她突然望着我："你试过从天黑等到天亮的滋味么？"

我无言，心中百感交集。有过么？似乎是没有的。我一早知道他是君王，他的夜不属于我一个人，我会失眠，却从不会为了等待他到旭日初升。

她轻轻笑了，天气冷，说话时有温热的白气从口角溢出，衬得她的脸不真实地明媚和酸楚。"你没有那么喜欢皇上啊。很快，我有了身孕，他很高兴，晋了我为贵嫔。可是渐渐他却不那么高兴了，虽然他没说，我却是能感觉到的。宫里的孩子长大的只有一个皇长子，我知道他担心，我就告诉他，没事的，我一定为他生一个皇子。可是没过多久，我吃了端妃拿来的安胎药，我的孩子就没了。端妃一向老实，她竟敢……"她的神情悲恸，几乎有些疯狂，她的声音也凄厉了，"太医告诉我，那是个已经成形的男胎。"

我的泪潸潸而下，心痛难耐，我扑上去紧紧扼住她的手腕，狠狠道："你的孩子没了，就要我的孩子来陪葬么？他在我腹中才四个月大，你竟然要置他于死地！"

慕容世兰拼命挥开我的手，我却愈握愈紧，在她白皙的手臂上印出几道浅紫的痕迹。她死命推我，见推不开，反倒不再挣扎，冷冷笑了两声，大口呼吸着道："我没有要杀你的孩子！是你自己的身子不中用，跪了半个时辰就会小产。是你自己保不住自己的孩子，何苦来怪我！"她的脸因奋力挣扎而涨得通红，"我是恨皇上专宠于你！我从没见皇上那么宠爱过一个女人，有你在，皇上就不在意我了。我不愿再等皇上到天亮，敢和我争宠的女人都得死！我是让余更衣下毒杀你，可我没想要杀你的孩子！"

我一把推开她，丢开她的手腕，泪水滚滚而下，心中尽是怨毒之情：

"你没有？就算你不是有心的，可是若不是你宫里的'欢宜香'，我又怎会身体虚弱跪了半个时辰就失了孩子！"

她惊疑而恐惧："欢宜香？"

我笑，滚烫的泪逐渐变得冰凉，道："你知道为什么你失子后久久没有再怀孩子，你用的'欢宜香'里有麝香你知道吗？你用了那么久，永远都不会再有孩子了。"

她的脸孔因愤怒和惊惧而扭曲得让人觉得可怖："你信口雌黄！那香是皇上赐给我的，怎么会……"

我连连冷笑："怎么不会？要不是皇上的意思，怎么会没有太医告诉你你身体里含有麝香？！且不说你不孕，你以为当时你小产是因为端妃的安胎药么？端妃不过是替皇上担了虚名而已，你灌她再多的红花，也灌不回你的孩子了。"

她整个人怔在了当地，良久，狂笑出声，痴痴问道："为什么？为什么？"

我心中有一瞬的不忍，很快却刚硬了心肠，一字一字道："因为你是慕容家的女儿、汝南王的人，若你生子，他们挟幼子而废皇上……"我没有说下去，其中的利害她自然知道。

华妃的衣襟皆是泪水。过得片刻，她没有再哭，脸颊泪水干涸，只仰天大笑，身子剧烈地颤抖："皇上——皇上他害得我好苦！"

笑音未落，只听得"砰"的一声响，温热的血倏然溅到我脸上。我迅速闭目连连后退两步。再睁开眼时她的头正撞在墙上，整个人软软倒在地上，雪白的墙上鲜红一道淋漓，点点血迹斑斑，如开了一树鲜红耀眼的桃花。

我的脸上、衣上皆是点点血水，整个心似是空了一般，站着久久不能动弹。

那样静，死亡一样的寂静。

我下意识地用绢子抹着自己的脸和衣裳，忽然听见有"吱吱"的声音，一只灰色的肥硕的老鼠瞪着眼睛很快地从慕容世兰的身体上跑了过去。

我只觉得害怕，心里发酸。喉头"咕嘟"地咽了一声，飞快地转身出去。

李长见我匆匆奔出，忙拦了道："娘娘。"他见我一身是血，神情更是焦急疑惑。

我勉强平静了神色，道："慕容小主自己撞死了，你可以回去复命了。"

他一惊，很快如常道："是。奴才去收拾一下。"

我点点头，慢慢走了出去。

空气冰冷，鼻端有生冷的疼痛感觉，手脚俱是凉的。慕容世兰死了，这个我所痛恨的女人死了。

我应该是快乐的，是不是？可是我并没有这样的感觉，只是觉得凄惶和悲凉。十七岁入宫策马承欢的她，应该是不会想到自己会有今日这样的结局的。这个在宫里生活纵横了那么多年的女人，被自己的枕边人亲自设计失去了孩子，终身不孕。

她所有的悲哀，只是因为她是玄凌政敌的女儿，且因玄凌刻意的宠爱而丧失了清醒和聪慧。

我举眸，天将黄昏，漆黑的老树残枝干枯遒劲，扭曲成一个荒凉的姿势。无边的雪地绵延无尽，远远有爆竹的声音响起，一道残阳如血。

我怅怅地舒了一口气，新年就要到了。

慕容世兰的死湮没在新年的喜庆里，再无人问津。这个曾经显赫的宠妃在死后只得到了一个"顺"字作为谥号，没有任何追封和葬礼，草草安葬在了埋葬宫女、内监的乱岗。而新年的阖宫朝见，患病不起的襄贵嫔也未能参加。

端妃在听到慕容世兰这个谥号后轻笑出声，向我道："顺？她何曾'温顺'过，这谥号真让人觉得讽刺。"

端妃的身体渐渐见好，开始陆续在一些新年的欢宴上出席，弥补了从前华妃的空缺。一后两妃三贵嫔的简单格局之下，后宫的生活异常平静。新贵人之中，瑞贵人洛氏姿态清雅，虽不太献媚争宠，却也颇得玄凌欣赏。而最得宠的，莫过于祺贵人管氏。

我坐在端妃的披香殿中，慢慢剥了个橘子，把橘皮扔进炭盆中，很快殿中有了一股清新的气味。端妃取了一把玉轮慢慢在面上按摩，道："昨日起来发现眼角竟然有了皱纹，才想起来我已经二十七了。"

我笑道："近日见娘娘对梳妆打扮也颇有兴致了。"

她淡淡笑："是么？女人嘛，都一样的。"

我端端正正行下礼去，她诧异道："你这是做什么？"

我道："肃喜并不是慕容氏的心腹，慕容氏也并未指使他放火，虽然他当时矢口否认，可是后来就招了。想来应该是娘娘的人吧。也唯有娘娘才能在宫中安排下这样的人而不被起疑。"

她笑，眼睛眯成微狭，温婉而有锋芒，淡淡道："是啊，谁会在意一个久病的妃子呢。不过话说回来，若非皇后和敬妃审理，只怕这事还不容易过去。"

我敛容而起，道："到谁手里都一样，这个宫里要找出个喜欢慕容氏的人来，还真是难。再说落井下石的事，谁都会做。"

端妃拉了我起来道："你不用谢我，我不过是为了自己罢了。"

我笑："只是我有一事想不通，既然是娘娘安排的人，怎不早早下手放火，非要在外窥视了好几日，还被我的奴才发现了。"

她慢慢吞下一瓣橘子，笑道："本来哪用你亲自动手，可惜那几天正是雪化之时，外头潮湿不易点火罢了，才延迟了几日。"她停一停，又道，"就算被抓了也不要紧，身上有现成的火石、火油，就可以安了意图不轨的罪名给慕容世兰。"

我怡然微笑："可惜不如烧宫伤人来得罪名大啊。"我望着她，"娘娘终于可以报仇了，但不知有没有为自己的将来打算过？"

她惘然摆手，目光黯然："将来？本宫无儿无女，将来可以依靠谁呢？"

我正要答她，忽然槿汐匆匆进来道："娘娘，襄贵嫔殁了。"

我一惊，立刻平静下来道："你去打点下，要送什么的别错了礼数，等下本宫就会赶去和煦殿。"

端妃见她出去，看着我道："你都安排得没有纰漏么？"

我镇定道："是。半个月前下的药，算算到今日是该发作了。温太医很小心药量，想来不会出错。我私下问过他，他说服药后常有梦魇之状，加上慕容世兰的废黜是她告发的，如今又死了，正好对得天衣无缝，人人都会以为她是愧疚而致心病才死的。"

端妃略略思索道："那就好。曹琴默心计颇深，又知道你扳倒慕容世兰的事，若一朝反口就不好办了。"

我嘴角微挑，冷笑道："何止如此！当日罚跪失子，曹琴默也在近旁，若非她坐山观虎斗，只消劝一劝慕容世兰，我的孩子或许就不会没了。且我怀孕之初，在皇后宫中推我去撞恬嫔肚子的人就是她，我怎会忘了？何况慕容世兰若非她从旁出谋划策，还不至于凶狠至此。"

端妃颔首道："她当初能为一己之利出卖华妃，难保日后不会出卖你。华妃虽然凶狠跋扈，但没有家族撑腰，也成了没有爪子的老虎，不足为惧。而曹琴默就不太好对付。她一死，也就没有了后顾之忧。"她叹息一声，"只是可怜了温宜帝姬年幼丧母。"

我转首，掀起窗帘，向着曹琴默的宫宇淡然而笑："娘娘方才不是担心老来无靠么？温宜帝姬有娘娘这位义母，想来必定出落得乖巧懂事，皇上应该也是没有异议的。"

她无声地笑了："你从前所说的大礼就是这个么？"

我悄然抿了抿唇，道："娘娘如此喜爱帝姬，必然会将她视如己出，加倍疼爱吧。这是再好不过的归宿，但愿襄贵嫔可以含笑九泉。"我叹息，"槿汐曾劝我斩草除根，以免日后成患。可帝姬毕竟还年幼，我确实下不去这个手。"

她静静瞧我一眼，粲然微笑："若是经我的手来抚养，即便温宜帝姬将来晓得她生母的死因，也必定顾及我这个养母的养育之情。"

我略略一笑："帝姬还小，长大了未必还记得生母。何况生娘不及养娘亲，有娘娘的照拂，她未必知道襄贵嫔是怎么死的。"

端妃恳切道："我必然十分疼温宜帝姬，许她我所能给的一切。"

七日后，襄贵嫔出殡，追封为"襄妃"。因在正月里，丧仪办得也简单。因皇后已经抚养了皇长子，温宜帝姬便交了端妃抚育，倒是敬妃颇为感叹，私下向我道："真是羡慕端妃娘娘，有了孩子，既可以打发平日的时光，自己将来也有依靠。"

我笑道："娘娘风华正茂，想要孩子还怕没有么？"这么说着，自己却忧虑起来，小产这么久，圣眷又颇盛，我怎么还没有孩子呢？

如此一想，愁绪也渐渐弥漫心间了。

乾元十六年就在这样断续的风波中来到了。皇后主理六宫，旧仇已去，新欢又不足为虑。我依旧是独领风骚，安安稳稳地做我的宠妃。余暇时，我只召来了温实初，请他为我调理身体，以便能尽早怀孕。慕容世兰的死，让我越发觉得宫中的欢爱实在太缥缈，不如自己的一点骨血来得可以依靠。

于是温实初频繁出入存菊堂，既为我调理，又要照顾眉庄的伤势。

不知为何，眉庄本应很快愈合的伤势好得很慢，几乎隔几日就要反复。温实初头痛不已，却又说不出个所以然来，只好更加细心照料。

眉庄倒也不怪他，只说："是我体质敏感而已，倒劳烦了温大人多跑几趟。"

眉庄对我频频被玄凌召幸的事并不甚在意，因和她一起居住，我起先原怀着的忐忑之心渐渐也放下了。

这年冬天特别寒冷，雪一直断断续续地下着，我时常和玄凌一同握着手观赏雪景，一赏便是大半日。那时的他心情特别宁和，虽然总是不说话，唇角却隐约有笑意。

有一次，我冒雪乘轿去往仪元殿东室，玄凌正取了笔墨作画，见我前来，执了我的手将笔放入我掌中，道："一路前来所见的雪景想必甚美，画来给朕看如何？"

画画本不是我的所长，然而玄凌执意，我也不好推托。灵机一动，只摊开雪白一张宣纸，不落一笔，笑吟吟向他道："臣妾已经画就，四郎以为如何？"

他大笑："你顽皮不说而且偷懒，一笔不下就说画就，岂非戏弄朕？"我含笑伏在他肩头，道："不正是大雪茫茫么？雪是白的，纸张也是白的，臣妾无须动笔，雪景尽在纸上了。"

他抚掌，亦笑。

或者，我自倚梅园折了梅花来，红梅或是腊梅、白梅、绿梅，颜色各异。一朵朵摘下放进东室透明的琉璃圆瓶中，瓶中有融化的雪水，特别清澈，我把花朵一一投入水中，再经炭火一熏，香气格外清新。我便半俯了身子勾了花瓣取乐，他便静静在一旁看着我。

人人皆道我最邀圣宠，所谓圣宠，不过就是这样平静而欢乐地相处。

自从那一日目睹了华妃的死，不知怎的心里时常会不安。有时明明和玄凌笑着说话，忽然会心头一紧，华妃美艳而带血的脸孔就浮现在眼前，蓦地惊动。惊动过后，不自觉地疑惑，此时得蒙圣宠的我是否会有她那样的下场。而这样的一点念头，竟似在心中生了根一般，不时地跳出来扰一下我的心绪，为这安逸的生活平添了几分心悸。

浣碧知道后笑我："小姐实在多心了，慕容氏跋扈，小姐谨慎，又最得圣眷，怎会和她一样呢？"

我叹息一声，缓缓道："她当日不也是宠冠后宫？"

浣碧咬一咬唇思量，片刻道："她终究输在没有儿子。小姐若能有所出，地位就当真巩固了。"

我轻蹙了蛾眉，道："哪里是这样容易的事呢？想有就有了。"

浣碧想一想，轻轻凑到我耳边道："不如私下去找些能让人有身孕的偏方。"

我红了脸，在她额头作势戳了一指，道："就会胡说。等把你嫁了出去，看你还满口胡嚼么？"

浣碧羞得转了身，道："奴婢好好地为小姐出主意，主意不好就罢了，何苦来取笑人家。"

我忍着笑，拉了她的手道："哪里是取笑？过个一年半载，你就不在我身边服侍了——难不成要陪着我一辈子么？"

浣碧侧头听着，忽然认真了神气，道："奴婢和小姐说真心话，奴婢不想嫁人，只想陪着小姐。这里虽然好，也不好，小姐一个人挨着太苦了。"

我默然，半晌勉强笑："这可是胡说了，等成了老姑娘，可就真没人要了。"

浣碧没有说话，只是望着窗上裱着的六福窗花，幽幽说了句无关痛痒的话："这雪下得什么时候是个尽头呢？"

后宫平静，而朝政，亦是有条不紊的。有了汝南王的先例，玄凌对此次平难的有功之臣颇为小心，并未授予太多实权，只是多予金帛。对于入宫侍奉的功臣之女，没有很快晋封，亦不宠爱得过分。

新人之中，瑞贵人洛氏渐得恩宠，与祺贵人有平分秋色之象，我在落雪那一日，在太液池边遇见了她。

彼时湖边风冷，并无多人经过，我从太后处请安回来，便自湖边抄了近路回宫。见她携了侍女自湖上小舟中上岸，不由得纳罕，吩咐人止了脚步。

雪花未停，落入水中绵绵无声，天地间空旷而冷清，她穿一件雪白的织锦皮毛斗篷，更似化了在雪中一般，盈然而立。

我问她："瑞妹妹不冷么？大雪天的。"

她只淡然施了一礼，沉静道："大雪天的才干净。"

"干净？"她的态度不卑不亢，并非因我是宠妃而刻意讨好谄媚，我心下倒喜欢。

她淡淡瞧我一眼，微微而笑，又似未笑："娘娘觉得这宫里很干净么？唯有下雪遮盖了一切，才干净些。"

我未料到她这样说话，随即温和笑了："妹妹以为遮盖了就干净了么？心若无尘，什么都是洁净的；心若遍布尘埃，本身就在肮脏之中。何况真正的洁净本是不需掩盖的。"

风吹起她的斗篷，露出一弯天水碧的裙角，斗篷上的衣带微微飘舞，更衬得她宛如碧潭春水边一朵雅洁的水仙，明净而芬芳。

她的眼神微有亮色，向我福一福道："嫔妾受教。但若堕尘埃，宁可枝头抱香而死。"我望着她澄静无波的眼神，自己倒先自惭形秽了。

二月二"龙抬头"那日，天似乎有要放晴的迹象。玄凌在皇后宫中，亦召了我和陵容去陪着说话。

我到得晚，早有知趣的宫女挑起了帘子让我进去，只觉得殿中的暖气"轰"一声涌上脸来，热热地舒服。玄凌他们都已在了，正围着火炉敲了小核桃吃着说话。

陵容见我来了，笑嘻嘻道："姐姐来得晚，罚你剥了核桃肉，不许自己吃。"

我搓着手，笑道："外头这样冷，本来用了个手炉，谁知道走到半路就凉了，就去换一个，耽搁了。"

玄凌唤我走近，握一握我的手，怜惜道："果真手冷冰冰的，快暖一暖再吃东西。"

皇后温和地笑："是啊，要不然冷冷地吃下去，肠胃没暖过来反倒要不舒服。"

我忙忙谢了恩，方在玄凌下首的小杌子上坐了。

天南海北聊了一会儿，皇后笑吟吟向玄凌道："前两年宫中多有变故，又延迟了选秀，如今宫中妃嫔之位多有空缺，皇上可有意选几位妹妹填一填缺么？"

玄凌慢慢嚼着块核桃肉，道："皇后且说来听听。"

皇后如数家珍："按照后宫的仪制，应当有贵、淑、贤、德四妃各一，夫人三，妃位三，昭仪等九嫔各一，贵嫔五，其余则无定数。现贵嫔有二，妃位亦有二，且还无妨。九嫔呢只有一个李修容。贵、淑、贤、德四妃虽有空缺，但位分极高，可以慢慢来，而夫人之位，一向也并不多立。"

玄凌"唔"了一声道："九嫔其他也就罢了，昭仪是定要立一位的，为九嫔之首。"

皇后继续道："贵嫔以下许多位分还空着。"

玄凌望着我道："那么就请皇后选个好日子，晋封莞贵嫔吧。"他又问，"妃位只有两个么？"

我明白他言下之意，忙道："臣妾资历尚浅……"

皇后笑容满面打断我道："这倒不是资历不资历的话，不是人人在宫中熬成一把老骨头就能封妃的。莞贵嫔德行出众，自然是没有话说的。"她款款向玄凌道，"只是贵嫔入宫不久是一说，且还没有子嗣啊。若他日生子封妃才是极大的荣耀。"

皇后见玄凌沉吟，又道："不若先立为九嫔如何？"

玄凌抛了一颗栗子在火中，爆出清香的脆响，拍了拍手道："就依皇后之言，先立为昭仪吧。"

我忙下跪谢恩，陵容满面皆是微笑，道："姐姐大喜。"

玄凌温言向陵容道："怎知你没有喜呢？"他转首向皇后道："晋安嫔为从四品芬仪吧。"略沉吟，又道，"就择了日子和莞贵嫔同日晋封，也算是她们同喜吧。"

第二日，皇后就择定了晋封的日子，二月十二。

我陪着玄凌一道回仪元殿的书房，静静陪着他看折子。外头几丛细竹负着残雪轻吟，雪化声滴答作响，地上湿润的泥土化得有些泥泞，有些不堪。

仿佛这人世间的有些真相，总是最不美最不能让人接受的，倒不如一切被掩盖了起来不被人知晓。

玄凌看完一卷折子，忽然不悦道："有臣子奏报玄济在狱中时时口出怨言，谓朕'小人'，以妻儿之命要挟于他。"

我淡淡一笑，道："成者为王，败者为寇，他曾经是尊贵的亲王，一朝沦为阶下囚，难免口出怨言。"我转首问他，"皇上打算如何处置？"

他的眼中闪过一丝凶光，我瞬即了然。

我点头道："皇上打算这样做也无可厚非，毕竟玄济是乱臣贼子，杀了也不可惜。"我话锋一转，又道，"可是皇上今日生气，只是为了玄济的怨言么？"

他看着我："嬛嬛，朕更在意天下悠悠之口。"

果然。我舒缓了眉峰，温然道："那么请皇上给玄济之子予泊一个虚爵吧。玄济怨恨皇上以他妻儿之命要挟，皇上却偏偏广施恩惠，不使孤妇幼子无依，也好使天下非议无有所出。"

玄凌沉吟："予泊还年幼……"然而他很快笑了，"朕就是喜欢他年幼。"

次日上朝，玄凌就令玄济之子予泊继任为汝南王。当然予泊只有七岁，汝南王这一王爵也不过是个虚头衔，得些俸禄度日罢了。

槿汐颇有不解，道："娘娘何故……"

我打断她，颇有些感触道："当日我失子失宠，宫里那么多人，除了敬妃、眉庄，只有一个非亲非故的汝南王王妃来看我。不管她是怀了什么心思来的，终究也算是雪中送炭。今朝我得意她失意，又听闻她成了庶人，带着幼子幼女境遇凄凉，我能帮也就帮一把吧。至少儿子有了王爵，日子也好过些。"

槿汐默默点头，道："娘娘是要报答当日滴水之恩。"

我笑一笑，另一层心思却没有说出口来。华妃一生所遇，更叫我伤感宫中情爱之凉薄艰辛。汝南王纵使跋扈嚣张，可是对于妻子儿女，却是可以不惜自身，舍出性命去维护的。我虽然不满于他，也是感佩的。

册封的前一晚，我宿在仪元殿东室。

清冷素白的月光，自帘间透入落在织金毯上，似霜如雪，亦被殿中烛火微微的红光摇曳得萌生了几分暖意。

我倚在玄凌怀中，香炉里龙涎香散发袅袅白烟，如丝如缕，微扬着缓缓四散开去。

玄凌寝衣的衣结松松散着，殿中和暖似三春明媚，也并不觉得冷。他将我搂在怀中，和言道："棠梨宫已经修缮好，明日申时一刻①你册封完毕，便可依旧回棠梨宫去居住了。"

我用手指散漫拨着他微青的下巴，笑："也委屈了祺贵人，挤在欣姐姐那里，皇上要去看她也不方便。"

他大笑："有什么不方便的，只是朕爱不爱看她而已。"他止了笑，握了我的肩膀，道，"朕想过了，棠梨宫还是给你一个人住，有次朕去看你，祺贵人也在一旁，当真是不痛快。"

我淡淡笑着："四郎的本意，是喜欢她才和臣妾一起住的，怎么又不让她住回来呢？只怕祺贵人要吃心。"

玄凌的神气里带了几分诚挚，一字一字道："以后棠梨宫只给你一个人住，春天的时候朕和你对着满院的海棠饮酒，看你在梨花满地中跳《惊鸿舞》，夏天的时候和你在太平行宫赏荷花。"

我心中触动，眼中含情，亦含了笑，缓缓接口道："秋天和四郎一起酿桂花酒，冬日里一起看飞雪漫天。"

他似乎是唏嘘，又是真心地："是啊，朕要陪着你，你也陪着朕。"

心中荡涤着欢悦和感动，我的头抵在他怀中，似欲落泪，翻覆着，终究是无比的喜悦。

---

① 申时一刻：下午三点十五分左右。

我轻轻道："是，嬛嬛总是和四郎在一起。"

他"唔"了一声，似是自言自语："莞贵嫔？莞莞，莞莞。"

我欲抬头，他的手臂却有力，紧紧把我抵在他坚实的怀抱里。空气有些沉闷，呼吸尽是他身上的气味。

莞莞？他从前似乎是这样叫过我的。我觉得倦，打一个呵欠，沉沉睡了过去。

夜深沉。合眼睡得昏昏，辗转中隐约听得遥遥的更漏一声长似一声。虽已开春，雪却依旧下着，耿耿黑夜如斯漫长，地炕和炭盆熏烤得室中温暖如春，唯有窗外呼啸的风提醒着这暖的难得和不真实。

我欲寐还醒，玄凌紧密的拥抱让我生了微微的汗意，欲挣扎着松一松，终究还是不舍得，宁愿这样微汗地潮湿着。

明日，又是我晋封的日子了。没有特别的欣喜，晋封什么的都不要紧，只要我枕边的这个人，他的心里有对我的一点真心。

玄凌熟睡在梦中，侧身翻动了一下，一手紧紧抱住我的身体，低声呓语"莞莞"。

似乎是在唤我，我清晰醒转，回应着握住了他的手臂，轻声道："四郎。"

他犹自在沉睡中，掌心摩挲过我的颈，掌纹线条凛冽，语气漫起海样深情："我四处寻你。"在睡梦里，只在睡梦里，他才这样唤我——"莞莞"，凝结了无数深情挚意的"莞莞"，心里有一点酸，渐渐蔓延开来，整颗心在温柔里酸楚得发痛。

他是一国之君，他当真这样待我，以他的真心待我，睡梦里犹自牵念不已。眼泪大颗大颗地滚落下来，漫无声息地渗进明绸软枕里，湿湿热热地附在脸颊上，起初是温热，渐渐也凉了。这凉提醒着我并非听错。

他的身上有幽深的龙涎香，一星一点，仿佛刻骨铭心般透出来。靠得近，太阳穴上还有一丝薄荷脑油清凉彻骨的气味，凉得发苦，丝丝缕缕直冲鼻端，一颗心绵软若绸，仿佛是被春水浸透了。我伸手搂紧他脖子，低低婉声道："四郎，我在这里。"他不知是否听见，手却下意识地更抱紧了我。帐外一室如同春暖，我闭上双目满怀欢欣沉沉睡去。

起来时却是陵容候在仪元殿外，时辰尚早，她微笑道："我特意等了姐姐一起去向皇后娘娘请安呢。"

玄凌在我身后，刚洗漱完毕，尚有一点困意，道："朕上朝去了。"

我屈膝，道："臣妾亦要去皇后宫中请安，恭送皇上。"

他的眼神带过陵容，复又注目在我身上，轻声道："莞莞，今晚依旧来这里。"

我脸一红，微微点一点头，催促道："皇上快去吧，早朝可不能迟了。"

回头，却见陵容一点疑惑而深深的笑，我不由得更局促了。

因为时辰早，还未有其他妃嫔来请安。等了好一会儿，皇后才出来，道："你们两个倒早。"

我与陵容笑着恭谨道："是该向皇后来请安谢恩的。"

皇后和颜悦色道："谢恩什么，你们得以晋封是在你们自己，品行端正，又能得皇上宠爱。"

陵容用绢子掩了唇悄声而笑："若论宠爱，有谁能及莞姐姐呢？今日早晨去仪元殿等姐姐一同来向娘娘请安，谁知竟唐突了呢。"

我不好意思，急着阻止她："陵容——"

她却向我笑："姐姐害羞什么呢，皇后是最疼咱们的。"见皇后含笑，她继续道，"今日早上，臣妾听见皇上叫姐姐的小名儿'莞莞'呢。"

我"哎呀"一声，脸上一层复一层地烫了起来，道："皇后别听安妹妹胡说。"

皇后仿佛是怔了一瞬，唇边慢慢浮起一缕哀凉又冷寂的微笑。那笑意越浓，越像有了嘲讽的意味："莞莞？"她呢喃着重复了一句，"莞莞？"声音里仿佛凝着刻骨的冷毒，并不真切，许是我的幻觉而已。

皇后，她不会用这样的语气说话，她永远雍容和蔼，端庄温文，母仪天下。只那一瞬间的失神，皇后迅速恢复了平日的样子，温和地笑着缓缓道:"皇上这样唤你必定是真宠爱你了。"

陵容见我满面红晕,忙笑着致歉道:"我不过一时嘴快,姐姐可别怪我啊。"

我心中动了一丝狐疑,她从来不是这样嘴快肆意的人啊。

正欲嗔她几句,陵容却换了焦急自责的神情,道:"我可再不敢了。"

皇后在一旁笑道:"宫里自己姐妹们,玩笑几句算什么。"一句话过,又道,"安嫔晋封简单,贵嫔你回宫里候着,册封时的礼服还有些不妥,过了午时本宫再叫人给你送去。"

我依依答了,彼此也就散过。

午后天暖和些,我与眉庄头抵头坐着,正在查看她手臂烧伤留下的疤痕。眉庄淡淡道:"好大一个疤,当真是难看得紧。"说着就要捋下袖子。

我忙道:"总算结了疤,难看些有什么要紧,前些日子老是化脓,才吓着我呢。"我笑,"陵容曾给过我一瓶好东西,去疤是最有效的。"我指着自己的脸颊道,"从前被松子抓出的伤痕,如今可不是全没了?"

她仔细看着,片刻笑道:"果然是没了。只是你脸上伤痕小,我的疤那么大,只怕没效吧。"

我道:"我那里还有一些,你先用着。若是好,等陵容过了册封礼,让她再配些过来,凭什么稀罕物儿,只要有心,还怕没么。"说着唤流朱道:"从前安小主送来的舒痕胶还有没有,去找找。"

流朱进来笑嘻嘻道:"要是别的奴婢还不知道,怕是在火里头就烧没了。可是舒痕胶是稀罕物,奴婢又见瓶子好看,就收起来了,马上就去取。"

眉庄微微含笑,我道:"你看巧不巧,老天爷也成心不让这疤毁了你的花容月貌呢。"眉庄半嗔着戳了我一指头,自己却也笑了。

流朱很快进来,又道:"温太医来了,要给沈婕妤请脉呢。"

眉庄微笑:"快请吧。"又向我道:"你总嫌他啰唆,脉也不让人家请了,只叫他看着我。现在可好,日日来烦我。"

我吐一吐舌头，只是不理。盛着舒痕胶的精致描花圆钵里，乳白色的半透明膏体沁凉芬芳。眉庄拿了嗅一嗅道："果然是香，一闻便是个好东西。"

正说着话，温实初进来了，对面坐着替眉庄把脉，见我随手把玩着舒痕胶，有意无意地看了两眼，道："请问娘娘，这是什么？"

我递与他："去疤用的舒痕胶。"

"哦？"他似乎有了兴致，接过仔细看了又看，又用小指挑了些在手背上轻嗅。我疑惑道："有什么不妥么？本宫已经用了大半了，并未觉得有什么不适啊。"

温实初的神色有些古怪，却又说不出什么所以然，半晌道："微臣一时也说不出什么，不知娘娘可否允许微臣带回去看看？"

我知道他一向细心稳妥，又对我的事格外上心，当即首肯道："好。请太医务必好好为本宫看看。"

眉庄见我骤然神情严肃，吃惊道："怎么了？"

我心下惴惴，有莫名的不安和惶恐，总觉得哪里不对了。

眉庄握一握我的手，关切道："这是怎么了？身子不舒服么？等下可要去太庙行册封礼了。"

我勉强镇定心神，笑一笑道："没事。"

然而，不及我多想，行礼的时辰却快到了。在太庙中行完册封礼仪，依制要去皇后宫中聆听皇后训导，向帝后谢恩。

正走至半路，忽然流朱"哎呀"一声，道："小姐，这……"

我低头闻声望去，不知何时，册封所穿礼服的裙裾上多了道寸把长的裂口。我心中惶惶一惊，册封用的礼服形同御赐，怎可有一丝毁损。等下若到了帝后面前被发现，岂非大罪。内务府总管姜忠敏此刻亦随侍在侧，礼服由其内务府所制，出了差错他也不能脱了干系，不由得也急黄了脸。

心中的急惶只在片刻，我很快镇定下来，道："能否找人缝补？"

姜忠敏道："册封的礼服是由几名织工以金银丝线织就的。所用丝线只够织这一件，现下只怕寻只能再开库房，怕是要大张旗鼓。"

我摇头："不可。"

时间一点点过去，浣碧道："可不能再拖延了，误了时辰皇上和娘娘更要怪罪了。"

姜忠敏急得团团转，大冷的天汗如雨下，忽然一拍大腿，喜道："前两日皇后宫里拿了件衣服来织补，颇有礼服的仪制，虽不和娘娘身上的很像，但若拿了来暂时换上，应该能抵得过。"

我迟疑："可以吗？"

姜忠敏道："那件衣裳样子是老了些，是前些年的东西了，只怕是皇后娘娘从前穿过的，因也没催着要，补好放着也两三天了，想是不要紧。"他轻声道，"眼下也只有那件能抵得过了。"

流朱性急，催促道："既然能抵得过，还不快去。"

姜忠敏也不敢差人，自己急三火四跑了去，很快就捧了来复命。

他小心翼翼捧着，那的确是一件极美的外裳，长长拖曳至地，蕊红色联珠对孔雀纹锦，密密以金线穿珍珠绣出碧霞云纹西番莲和缠枝宝相花。霞帔用捻银丝线作云水潇湘图，点以珍珠，华丽中更见清雅。而观其大小，也正与我合身。

流朱啧啧道："皇后的衣裳，果然是好东西。"

浣碧急急为我披上，道："小姐快些吧，等下皇上和皇后就等急了。"

我顾不得避嫌，匆匆换下钩破的衣裳，披上礼服，坐进翟凤玉路车中。帘子垂下，唯听见背后槿汐疑惑地叹息："怎么这样眼熟？"

我没有闲暇去回味她话中的意思，心中唯想着不要太晚过去。

然而，心中亦有一层狐疑，仿佛是哪里不对得厉害，却也没有多余的时间许我揣测了。

伍

君心半夜猜恨生

昭阳殿深幽而辽阔。

我端正垂手站在地下，半炷香时间过去，却不见玄凌与皇后出来，半分动静也无。

正疑惑着，剪秋笑吟吟自殿后出来，恭恭敬敬福了一福道："劳累昭仪娘娘久等了，方才皇后娘娘头风发作，难受得紧，此时皇上正陪着娘娘在服药，等下便可出来，请昭仪稍候。"

我和悦笑道："有劳姑娘来说一声，不知皇后娘娘现在可好？"

剪秋笑道："皇后娘娘是老毛病了，吃了药就好了。"

我忙道："如此就好了，但愿娘娘凤体安康。"

剪秋最伶牙俐齿不过，忙赔笑道："奴婢就说，昭仪娘娘是最把咱们皇后娘娘放在心上的。"

殿中深静，除了垂手恭敬等在殿外的内监宫女，只余了我一个人。

很奇妙的感觉，有一丝的错乱，只属于皇后的昭阳殿，此刻是我一人静静站立其间。奇异的静默。

窗外是雪，残雪未消下的紫奥城显得异常空旷和寂静，皇后宫里素来不焚香，今日也用了大典时才有的沉水香，甘苦的芳甜弥漫一殿，只叫人觉得肃静和庄重。

似乎有脚步声，有人失声唤我："莞莞。"我转头，却是玄凌，殿中多用朱色和湖蓝的帷帘，他身上所着的明黄衣袍更加显眼。

"皇上……"我轻轻唤他。

隔得远，殿中光线也不甚明亮，沉水香燃烧时有缠绵的白烟缭绕在殿内。隔着这袅袅白烟，我并不瞧得清楚他的神色，只听得他的声音有些含糊："你怎么不唤我四郎了？"

四郎？我有些含羞，更有些惊诧，在皇后的宫中，虽无外人，可也不好吧。然而，他还在追问，这追问里一意以"我"相称。

那是我第二次听见他这样称自己。

于是依依答："四郎，臣妾在这里。"

他"唔"了一声，向前走了一步，依旧是迟疑了："莞莞？"

我忽然心惊肉跳得厉害，口中却依旧极其温柔地应了一声："是我。"

他向我奔来，急遽的脚步声里有不尽的欢悦，昭仪册封仪制所用的八树簪钗珠玉累累，细碎的流苏遮去了我大半容颜，压得我的头有些沉。他紧紧把我搂在怀里，仿佛失去已久的珍宝重新获得了一般，唤："莞莞，你终于回来了——"

他的语中用情如斯。我的心骤然沉到了底，被他紧紧拥抱着，凉意却自脚底冷冷漫起。他抱着的人，是不是我？莞莞？这个本不属于我的名字。

我动弹不得，他拥得紧，几乎叫我不能呼吸一样，肋骨森森地有些疼。这样的疑惑叫我深刻不安，我屏息，一字一字吐出："臣妾甄嬛，参见皇上。"

他仿佛没有听清一般，身子一凛，渐渐松开了我。他用力看着我，眼神有些古怪，片刻淡漠道："是你啊。"

我惊得几乎咬到了自己的舌头。他这样的神情让我激灵灵打了个冷战，仿佛一盆冰冷雪水兜头而下，骨子里皆是冰凉的。我极力维持着跪下，轻轻道："臣妾参见皇上。"

他的目光有些疏离，很快又落在我身上，在我的衣裳上逡巡不已。忽然，他一把扯起我，眼中越过一道灼热的怒火，语气中已经有了质问的意味："这件衣裳是哪里来的？"

我心下害怕，正待解释，他抓住我手臂的手越来越用力，痛得我冷汗直冒，说不出话来。我极力屏气，方冒出一句来："臣妾没有……"他一把抛开我，把我丢在地上，冷冷"哼"了一声。

里头皇后听见动静，急急扶了剪秋的手出来，见如斯情景，"哎呀"一声，便向扶着她的剪秋歪去。

玄凌一惊，也不顾我，忙去扶住皇后坐下道："皇后怎么了？"

皇后并未晕过去，只以手抚头，吃力道："臣妾有些头痛。"

剪秋忙斟了热水进来，皇后并不喝，只转了头四处寻着什么人，问："绘春呢？"

剪秋会意，忙唤了绘春进来。皇后一见她，脸也白了，一手指着我，一手用力拍着椅子，向绘春道："你瞧瞧她，这是怎么回事？"

绘春一见我，立时大惊失色，忙跪下哭道："前些日子娘娘整理纯元皇后旧时的衣物，发现这件霓裳长衣上掉了两颗南珠，丝线也松了，就让奴婢拿去内务府缝补。奴婢本想抽空儿就去拿回来的，谁知这两日事多浑忘了，不知怎么会在昭仪娘娘身上。"她吓得忘了哭，拼命磕头道，"皇上皇后恕罪啊！"

我脑中轰然一响，只余了一片空白。误穿了纯元皇后的故衣，可当如何是好？

皇后又气又急，怒不可遏，喘着气道："糊涂！本宫千万次交代你们对先皇后的物事要分外上心保管，你们竟全当作耳旁风么？旁的也就罢了，偏偏……"

玄凌的目光有些怔然："这是她第一次遇见朕的时候穿的。"

皇后的目光如火焰一跳，久久凝望着玄凌："皇上还记得，那时姐姐进宫来看我。"

玄凌淡淡"唔"一声，道："自然是不能忘的。"

他们这样说着话，只余我一人在旁边，像是一个被抛弃和遗忘的人，孤独地看着他们。莞莞？我心头冷笑，更是哀戚。莞莞？原来都是别人！

他很快逼视我，语气陌生而冰冷，简短地吐出三个字："脱下来！"

我一时有些尴尬，脱去外衣，我只穿了一件品色暗纹的衬裳，是绝对不合仪制的。然而，我迅速地脱了下来，双手奉上，平直下跪："臣妾大意，误穿了纯元皇后故衣。"

皇后觑眼瞧着玄凌，小心道："昭仪一向谨慎，必不会故意如此，怕是有什么缘故吧？"她向我道："你自己说。"

我平静摇头，道："臣妾在来皇后宫中时发现礼服破损，不得已才暂时借用此衣，并不晓得衣裳的来由。"唇角漫上一缕凄惶的笑意，胸中气息难平，"若非如此……"我盯着玄凌，却是说不下去了，只向皇后道："原本是臣妾的错，臣妾愿意领罚。"

在我心里，何尝愿意在他眼中成为别人。罢了。罢了。

玄凌看我的神色复杂而遥远。我别过头，强忍着眼中泪水。

这样生冷的寂静。片刻，皇后迟疑着道："昭仪她……"

玄凌面无表情道："昭仪？虽然行过册封礼，却没听你训导，算不得礼成。"

我心中已然冰凉，如此却也一震，不觉苦笑。罢了，我在他心里原当不得昭仪，他所一念牵挂的人，并不是我啊！

他看着我，仿佛是远远居高临下一般，道："棠梨宫已经修建好，你就好好去待着思过吧。"

我的失宠，就在这样一夜之间。所有的一切，都全盘颠覆了。修建一新的棠梨宫，雅致精巧的棠梨宫，象征着荣宠高贵的棠梨宫，亦在一夜之间成了一座冰冷的囚笼。

我的泪，在甫回棠梨宫那一夜流了个畅快。春寒依然料峭的夜里，被褥皆被我的泪染作了潮湿的冰凉。月光沉默自窗格间筛下，是一汪苍白的死水。我这样醒着，自无尽的黑暗凝望到东方露出微白，毫无倦意。

心，从剧烈的痛与滚热，随着炭盆里彻夜燃尽的银炭蓄成了一摊冷寂的死灰。那样深刻的耻辱和哀痛，把一颗本就不完整的心生生碎成了丝缕。

我醒悟一切不过是个圈套，自那件破损的礼服起。而醒悟之中，是更深切的悲辱——他给我的一切情意与荣宠，不过因为我是个相似的影子啊！

莞莞！他心中的我，不过是纯元皇后的替代品而已。

长久的睁眼和哭泣之后，眼睛干涸得刺痛。良久的寂静之后，终于有人推门而入，是槿汐。她轻声道："娘娘。"

我只是怔怔坐着。棠梨宫中的人皆随着我被禁闭了起来，阖宫都惊惶不安，亦不敢来打扰我。槿汐行了一礼，缓缓道："娘娘千万保重自身，别伤心坏了身子。"

我已无泪，殿中阴暗，她的神情在逆光中显得焦灼。我抬头，第一次持久而玩味地看着槿汐，喉咙有沙哑的疼痛。我忽而冷笑起来："槿汐，从前我问你为何无故对我这样忠心，你只说是缘分使然，如今——可以告知我了吧？"

她咬一咬唇，平静地跪在我身边，只是沉默以对。我的唇角缓缓展开，这样悲寂而怨愤的心境，笑容必也是可怖的："是因为我像去了的纯元皇后是不是？"

她缓缓点头，又摇头，道："娘娘与纯元皇后并不十分相像。"

我质疑地轻笑，全然不信，道："是么？"我自语，"直到如今我才明白。"端妃初次见我的神情骤然浮现在眼前，她何以见我时会惊讶，何以说那样的话。她是入宫最早的妃嫔，自然熟悉纯元皇后的容貌。

槿汐轻轻道："三分的相似，五分的性情，足以让皇上情动了。"

我怆然微笑，自嘲道："三分容貌？五分性情？也足以让你为我效忠——不，你真正忠心的是纯元皇后。"

槿汐恭谨跪着，恳切道："奴婢并无福气得以侍奉先皇后，只是因缘际会曾得过先皇后一次垂怜。"槿汐平静地看着我，眸中清亮如水，"娘娘穿上先皇后的衣衫才有真切的几分相像。先皇后心地太过纯良，而娘娘虽然心软，却也有决断。槿汐效忠娘娘，是有先皇后仁慈的缘故，更是为娘娘自己。"

槿汐说得坦诚直白，我颇为触动。我侧首看她，凄然道："圈套之中，如今的我已然失宠，这次不比往日，恐怕难以翻身，再对我效忠也是枉然。"

槿汐郑重叩首，道："此次之事也是奴婢的疏忽，奴婢觉得衣衫眼熟，一时也想不起是先皇后的旧物，何况姜公公从前并未服侍过先皇后，的确是咱们中了别人的算计。"槿汐顿一顿，道，"昨日娘娘刚被送回来，听闻姜公公就被皇上下旨乱棍打死了。"

我闻言一震，心下更是难过："他是受我的牵连，也是被算计的一颗棋子。"我握住槿汐的手，歉然道，"我不该疑你的忠心，哪怕你是因着先皇后，至少也是为我。皇上却——"我没有说下去，只是冷笑不已，"皇后费好大的心思！"

槿汐睫毛一跳，沉吟片刻，道："娘娘何以见得？"

"若非她有意，谁能动得纯元皇后的旧物，又何来如此凑巧？"心下颤颤，皇后的手段我并非不晓得，联手对丽贵嫔的惊吓、华妃的铲除，我们合作得默契而恰如其分。她并非一味地端淑啊！我冷笑之余又有些心悸，我何曾想过，螳螂捕蝉，黄雀在后。狡兔死，走狗烹啊！

可不是如此么？

槿汐垂首，微微咬唇："娘娘并非对皇后有不臣之心，只是娘娘步步高升，又得圣宠，皇后想必忌惮。"

我起身，茫然四顾，道："我既失君心，又不得皇后之意，所犯之事又涉及先皇后，是帝后和太后的伤处。"

槿汐蹙眉："今日之事眼下确实无法转圜，娘娘只能静待时机。"

"时机？"我环顾修缮后精致的棠梨宫，此时此刻，它和一座真正的冷宫有什么区别？当日玄凌为了保护我避开前朝后宫争斗之祸送我去无梁殿，自是情意深重，今日的禁闭怎能同日而语。罢了，罢了！

日子过得死寂，曾经棠梨宫一切的优渥待遇尽数被取消了。外头的人更不晓得在怎样看我的笑话，册封当日被贬黜，我也算是头一个了吧。玄凌只让内务府给我贵人的待遇。姜忠敏一死，内务府的人自然见风使舵百般苛刻，送来的饭食粗粝，大半也是腐烂生冷的。棠梨宫中一些粗使的小内监、小宫女自然怨声载道，抱怨不迭。幸而槿汐和小允子他们还弹压得住，众人也是尽力忍耐。

我心中纵然悲痛，却也不愿意再以泪洗面。然而，百般自持，那痛心与怨愤硬生生被压迫在心中，哽如巨石，渐渐也远离了茶饭。

春寒中大雪未曾停过，棠梨宫地处偏僻，又多阴寒潮湿之气，取暖用的炭火早就被内务府断了，无可供取暖之物，被褥几乎潮得能挤出水来。虽然多穿了几层衣物，不消几日，原本娇嫩的手足就长满了累累的冻疮，颗颗紫如葡萄，鲜红欲滴，不时迸裂血口，泛出鲜红的缕缕血丝。浣碧与流朱焦急不已，也顾不得忌讳，夜夜和我挤了一处睡，互相取暖。我才发现，她们的手足也俱已开裂破损了。

我再耐不住，心疼之余不由得三人抱头垂泪，我含泪道："昔年在府中为奴为婢，你们也不曾受过这样的苦楚，如今反要和我一同遭这样的罪。"

浣碧用腿暖着我的足，伤感道："小姐又何曾这样辛苦过。皇上也太……"

流朱抹了泪，愤然道："奴婢百般求告，只希望内务府可以通融送些医治冻疮的膏药来，或是拿些黑炭来也好啊！谁晓得他们理也不理，更不放奴婢出去，只在门外百般奚落。当初他们是怎么讨好巴结咱们来着？"

浣碧叹气，瞪了一眼流朱道："你就消停些吧，还嫌不够闹心么？"

流朱恨道："总有一日，我便要他们知道流朱姑奶奶的厉害！"说着把我的手焐在她怀中。她的手也是冰冷的，唯有怀中一点暖气，尽数暖给了我。我紧紧搂住她们，心下更是难过，道："原本要为你们谋一个好出路，恐怕也是不能了，只怕是自身难保了，却拖累了你们。"我对浣碧更是愧疚，"浣碧，我更连累你。"

浣碧轻轻摆首，只是默然落泪。流朱慨然道："难道奴婢跟着小姐只是为享福的吗？奴婢自小跟着小姐，既跟着小姐享了安乐，更不怕陪着小姐分担痛苦。奴婢的一生都是小姐的。"

我泫然泪下："我又何曾把你们看作了奴婢呢？"

浣碧眼中泪光闪烁："流朱说得不错。小姐待咱们不同奴婢，难道还怕一起挨不过去么？必没有什么过不去的。"

深夜的殿中越发寒冷。我心中凄楚，又怕辗转侧身吵醒了身边的流朱和浣碧，便僵着不动。月光森森地落在帐上，今日又是月尾了。下弦月细勒如钩，生生地似割着心。月圆月缺，日日都在变幻不定。可是说到人心的善变多端，又岂是月亮的阴晴圆缺可以比拟半分的呢？

我在惆怅里，暗暗地叹息了一声。

许是连日的饮食无常，整个人都失了力气，精神委顿。或是因为这不堪的心力，一向不太准确的信期也比上月晚了三五天，身体和心都是说不出的酸胀难过。槿汐焦急不堪，几番要为我疏通了侍卫去请太医来。奈何守卫棠梨宫的那些侍卫极是凶蛮，态度也恶劣，丝毫不加理会，逼急了只道："皇上有过旨意，不许这宫里有一个人出去。别的咱们也管不了。"于是眼瞧着我一日复一日地憔悴虚弱下去。

终于那一日晨起换衣时，体力不支，脚下一个虚浮，便不省人事了。

醒来时却是温实初在近旁，殿中复又生起了炭火，温暖而明亮。温热的草药在小银铫子上咕嘟咕嘟地滚着，微微有些熏人。身上的被褥一应换了松软干燥的，塞了一个铜制的汤婆子焐在脚边取暖。

我抬一抬手，却见手上厚厚包了层软布，不由得惊诧，槿汐笑吟吟在一旁道："娘娘别动，刚涂了治冻疮的貂油，怕脏了衣服。"她端了一碗燕窝轻轻吹着，用银匙一口口舀了喂到我唇边。我头晕目眩，身上软绵绵的乏力，只瞪着周遭的这一切疑惑。囚禁之中何来这样的礼遇，而脚边的汤婆子热热烫着脚，分明又不是虚幻之景。

我望着温实初，乍见故人，眼中不由得热了，道："温大人。"

他应了一声，眼中漾起稀薄的温情和悲惜，极力抑制着，行礼道："微臣恭喜娘娘！"

我的意识有些模糊，不自觉地摸到腹部，疑惑且意外地望着他："是吗？"

槿汐落下泪来，轻轻转首拭了，携了一宫的宫女、内监齐齐跪了下来贺喜："恭喜娘娘。"她道，"太医说娘娘已有一个月的身孕了。"

我心下有一刻的惶然，却也欣喜了，欣喜之中更是悲伤。我曾经深切地期盼着有一个孩子却不得，如今这个时分偏又有了孩子，不知是我依靠他还是连累他了。我抚着小腹，几欲落下泪来。

待得众人退下，唯剩了温实初和槿汐在侧。槿汐在旁照拂着药炉，温实初为我把过脉道："娘娘心情起伏太大，胎气不稳，切勿再要动气伤心了。"

我别过头，忍着鼻中的酸，道："大人以为本宫眼下如何？"

他长长叹了口气："这是娘娘眼下唯一翻身的机会了。"他宽慰道，"皇上已经下旨由微臣照顾娘娘的身孕，虽未恢复贵嫔应有的礼遇，也准以嫔礼相待。皇后也命人格外照顾娘娘的饮食起居，娘娘尽量放宽心吧。"

我却凄然笑了，道："是么？大人以为这是本宫翻身的机会了么？若如此，大人方才絮絮说了这许多，怎未听提及有解除禁足之令，皇上也未曾有一字的安慰之语。何况这所谓的嫔位礼遇，也是为本宫的孩子，并非是因为本宫。"

他默然，也恻然了。一旁的槿汐也怔怔停了扇着风炉的手，垂首不语。殿内一时静静无声，只见小银铫子里的热气"嘟嘟"滚了出来，白白的一嘟噜一嘟噜。

温实初急切道："娘娘……"喉间也有了哽咽之意。

我抱了汤婆子在怀中汲取暖意，微微一笑："大人伤心做什么？本宫没有伤心，你倒抢在本宫前头了。"汤婆子那样烫，隔着衣裳烫着我冰冷的胸腔。我低头，用力道，"无论什么时候，本宫决不轻贱自己，委屈了这个孩子。还未进冷宫，哪怕是进了冷宫呢，本宫也必然好好抚养这个孩子长成。"

温实初久久松了一口气，畅然道："那就好。微臣生怕娘娘轻贱了自己。"他坚定道，"有娘娘这句话，微臣必定一力照应好娘娘！"

我凄楚一笑，深深觉得温情和感激。温实初对我的情意我这一世也无法回应于他了，纵然他对我有爱慕之情，我却无意，可是深宫如斯多变阴冷，他如亲人一般在身边关怀。

我笑中带泪，缓缓道："温大人与本宫自幼相识，何曾见过本宫自轻自贱。"

他快慰地笑了，道："微臣认识的娘娘，从不曾让微臣失望过。"

我道："如此，本宫和腹中的胎儿，一应托付给大人了。"

温实初走后，独槿汐留在我身边照应，她为我掖好被角，欣慰道："幸而是温大人来照应娘娘，不过万事也皆不可放松。"她劝我，"这个时候有了孩子也好，至少皇上不至于太绝情。"

我含了一缕凄微的笑，道："你也觉得皇上太绝情么？"

宫中生不下来的孩子那样多，步步均是险路。既然玄凌情薄，也唯有依靠自己争取了。

　　我挣扎着披衣起身，命槿汐取了文房四宝来。槿汐道："娘娘身子虚弱，有什么等好些了再写吧。"

　　我摇头，提笔写了一纸，交与槿汐封好，道："我有了身孕，皇上必然肯看我的书信。想办法送到御前。"

　　槿汐道："娘娘写了什么？"

　　我用神太过，愈加觉得吃力，半倚在床边，道："我求皇上下旨，由皇后亲自照顾我怀孕生产之事。"

　　槿汐吃惊："娘娘本就疑心今番之事是皇后的意思，为何还要皇后照顾？"

　　我苦笑："不错。可是如今宫中皇后独大，我要留心这孩子，凭一己之力必然不够。皇后这样设计陷害我，必定对我十分厌憎，想来也厌憎我腹中孩子。若要她一应照料我生育之事，若有任何差池她自己首先脱不了干系。为了她自己，她必定尽心，且不来害我的孩子，也不让别人来害我的孩子。"

　　槿汐无奈，却也赞同："要一切平安，这是唯一的法子。娘娘将来若要复宠，一切指望全在这孩子身上。"

　　我怆然摇头。玄凌如此，我可还愿意为争宠去做一个旁人的替身？便是杀了我，也是断断不能。我只要这孩子平安长大。

　　我只说："你快快去吧。"皇后在人前一向"仁慈亲厚"，玄凌有这样的旨意，她断然不会拒绝。

　　我低头抚着尚未显形的小腹，暗暗下了决心：孩子，哪怕你的父皇不怜惜你，不怜惜娘亲，娘亲也必定想尽办法保护你平安。

　　槿汐收好了书信，微笑道："燕窝冷了，奴婢去兑些热牛奶进去。"

　　我随口道："等下去弄吧。我嘴里总觉得淡淡的没有味道，叫流朱吩咐小厨房去做碗虾仁粥来吧。"

　　槿汐的神色有些古怪，应了一声，匆匆出去了。过了一歇，端粥进来的却是浣碧。她坐在我床前，一口口舀了笑道："小姐现在有身子的人，一人吃两人补，要多吃些才好。”

我本无多大的胃口，不过一时想着而已，待真端到了面前，又失了兴致。因见她殷勤期待，尽力咽了几口道："怎不是流朱进来，刚才你们进来贺喜也未见她。"

浣碧笑吟吟道："小姐嫌奴婢服侍得不好么，一心念着流朱。"

我见她虽是笑着，眼角却红了，不由得心下疑惑，道："流朱怎么了？"

她忙道："没有怎么啊。只是流朱这几晚没睡好，患了风寒正在睡呢。"

我"哦"了一声，本待睡下。或是这些日子来的风波起伏，心里并不安定，掀了被子起身道："我去瞧瞧她。"

浣碧忙要起身拦我，我越发狐疑。浣碧眼见拦不住，"扑通"跪在地下，咬了唇痛哭道："小姐不用去了，流朱已经不在了。"

我惶然大惊，道："你说什么！"

浣碧呜咽不已，道："小姐以为太医如何能进来呢？外头的守卫根本不理会咱们的求告。是流朱拼死撞在他们的刀上，外头的人怕惹出了人命才叫了太医来的，也只有温太医肯来，方能照应小姐，可惜流朱却是救不回来了。"

流朱自小在我身边，情分一如亲生的姐妹一般，一时闻得这样的噩耗，心中绞痛，几乎跌在浣碧怀里。浣碧急得大哭，道："奴婢早说不让小姐知道，怕伤了胎气，小姐千万别太伤心。"

正哭着，槿汐奔了进来，一见如此便知道不好，忙扶了我坐下，切切道："娘娘如今伤心更要想明白，唯有保重自身才最重要。流朱姑娘是为娘娘死的，娘娘可千万不要叫她白死了才好。唯有娘娘周全，才能为流朱姑娘报仇啊。"

我死死咬着牙，用力太过，牙根酸得发痛，如含了冰水在口中。浣碧哭求道："小姐一定要好好的。小姐可知道流朱死得多惨，碰了一头的血，连尸首也不得好好埋葬。小姐若是伤心坏了，流朱岂非白白为了小姐！"

我怔怔流着泪。我知道浣碧的身世，一向待她亲厚，不免略疏忽了流朱。但经浣碧当日变节一事，我心里是待流朱更信任的。可惜她和浣碧一同进宫陪伴我，未曾得一日的清福，却先为我落了如此的下场，岂非是我连累了她！

槿汐握住我的手，一根根掰开我紧握的手指，含泪道："娘娘的手刚敷了药，这样握着可怎么好。"她正色道，"娘娘忘了当日淳嫔小主的死么？当日娘娘可以忍，今日就不能忍一时之痛吗？若娘娘伤了自己，便是将来想要为流朱姑娘报仇也有心无力了！"

这话说得中肯，我再难过也听得入耳。我缓缓止了泪，生生道："不错，只有我好好地活着，流朱才不算是枉死了。"

陆 荆棘满怀天未明

桃花盛开的时候，春天的燕子重又飞来筑巢了。杨柳儿一绕，春风也被缠得熏热起来，叫人生了莫名的汗意。

自我有身孕之后，玄凌一次也没来看我，也不许任何人来探望，连亲近如眉庄，亦不可踏入棠梨宫一步。只允许芳若每日来陪我一个时辰，看望我的起居，或是在上林苑中散心少时。其余的一切事宜，都交给了皇后打点。

我晓得他厌极了我，他掩饰得这样好的秘密，竟然被我知晓了。他心爱的人的衣裳被我擅自披上了身。而我，亦是怨怼于他的，这么些年的情意，终究是错付了。

渐渐，怨怼也没有了必要。想起他从前几番对我轻易地猜疑和冷落，我在他心中，原不过尔尔啊。

唯一可随意出入的，只有温实初一个，为我带来一点外头的消息。害死流朱的那些侍卫已被玄凌遣去了暴室服苦役；玄清虽然在平汝南王之事中有功，却辞去了所有封赏，依旧做他的闲散王爷；父母兄嫂虽然担心我，却也无可奈何，幸好玄凌也未曾迁怒他们。他说得更多的是眉庄，今日请他悄悄送了一盒我喜欢的酥点进来给我，明日是一封折成如意结的纸张，写上温暖的开解之语，后日又是一件做好的孩童兜肚。我明白她的心意，心下唯觉得欣慰。偶尔敬妃和端妃也私下托温实初带来安慰的话，唯有陵容，仿若消失了一般，再无任何声息，也无一丝关怀之意。

我苦笑，虽然世态炎凉，但她心中未必也是不怨恨我的。

到了六月间，天气更热，我已换上了单薄的纱衣，五个月的身孕，身子越发觉得困倦，常常白日里倚靠在贵妃榻上也会昏昏睡过去，到了夜里反睡不安生，隆起的肚子叫我辗转不宁，脚趾和大腿也时时抽筋酸软不堪。

温实初来看了说："娘娘应该多用骨头熬汤喝，加少许醋，平日宜用豆腐和蔬果，便会缓解抽筋的症状。若要睡得安稳，睡前喝些牛奶吧。"

浣碧在一边牢牢记了，温实初写了几味安胎的药，道："请恕微臣多言，娘娘睡不安稳，恐怕是心中思虑太多，非药力可以疏解的。"

我挽一挽袖子，半笑道："大人既然知道又何必再说呢？等下大人要去向皇后复命，请替本宫问候皇后，就说本宫一切安好。"

他道："皇后娘娘受皇上所托，不敢对娘娘和腹中胎儿掉以轻心，时常召微臣去询问。"

我看他一眼，慢慢道："你晓得怎样应对就好了。"

絮絮说了一遭，我又问："眉庄姐姐手上的烧伤估计也应好了，温大人可有把舒痕胶交与姐姐用？姐姐用着可好么？"

温实初脸上神色一黯，随口道："好多了。"他踌躇了片刻，终究没有再说什么，只细细说了眉庄的伤势愈合得好，至于舒痕胶是否有效，却只是含糊了过去。末了，他谆谆叮嘱了一句："安芬仪若是有物事送来与娘娘，但请娘娘让微臣过目后再用。"

他这样殷勤谆嘱的话，谨慎小心的神态，又联想起那一日我拿舒痕胶与眉庄时他不放心的神情，我的心"咯噔"一跳，越加不安。我维持着平静的神气道："大人要本宫静心养胎不宜多思，可大人说话吞吞吐吐，岂非存心叫本宫担忧不安。"我环视棠梨宫周遭，顿一顿道，"大人有什么话不妨直说，难道今时今日人情翻覆如此，本宫还有什么受不起的么？"

他目光闪烁，迟疑着道："那舒痕胶……"

他的神色大有不忍与嫌恶之态。脑中电光石火一闪，再不愿相信，也不得不相信了。为什么我失子的前几日常常胎动不适？为什么我在华妃宫中闻了几个时辰的"欢宜香"，跪了半个时辰就小月了？为什么温实初在我小月之后断出我体内有麝香，而陵容的解释却是因为"欢宜香"？

麝香？我的身体剧烈地颤抖了一下，只觉得身上发虚，强自镇定着问温实初："那舒痕胶里有麝香，是不是？"

他有些张口结舌，道："娘娘……"

我用力握住自己的手，屏息道："你说。"

他无奈，道："微臣……那胶里有分量不轻的麝香，若通过伤口进入肌理，如同每日服食一般，且此胶花香浓郁，意在遮掩麝香的气味，若非懂得香料之人不能调配出来。"他紧紧握着自己的袍袖，道，"其实也未必是安芬仪所为，微臣也只是揣测，毕竟舒痕胶在娘娘寝宫中，也有人可以接触到……"

舒痕胶是陵容亲手调制的，每日都是我贴身使用，想来并无人能接近。而若非她深懂如何调配香料，又怎能把握好分寸不让我发觉呢？

只是不晓得，是她自己要这样做，还是有人指使。她又为何要恨我到这般地步，连当日我腹中的孩子也不肯放过。

我身上一阵阵发凉，胸口闷得难受，极度的恶心烦闷，耐不住"哇"地一口吐了出来，一地狼藉。温实初顾不得脏，忙扶我，浣碧帮着擦拭净了。温实初关切道："娘娘恶心得厉害么？"

我歪在椅上，笑得森冷而凄楚："人更叫我恶心呢。"我懒懒起身，窗纱外的阳光那样明亮那样热，白晃晃地照在地上让人眼晕。我极力忍耐着，向温实初道："这件事眉姐姐知道么？"

他谨慎摇头："微臣不敢妄言。"

我颔首，着意道："这事切不可让她知道，否则以她的脾气怎么能耐得住性子。若此事真为安芬仪所为，决计是心计深沉之人，眉姐姐必定难以招架，何况本宫如此潦倒，她更势单力薄了。"

温实初深深点头，我想了想又道："千万记得转告眉姐姐，无论如何，万万不要见罪于皇后和安芬仪。"我挥一挥手，道，"你回去吧，本宫也乏了。"

浣碧忙扶了我进内殿卧下，紧张道："既然安芬仪和小姐从前落胎有关，小姐何不让沈婕好见机行事以谋后算，怎么还要事事忍让她？"

我卧在床上，汗水濡湿了鬓发，缓缓打了一把扇子，道："眼下这个情形，我只能让眉庄自保，万一受我牵连可如何是好？我若要她见机而变，岂非叫她自寻死路。"

浣碧脸红了红，道："奴婢只是担心小姐。"

我道："你出去吧，让我静静歇一歇。"浣碧应声出去，我独自躺着，心中煎熬如沸。我与陵容的情谊自然及不上与眉庄自小一同长大的情分，可是也是向来亲厚，尽管这亲厚里也有着疏远，但我也并未有丝毫对不住她啊！

人心之可怖，竟至于此么？我徐徐扑着扇子，手竟微微颤抖不已。陵容，陵容，脑中轰然乱着，寒鸦的情思，金缕衣的得幸，我失宠后她在皇后指引下高歌而出的重新获宠，她获宠后在意玄凌更宠幸谁的言语，皇后劝我用舒痕胶治愈面上伤痕的殷殷之情。那些曾经的蛛丝马迹和我的种种疑心，在我的蓄意思索中变得鲜明而贯穿一线。

那些被我忽略或是刻意不去猜疑的点点滴滴，訇然倒塌在我的面前，皆成了碎片。

皇后和陵容，她们之间是怎样的一种默契。我曾经引以为依庇的皇后，她是在背后同样算计着我的啊，且携着陵容的手。华妃，不过是个替死鬼罢了。

我恨得几乎要呕出血来，"咔嚓"一声，将手中的团扇折成了两半。

夜里独寝，燥热的天气让我辗转反侧，又不敢贪凉。重重心事的逼仄，终于起身，赤足轻声走到殿后廊上。隔着被风吹起的窗纱，浣碧伏在桌上睡得正熟，流朱死后，她近身服侍我的一切事宜，又要警醒我夜半突如其来的口渴和抽筋，自是十分劳累了。

廊间的月华经或繁或疏的树叶一隔，被筛成了碎碎的明光。梨花早已谢了，树上结了不少青青的小梨子，似小孩子紧握的拳头。夜半萧瑟的风，带着索落的花香灌满我轻薄的寝衣，五个月的身孕，已经很明显了。

记得我初次怀孕的时候，也在这梨树下，梨花开得如雪，拂面生香，那时与玄凌的欢情，仿佛少年闺中的一场春梦，一如这年华，匆匆去了再不回来。

而今的我，这身孕有得何其辛苦，唯觉惊怵不已，永远似没有坏到最底处那一日。

风吹散了我的长发，和着远远的不知名的虫鸣，轻柔拂过我日渐尖削的脸庞，我忽然无措地痛哭起来。纵使是痛哭，也被我极力压抑成一缕轻微的呜咽，散在了夜风里。

有一双手把衣裳轻轻披在我身上，我转头，却是槿汐。她关切道："娘娘赤足跑了出来，小心着凉才是。"

她手中提着一双柔软的缎鞋，扶我坐下，小心为我穿上。她只做浑然不见我的泪意，缓缓道："娘娘不应该觉得高兴么？"

我质疑："高兴？"

"娘娘几番疑心安小主的用心，从前她若是暗敌，今日也算成了明敌，娘娘反而更能防范是不是？如今娘娘在明处，暗处的敌人自然是能少一个就少一个最好。"她轻声问我，"娘娘可是痛心当日姐妹情谊？"

我意欲点头，然而却冷笑了："如今看来，她与我可还当得起'姐妹情谊'？"

槿汐淡然坐在我脚边，轻漠笑道："娘娘与沈婕好的情谊实属难得。既然是难得就不必奢望人人如此。"

我出言，心底悲伤："我实在不明白她为何要这般对我？"

槿汐笑笑："娘娘无须明白，若有一日知晓，也必定是极丑恶不堪的真相。娘娘的确待安芬仪很好，可是这宫里，不是你对她好，她就会对你好。"

我知道，眼下的我没有任何能力去反击，哪怕我恨得咬碎了银牙，一定，要忍耐。

我撩开眼前乱发："你说得不错，好与坏，都是为了自身利益使然。我也曾疑心她或许受人指使，但无论是否她意愿所然，是她做的就是她做的。"我握一握槿汐的手，感激道，"槿汐，你总是能及时叫我明白。"

她有些羞赧，更多是坦然："奴婢自幼生长在深宫，如今已经三十岁了，自然不是什么也没看到，什么也不懂的。"她温和且坚定，道，"安芬仪的事或许是有人幕后指使，她无论是怎样的，娘娘若此时因为她而伤及自身，才是大大的不值，请娘娘安心。"她唏嘘道，"其实这也不算什么，娘娘重情才会伤心，在宫里哪怕是亲姐妹也有反目的那一日，何况不是亲姐妹呢？"

我听她语中大为感怀，也不好说什么，只得慢慢宽解了自己的心情，安心去睡觉。

怀孕六个月的时候天气最是酷热，我素性又最不能耐热，怀着孩子更不能食用生冷食物，越发觉得焦苦不堪，性子也有些烦躁。唯觉得欣喜的是，腹中胎儿的胎动似乎有些明显了。

那一日在殿内午睡，因着我有孕以来总是睡得不好，难得有一日好睡，众人皆是高兴，为怕扰着我睡觉，只留了浣碧一人在我身边打扇服侍。中午雷雨刚过，北窗下极凉爽的风卷着清凉的水汽徐徐吹进，我睡得极舒服。

蒙眬中，觉得浣碧的手劲极大，一下一下扇得风大，更觉舒畅。我做着一个遥远的梦，还是我刚承幸那一年，在太平行宫，也是午睡着，天气热，玄凌来看我。那些情话依稀低回在耳边，温柔而缠绵。他忽然唤我："莞莞，你的《惊鸿舞》跳得那样好。"我正对着镜子梳妆，他为我描着远山黛，手势熟练，其实我的眉形是更适合柳叶眉的。我忽然害怕起来，大声疾呼："四郎！我是嬛嬛啊，不是莞莞，不是什么莞莞！"他却只依依深情望着我："莞莞，你的《惊鸿舞》——"

我头痛欲裂，几乎要哭出来，《惊鸿舞》的舞姿迷乱而摇曳，翩若惊鸿，落花如雨里，一抹幽幽的笛声追随在我身边，是笛声还是箫声，我几乎不能辨清。娘的笑语清脆响在我耳边："学得了《惊鸿舞》是要给自己心爱的郎君看的呢，女儿家苦心孤诣学来的舞怎好叫旁人轻易看了去。"

我难受得紧，有一只温热的大手温暖覆盖在我的额头，担心道："她时常这样么？睡不安稳。"

那分明是一个男人的声音，浣碧的声音低低的："小姐总是睡不好，吃得也不香。"

他"哦"了一声，一块凉凉的绢子覆在了额上，我觉得舒服些。仿佛有一双手在抚摸我日渐滚圆的肚子，然而并不真切，很轻微的触觉。我只觉得困倦，隐约听得他轻声与浣碧一问一答着什么，依旧沉沉睡了过去。

醒来时已是入夜了。我挣扎着起身，道："肚子越来越大，行动更不方便了。"

浣碧笑道："小姐的身形倒不见臃肿。"

我微微一笑，问："刚才我仿佛听见你和谁说话了，是有人来过么？"

浣碧道："现在有谁过来呢？是小允子刚才进来，见小姐睡得出汗，搭了块凉绢子。"我见手边果然有一块雪白的方巾，似是抹汗所用的，也不以为意，正要唤了浣碧取水来喝，忽然觉得腹中一动，似被踢了一脚一般。我顿时愣在当地，一动也不敢动，过了良久，又是这样一下。

我欢喜得落下泪，拉了浣碧的手搭在我的肚子上，语无伦次道："你听！你听！他在踢我呢。"

浣碧扔开手里的东西，欣喜道："真的么？"说着把脸紧紧贴了上来，"小姐！他似乎在动呢，好像……是在伸懒腰。"

生命的迹象如此明显地搏动，我快活得不知说什么才好。浣碧反握着我的手，满脸欢快和激动："小姐……"她亦落泪了。

我忙笑道："哭什么呢？"我轻柔抚着自己凸起的小腹，道，"你是他的姨娘啊，应该高兴才是。"

浣碧笑中带泪，越发喜悦："是个好孩子呢，懂得体谅娘亲，所以前些时候小姐恶心呕吐也不厉害。将来一定是个最孝顺的皇子！"

我只是微笑，静一静道："何必是皇子呢？我倒希望是个帝姬。"

浣碧"咦"了一声，奇道："小姐不希望是皇子么？只有皇子，小姐才可翻身，重得恩宠啊。"

我淡漠摇头："恩宠？我并不稀罕。我只希望我的孩子平平安安地长大。"我低头，轻轻道，"若是个帝姬，就可避免混入来日的夺嫡之争了。你可知道，帝王家的皇位争夺从来是你死我活的，太血腥不过。"我迟疑片刻，"何况这孩子并不一定能得他父皇的喜欢。"

浣碧若有所思，轻声道："那也难说，奴婢只希望这孩子能够平安了。"

我宁和微笑，再不言语。自禁足以来，我第一次这样纯粹地高兴和幸福。这个孩子活生生的，在我的肚子里成长。生命的伟大和蓬勃，在这一刻深深感染了我疲倦而被悲恨浸染透了的心。我所有的怨怼和仇恨，悲哀和不甘，在此刻消弭殆尽，唯有这一点生命，才是我所有的希望和心爱所系。

待得入秋的时候，我的身子越发笨重了。天气晴好的日子，芳若每天都来陪我至上林苑中走上一个时辰散心，以便生产时有所助益。芳若显是受过吩咐，很少与我说外间的事，偶尔见我走得累了，亦只默默陪我坐着，并不多说话，而眼中的关怀和心疼却是无所掩饰的。

我的行走逐渐变得有些困难，时时须有人搀扶着，人清瘦而苍白，只有腹部滚圆而凸出，远远望来只见了一个肚子。芳若姑姑见四下无闲人时，小声感叹道："早知有今日之祸，当日奴婢宁愿不用心教习娘娘，免得入宫反而受此罪过。"

我望着高远的天际，有大雁成群南飞，紫奥城红墙高起的四方天空蓝澄澄的，没有一丝云彩，似乎永远是那样明净。我微微一笑，心境寂寥而安静，这样的天气，像极了我刚入宫那一日，那时的我，对前途怀着怎样的惴惴而揣测，一如现在的我，从不晓得前路会往何处去。我淡淡笑道："姑姑和本宫都不是圣人，怎能知晓来日之事。在哪一日，都不过只顾得眼前罢了。"

芳若无所回答，沉寂了片刻，道："其实皇上是很关心娘娘的。"

"是么？"我轻微扬起唇角，算是微笑，"是关心本宫还是本宫肚子里的孩子？"秋日的暖阳似一朵芙蕖盛开在身上，我微眯了眼道，"姑姑这话若是对几位新贵人说，想必她们听了定然比本宫高兴。"

她欲言又止，终究没有再说下去。

彼时的太液池碧波清澈，柔缓荡漾间有无数个太阳的小影子，让人觉得灿烂又虚幻。坐得久了，身上有些凉津津的，我支撑着起来，道："随便去哪里走走吧，坐得久了有些凉。"芳若答应着，和浣碧一边一个扶了我起来。

我甚想去看看眉庄，然而芳若每每留意，总是不成。而眉庄每接近我三丈以内，芳若必和颜悦色请她远离。虽然和颜悦色，却有玄凌的旨意在，眉庄终究只是遥遥望了我片刻，即得转身离去。

我沿着太液池缓步行走，秋光如画，风荷圆举，尚未有凋残零落之意。上林苑永远是这样美，春色无边，秋意浓华，连冬日里也有用绸绢制成的花叶点缀，就像这宫里的美貌女子，老了一群，又有新的一群进来，鲜红的嘴唇、光洁的脸庞、如波的眼神、窈窕的身段，似开不尽的春花。

曾几何时，我也是这上林苑里开得最艳的一朵花。

当日玩耍的秋千依然还在，只是秋千上引着的紫藤和杜若早已枯萎，只留了萧黄一索。秋千上空荡荡的，似乎许久没有人用过了，而秋千旁那棵花开如绣的杏树早已黄叶金灿。我有瞬间的走神，仿佛还是那样青葱的岁月，我偶一回头，遇见长身玉立的玄凌。所有的一切，我避不过的，就这样绮丽地开始了。当年自己的话依稀还在心上："杏花虽美好，可是结出的杏子极酸，杏仁更是苦涩。若是为人做事皆是开头很好而结局潦倒，又有何意义呢？不如松柏，终年青翠，无花无果也就罢了。"

仿佛是一语成谶一般，正出神，浣碧提醒道："小姐可该回去了。小厨房做了南北杏川贝炖鹧鸪，这时吃最滋润不过了。"

我闻言不觉苦笑："杏子炖鹧鸪？杏花原本开过就算了。"

浣碧略想一想，立即明白，不由得涨红了脸。我见她尴尬，便岔开了道："我正好有些饿，一起回去吧。"

正要起身，见玄清带了几个内监正从前头来，于是芳若先上前，请安道："王爷安好。"玄凌想必未曾嘱咐过芳若若我遇见皇亲时是否也要阻拦，芳若一时未及反应，玄清已经泰然走近，与我互问了安好，道："许久不见贵嫔了。"他的目光落在我的便便大腹上时有一瞬的欣喜和无奈，很快道，"小王还未来得及恭喜贵嫔，在此贺过。"

我端然笑道："王爷客气了。"我顿一顿，"王爷是去向太后请安么？"

他脸上有温润的笑意，道："刚从皇兄处过来，正要去看望太后。"他微笑道，"来得仓促，未及给贵嫔送上贺礼。"

我微微一笑："多谢王爷。"我的目光无意划过时停驻在他腰间的笛子上，随口道，"久不闻丝竹之声了，本宫觉得舌头的味道也寡淡了呢。"

他会心，道："娘娘喜欢听什么？小王以此为贺吧。"

"《杏花天影》。"我脱口而出，然而随即又后悔了。这首曲子，是我初见玄凌时吹的，现在听来，还有何意义呢？

玄清低一低头，取了笛子在唇边，缓缓吹了起来。我退开两步，静静听着。当时还年轻，只晓得曲子好，曲中的深意却并不十分了然。待得如今明白了，方知曲中浩茫如潮水的愁绪，好景不常在、此身无处寄的悲凉。曲未变，情却不同了。

玄清的神情认真而专注，依稀是见过的。我的目光自他面上拂过，第一次动了这样的念头，我所中意的那个人，到底是身为皇帝的玄凌，还是在漫天杏花中旖然而出的那个温文男子？

曲未终，我温然出言打断，道："王爷想必急着去向太后请安，本宫不便打扰，王爷请吧。"

他的眼中闪过一道奇异而悲悯的光泽，道："贵嫔请便。"他仿若无意对身边的内监道："听说太后秋日气燥没有胃口，本王府里常用银耳枸杞炖汤来进补，等下命人从王府里取了送去吧。"他的关切含蓄得不露痕迹，我只漠然远立。

那内监赔笑道："这有什么要紧的，等下让内务府拣好的进给太后就成了。"

另一内监道："那是王爷对太后的孝心，岂是内务府的东西可比的么？"

玄清但笑不语，似想说些什么，最后只道："贵嫔好自珍重。"便匆匆离开了。

回到棠梨宫中静静卧着休息，浣碧在我身边摇扇道："不知是否奴婢多心，总觉得祺嫔小主应对小姐的样子有些古怪。"

我托着腮，一手翻看着宫人们为孩子准备的小衣裳，轻轻"哦"了一声道："怎么说？"

浣碧认真想一想，道："奴婢只是自己疑心罢了。去冬公子进宫来时曾提到祺嫔小主的二哥管溪要在重阳迎娶二小姐，为何已经八月，还是一点动静也没有？"

我并未上心，只思量着若我前一胎真因皇后和陵容而落，今番怎会这样一点动静也无，尽管我求了玄凌的旨意要求皇后担待我孕中一切事宜，于是轻轻一哂："我如今这个样子，人家怎么敢随意和我家攀上亲戚。"我按下衣服，道，"谁知道管家的人是在观望呢还是不敢，这样的亲家，玉姚不嫁也罢。"

浣碧点头，不平道："小姐不过是一时失势，怎么也怀着皇上的骨肉呢，他们何须如此？"

我微笑掸一掸袖口，道："世态炎凉你又不是第一次见识到，做什么这样动气。帮我去把这些衣服收好吧。"

浣碧应声去了，过得片刻又转了回来，手中捧着一个瓷碗，却是一碗银耳枸杞，她笑道："方才的炖鹧鸪小姐进得不香，不如尝尝这个吧。奴婢刚叫小厨房做出来的。"

我道："好端端做这个做什么？"

浣碧抿嘴儿一笑，道："方才王爷特意叮嘱了的说这个能开胃，奴婢不敢不上心。"

我心下明白，故作奇道："咦？怎么我不晓得王爷叮嘱了你的？"

浣碧急急道："王爷好好地提什么太后胃口好不好的话，又何必当着咱们的面说。先前小姐又说到舌头寡淡，奴婢这么揣度着。"

我打趣道："哦，怎么王爷的话到你耳朵里就格外清明呢？"

浣碧羞红了脸，转了身绞着衣带道："旁人自然是不知道的，可奴婢晓得王爷关照咱们宫里不是一两日的事了，小姐何必开奴婢的玩笑。"

我笑过，道："好好好，看在你的用心上，我吃了便是。"

不悟寻时暗销骨

我的耐心一点点熬在对即将出世的孩子的期待上，我甚至有一丝庆幸，这样的失宠落魄，倒让我避开了身怀六甲后的错迭纷争，得一丝暂时的平静。

重阳那一日，宫中妃嫔照例是要向太后和诸位太妃庆贺的，我在禁足之中，自然不能前往，于是准备了花糕和菊花酒，又放了一个塞着茱萸的香袋，皆以红丝带束了，加上桑叶和榆叶覆盖，做成三色礼品交到芳若手中，请她为我奉于太后，恭贺桑榆晚景之乐。

到了晚间，太后遣了孙姑姑亲自来看我，慰问了几句，道："娘娘有着身子，现在实在是受委屈了。若有什么不便之处，可叫芳若来告诉奴婢，奴婢愿为娘娘尽心竭力。"

我谦和道："也没什么。只是今日是重阳，遥知兄弟登高处，遍插茱萸少一人。本宫有些思念家人罢了。"

孙姑姑的神色一僵，随即和缓微笑："宫里的规矩，娘娘、小主怀孕八个月时，娘家的亲人可入宫陪伴生产。算算娘娘的日子也有七个月了，奴婢会记得提醒内务府安排娘娘的母亲平昌郡夫人和嫂嫂新平县君进宫。"如此，我心下安慰，亦知家中父兄未因我失宠而有所牵连，更有了盼头。

　　到了九月底的时候，我一心等着有娘亲和嫂嫂可以入宫来陪伴的消息，而内务府却一直音信全无。我不免焦急，问芳若，她却只是支支吾吾的，内务府也是推三阻四没个回话。偏偏这个时节，李长又来传话，说近日天气冷了，请我不用再出去散心，免得惹了风寒，而守卫棠梨宫的侍卫也越发严谨了。我虽不晓得发生了什么事，也觉得不寻常，百般无法之下，只得寻了个机会在内务府的小内监送东西来时叫住了他。

　　那个小内监显然是新来的，面孔很生。我正和浣碧面对面坐了缝制一件孩子出生后要盖的小被子，团花蝙蝠的图案，很是喜气。

　　那小内监跪在地上，我和气道："你叫什么？从前怎么没见过的？"

　　他磕一个头，有些胆怯："奴才小贵子是刚来的，本来今天该是黄大哥来的，可他忽然肚子疼，就换了奴才给娘娘送大毛的料子来。"

　　浣碧见我眼色，忙扶了他起来，和颜悦色道："你辛苦啦，这些碎银子是咱们娘娘赏你去喝茶的。"

　　小贵子欣喜非常，连忙叩首谢了恩。我笑吟吟道："这个算什么，等本宫家里人进宫那一日，本宫再好好打赏你。"

　　他有些疑惑，抬头道："谢娘娘赏。可近日没听公公们说哪家的命妇要进宫啊，若娘娘家人来了，奴才必定早早告知。"

　　我更是疑惑和忧虑，脸上却一丝不露，满面笑容道："是了，你从前是在哪里当差的？"

　　他道："奴才也是在内务府，不过从前不在里头当差，是在外头给守门的侍卫送茶水的。"

　　我心下欢喜，守宫门的侍卫那里最能听到消息，于是担忧道："本宫娘家姓曾，本不是什么显赫人家，想来是不得入宫探望本宫了，哪里像甄府里的几位命妇似的，常能入宫。"

　　小贵子眨巴着眼，道："奴才不知曾大人哪里高就，但必定是平安富贵的。只是这甄府往日里风光，如今可不行了。前两天奴才进里头时就听说了，兵部侍郎甄大人下了大狱。"我的心狂乱一跳，容色大变，他却依旧絮絮说下去，"这还不止呢，连羽林军都统兼翰林院侍讲学士都没了，甄老大人的吏部尚书也没保住，一把年纪被禁在家中，连夫人们的诰命之封也被废了，还牵连了亲家薛大人。"

　　我的声音有些颤抖，强忍着道："怎么会这样，甄府不是平汝南王的时候立了大功么？"

　　他犹自不觉，笑滋滋道："娘娘有所不知，立了大功也犯了大罪，当初华妃娘娘的慕容家和汝南王不就是个现成的例子么？甄大人是被人告发了。"

　　我还未来得及开口，浣碧已经白了脸色，嘴唇微微发颤，抢着道："被谁告发的？"

　　小贵子见她这样，吓得不敢再说。浣碧哪里耐得住，情急之下握住他的手臂喝道："快说！"

　　小贵子拗不过，只得道："羽林军副都统管大人。"

　　浣碧急道："胡说！管大人不是要跟甄家二小姐结亲的么，怎么会去告发甄大人？"

　　小贵子"咳"一声道："官场上的事奴才哪里知道得清楚，不过这事半个月前就人人都知道了，奴才可不是瞎说！"

　　半个月前？唯独我被蒙在鼓里。

　　浣碧待要再问，小贵子寻了个由头惶惶逃了出去。我怔怔坐下，手中的针直直扎进了手指。浣碧"哎呀"一声，忙取了白绢布来裹住，落下泪来："小姐，这可如何是好？"

　　我极力忍了泪道："好！好——"话音未落，腹中急剧疼痛了起来，几乎说不出话来，强自镇定道："去请温太医——"

　　温实初侍奉我吃完安胎宁神的药物，槿汐为我盖上被子，道："请问温大人，娘娘没有大碍吧？"

温实初微蹙了眉头，道："大碍是没有，只是我有几句话想问娘娘的意思。"

我腹中依旧有隐约的疼痛，吃力点头："本宫也有话问温大人。"

槿汐掩身出去，我见浣碧目光恋恋，知道她也放心不下，便也留了她。温实初半是责备半是关切，道："娘娘何故这样急痛攻心，以致动了胎气？"

我半支着身子，直视着他，道："今日有人告诉本宫娘家的事，大人日日能出宫，想必一清二楚。"

他大急："娘娘全知道了么？谁这样大胆！"

我忽而笑了："大人果然都知道了。即便本宫不问，自然会有人想方设法要本宫知道。"

他道："一则是皇上的嘱咐，二则微臣必须顾及娘娘能否承受。"

我苍白一笑："那么如今本宫已经知晓，你还要瞒到什么时候？"

他死死闭着嘴，我只是平静望着他。神色平静，心中却如翻江倒海一般，我多盼望他告诉我，所有的一切都是假的，家中的人都好好的，平安喜乐。然而他道："甄府已经一败涂地。"我的牙齿咯咯地发颤，他觑着我的神情，欲言又止。

我死命道："本宫没有事，你说。"

他继续道："一门爵位全无，大人与少夫人皆入大牢，老大人与老夫人也受牵连困居家中，与娘娘的情形一般无二。"

"一般无二？"我的泪汩汩而下，"本宫有着身孕才受照拂，本宫的父母可有此待遇？"他无言，我又问，"那么致宁呢，他才不过一岁，是什么人在照顾？"

他忧愁而无奈："小公子亦随母在牢中。"我心疼不已，致宁，他还是个襁褓婴儿啊，怎能受得下这般苦楚。他将原委诉与我听："管路告发甄大人在平汝南王之乱时首鼠两端，平乱后又多次居功自傲，意欲纠结薛大人、管大人、洛大人自成群党。"

"首鼠两端?"我诧异又震惊,"何出此言?"

"娘娘可还记得有位佳仪姑娘么?她便是人证。她道娘娘虽与华妃有嫌隙,可是甄大人为保自身荣华,曾蓄意接近汝南王,以作观望。"

我大怒:"这样的话可不是'莫须有'么?皇上难道也信?"

温实初道:"大人当日与佳仪姑娘的事闹得满城风雨,如今她出首为证,不由人不信。"他踌躇片刻道,"观望还是小事。汝南王一事后皇上对这些功臣颇为介意,并不放手重用,唯有甄大人最得器重,却有这样的传言,汝南王的事过去没多久,因而皇上十分介怀,何况管大人与甄大人交好不是一日两日,几乎要结成亲家,又是同僚……"他没有说下去,我却知道,玄凌定是信了。

他本就多疑,当日在水绿南薰殿会为着曹琴默一句话而疑心我与玄清。汝南王之事后他也一直未特别重用平汝南王时的功臣,对入宫的功臣之女也不刻意宠爱,只为了避免再蹈华妃之路。管路的告发句句犯在他的忌讳上,又有人证,他怎会不信?

而佳仪,我当初只嘱咐嫂嫂和哥哥行烟花之计假意迷惑,只求汝南王一行人轻视哥哥放松警惕,却不曾安排到选择何种女子。佳仪我自未曾见过,只晓得有些像陵容,又晓得哥哥为她安排了善后,其中的曲折如何,我在宫中,自然是不得而知了。难道……佳仪又是谁安排下的,行此后着儿?

我心中霎时冰凉而雪亮,螳螂捕蝉,黄雀在后,我们是生生为别人做了一回螳螂了。何止是我、哥哥,连整个甄家都被人算计了进去!

那么快,所有的一切都被颠覆,我的失宠,家道的没落。

温实初道:"娘娘也还罢了,终究没有受牵连,但娘娘也切勿意气用事。瑞嫔小主心气高傲,甚是出尘,为着家中父亲洛大人受冤入狱一事,自缢以死相争,表其清白。"

我一惊,其实我与瑞嫔并无多少交情,她一向清高自许,不屑与众人相争，亦不与人交好，对谁都是淡淡的，恰如一朵水仙，风骨自然。我对她虽未来得及亲近，却是欣赏的。

然而……温实初见我关怀之情溢于言表，眉宇间惋惜之情更重："皇上本来大有触动，可是听闻那日是安芬仪侍驾在侧，闻得瑞嫔死讯吓得当场哭了，言语间似乎以为瑞嫔小主以死要挟皇上，反倒坐实了罪名。"

陵容！我几乎切齿，瑞嫔与她并无过节啊，何至于此！

温实初走后我默默良久，浣碧满面愁容坐在我身边，轻声啜泣。

我道："哭有何用？"

浣碧勉强止泪，颇有疑问："小姐，那小贵子说自己新到内务府不久，又不知小姐娘家姓甄，被咱们随便诌了曾姓也肯信，怎么公子的官职倒那么清楚？"

我轻哼了一声，攥紧了被子道："你也相信他是个新来的？既然皇上那么'重视'咱们宫里，内务府怎么会那么轻易派了什么也不知道的小内监来？分明是有人要借他的口来告诉咱们，若我心志软弱一点，这孩子恐怕就保不住了。"

所有的怨毒瞬时涌上心间，只觉得辛苦异常，良久我才吐出一句："她们好恶毒！"

我撑着坐起身，取出屉中的鹅黄笺表，未曾提笔，胸中冤屈难耐，眼中的泪滴下已晕湿了纸笺。我含泪亦含了悲愤将笺表写好封起，向浣碧道："等下芳若来，替我交给她，请她呈给皇上。"想一想，今非昨，玄凌也未必肯看吧，微微叹息一声，将当日他送与我的那枚同心结放在笺表上，"叮嘱芳若，务必要送到。"

浣碧知道要紧，郑重道："奴婢晓得轻重。"

这样焦灼地等待着，眼看着金乌坠地，彩霞漫天，眼看着夜风吹亮了星子，胃中烈烈地疼，像是在焦渴时喝了过量的酒，爹娘兄嫂的安危生死，就在于玄凌肯否见我了。

轿辇在月上柳梢的时分候在了宫门外，李长亲自来了，恭谨道："娘娘，皇上请您移步仪元殿。"

我怔了一怔，终于来了，于是道："公公稍候，本宫更衣后就去。"

然而对镜的时候，自己也惊住了，脸颊瘦削得多，且是苍白的，突出的锁骨掩映在天青的素绣长衣里，只叫人觉得生冷。到底是瘦了，唯独一双腿浮肿着，整个人只余了憔悴，不见丝毫风情与美好。

心下荒凉，玄凌一直赞我美，见了这样的我，也是要厌弃的吧。淡扫胭脂，胭脂也似浮凸在面上，半分也不真切。我握着半盒胭脂在手，亦是惘然，再美，在他眼中也只是旁人的影子罢了。罢了，罢了，何必强造一分娇艳出来，憔悴更适合在这样的情境下打动心肠吧。

于是披了件深紫的平纹外裳，用犀玉簪子和金栉绾起头发，匆匆扶了槿汐的手去了。

仪元殿当真是久不来了，李长引了我进西室，轻声道："安芬仪刚走，皇上一个人在里头等着娘娘呢。"

我敛衣，换了芳若扶我进去，方一进去她便退下了。玄凌背对着我，似乎在看着什么东西，听我进来，头也不回。我艰难地福了一福，道："皇上金安。"

片刻难堪的静默，他回身扶了我一把，沉声道："身子不便，就不用行礼了。"我谢过，他又问，"芳若说你有孕后一直多梦，如今睡得还安稳么？"

我娓娓问道："皇上眼见臣妾夜里多梦难安么？"他愣一愣，我已道，"那么仅凭芳若一面之词，皇上就相信臣妾睡不安稳了，而并不问一问太医是否开安魂散给臣妾服用、臣妾梦见什么吗？"

他脸色略沉，道："你想说什么？"

我泰然自若，平缓道："臣妾只想说，不可听人一面之词而作论断。"

他只是问："你睡得安稳么？"

我无法，只得道：“起初几月的确难以安枕，如今稍稍好些了。”

他淡漠笑：“那么芳若所言不虚。”

我凄惶摇头，道：“皇上，芳若姑姑并无骗您的意思，但朝中臣子，权力倾轧，并非人人都能坦诚无私啊！”

他搀我坐下，缓和道：“你百般求见，也不问朕好不好，只说这些么？”

他好不好？我淡然举眸，自我禁足以来，再未曾见过他，这样乍见了，只因为我的家族性命悬于他一人之手，这样尴尬而难堪的境地，我心里，哪里还想得到他好不好。如今看他，与从前一般，只是眼眸多了一丝戾气，更觉阴冷。隔了这些日子，只觉得恍然和蒙昧，似是不想念了，见面却依旧扯动了心肺，只晓得近也不是，远也不是，泪水潸潸而落。

他对着我的泪神色愈加温文，咳然叹了一声：“当日对纯元皇后大不敬之罪，你可知错了么？”

这一句话，生生挑起了我心底的伤痛和羞辱，少不得强行按捺，只道：“臣妾若说是无心，皇上信么？”

他的口气却生硬了：“错便是错，无心也好，有意也罢。”

我一怔，心口似被人狠狠抓了一把，疼得难受，泪却止了，含泪笑道：“不错不错，的确是臣妾的过错。”我低身跪下，“臣妾冒犯先皇后，罪孽深重，情愿一生禁足，羞见天颜。但请皇上能再审臣妾兄长一案，勿使一人含冤。”我凄然抬首，“皇上，也请念在瑞嫔已死的分儿上吧。”

他死死看着我：“你方才说一面之词不可尽信，管路的话朕未必全信，但佳仪是何人，难道不是你为你兄长安排下的吗？如今她亦反口，而你兄长的确与薛、洛二人交往密切，瑞嫔甚至为你禁足一事再三向朕求情。据朕所知她与你在宫中并无往来，若非受她父亲所托，何必要帮你！”

我不晓得瑞嫔为何要帮我，只是为了许久前和她在太液池的一番闲聊么？我实在语塞，而对佳仪，我实在有太多疑惑。

玄凌的话冷冷在耳边响起：“实在不算冤了你兄长！”

我力争：“即便如此，嫂嫂一介女流，致宁襁褓之中……”我哽咽道，

"臣妾兄长本对社稷无功劳可言，外间之事诡谲莫辨，臣妾亦不可得知。但臣妾兄长对皇上的忠心，皇上也无半分顾念了么？"

他的目光有些疑虑，落在一卷奏折之上，明灭不定："清河王一向不太过问政事，也为你兄长进表上书劝谏朕……"我心里"咯噔"一下，莫非玄凌又疑心哥哥与清河王有所纠葛了不成？他继续道，"甄远道夫妻年事已高，朕可从轻发落，可你兄长之过不是小罪可以轻饶。"他也有些不忍，"你嫂嫂和侄子朕今早就已放了，只是天命如何，朕也不得而知了。"

他这话说得蹊跷，我怦然心惊："皇上为何这样说？"

他叹息道："你嫂嫂和侄子在狱中感染疫病，安芬仪再三求情，甚至愿意让服侍自己的医官去为他们诊治，朕已派他去了。"

我的身子咯咯发颤，牢狱潮湿，但时至十月，怎会轻易有了疫病，这可是要人性命的病啊！我凄然叫道："皇上！"

他扶住我的肩，道："有太医在，会尽力救治他们母子。"他顿一顿，"但你的兄长，结党为私，朕业已下旨，充军岭南。你父亲贬为江州刺史，远放川北，也算是朕姑念他一生辛苦了。"

岭南川北远隔南北，岭南多瘴气，川北多险峻，皆是穷山恶水之地，父亲一把年纪，怎么熬得住呢？我的心酸痛悲恨到无以复加，腹中有轻微的绞痛，似蛇一样蜿蜒着爬上来，而且玉姚和玉娆自幼娇惯，如何能受得这份颠沛流离的苦楚？

我悲苦难言，舌底的怨恨再忍耐不住，仰头迫视着他："皇上！到底真的是铁证如山，还是皇上因为汝南王一事心底难解而耿耿于怀于他人？"

他怒了，语气严厉，冷漠到没有温度一般："你知道你在说什么吗？"他的手伴着怒气一挥，触到了身边他方才立过的书架，一张绛红的薛涛笺自书堆上轻飘飘晃下，打在我脸上。我本跪着，随手欲拨开，然而一目扫到笺上，整个人顿时僵在了那里，浑身如卧冰上。

所有的真相，原本只是一些零碎而清晰的话语，而当这些话语真切落在这一张纸笺上时，虽早已知晓，那灰了的心却再度灼痛起来。

　　我直愣愣瞪着，那绯色如血的薛涛笺竟是要被我看得溢出血来。脉搏的跳动渐渐急促，怦怦直击着心脏，胸口像是有什么将要迸发开来，心如同坠入腊月的湖水中，那彻骨寒冷激得双手不自觉地颤抖起来，竟克制不下去，直抖得如秋风中残留枝头的枯叶一般，心中有声音极力狂呼：不是的！不是的！宛宛！宛宛！竟然是这宛宛！错了，全错了，从头至尾全错了！

　　　　寄予宛宛爱妻，念悲去，独余斯良苦此身，常自魂牵梦萦，忧思难忘。怀思往昔音容，予心悲恸，作《述悲赋》念之悼之。愿冰雪芳魂有灵，念夫哀苦，得以常入梦中以慰相思。纵得莞莞，莞莞类卿，暂排苦思，亦"除却巫山非云"也。呜呼！悲莫悲兮生别离。①

　　玄凌的笔迹向来看得极熟了，写到最后，笔力渐次软弱无力，断断续续，有泪痕着洇其上，把墨迹化得一小团一小团如绽放的黑梅一般。可见他下笔时伤心哀痛到了何种地步。

　　除却巫山非云也，好一句除却巫山非云也。原来是她，竟是她，所有我的一切一切殊宠恩爱，原来全是为了她，为了一个"莞莞类卿"。魂牵梦萦，魂牵梦萦，玄凌梦里面一声声情意切切唤着的，全是她——仙逝了的纯元皇后朱柔则。

　　那么，我究竟算是什么？

　　双手无力一松，薛涛笺轻若无物一般飞了出去，悄无声息地落到织金毯上。像是全身的力气都被一丝一丝抽空了，颓然软绵绵委地坐下。窗外秋虫鸣噪不已，一树红枫娉婷掩映在窗前，那娇红一色刺得我双目如同要盲了一般疼痛。

---

① 改编自乾隆于爱妻孝贤纯皇后死后所写的《述悲赋》。

我胸中激荡难言，腹中因着这激荡愈加疼痛，仿佛我的孩子亦明白我这为娘的委屈，为我不平。

玄凌满怀怜惜地拾起地上的薛涛笺，眼神顿时宁和下来，平静温柔得似一潭秋水，明澈动情。那眼光半分都不落在我身上，只凝神远思，似乎沉浸在久远美好之中，口中道："你知道了？"

我无言以对，还有什么话可以说呢？

玄凌半是感慨："其实能够有几分像宛宛，也是你的福气啊。"

我几乎要冷笑出声，是么？究竟是我的福，还是我的孽！只觉得与他这一面，一副心肠皆是冷寂到底了，所有的情思，亦断绝了。他这样陌生，这样叫人疏远。错的何止是玄凌，我更是错了，这么些年的时光与情爱，皆是错付与眼前这个人了。

门"嘎吱"而开，翩然闪进一个娇小的身影，见到我在，忙要退后。我几乎不记得了，这个书房，除了我，陵容亦是可以进出的。

她的容光娇艳而青春，红润如轻霞，刹那对照出了我的伤心和憔悴，更叫人不忍卒睹。玄凌叫住她，道："什么事？"

她娇弱地望了我一眼，欲言又止，玄凌最看不得这样的神气，催促了两次，她方怯怯道："方才太医来回禀，甄夫人与小公子病重，已经不得救了。"她的话未说完，泪水已经沾湿了脸庞，惹人怜爱。

陵容说着就要来挽我，口中关切无比，道："姐姐是有身子的人，千万别伤心坏了。"

我情知没有那样简单，泪眼中望出来她姣好的芙蓉面似是扭曲了一般，只是可怕。我恨得几乎要呕血，正欲挥开她的手，腹中急痛欲裂，似要迸开一般。秋意冰凉若霜，月色惨白似一张鬼脸，兜头扑张下来。我的手软弱地垂了下去，最后一眼，只瞧见自己猩红的裙角，蜿蜒如河。

　　那样痛，痛得几乎蒙住了呼吸，仿佛刀绞一般，苦索在我的肠中抽刺。好痛，身下全是湿的，仿佛有无数的洪流在我体内奔腾，骨节一节一节地裂开了。是谁的哭喊，那么痛苦，搅乱了我的心，每一寸肌肤都像是要撕裂了一般，几乎能听到"咯吱"碎裂的声音，有什么在我的身体里萌发着想要突越。

　　我在昏沉中，无数人的声音催促着我："用力！用力！"漫天的杏花，轻薄如绡的花瓣点点地飘落到我身上，我为他萌生出卷入后宫争斗的决心。

　　仪元殿的初夜，他拥紧我的身体，恳然道："你的心意朕视若瑰宝，必不负你。"

　　《惊鸿舞》翩飞，惊了的是他的心，还是我的意？娘说，《惊鸿舞》是要跳给心爱的男子看的。

　　夏日的宜芙馆，他为我画就远山眉，他神色迷醉："朕看重的是你的情。"

他与我在深夜里共剪西窗下一对明丽烛火，和我似寻常人家的夫妻写字作诗。

春深似海，梨花如雪，他为我做"姣梨妆"，他放声大笑："嬛嬛，嬛嬛！你有了咱们的孩子，你晓不晓得朕有多高兴！"

前尘如梦境在我脑海中如流水划过，终成了一地霜雪，只剩下一片白茫茫真干净。

我挣扎，耗尽了所有的力气。

似乎有巨大的喜悦环绕在我周遭，婴儿响亮的啼哭和欢悦的笑声。我疲惫地坠入黑沉沉的梦里，无力睁开眼睛。

那是一个冗长的梦，梦里有无尽的往事，纷至沓来，琐碎而清晰。梦得那么长，那么多的事，入宫四年，仿佛已经过了一生那般久远。

待我睁开眼，已是月色迷蒙的夜里，槿汐含喜含悲迎了上来，切切道："贺喜娘娘，生下一位帝姬。"她又道，"帝姬一切安好，长得可漂亮呢。"

我尚有些迷茫，帝姬？

浣碧在一旁道："小姐可吓死奴婢了，您昏睡了一天一夜了呢。"

我下意识地去摸我的肚子，我的肚子是平坦的，我吓得要跳起来，我的孩子没有了！曾经，我这样一觉醒来，我的孩子已经不在人世了！

我几乎要哭出来，槿汐忙抱了孩子到我面前，道："娘娘别急，帝姬在这里呢。"

在这里，我悬着的心顿时放了下来，紧紧把孩子抱在怀中。她那样小，脸上通红，肌肤都有些皱皱的，像只小小的柔软的动物，眼睛微微张开，真是像极了我。她那样轻，那样温暖。我喜极而泣。我的女儿，这是我的女儿啊。

浣碧指着乳母道："这是帝姬的乳母靳娘。"

那是一个健康端正的妇人，皮肤白净，身体也壮硕。槿汐道："帝姬是早产，尚不足月，太医来瞧过，说是要好好养育呢。"

我终究是产后无力，抱了片刻就有些吃力，却仍是舍不得放下。槿汐轻声在我耳边道:"皇上来了,来看娘娘呢。"

我正道:"说我身子不适,不见了。"抬头已见玄凌踏了进来。

我别过头,只是不理。这个人,我再不想见了。

他看我一眼,道:"你还是想不明白么?"

我哑然,只得道:"皇上希望臣妾明白什么?"

他颇有几分感慨:"你已然为朕生下帝姬,还要闹意气么?朕已经决定,不论甄家如何,朕都不会迁怒于你,只要你愿意,朕明日就可下旨尊你为昭仪。"

我转头:"臣妾失德,不敢忝居昭仪之位。"

他靠近我,柔声道:"嬛嬛,若你肯,你还是朕的宠妃,朕待你和从前一样。"

我冷笑,笑得不可抑制,片刻停息道:"皇上以为还可以么?"

他的神色瞬间冷了,道:"不错,的确是朕太过垂怜你了,你这样的心性,实在不适合在宫中久住了。"

宫中,我早已腻味了。恨么?爱么?都已经不要紧了。皇后和陵容,华妃和余氏,我恨的人那么多,杀得过来么?我已经杀了多少,还要杀多少,永无止境。那么多的血性和杀戮,没有温情,亦没有真心。家已散了,人亦亡了,我厌倦到底了。我何尝愿意再待下去,不如归去,不如归去。

他兀自道:"朕来告诉你,你的父兄母妹,今日都已各自起程了。"

我只是愣愣的,一缕悲寂的笑浮上脸颊:"多谢皇上了。"

他摇头,有些厌弃:"你这个样子——去佛堂静一静心吧,不用住在这里了。"

不错,我不能住在这里了,有我这样不入她父皇眼的母亲,有我这样破落的家族,我的女儿,只会因为我而备受苦楚折磨。

而佛堂……那里离我的女儿多么远。

我的女儿尚在襁褓之中,世事于她只是无知。后宫的云谲波诡、翻云覆雨，她还没有一一领略到，我也不能让她领略到。而我这个母亲，身将离开这耗尽了我巨大心力和感情的后宫，她的未来，我已经不能够给予保障，我唯一能做的事，是将她的未来做我力所能及的安排。

心中巨大的苦楚与羞辱似乎被凛冽刀锋凌厉地一刀一刀剐着，紧咬下唇，心口几乎要滴出血来。于是，我抬头，静静道："这个孩子还没有取名，臣妾行将离开，孩儿的名字就容许臣妾来取吧。请皇上成全。"

他的目光平静得几乎没有感情，良久，道："好。"

所有的酸楚瞬间迸上喉头，死命把眼泪逼回眼眶中。我一字一字道："就叫绾绾。"

他双目烁烁一睁，目光中瞬然有了庞大不可言说的震惊、心痛和热情，灼热似能点燃满地月光，声音微有嘶哑："宛宛?"

灰心冷意的心痛夹杂着唇齿间的冷笑几乎要横逸而出，他心里，果然，永远，只有一个宛宛！终究还是克制住，我此时的一言一行，无不关系着我怀中这个孩子的未来与安危。为了她，我须得忍耐。

被中放着一个汤婆子，却似乎没有丝毫温度，冰冷潮湿得能挤出水来。我的双足已经麻木，只有头脑中的思维依旧敏锐。凄楚的笑意再不受自己的控制，蔓延上唇角："臣妾怎敢让帝姬沿用先皇后的小字这样大不敬。"或许我的心底，也是真的不愿意让自己的女儿和她用同样的名字吧，于是慢慢道，"长发绾君心，臣妾做不到的事，但愿帝姬能够做到。她这个无用母亲的一切不要再发生在她身上了。臣妾残生，也会于青灯古佛之畔为她日夜祈祷。"

他默然片刻，道："其实你不想出宫修行也可，可在宫中的太庙——"
我断然拒绝："臣妾不祥之身，实在不敢有扰宫中平安，以蹈祥瑞。"
他的脸色有些难堪，不再有异议："你早去也好，宫中也留不得了。"

他自乳母手中抱过女儿，目光疼惜，紧紧搂在怀中，微笑如一个十足的慈父，瞧也不瞧我一眼，只逗了她柔声唤："绾绾——绾绾——"我不晓得他这样唤着时是否想起了纯元皇后，只是他对女儿的样子，的确是异常疼爱的。有了这个相似的名字，我的女儿便能得她父皇的十分疼爱。她不是男儿身，自然也不会卷进皇储之争，有这一点疼爱，足以让她不致沦落被人轻视了。只是我女儿的前程要依靠在那个与我面貌相似的纯元皇后身上，我只觉得心酸，心酸之中更是悲凉。

我敛衣，郑重跪下，叩首道："臣妾还有一事相求。"

他的目光定在我脸上，轻声道："你说。"

眼中的泪含蓄得饱满，孩子，娘要走了，娘定要为你安排好后路，但是来日如何，终究是要靠你自己，娘也无能为力了。我道："敬妃娘娘入宫年久，膝下无子，又素有慈母之心，臣妾希望出宫之后可以由敬妃娘娘来抚养帝姬，以慰万全。"

他思量片刻，道："皇后和端妃皆有所养，敬妃还可托付。"

我再度深深叩首，道："如此，臣妾再无所憾。"

我和他都没有再说话，这些年，我其实并不真正了解他，他也不真正了解我。我对他，终究是算计着的，一如他，也算计着我。

我与他，何至于走到了今日的地步？

寝殿中静寂得过分，偶尔有夜宿的寒鸦凄凉地叫一声，宿在残枝上，风扫过枯叶沙沙作响。月光倾泻，透过窗棂落在地上的，是淡淡昏黄的影子。

我伸手抱过女儿，将她的脸紧紧贴在自己脸上。她什么都不知道，只沉沉眯着眼，小脸通红。我的一滴泪滑落，她无意识地咂着嘴，不知能否从这苦涩的泪中咂出一丝甜蜜。

玄凌的神情有些惘然的萧索，望着满地月影，道："月色朦胧，就赐绾绾封号为'胧月'吧。"

胧月，是个不错的名字。寻常帝姬皆是在满月那日赐予封号，胧月甫一出生就得此殊荣，可见玄凌是疼惜她的，也是对敬妃的安抚。我再无牵挂，安静谢恩。

他也觉得无趣，有些落寞，他的目光有些柔和、有些森冷，似不定的流光，那么些年的时光和情感，最后凝成一句："嬛嬛，你还有什么话要对朕说？"

还有什么话，我和玄凌之间，真的是已经无话了。然而皇帝的问话，我不可以不答。良久，我轻声道："朱弦断，明镜缺，朝露晞，芳时歇，白头吟，伤离别，努力加餐勿念妾，锦水汤汤，与君长诀！"[①] 吟完，三拜而止，再无别话。

他的声音有些酸涩："好！好！既然如此，朕亦无话可说了。你去意已决，胧月，朕自会与敬妃好好抚养。"言毕，拂袖冉冉离去。我冷眼瞧着他，再无一滴泪落下。

三日后，我被废去所有封号和位分，逐出棠梨宫，退居京郊的甘露寺带发修行。槿汐和浣碧执意与我随行，留下了其他人照顾胧月。

敬妃把胧月抱到手中那一刻，感动得流泪。她执了我的手道："我一定视帝姬如己出。"

我轻声而诚恳："这就是姐姐的孩子，何来视如己出这一说。我亦相信姐姐会照顾好自己的孩子。"

她点头："我知道，孩子给谁养育都可以，是你体谅我没有孩子可以依靠。"

我低首："也请姐姐顾念往日情谊，为我照顾沈婕妤。"我亲一亲胧月啼哭的脸，心中痛楚欲裂，转首离去。

我默然沉思，随身携带的不过是一些最必要的东西，一应衣物首饰，皆留在了棠梨宫。临行前一夜，浣碧犹豫着问我，是否要将昔年玄凌所赠的玉鞵带走，毕竟于我，那是最珍贵的器物。

---

① 出自汉代卓文君《诀别书》，写于她和司马相如离之际，以示二人情断。全诗为："春华竞芳，五色凌素，琴尚在御，而新声代故！锦水有鸳，汉宫有木，彼物而新，嗟世之人兮，瞀于淫而不悟！朱弦断，明镜缺，朝露晞，芳时歇，白头吟，伤离别，努力加餐勿念妾，锦水汤汤，与君长诀！"

我只淡淡一笑，取出了一把"长相思"，把一切玄凌赏赐的器物，皆锁在了大箱子中，皆是过去的东西，又何必再留。唯有"长相思"，才是解语的知音啊。

帘外细雨绵绵，宫车自永巷辘辘而过，经过云意殿，不过四年前，我便是从这里，踏进了后宫。我兀自笑了，当时那样年轻，那样心高不知收敛，虽然无意于入选，可是一时在玄凌面前脱口诗词，才有了后来那么多纷争。若有可以后悔的时候，我必然后悔那一日。

轻蒙的细雨如冰凉的泪。云意殿外站满了花枝招展的女子，绚烂了整个宫廷萧萧的雨季。我微微疑惑，槿汐已轻声在我身边道："今日是选秀的日子。"

又是选秀了，去年延迟的，今日终于到了。

殿外的青春少艾们，都有明丽的笑容、渴望而高傲的眼神，仿佛一朵朵娇嫩的花朵，等待着君王的采撷。若她们知道了我的故事，是否会因此而退却？

不，她们是不会退却的。因为和我一同入宫的陵容，已经成为其中的胜利者。后宫，就是这样一个让人发疯的地方，只要有一个人成功，只要有片刻的成功，就会有无数的人甘愿成为手染血腥的人，去争去斗，去杀戮算计。

不过，那已经是她们的故事了。

宫门巍峨高耸，远远望去，两个熟悉的身影撞入我的眼帘。白蒙蒙雨雾中，眉庄依依而立，温实初伴在她身边，手持油伞为她撑出一片安妥。

马蹄行得缓一些，嗒嗒似敲在心上，她的热泪在眼眶中转动，我伸手探出与她紧紧相握，温实初见机塞了一袋银子给侍卫，请他退开几步。

眉庄将欲落的泪轻轻拭去，含悲而笑："去了也好，总算离了这里得个解脱了。"

我鼻中酸涩难言，轻轻侧首："姐姐善自保重，我怕是无幸再得与姐姐亲近了。"

她拍着我的肩："你一人去了，我又有什么大意思呢？只盼和你一同罢了。"

我悲伤："姐姐何出此言？"我见周遭再无外人，悄声道，"姐姐在宫中一日，千万要留意安陵容与皇后，勿要为我使意气，安心保重自己要紧。"我恳然望着温实初："温大人，姐姐孤身一人，我把她托付于你，万望顾全，不要落于他人陷阱。"

温实初道："娘娘……"

我微笑拦下："我已不是娘娘了。"

他赧然："嬛妹妹……"这称呼太久远前他唤过的，他叫得生疏，我亦觉得唐突。眉庄的脸色变了变，只望着他不说话。温实初浑然不觉："你也保重，我一得机会，便去看望你。"

我摇头："一入甘露寺，大人就是红尘之内的人了，不便再来见我。大人若有心，就请为我看顾帝姬，照应姐姐，也是我如今唯一的心愿。"

他眼中的悲痛之色愈浓，身后槿汐牵一牵我，轻声道："不便多说了。"

我缓缓点头，狠一狠心，令车夫扬尘而去。

身后，眉庄与温实初依然遥立雨中，目送我离开。这是后宫留给我最后的温情印象。

宫门已出，熟悉的红墙已在身后。此生，我终于走出了后宫。

我垂下马车上的布帘，轻轻而悲哀地笑了。

甘露莫愁

我到甘露寺的时候，已是黄昏了，修建在京郊的甘露寺是大周第一佛寺，建在层岩秀石、峰壑万千的山顶，殿阁巍峨宏伟、飞檐斗拱，极是气宇辉煌。

下得车来，被山风一扑，身上便有些凉津津的。浣碧和槿汐忙收拾了行装跳下车来，一边一个扶住了我。槿汐轻声道："这十月里的山风已经凉了，娘子刚生产过，别吹坏了身子才好。"

自出宫，她再不叫我"娘娘"，怕我伤心烦恼，又因为身份确实尴尬不明，权宜之下只唤我"娘子"。说话间，已搭了一件外袍在我身上。

苍茫的暮色如雾渐渐弥漫开来，四边的山色也有些发沉，苍郁大松掩映下的古刹，钟声悠悠，香烟袅袅，反而让沉坠的心稍稍沉淀。

我静静道："暮鼓晨钟，咱们以后的日子就是这样了。"

三人正观望间，有两个年轻的小尼姑迎了出来，打量了我们几眼，问道："这几位可是宫里出来的？住持师父已经吩咐了我们带几位进去。"

　　我略施一礼，扶了浣碧和槿汐一同随着她们走，绕过甘露寺的正殿和侧殿，又走了许久，方见几间低矮平房。小尼姑引了我们进去道："这是几位以后住的地方，可先将随身的衣物放了休息片刻。"

　　平房虽然低矮，里面倒也清爽，房中一张通榻大卧铺，一桌几椅，墙角一个大水瓮，十分简单。

　　两个小尼姑又道："请几位再随我们去大殿，住持师父等人都在等着了。"

　　浣碧欠身笑道："有劳了。"

　　大殿中点了火烛，香烟缭绕，香油味极重，我才生产完两日，略有些受不住这发冲的味道，极力压抑着咳嗽了两声。殿中人虽多，却是极静，闻得我这两声咳嗽，皆转过了脸来。为首一个尼姑面相倒是和蔼，向我道："你来了。"

　　我觉得不好意思，忙快步走了上前。她指一指地下的蒲团，我晓得是让我跪的，于是跪了下去，浣碧和槿汐也忙跟着跪下。

　　只听她和颜悦色道："宫里头来的旨意，这位贵人是要带发修行的。虽是如此说，也是入了空门，戒律自然要守。"于是她絮絮说了一番清规戒律，道，"贫尼法号静岸，是本寺的住持。你既入了寺，自然要与红尘远离了，也再不是宫中的贵人，用不得旧称，贫尼为你取了一个法号。"她顿了一顿，道，"你就随贫尼的弟子辈用'莫'字。"她微一叹息，"你眉间隐有愁澜，便号'莫愁'吧。"

　　莫愁，那并不似出家人该用的法号，然而，我也不便有异议，只无声应了，心下却愁澜顿生。

　　犹记得小时候跟着哥哥在书房里读书，夏日那样长，叠着蝉鸣一声长似一声，几乎像要过不完了。午睡醒来，小轩窗下，有清脆的女儿家的低笑声，一定是流朱和浣碧在斗草玩，要不就是玢儿又哄着小厮在捉蟋蟀玩或是拼着七巧板。

哥哥不知怎么进来了，笑着拿了一卷书敲我的脑袋："还睡得不够么，瞧瞧我给你拿什么好东西来了。"什么好东西，不过是南北朝的一卷诗集。哥哥笑道，"夫子的课上得那样古板，别说你一个女儿家，我也听得瞌睡。这一卷宫词得来不易，你好好看吧——只别叫娘知道，爹是疼你，可娘知道了，少不得一顿说教。"

于是如珍似宝地藏了起来，防着被娘发现，睡前才偷偷看上一首两首，读得半懂，心意也痴了，仿佛口角噙香一般，日里夜里念叨。早晨起来，流朱又拿我取笑："小姐读书读得疯魔了，昨儿个夜里说梦话，说什么'洛阳女儿名莫愁'。莫愁？小姐认识洛阳的这位小姐么？"

流朱，流朱，仿佛她的音容笑貌还在，还牙尖嘴利地与我说着那些俏皮话。她死得那样冤枉，我只消稍稍一想，心头又痛了起来。

是了，洛阳女儿名莫愁。是《莫愁歌》①里的句子，那年岁里，最爱的就是这首。

好不容易盼得眉庄到她外祖家歇夏了，忙忙拉了她来。眉庄则把《女则》和《女训》读得烂熟于胸，诗词一道，她总是不太关心。往往这个时候，她坐在窗下，一心一意缝着一扇绣屏，大捧大捧灿若云霞的丝线，映得她的脸越发端庄从容。她才十二岁，就已经修成了大家闺秀应有的沉静的气度风华。到底爹爹太纵着我，把我的性子宠得这样骄矜。

那个时候，闺阁里所有的盼望，不过是能得一个有情郎，一世平安富贵就是了。而眉庄，那样骄傲，那样自信，那样意气风发，眼中有灼然的光芒，仿佛一枝秀玉灵芝，出于尘上，全不是如今存菊堂中那个消沉避世的沈婕妤。

我恍恍惚惚地，却想起离宫那日，眉庄盈盈立于红墙之内，目送我至路的尽头。那份牵挂与叮咛，如今重上心头的，只是凄凉的身影，茕茕孑立在温实初的伞下。

———————————

① 《莫愁歌》：南北朝时萧衍所作。

宫中滔滔流逝的年岁里，无限纷争之中，眉庄何曾真心地快乐过？

再仿佛，还是我新得宠的那段日子。侍儿扶起娇无力，始是新承恩泽时。

那样年轻飞扬的岁月，被君王肆意宠爱着，原是不轻易知晓愁滋味的。

不知是哪一日的早晨，大约是凤鸾春恩车一连七日载着我驶向仪元殿东室的日子，那一日贪睡，起得比平时晚些，醒来的时候见玄凌坐在榻上含笑凝望着我。我不由得惊异，当是他怎的那样早就下朝了。

他却支手怡然躺下，只闲闲道："爱卿好睡，当此美人春睡图，朕怎舍得离去，去对着朝臣们那永远板着的脸？"

我又惊又羞，道："这样可好么？臣妾怎能比得上皇上的政事要紧，皇上还是快去上朝吧。"

玄凌缓缓打了个哈欠，食指慢慢抚上我的脸颊，微笑道："难得一日，就当给大臣们松快一日吧，朕也偷取一日的清闲。"我待要再劝，他的食指已经点上了我的唇，"你这样静静睡着就好。早朝嘛，反正时辰也已经过了，朕再赶去也来不及了，索性罢了就是。"

我只好不再说话，安安静静躺在他臂弯之中。彼时春暖花开，东室下的朱漆镂花长窗半开着，有和煦的风带着迷蒙的花香缓缓散一些进来，像是女儿家的一双玉手，试探着轻轻半卷起重重的鲛绡帷幕。一阵风过，殿外的樱花四散零落如雨，片片飞红远远地舞过，映着满殿轻薄透明的鲛绡，光影迷离如烟。

一抬头，遇上玄凌如许深情的目光，目光所及之处唯有我一人，仿佛整个人都无声无息地沉溺了下去。

然而，芳若恭恭敬敬来敲门，道是有紧急的奏章来报。

玄凌不耐烦，又不得不去，只好笑对了我道："只怪李长糊涂，平时没在这事上好好提点那些奴才，叫他们不晓得一句话。"

我一时不解，好奇心起，于是问："是什么？"

玄凌笑得有些促狭："当关不报侵晨客，新得佳人字莫愁。"①

我更是含羞，轻轻啐了一口，低头道："皇上好没正经，这样拿人取笑呢。"

这样的好时光，终究只是一场幻梦罢了。

如今，亦只能叹息一句：如何四纪为天子，不及卢家有莫愁。②

莫愁哪怕一生情爱无处可牵挂，至少可以平安终老，陪伴幼子家人。而我，情爱错付，家破人亡，家人父兄的平安保不到终老，连唯一的女儿也不能在身边，真真是连莫愁的万一也不及啊！

到如今，愁坐对镜，夜对愁眠又含愁醒来，当真是要自己劝自己一句"莫愁"了。

正自己怔怔出神，静岸看了看我身后的浣碧和槿汐，道："空门中的人是不该有人伺候的，只是宫里头发了话让你仿从前舒贵妃……"她忙改嘴道，"罪过……是冲静仙师的先例，那么也就让她们两位跟在你身边一同修行吧。"

浣碧和槿汐脸上微露喜色，当即应了。我抬头，正殿中供着的不是如来也不是观音，而是一座巨大的地藏菩萨。

佛像打造得金身灿烂，在通明光亮的烛火下更显得宝相庄严。我心底忽然悸动，念及初生的胧月，一时大觉悲苦不已。

静岸望我一眼，取过身侧一盏宝瓶，以手蘸取了瓶中的露水点到我额头上，道："释迦牟尼就有'我为大众说甘露净法'之语，甘露能解世间

---

① 出自唐代李商隐《富平少侯》。全诗为："七国三边未到忧，十三身袭富平侯。不收金弹抛林外，却惜银床在井头。彩树转灯珠错落，绣檀回枕玉雕锼。当关不报侵晨客，新得佳人字莫愁。"

② 出自唐代李商隐《马嵬二首（其二）》。全诗为："海外徒闻更九州，他生未卜此生休。空闻虎旅传宵柝，无复鸡人报晓筹。此日六军同驻马，当时七夕笑牵牛。如何四纪为天子，不及卢家有莫愁。"以此来讽喻唐明皇与杨贵妃爱情的虚无和不可依靠，更嘲讽了李隆基身为天子无法保全宠妃的无能与无奈，以及杨贵妃一生荣宠却惨死马嵬坡的悲惨命运。

悲愁，你已在红尘之外，烦恼可尽抛了。"

她的语气悲悯，神色和善，仿佛能洞晓我的无奈。我微微颔首，亦是心领了。她指一指身边一位膀大腰圆的尼姑道："这是我师妹，法号静白，掌管本寺的一应起居杂事，以后你缺什么就找她吧。"

如此吩咐过，也便散了。

夜里风大，吹在绵纸窗上"噗噗"作响，呜咽如诉。我坐在椅上，槿汐挑亮了油灯收拾衣裳。

我淡淡道："有什么好收拾的，从此就这一身灰衣到老了。"

槿汐并不说话，倒是浣碧笑了一声，道："小姐的法号真真是特别。莫愁，不像是寻常的法号，倒像是闺阁小姐的名字了。"

我道："住持只是想告诫我，既已入空门，就不要再想着从前俗世的忧愁烦扰了。"我喃喃道，"不及卢家有莫愁，倒当真是'他生未卜此生休'了。"

浣碧没有听清，道："小姐说什么？"

我漠然微笑："没什么。我这辈子从今而始最要紧的事情，就是好好日夜祝祷，希望远在川北、岭南的父兄和宫里的胧月可以一世平安。这也是我唯一所愿了。"

浣碧咬一咬下唇，轻轻道："这也是奴婢唯一所愿了。"

我静静听着风声，山里的风和宫里头的是不一样的。宫廷里的风再暖再明媚，终究有股阴气太盛的森森凉意；而山里的风却是呼啸而过的霍霍有声。我坐得久了，身上忽然一阵紧似一阵地发凉，腹中也开始绞痛，像青灰色的小蛇吐着冰凉的芯子。浣碧见我面色不好，忙上前道："小姐怎么了？脸色这样难看。"

槿汐听见动静，忙搁下手中的东西趋前道："娘子刚生下孩子，身上的残血未尽，今日又车马劳顿一番折腾，怕是有些不好。"她急道，"炉子上的水还未开，还须找些红糖来兑了热热地喝下去才好。"

我心下发急，又要强，少不得道："一时半刻哪里来的红糖，我忍一忍就算了。"

槿汐忙道："月子里的毛病不能掉以轻心，弄不好是要落一辈子的病根的。"说着起身，道，"奴婢去向隔壁的姑子^①们借些应付过去。"

说着披衣出去，浣碧忙扶了我上床躺下，多多地盖了几层棉被。我心下焦躁，寺中的生活自然比不得宫中，我身体还未复原，反倒牵连了槿汐和浣碧处处照顾我，如此想着，腹中更生疼痛。

不知过了多久，门"吱呀"一声响了，料是槿汐回来了，语气无奈道："夜深怕是都睡下了，无人肯开门，别说借些红糖了。"她的声音更低，"我去寻静白师父，还被她呵斥了两句，只是暂时还未敢惊动住持师父。"

浣碧以为我睡了，低声叹息道："方才住持师父还说仿着从前舒贵妃的先例来，一转身就连热汤热水也没有了。"

我隐约听着，心下更是难过。

忽然槿汐似想起什么，搓一搓手喜道："那边远处大树下独有一间屋子，也不知是哪位师父住着，我再去寻一寻看。"

浣碧忙拦住了道："傍晚听两个引路的小尼姑说，那里住了个极古怪的姑子，平时无人敢搭理她，还是再去别人那里问问吧。"

槿汐道："别人方才不肯开门，现在只怕更不肯了，我还是先去看一看再说。"说着又嘱咐道，"水热了再烧上一壶，方便娘子擦洗身子。"

过了片刻，槿汐还没回来，我身上更觉得阴冷。忽然听得门"砰"的一声被用力撞开。一阵冷风夹着一个雪白的人影霍地闯了进来，浣碧惊了一声，道："是谁？"

那人也不答话，直奔我床前，摸了摸我的额头，又搭了搭脉，姿势粗鲁而利索，片刻望着我冷冷道："你刚生过孩子，是不是？"

我挣扎着仰起头来，只见那人面相有些凶狠，长得倒也有几分姿色，只是那姿色都如严霜被冻住了，神情十分冷淡。我看她一身尼姑打扮，想

---

① 姑子：尼姑的别称。

必也是寺中的同门，遂示意浣碧不要惊恼，勉强道："是。今日已是第三日。"

她轻轻"哼"了一声，神情大是不屑，道："为那些臭男人生孩子做什么！活该！"说着丢下怀中一包东西掷在床头道，"这些足够你喝了。"

浣碧忙接过一看，喜形于色："是红糖！怕是足有三四斤呢。"

那人也不吭声，又掏出几片生姜，命我含在口中，道："含在嘴里，这东西能发热的。"

说完似在生谁的气，气冲冲地又一阵风似的走了。

紧跟着槿汐奔了进来，气喘吁吁道："那人好快的腿脚，我竟没跟得上她。"

我道："她就是那个性子古怪的人？"

槿汐称是，道："奴婢无计可施，只得去求上一求，谁知她听我说那红糖是要来救命的，到底肯开门了。"

浣碧服侍我喝了浓浓一杯红糖水，道："在佛门里，旁边住着的那些姑子竟不肯来救上一救，真是叫人寒心。奴婢总以为出家人是慈悲为怀的，竟不想和宫里那些人一个模样。"

我摇头苦笑道："咱们是被废去位分逐出来的，是皇上遗弃的人，哪里是和舒贵妃一样，是自请出宫，以贵太妃的名位带发修行，当然不可同日而语的。"浣碧神色微微黯然，我怕她为我难过，遂转了话头，道，"刚才那姑子，虽然冷面，却是一副难得的热心肠呢。"

于是含了生姜在口中，想念着我的胧月，昏昏沉沉睡了过去。

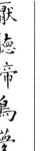

厌聽啼鳥夢醒後 壹拾

　　甘露寺周围树林葱茏，雨露云雾，甘露淋滴，幽静宜人。我安静睡了半日，身体的痛楚也稍稍有了缓和。

　　住持因我身子不大爽利，倒也有些体恤，只嘱咐我好好休息了再言其他。我整日昏昏沉沉睡着，也不大理会寺中的事，也顾不上槿汐与浣碧在做些什么。

　　我只晓得她俩并不时常一起陪在我身边，眼角眉梢，也渐渐多了些疲倦的神色。

　　我心中总是不忍的。

　　当日在棠梨宫中，服侍我的宫人个个苦求与我一同出宫。

　　流朱早死，浣碧自然是要跟着我的。若不然，她是我陪嫁进宫的，居住在宫里，以后必定备受欺凌。小连子和小允子皆是身有残疾的人，出了宫便等同于失去了依靠和栖身之所，何况住在甘露寺中与一等姑子们同居同宿也不方便。胧月托付给了敬妃，自然我身边的人也要跟着去几个的，敬妃带走了品儿、佩儿和小连子。

眉庄亦让小允子去她宫中使唤。从前小允子是我身边第一得意的内监，我一出宫，少不得他也有不少的零碎的折磨受，眉庄又素喜小允子机灵能干，也能援手眉庄成为她的臂膀。

眉庄和胧月是我在宫中最放不下的两个人。幸而眉庄有太后的庇护，明里别人也不敢怎样。暗中我又托付了温实初和小允子，必使他们竭尽全力护得眉庄周全。

而胧月，敬妃没有孩子，必然对她视如己出。她与我交好，位分又高，在宫中人缘也佳，是抚养胧月最好不过的人选。

唯独槿汐，她执意要跟我出宫，是我所意外的。她在宫女之中颇有身份，是正五品的温人，又是从前服侍过太妃的，实在不用跟随我吃苦。她却向我陈情："帝姬有敬妃娘娘照顾已是万全。娘娘要去修行，必定少不得服侍的人，浣碧姑娘一个却也是不够的，总不好叫她一人辛苦。奴婢自幼愿意向佛，只愿娘娘别嫌弃奴婢笨拙，带奴婢出去。"

她这样开口，我反倒不能再推，只好也带了她出来。所幸槿汐精明干练，倒也真处处少不得她，而软语安慰，通达明白，也是她时常来宽慰我孤寂的心。

这一日槿汐正坐在院中低头缝补一件衣裳，我则拈了一颗颗楠木珠子细心穿成一串佛珠。

槿汐笑道："甘露寺周遭的风景一向颇负盛名，娘子今日精神不错，去看看也好。"

槿汐的殷勤只为散我郁结的心思，我如何不知，于是应承了，二人一同踱步出去。

京都之外多山峦叠翠，而诸峰之中，以缥缈峰、嵯峨峰、甘露峰、凌云峰等最为著名。缥缈峰与嵯峨峰遥遥相对，甘露峰、嵯峨峰、凌云峰彼此相连，云山雾霭笼罩其间，景致风光最是美好。

山色水色俱是苍茫，在烟水间的缭绕似乎是不真实的。我心下一片空茫："槿汐，若咱们的下半生可以在甘露寺这样安宁过下去，我也别无所求了。"

槿汐柔声道："咱们已经远离是非地了，想必是非也不会再寻上我们了。娘子安心就是。"

我咬一咬嘴唇，心底的厌恶和怨恨几乎无法克制住："紫奥城污秽黑暗至此，我情愿永生永世不要回去。只可怜了我的胧月，与我今生再也相见无期了。"

槿汐按住我微微颤动的双肩，双手有力而坚定："娘子能活着走出来的地方，并非人人走得出来。娘子一定要相信，有时候终生不得相见，亦算一种保全。帝姬如此，于娘子的家人也是如此。"槿汐叹气道，"但愿娘子想得明白，可以夜夜安睡。"

槿汐的话，我如何不明白？多少次，我在仿佛永远也看不到尽头的黑夜里死死咬着双唇，用力蜷着手指，全然忘记了嘴唇被咬破、手心被指甲掐出血的痛楚，以此来抵御心中种种的不甘和屈辱，却只能无能为力，眼睁睁瞧着它们在我本就残破的心上肆意咬啮蛀噬，直到残缺不全。

我的夜不成寐，槿汐如何不知呢？连浣碧，我亦听见她捂在被中的嘤嘤哭泣，哭泣我远别天涯的父母兄长，哭泣我横遭惨祸的嫂嫂与致宁。

长夜漫漫，耿耿秋灯。本就是秋花惨淡秋草黄的时节，黑夜漫漫无际，似乎永远都没有明亮起来的那一天，纵使等到天明，心中的黯淡又何曾被照亮片刻呢？

我满心哀痛，亦只能默然。

回到房中时，浣碧已经拿来了饭菜，一应摆在桌上。见我回来，不由得抱怨道："住持已经和厨房打过招呼了，说小姐还在月子中，要格外照顾，可以吃些带油的东西，亦可用些补品稍做补益，哪知道送来的吃食仍旧是没有一滴油的，更别说补品了。我与槿汐当然没什么，可是小姐还在月子里，身子不养好怎么行呢？"

浣碧连珠价说完，我只拾起筷子，静静道："到底是佛门清净之地，怎么能动油腻呢？也别显得我太出格了。不拘什么，吃得饱就行。"

"想起禁足棠梨宫那些日子，连食物亦是腐坏的，照样生生吃下去。"槿汐露出难色，"娘子和浣碧姑娘可曾留心，住持虽然名为住持，可是生性温和懦弱，并不能驾驭寺中众人，虽然有心照顾娘子，却也是力不从心。"

浣碧接口道："如何看不出来呢？来时只说咱们俩服侍小姐就好，可是不过两日，静白师父她们派下来的活儿还少么？"

槿汐道："甘露寺的香油钱虽然不少，可是平时寺中众尼也要自己动手浆衣浣衣，做些粗活儿。咱们一来，许多像浆洗上的事情全交给了咱们。寄人篱下，自然也不能争辩一句。好在这些活计是奴婢与浣碧姑娘做惯了的，倒也没什么。"

"只怕……"浣碧急道，"到时候她们得寸进尺，连小姐也要一同辛苦。"

我淡然道："我已身在甘露寺，即便要我做什么粗活儿重活儿，也是应当的。"我扶着二人的手，恳切道，"只是为难了你们，总是为我辛劳不已。"

浣碧含泪低头，呜咽道："如今我身边的亲人只剩长姐一个了，只要陪着长姐，我什么都不怨的。"

槿汐亦道："奴婢既然愿意出宫陪伴娘子，那么无论遇上什么难处，都是心甘情愿的。"

我心下感动不已，唏嘘道："从今往后，也只有咱们三人相依为命了。"

浣碧低低哭着，啜泣道："咱们都没有什么的，只是长姐这样瘦，我瞧了真害怕。"

在浣碧的言语里，我猝不及防地看见了自己如今的容颜。长时间没有对镜自照，当昏黄铜镜中萧条的容颜仓皇映进自己的眼帘之时，连自己的心也有一瞬间的抵触和不相信。原来老得那样快，死了的心，原本以为只有自己知道，却不想，掩饰不了的是自己的眼波，也这样老了，凝滞了，悲切而分明。

是夜雨疏风骤,冷雨"扑扑"敲着窗纸,整个甘露寺的檐头铁马在风雨中"叮叮"作响,雨水从檐下泠泠滴落,仿佛催魂铃一般,吵得人脑仁要崩裂开来。

我恍惚地做着一个又一个梦。人似乎分成了两半,一半是清醒的,有简单而蒙昧的意识;另一半却依然沉沉睡着,睡得那样熟,好像永远不会醒过来一般。

恍惚地,仿佛还是红墙宫苑之中,永巷两旁长长的朱墙粉壁,那样长,似两条赤色的巨龙蜿蜒下去,无穷无尽。永巷的青石板那样平滑,依稀是槿汐还扶着我的手,两人一并走着,似乎要去上林苑赏景,还是别的什么,去向和目的都是含糊的,只随波逐流地走着。迎面却是剪秋过来,施施然施了一礼,笑吟吟道:"皇后娘娘请莞贵嫔去赏花呢,安小主也在呢,已经等候娘娘多时了。"

剪秋的面孔似乎涂了许多的水粉,格外雪白,雪白得不太似她本人,那样白嫩,反而有点儿像华妃的样子了。我于是亦笑:"皇后娘娘有请,臣妾自然立刻就去的。"于是扶着槿汐的手窈窈便要走去。

不过走了两步,身后却是流朱的声音,只见她急急奔来,想是奔得急,脸都涨红了,那样红,仿佛是要沁出血来。她极力大声道:"小姐,不要去!不要去!去不得的!"

我疑惑着道:"流朱,你是去了哪里?我久不见你。如今这样慌慌张张的,可要做什么呢?"

我不过一个发怔,皇后和安陵容已经来到面前,皆是笑容可掬。皇后穿着一色的大红锦衣,和颜悦色道:"莞贵嫔,本宫召唤,你怎么不急急赶来呢?你一向可不是这样的。"

皇后的话虽然说得和气,可分量极重,我慌忙想要跪下去,然而膝盖却僵硬无比,怎么也跪不下去。我慌得额头都要滴下冷汗来了。惊惶间一个侧首,却见剪秋的目光黑洞洞得幽深,睫毛上皆穿上了极细密华丽的金珠,赫然抬首,却变成了华妃的容貌。她的唇边蓄着一缕冷笑,幽幽道:

"怎么？莞贵嫔，你也不愿意对着皇后这老妇跪拜了么？"

我又是害怕又是惊恐。陵容笑靥如花，温柔向我招手："姐姐快来，皇后待咱们最好呢。姐姐来呀，容儿也在这里呢。"她温柔地笑，笑得极妖媚婉转，可那笑却如割股钢刀一般，生生地剜在身上，只觉疼痛不已。

不知何时，祺嫔无声无息地从皇后与陵容身后缓步走出，阴恻恻森冷道："皇后娘娘，莞贵嫔这样不听话，可要怎么罚她才好呢？"

皇后的笑容依旧高贵而得体，举手投足间皆是一国之母的雍容风范。她微笑道："莞贵嫔最得皇上的心，本宫怎么舍得罚她呢？不只不罚，还要好好地赏呢。"她轻声唤陵容："去拿舒痕胶来赏莞贵嫔。"继而又向我道："舒痕胶滋养容颜是最好的，莞贵嫔好好用吧。皇上见贵嫔花容月貌，一定更加宠爱，贵嫔也好早早为皇上诞下皇嗣啊。"皇后完美的笑容突然出现了一丝裂缝，语气幽怨道，"说不定，莞贵嫔用了这舒痕胶，会长得越来越像本宫最亲爱的姐姐纯元皇后呢，那可真是可喜可贺啊。"

陵容行走时盈盈生风，小心翼翼地托着舒痕胶走到我面前，粉面含春劝说道："姐姐好好用吧，皇后娘娘的话总是不会错的。"

我惊恐地尖叫着，极力推开陵容送到眼前的舒痕胶。陵容丝毫不以为意，只一味柔美微笑，手指蘸上一抹舒痕胶，倏地脸色一变，变得恶狠狠的，使劲将舒痕胶抹到我脸上。

舒痕胶清凉芬芳的触感和气味叫我恐惧地尖叫起来，极力地偏过头去，然而陵容的手法那样敏捷精准，我如何躲闪得开。

华妃只袖手站在一边，声音幽怨而空洞，道："你现下可明白了，你的孩子没了，可不是因为我，也不是我的欢宜香。"她骤然爆发出来，似哭似笑，如疯似癫，一手狠狠指向我，厉声喝道，"我并没有害你的孩子，害了我孩子的，却也是皇后！咱们都不知道，都不知道！"她以头抢地，目中几乎要喷出火来，大声悲泣，如在癫狂之中，"你有舒痕胶，我有欢宜香，咱们怎么会有孩子啊！咱们都是没有孩子的可怜人啊！"她的额头撞在地上瞬时破了，刹那有鲜血涌出，淋漓不止，仿佛在面颊、衣上开出无数鲜艳欲滴的桃花来，一如三春盛景皆凝聚在她身上，却分毫不以为美，只见凄厉可怖。

皇后的声音忽然呜咽起来，如孤舟嫠妇，哀怨不已，嘶鼻道："你们可怜？难道本宫便不可怜？！你们死了的，不过是未成形的胎儿而已，而本宫呢，本宫是亲眼瞧着自己的儿子在本宫怀里断了气息——你们的孩子，有什么可怜的！"皇后脸上如乌云般的阴霾蓦地一扫而空，笑逐颜开道："莞贵嫔，本宫还有好东西赏你呢。"她朝祺嫔微微使了个眼色，祺嫔神色一转，怀抱一件蕊红色锦袍，缓缓抖开来，却是一件联珠对孔雀纹锦，密密以金线穿珍珠绣出碧霞云纹西番莲和缠枝宝相花。霞帔用捻银丝线做云水潇湘图，点以水钻，华丽而清雅。

陵容掩唇而笑，轻快的声音如黄鹂婉转，此刻听来却尖锐而刺耳："姐姐一向清贵大方，穿这个是再合适不过了。这衣裳可是纯元皇后初入宫时穿过的，姐姐可要好好爱惜呀！"说着一个眼神抛去，祺嫔不由分说便把衣裳兜头兜脸裹在我身上，好似一张巨网从天落下，将我牢牢网住，逃开不得，挣扎不得，只能眼睁睁看着自己如渔网中垂死之鱼，拼力挣扎反抗，也俱是徒劳而已。

我心中着急痛恨，恐惧地转头过去，流朱的颈中一滴一滴滑落下明媚鲜艳的鲜血来，红得如要刺伤人的眼眸一般。她满面哀伤，缓缓地转头道："小姐，流朱可要去了，再不能服侍小姐了。"

我一时忘了自己仍在网中，极力呼喊道："流朱，你可要去哪里？你怎么不要我了！"

流朱淡淡微笑，面上的哀伤如凝滞不前的流水，轻声道："小姐，咱们主仆一场情同姐妹，眼下情分是到头了。少夫人和小少爷在下面寂寞得很，无人照拂，流朱可要去服侍他们了，小姐自己保重。"

我听得心头如遭石击，终于忍不住哭出了声来。却见嫂嫂依稀是往日模样，娇俏可人，怀抱着致宁道："从前只叫你娘娘，如今咱们不在一道了，我便叫你一句'小姑'吧。我与致宁福薄，不能追随夫君了，你与夫君，可都要好好的才是，莫叫我们先走一步的人牵念不安了。"

致宁的啼哭声仿佛还声声入耳，我大哭不已："嫂嫂实话告诉我，怎么会如此的？"

嫂嫂摇头叹息不已："小姑仔细想想，十月的天气，哪里会轻易得了疫病呢？"

那边厢陵容却盈盈然唇齿生笑，羽扇轻摇，俏然道："桃花开得再好，终究也是俗物罢了，哪里及得上夹竹桃风韵多姿呢？"

嫂嫂只淡淡一笑，回应道："是么？桃花与夹竹桃本是同科，何必相煎太急！纵然要分个是非高下，也只在人心罢了。"

陵容不骄不躁，取扇障面，浅笑道："人命都自身难保，何谈人心呢。今生高下生死都已分明，薛小姐好好去修一修来世吧！"

梦境的含糊里，陵容称呼嫂嫂，终究只以一句清晰入骨的"薛小姐"代之。

我无心去考较其中的分寸纠结，只是一味大哭。双亲花白的鬓角、衰老的容颜如走马灯般浮现在眼前，我伸手抓也抓不住，声嘶力竭也唤不回来；哥哥的容貌也似被岭南湿润的瘴气遮掩，越来越模糊而暗淡，终于消失不见。

雨霖铃　壹·壹

我心中的冤屈与愤恨如困兽一般左冲右突，几乎要在心上刺出一个口子爆裂开来。顿时化作毒蛇猩红冰冷的芯子，牢牢地缠上我的身体。是谁的手紧紧掐住了我的脖子，那样用力，仿佛是恨极了我一般，掐得我喘不过气来，胸口像被鼓槌一下一下大力敲击着，疼得我惊呼不止。

有仓促的脚步声在耳边响起，有人大力地推着我的肩膀把我摇醒。我辗转醒过来，口中焦渴得发苦，连舌头也仿佛粘连着牙齿。心跳沉沉地虚弱着，仿佛桌上一支跳跃着的微弱火光明灭。衣衫尽被汗水湿透了，黏腻地附在身上。我吃力地伸手抚一抚额头，直起身来。

神思游离的一个瞬间，唯听见冷雨敲窗，淅沥生寒。

睁开眼见到槿汐和浣碧关切不安的面容，才稍稍安心些，嘶哑着声音道："我没有事。"

槿汐披衣坐在我床边，怜惜道："娘子又做噩梦了。"

我一时说不出话来，只得摆摆手。浣碧四处找不到安神的汤水，只得倒了一盅滚烫的开水，轻轻地吹着，慢慢给我喝下。浣碧忧心道："小姐一直这样梦魇不止，又没有安神定心的药可以吃，这样长久下去，身子什么时候才能好起来呢？"

槿汐忙安慰道："娘子初来乍到甘露寺，不适应周遭也是有的，未必是什么要紧事，好好排解一番也就好了。"

脸上的泪痕犹在，大滴的泪水洇在枕上，仿似开了一小朵一小朵墨色的梅花，零星地散乱着。我伸手拂去，自己也怔了一怔，勉强道："真如孩子一样了，睡梦中也会哭。"

自入甘露寺以来的日子，我其实甚少哭泣。难过与悲愤一刻也没有减轻，对爹娘与哥哥的思念与担忧亦是与日俱增，然而，眼中却是干涩的，如同一口已经干涸的枯井。难过到极处，成日里亦只是望着发黄的窗纸发呆，这样呆坐着，往往就是一日的辰光。有时连浣碧也看不过眼，劝道："小姐这样憋着是要憋坏了身子的，不如哭出来痛快些。"

我只是缓缓摇头，哪里还有眼泪呢？而眼泪，又能改变些什么？

偶尔来看我的，除了住持，只有那日送红糖来的姑子。来了几次，我也渐渐知道了她的名姓。她叫莫言，人是长得冷寂而瘦削的，高耸的颧骨有一点凶相，也不爱说话，总是冷淡着神情，一副爱理不理的样子。这个样子，自然是与寺里的姑子们合不来的，然而，也没有人敢去招惹她，不过是井水不犯河水而已。她，是被众人孤立的；而我，自然也不甚有人来理会。

偶尔莫言来一次，只倚在门框上看我一阵，神色冷寂。我不过与她点点头，继续发呆或是睡觉养息。若她来时见我神情呆滞，总有些不屑一顾，往往片刻就拂袖而去，还要说一句："都落饰出家了，还要为男人伤心？当真是傻子。"

虽然她帮过我，却是不熟识的，我何必告诉她，我的萧索与伤心，不只是为了男子的所作所为。

莫言往往对我嗤之以鼻："白天里想着臭男人为臭男人伤心，夜里想着臭男人为臭男人伤心，从前是，现在是。到底女人都是无用的，一辈子活着只晓得想着臭男人为臭男人伤心。"

她口口声声"臭男人""臭男人"骂得利索而理所当然。我骤然想起我偶然听见的旁的姑子对莫言的议论："莫言好似跟男人有仇呢。"

我亦这样觉得，于是只一笑，懒得再与她分辩。

不过，莫言亦有赞扬我的时候："你倒是个好气性的。这样放不下臭男人，倒不曾为他掉过一滴眼泪。也是，咱们清清净净的泪珠子，能为臭男人掉么！"

偶尔槿汐也问我："换了是谁，遭逢这样的变故都是要伤心的。"她沉吟片刻，"娘子可想过要东山再起，为家人报仇雪冤？"

心的底色是苦涩的，那苦涩延伸到嘴角亦化作一抹苦笑，道："你的意思我不是不晓得，要东山再起、报仇雪冤这样的事，也只能依靠着他才能做到，否则，一切都只是纸上谈兵，无可施之处。"

玄凌的名字，于如今的我是十分避讳的，连"皇上"也不愿意称呼一句，只以"他"代之。

槿汐自然明白，我又道："算计我的人早已设下连环计谋。先用纯元皇后的故衣令我失宠于他，叫他眼中认定我是故意冒犯先皇后，胆敢与先皇后相较这样不自量力、自取其辱。也叫我明白，多年宠爱，我不过是他眼中纯元皇后的影子罢了。"我十指紧握，骨骼"咯咯"有声，连指节也泛白了，"设下圈套的人不仅思虑周详细密，更深知我与他的性子。他若认定我冒犯，自然不会听我半句解释，连我后来要为旁人争辩什么，也都成了虚妄之词。而我知晓自己在他心中不过是旁人的影子，又如何肯再与他相见、与他恩爱，甚至那人算准了我不会为自己辩解一句。那人心计之深沉可怖，远在我意料之外，也因此牢牢控制我于她的股掌之中。"

槿汐眼中有幽深寥落的光芒，她一字一顿，道："皇后是后宫之主，又与皇上是多年夫妻，自然有这样的谋算。"

我自嘲道："最初我总以为皇后仁善慈祥，后来隐约知道不是，却也没想到会有今日。可我一向对皇后尊敬恭顺，并未有任何不轨之举。"

槿汐道："娘子只知其一，不知其二。娘子以为听命于皇后，对她恭顺有加便不会让她对您有杀机了么？奴婢知道娘子与纯元皇后容貌有三分相似，性情更有五分相似，皇后是纯元皇后的亲妹妹，又怎会不更加清楚明白？皇上对纯元皇后又是何等的情意，娘子与先皇后相像，在她眼中，早已是必除之人了。何况娘子当时一门父兄皆在平定汝南王时立有大功，娘子素来得宠，此时家中又烈火烹油，显赫难当，甚至比当年的华妃更不好对付。"她略想一想，"若在从前，奴婢也不过是以为皇后略有城府而已，如今与娘子一同亲身经历，才算晓得皇后的厉害。这些日子以来奴婢亦在思量不已，总算明白了些。其实皇后竟早已经步步为营，将咱们狠狠算计了。"

冷雨敲打在木格的窗棂上，间或夹杂着寒风刮过，其声如鬼魅呼啸一般，惊心动魄。那雨气的寒冷，隔着窗纸，亦锋利逼上身来。

"朱宜修！"我的唇齿间凌厉迸出皇后的名字，"我以为没有妨碍她，在她眼中，我却已经是个最妨碍的人了。"我看一看槿汐，心底骤然涌出一股软弱与悲怆，"她最初亦不过是利用我与华妃抗衡啊。自我入宫以来，早已步步处处在她的算计之中，人为刀俎，我身为鱼肉还不自知，又如何与她抗衡？她早就是布下了天罗地网啊！"

槿汐微微低头："不要说以今时今日，哪怕是从前，咱们一时也没有能力与皇后抗衡的啊！"

槿汐说的是实情，我何尝没有仔细盘算过。在我蒙头昏睡的晨光里，我在身体的痛楚中，并没有完全沉睡过，无数次的痛苦，身体的每一根神经因为疼痛的牵扯而越发清醒而委顿。我再不甘心，亦只能承认："在后宫中，多数嫔妃以为她贤良淑德，往往知道她真面目的嫔妃都会有意外的横祸发生，所以她面对后宫的笑容永远温和贤淑。更重要的是，连皇帝也这么认为。她是朱氏家族的女儿，太后的亲侄女，皇帝的亲表姐，纯元皇后唯一的亲妹妹，这是她母仪天下牢不可破的血缘力量，即便她没有子嗣……"我冷笑一声，仿佛黑夜里悄然掩伏枝头的夜枭的凄厉鸣叫，"不，从前悫妃的儿子已经成了她的儿子了。她只消等着坐稳她皇太后的位子就是。"

"皇上……"槿汐沉吟着，目光灼灼望向我。

槿汐的意思，我如何不懂。凄苦的笑容蔓延到唇角，我静一静心神道："怀着胧月后来那几天，家中事发，变故横生。我何尝没有想过，若肯委曲求全，或许能求他相信甄家的清白，然而他哪里肯信，依旧是一道圣旨贬黜了我的家人。其实是我当时想不明白，若他相信我，我自然不会因纯元皇后的一件故衣而被禁足，在棠梨宫中受尽冷落苦楚，白白赔上了流朱一条性命，甚至连我有身孕也不得外出。我是前后想得明白了，才自求出宫修行。其实即便我还在他身边，他还册我为昭仪，我如何能对着他强颜欢笑、忍辱承欢？他终究是皇帝啊，而我甄嬛，绝不是这样的性子。"

槿汐安慰地拍了拍我的手："其实甄大人、甄夫人和甄公子虽然南北两隔，然而总算性命都保住了。娘子虽然要强，却也不至于刚毅硬气如瑞嫔小主，自杀明志、申诉冤屈，却还落了一个胁迫君王的罪名，死不瞑目。只是可惜了甄少夫人和小公子。"槿汐沉吟片刻，终于还是问，"其实有件事奴婢一直想不明白，若安陵容恨的是娘子，只管对娘子或者娘子的至亲下手也算有情由，怎么会反而是甄少夫人和小公子惨遭横祸？奴婢听说，当时为甄少夫人和小公子医治疫病的，正是安氏自己身边的太医，实在是蹊跷。"

这情由，以往若在宫中，我是半分也说不出口的，只得由着它埋在心中，任由它烂在肚子里。然而今时，已经不同往日了。

我尽量克制住自己的语气，由激烈克制成平淡："女子的嫉妒，是非常可怕的，尤胜于洪水猛兽。"我顿一顿，"尤其是男女之情。"

槿汐陡然一惊，立刻明白过来。她的吃惊不亚于我当年在入宫前一夜发现的陵容的眼泪悲泣。她怔怔片刻，容色稍稍恢复，道："奴婢自问在宫中磨砺多年，也算见过不少人与事。虽然亦能体察出安氏些微的不轨之心，然而甄公子……安氏对甄公子，奴婢当时真真没有看出半分来。"

我长叹道："何止是你。若不是我亲眼所见、亲耳所闻，连我自己也几乎不能相信的。然而所谓孽缘，真真切切是有的。安氏心思之深沉细密，亦可见一斑。"我怔怔落下泪来，滚烫的眼泪几乎烫伤到我的心智，"从前你旁敲侧击，亦提醒过我安陵容或许有二心，要我小心提防，是我自己太相信她，太相信所谓姐妹之情，才至今日的地步，也是我大意轻信、咎由自取了。"

槿汐道："这便是娘子的软弱之处，太过重情了。其实在宫廷之中，不妨把情之一字看得淡些，或许要自在坦然得多。"

我哽咽着，将自己一直未曾想明白的心思一一道来："槿汐，我一直想不明白。我待安陵容，虽不如对眉庄一般掏心掏肺，也算是尽心尽意，缘何她恨我至此，先以舒痕胶杀我腹中幼子，再依附皇后联手扳倒我，将我踩至最底处，连我一家老少也不放过。我不明白，她怎会这样恨我？"

槿汐的神色亦是复杂而迷惑的，然而她坦然一笑，却是世故的明白洞悉："人心的繁复善变，大约也在于此吧。"

"人心的繁复善变……"我喃喃自语，"槿汐，如今我常常有一种痴心妄想。人生若只如初见……譬如陵容，只是我初见她时那般柔弱楚楚，眉庄姐姐也是那样爽朗大方。而他，只是我初见他时的样子……"我凄婉一笑，"漫天四散如雨的杏花中他含笑而来，那一个春天……可是春天，终究是要过去的。若时间只停在那一刻，没有后来的种种纠结，该有多好。"

夜风从窗缝间灌入，带着潮湿阴寒的气息，似一口欲吐未吐的叹息，晃得原本细微的烛火跳跃明灭。槿汐伸手护住火苗，默然片刻，道："娘子可曾忘了皇上么？"

我怔怔，很快道："即便我忘记了他，有些事、有些怨恨伤心，只怕也要很久才能忘记了。"

"雁过终究也留痕，何况是人呢？即便长久以后娘子真真正正忘记这个人了，有些伤痕到底也是抹不去的。人有心魔，娘子也要极力平复才好啊。"槿汐劝完，笑容明亮而清澈，如水波摇曳，仿佛能照亮人的眸子，"那么，其实算不算是娘子对他的情意也不是真正的铭心刻骨呢？所以怨恨伤心要比思念爱慕来得多。若是真正情意深刻而坚定，是不会轻易被仇恨怨念所遮盖的。自然，宫中是从不需要这样的情意的，这样的情意即便有，也经不得风吹雨打、种种阴谋诡计，总要消散去的。不过话说回来，若只是娘子费心劳力维系这样的情意，他却猜疑揣测，这情意如何能长久，反而叫娘子落到伤心处去。这世上的好情意，必得是你有情我有意，你信我我也信你，方能真心相知，到长久里头去。"

我微笑道："槿汐，你是否今年已年过三十五，是否真的自幼生长在宫中侍奉？"

槿汐微微惊讶："这个自然。"

我笑："那么，为何你懂得的竟比这世上万千痴男怨女懂得的都要深切明白？"

槿汐也是失笑："娘子取笑奴婢呢。娘子一向聪敏，怎不晓得大千世界之事，本就是旁观者清，当局者迷，尤以情爱为甚。若换作是奴婢陷于情爱之中，此刻也不过是个最最糊涂的人罢了。"

我微微颔首："只是槿汐，你最最精明，怎会陷于情爱之中，有不能自拔的一天呢？"

槿汐的神色一个恍惚，反而是我觉得恍惚看错了，槿汐如何会有这样哀伤而多愁的一瞬流露，定是我看错了。她很快笑道："奴婢身世卑微，只懂得服侍主子，大半辈子早已过去，如何还有情爱之事，当真是说笑话了。"

我与她说话，心中烦忧已经减轻了大半，此刻也笑道："是啊，这事的确是我玩笑了。只是如今叫我看来，无情竟是比有情好得多了。"

槿汐只是笑："是么？若有一天娘子遇上真心待娘子、娘子又真心相待的人，恐怕娘子便不会说这样的话了。"

我哑然失笑："槿汐，你这笑话果然比我打趣你的更过分了。我已在佛门之中，怎还会遇见这样的人呢？"

槿汐服侍我睡下，只一味和静微笑："的确是奴婢玩笑了，引娘子笑一笑，能好好睡罢了。"

如此我又睡下。窗外雨声潺潺，风声萧萧，已觉秋窗秋不尽，那堪风雨助凄凉，又牵动离情别恨，人世凄凉。我在长久的倾诉中不觉泪洒窗纱湿，亦稍稍得到平静，渐渐睡稳了过去。

　　十一月初的时候，天气逐渐寒冷下来，平房低矮，每到这样的时气往往阴冷而潮湿，整个人如同成了置身阴暗角落的暗绿苔藓。炭火自然是有的，各屋分下来，到了我们这里却是极劣的黑炭，一烧起来便烟熏火燎，住不得人，呛得连眼睛也睁不开。

　　槿汐忍不住去问，那边厢主事的静白只笑吟吟拿一句话打发了："敢问一句，莫愁她是奉旨来修行的呢，还是来享福的？"一句话便堵了槿汐的嘴。

　　更有小尼姑在旁笑道："咱们可分不出黑炭还是银炭才算是好炭，你们家娘子见的世面多，不如自己做去，可比从别处求来的好。"

　　槿汐再好修养再能忍耐，到底也忍不住了："可是那黑炭真真是不能用的，娘子还没出月，不知静白师父可否多多照顾，好歹娘子也是奉旨修行的。"

　　静白尖厉道："奉旨修行？那是给外头人知道好听的。真打量咱们全是傻子呢，谁不知道莫愁是被赶出宫来的！"说完，一群人便哄笑起来。

静白的嗓门儿本就大，扬起声来说话更是如敲锣打鼓一般。槿汐忍了又忍，知道与她们是说不通了，正要出来，却有个小姑子拉住了槿汐，笑嘻嘻道："我有个好法子告诉你，后山里头树多得是，你们好好去砍些来烧柴火也是一样的。"这样的天气，山路陡峭，如何还能再去砍柴，这话分明是调侃且为难了。

槿汐不欲与她们多言，转身便走。

然而末了，静白的一句话更是刺耳，还是传入了她耳中："请恕贫尼再多嘴说一句，娘子也不再是从前的娘娘了，要知道自己的身份。"

她回来时我正和衣睡在床上，人蒙蒙眬眬醒着，只懒怠起来。浣碧独自在门外院中洗衣，见槿汐双手空空回来，不由得急道："又受了她们排揎了？"

槿汐也不说话，只坐在她身边一同浆洗衣裳，片刻向内探头道："娘子呢？"

浣碧小声道："小姐睡着呢，还未醒来过。"

槿汐微微松了口气，道："若真只是排揎就算了，你不晓得那些人说话多难听。"

浣碧卷一卷将要落下的袖子，摇头道："再难听的话，从前小姐刚进宫不得宠的时候，黄规全他们在内务府都已经说了，咱们不也生生受了么？"

槿汐摆手道："那也罢了，到底是宫里，拜高踩低、跟红顶白是寻常不过的事情。可是这里是佛门清净之地，修行的所在，你不知道那些姑子说出来的话有多难听、多伤人。"她们都以为我睡熟了，于是槿汐娓娓道来，将一应经过全说与了浣碧听。

浣碧又惊又怒，道："简直连市井泼妇也不如。小姐已经落魄到这个地步，落井下石又对她们有什么好处来着。"

槿汐愁苦道："刚来就已经是这样了，以后的日子娘子可要怎么熬呢？"

我只安静听着，十一月的天气，一说话，便有淡薄的白气从口中溢出。可是天气再冷，又怎比得上人心的反复寒冷呢？到哪里，当真是到哪里都逃不开是非和纠葛么？

甘露寺已经是最后一重退路了，我还可以逃到哪里去？连一个安身留命的栖身之地也没有了。我起身走到外头，浣碧与槿汐听到脚步声，忙以笑容掩饰过方才脸上的愁容，道："娘子醒了，怎么不多睡会儿就起来了？"

我笑着拉过她们的手："万事求人不如求己。不过是些炭而已，实在不能用，咱们明日自己上山砍去。咱们有手有脚，必定饿不死，也冻不死。"

槿汐晓得我是听到了："有娘子这句话，咱们还怕什么呢？正是这话，求人不如求己。"

浣碧眼圈微微红了，道："小姐说这样的话，到底叫人伤心。"

我挽起袖子道："我虽在月子里不能沾水，可是给衣裳上浆总是无碍的。总不能老是见你们辛苦，自己坐享其成。"

槿汐在旁笑道："既然娘子这样说了，咱们也不能说什么。只一样，娘子身子到底还没出月，要是落下什么毛病就不好了。所以若娘子走得动，去捡些柴火就可以，砍柴这样的重活儿，交给奴婢与浣碧姑娘就是了。"

次日起来，我一早便去山上拾柴火。正遇见静白带着两个姑子出去，见我要去拾柴火，便大刺刺道："帮我院子里也去割一担来。"

她说得理所当然，我自然也不愿意与她起冲突和她争执，于是唯唯应了。

我第一次去，去得早，山上还没有人，我兴致勃勃割了一大把挑回去，先送去了静白的住处。她只看了两眼，突地一把伸手掐在我胳膊上，笑道："我瞧你是偷懒了，挑了这些来敷衍差事么？你瞧瞧这些草，哪里是能用的。"她如掐我一般一指头掐在草茎上，碧绿的汁液立刻洇了出来。

她斜着眼嗤笑道："瞧你那蠢笨样子，挑的柴草必定是后坡的，只看着高大，但水分多最不好烧。原看你一副聪明面孔，却连拾个柴火也不会。到底是宫里出来的娘娘，五谷不分、四体不勤，是享福的命。"

她说得尖刻，我手臂上吃痛，少不得生生忍了下来。

旁边一个姑子叫莫觉的，忙谄笑道："师父说得是呢。她哪里会拾柴火，只会一味地矫情乔张做致，哄人可怜罢了。她以为她还在宫里头呢，想必在宫里也是一味狐媚圣上那种狐媚子罢了。"

有一股酸楚之意生生逼上喉头，我只木然想着，出家人不是慈悲为怀么？怎么亦这样往人伤处去戳，毫不留情呢？我又是何处得罪了她们？只是人情冷薄，我看得多了，亦懒得去争辩什么。

静白见我呆呆的，更觉厌恶，道："去吧。我瞧了就心烦！再去拾两担柴火来，要不不许吃饭。"

我木然上山，这次记了教训，只往前坡捡去。正割了两下，却见莫言闷头走了上来。

她打量我两眼，目光落定在柴草上，问："这就是你拾的柴火？"

我并看不出不妥，只得答："是。"

她二话不说，将整个箩筐翻转过来，将我方才拾的柴火全数倒在了地上。她瞪我一眼，道："你别吃惊！你拾的那些，少不得回去又要遭静白的数落。"

我微微惭愧："我并不晓得要拾怎样的，也没人对我说。"

莫言头也不抬，道："甘露寺那些人存心要看你笑话，怎么会告诉你要捡哪些。你跟着我，我教你吧。"我瞧她人虽冷冷的不甚合群，却是个面冷心热的人。她肯这样伸手相助，我自然十分感激。

果然，静白见我后来挑回来的柴火，半句挑剔的闲话也没有，只皱着眉头撂下一句话："以后每日挑两担柴火去。"见我转身默默告辞，又粗声道，"好好洗洗去，宫里有人来看你，别好像咱们委屈了你什么似的。"

我心头一怔，宫里会有谁来看我呢？我是被逐出宫禁的不祥之人啊！我心头忽然一热，会不会是眉庄呢？也不知道她这数十日来过得好不好，容色是否愈加清癯了？可是妃嫔不得轻易出宫，眉庄又是如何才能出来看我的呢？

如此想着，足下脚步也快了不少，一颗心怦怦跳着，直向自己的住处奔去。

木扉应手而开，却见住持陪着一个四十上下的宫装妇人，眉眼蔼然，不是芳若又是谁？

我没想到是她，不由得脱口而出唤道："芳若姑姑！"

她连连道了两声"好好"，一把拉住我的手，语声已经哽咽："娘子憔悴了不少。"她摸一摸我的腕骨，惋惜道，"娘子怎么瘦成了这个样子？"话未完，眼角带上了不悦，看向住持。

我深知住持无辜，她一心向佛，甚少理会旁的事，于是道："是我自己身子骨不好，甘露寺上下已经对我格外照拂了。"

芳若这才罢休，请了住持出去，转了笑容拉着我坐下，亲热道："有好些东西要叫娘子过目呢。"

我微微疑惑，却见她摊开了包袱，一样一样取出来道："这些吃的用的是太后赏赐下来的，专给娘娘补身用。"她一样样列开来，"这是太医开的产后调理的方子，是沈婕妤特意请温大人开的方子让奴婢送来的。温大人一向为娘子诊脉，所以这张方子是最对娘子体质的，连药也配好了，娘子照着吃就成了。还有几件丝绵袍子和棉袄，是给娘子过冬御寒用的。还有些炭火，虽不如宫里头的，用着却也还好。"芳若环顾四周，"娘子这里简陋了些，被褥也不够暖，只怕过冬还是不成的，尤其是这山里头，到时奴婢再着人送些来吧。"

我欠身道："我是戴罪之身，太后还这样百般垂怜，我真真是不敢当。"

芳若叹息道："娘子的冤屈，太后怎么会不知道呢？太后心里一百个疼娘子，只是不好说出来。毕竟皇上是太后亲生的，皇后是太后的亲侄女，有了什么错处，太后不能不护着。"芳若觑我一眼，小声道，"虽然说手心是肉手背也是肉，但娘子是个七窍玲珑的人，自然知道手心手背也有厚薄之分。不要怪太后！"她用力按一按我的手，很用了些力气，似是安慰，更是叮嘱。

我眼中一酸，硬生生忍住泪意："我不敢怪太后。"

芳若点点头，道："娘子是个十足的明白人，也该知道有些事太后娘娘也无奈，只能明白却不能插手，更何况还是牵连了前朝的。"芳若神色微微一僵，无奈道，"这一个月来，皇上还在气头上，提都不许旁人提娘子一句。那一日在敬妃娘娘那里，敬妃娘娘陪着皇上说话，不过偶然夸了一句说胧月帝姬长得像娘子，皇上就生了大气，连茶碗也砸了，指责敬妃娘娘居心叵测、擅提罪妇。娘子也知道的，皇上的脾气，等闲的事都不轻易动怒的，可见是真生气了。当时奴婢侍奉在侧，也吓了一跳，只敢去收拾茶碗的碎瓷片。皇上待敬妃娘娘一向客气尊重，何曾用这样重的话说过敬妃娘娘。"

我一急，十一月的天气，背心几乎要沁出汗来。若敬妃出事，我的胧月便当真没有人护持了。这样一想，登时神色也变了，忙问："然后呢？"

芳若忙安慰道："娘子别急。敬妃娘娘到底有素日的位分与威望在，皇上申斥了几句，还罚了两个月的月俸，又接着好几日没与敬妃娘娘说话。虽然如此，却是日日都去看帝姬的。俗话说'见面三分情'，敬妃娘娘也懂得怎样讨皇上喜欢，到底渐渐也平和了。"

我大大松了一口气，然而仔细一想，又觉不对，细细问道："敬妃并不是这样鲁莽的人，怎么会轻易在皇上面前提到我呢？当时还有谁在？"

芳若晓得瞒不过，只得道："当时祺嫔也在。正因为祺嫔说了句'孩儿家都长得像极了父母双亲'，皇上当时并没说什么，许是敬妃娘娘也想勾起些皇上对娘子的旧情，所以说了这一句，惹得皇上立时发作了起来。不过以敬妃娘娘的敏慧，又在宫中多年，别人能让她着一次道也就完了，休想在她身上再占第二次便宜，所以娘子放心，敬妃娘娘必然护得住帝姬。何况这次敬妃娘娘没有失宠于皇上，也是得益于帝姬。敬妃娘娘是个再明白不过的人，当然晓得要与帝姬互为援引，所以更不会对帝姬掉以轻心。"

我一颗吊起的心这才稍稍放下，笑一笑道："的确也是我过分紧张了，叫姑姑见笑。"

芳若微微沉吟，笑容隐隐有些不忍："何况敬妃娘娘身在高位，却一直没有孩子。"

我心中如明镜一般，为敬妃的叹惋中亦感到一丝难言的莫名欣慰："因为她没有孩子，所以会善待我的胧月，视她如珠如宝，就如端妃娘娘待温宜帝姬一般。只是皇上如今常常在敬妃娘娘处，万一来日敬妃娘娘有所生育，我的胧月难免也要被放下去了……"

芳若缓缓道："皇上虽然常去敬妃娘娘那里，却甚少过夜。毕竟敬妃娘娘算不得最美，且有安芬仪与祺嫔等人，哪个是好相与的？何况敬妃娘娘未晋淑仪时，是与从前的华妃同住宓秀宫的。"芳若的语气意味深长中透着一点古怪，她一向和蔼的眸子中有阴沉而同情的悲哀的底色，"她是不会再有孩子了吧。"

我悚然一惊，电光石火间已经明白。"欢宜香？"我一时怔住，良久，长长地叹息了一声："城门失火，殃及池鱼！敬妃自己知道么？"

芳若摇头："不知道。太医只说敬妃的身子不是适合有孕的体质。"芳若惋惜不已，"敬妃娘娘是个好人，只可惜福薄，受人连累。当日她随华贵嫔同住，又朝夕侍奉起居，自然避不开这欢宜香。"芳若稳一稳神情，悲悯道，"否则，敬妃虽然好，可是宫中嫔妃那样多，个个一心争宠，皇上又怎会一直给她高位，常常去看望她。"

心里的悲凉忽然无法言说，敬妃多么可怜，而当时与华贵嫔同住一宫的妃嫔那样多，受牵连的又岂止敬妃一个。我问道："那么当日与华贵嫔同住而受牵连的还有谁？"

芳若沉思片刻："只有敬妃。"她见我不解，道，"华贵嫔也不是傻子，华贵嫔虽然得宠，却也不是专宠，这些人里头敬妃还是很得宠爱的。华贵嫔小产之后，因见人就烦，所以把本同住着的几位小主迁了出去。却也怕这个时候皇上又对敬妃旧情复燃，所以干脆禀告了皇后，把敬妃迁到了自己的宓秀宫居住，也算在自己眼皮子底下。当时华贵嫔有多得宠，连皇上都不轻易违拗她的意思。甚至连皇后娘娘也去亲自劝说，说华贵嫔性子刚硬，也只有敬妃一同住着才合得来，于是敬妃娘娘就只能去了。"

我的眼皮倏然一跳，心口骤然凉了下去，皇后是知道欢宜香的药力的啊！

"端妃娘娘与敬妃娘娘无有所出，昔日的华妃作孽不浅啊！"芳若的声音越发温柔而笃定，牢牢压迫住我，"娘子要记得，是华妃作孽，也只有华妃作孽，与旁人无关。"

冷汗涔涔粘住了我的发丝。皇后心机之深沉，我几乎无法抗衡。聪敏如敬妃，亦被蒙在鼓里。心底的害怕牢牢控制住我，我的胧月，我的胧月，万一皇后对她起了杀机……不……我简直不可以想象。

我喃喃唤着胧月的名字，芳若一把抓住我的手，十指用力："娘子放心，帝姬不会有事，有敬妃娘娘，还有沈婕妤呢。奴婢冒犯说这些话不是为了叫娘子伤心着急，而是叫娘子明白，实在不可轻举妄动。如今这个节骨眼儿上，虽然娘子被逐出宫，再无回宫之理，可是不放心娘子的人多得是，有如太后和沈婕妤一般的，也有别的人，这些娘子必定要明白。太后必然是要维护娘子的，可娘子也要清楚，若娘子一心只想着报仇或是别的什么，那么首当其冲的便是帝姬。娘子既然要全力爱护帝姬，那么帝姬也注定是娘子的掣肘了。"

她的话说得极温和，然而利害相关已经说得极清楚明白了。芳若轻柔地拍着我的手背，推心置腹道："娘子到了今日，奴婢是最心痛不过的。如今奴婢又侍奉太后娘娘去了，少不得想尽办法看看有什么能帮得上娘子的地方，也算是奴婢服侍娘子一场的一点心。"她的声音低一低，"甄家少夫人和小公子的遗体，温大人和沈婕妤已经想法子筹钱安葬了。娘子勿再伤心，一则人死不能复生，二则也只能各安天命了。"

想到嫂嫂和致宁的惨死，我心头瞬时大恸，仿佛一根雪亮的钢针，朝着本已溃烂的伤处狠狠地扎了进去。

安陵容!

我恨得几乎要一口鲜血呕出来!

"时势不由人!娘子再不甘心,也要甘心。"她那双洞若观火的眸子有幽暗的隐忍光芒,"甄大人与甄公子虽然远离娘子,却也是到了安生的所在——而眼下,唯有眼前能顾及的人才是最重要的啊!"

声音有自己也意外的沙哑,我道:"好。全当是为了胧月,也是为了还活着的人。我答允你,即便我恨到切骨,也不会轻举妄动。"我清一清嗓子,"也请姑姑转告太后,我会在甘露寺中安分修行,至于帝姬,太后若肯看顾,那便是帝姬的福气了。"

芳若的笑容一毫一毫舒展开来,欣慰而妥帖。此时此刻,除了她,哪怕是出自太后的授意,也没有人敢到我面前说这些剖心之语,也不会有人对我来说。至于太后,不过是交易罢了,以我的安分来换取她对胧月的悉心照顾,也是以我的安分来换皇后她们的安心。

芳若的声音沉稳入耳:"其实娘子如今的身份,已经是一重最好的保障。大周开国以来,从无废妃回宫的先例,所以娘子此生,也必定是终老于此了。等时日长些,事情慢慢过去,谁有心思一直看着娘子呢?"芳若说完,笑吟吟地打开一个团花软绸包袱,道,"娘子瞧瞧这个,看可好不好?"

却是一色的婴儿衣裳,春夏秋冬,一应俱全。我眼中一热,哽咽道:"这是我胧月的衣裳么……"

芳若含笑点头:"正是。再过两日就是帝姬满月的日子,皇上说了是要好好操办的。这些衣裳都是赏赐给帝姬的。"

我心下又酸又热,仿佛骤然喝下了一口滚烫的汤水,以致积在喉中心上,肺腑间皆是热辣辣的酸痛。

我的胧月,还有两日就要满月了啊。我这个为娘的,自她出生后,竟再也没有见过她了。

槿汐捧起衣裳道:"料子很好,怕是新进贡的质料吧。"

芳若赞道:"到底是槿汐的眼力好。这夏衣是江宁进贡的软绸,最贴身吸汗的,夏日里头穿又透气又凉快。冬衣是蜀中的明光锦。反正皇上的意思,是怎么好怎么做,弄得内务府翻箱倒柜,恨不得把所有好东西都给掏出来。"

我出神而小心地抚摸着那些将要包裹住我的孩子的衣料,只觉得亲切而疏离。我身为她的生母,竟还不如这些衣料能更接近她。我转身小心拭去眼角将要流出的泪水,轻声叹息道:"只可怜我这个做娘的,什么拿得出手的能送与我孩儿满月的东西都没有。"

槿汐连忙安慰道:"娘子是帝姬的生身母亲,您这份爱女之心,便是最好、最难得的了。帝姬若知道您这样牵挂她,必定也十分高兴的。"

我不由得慨叹道:"我白白伤心做什么,有她父皇待她这般好就是了。也替我谢谢太后,劳烦她这样费心,要你拿这些给我看,叫我知道皇上很疼爱帝姬,我也就放心了。"

芳若会心一笑:"太后的苦心娘子既已体会到了,奴婢回去一定如实向太后转达娘子的感激之情。"她微微侧头,忽然道,"娘子如今还写字么?"

我一时未能明白,道:"什么?"

芳若笑道:"从前太后总说娘子抄经的字好,又写得大,读经的时候特别清楚舒服。如今娘子在甘露寺中修行,不如再为太后抄录佛经吧。奴婢每月会来甘露寺一次拿走佛经。请娘子以每月为期,为太后抄录佛经祈福吧。"说罢,她深深地看我一眼,"太后说过,一定要是娘子亲手抄写的祈福才有用,否则不作数的。"

我微一思索,转瞬已经明白,于是深深福了一福,道:"请为我多谢太后关怀之意,莫愁必定尽心尽力为太后抄录佛经,为太后祈求上苍福泽。"

芳若起身笑道:"娘子明白就好。天色不早,奴婢也要回去复命了。"

我起身相让,道:"我送姑姑出门。"

门外聚着几个好事的姑子,正伸头探脑瞧着,芳若见人多,于是止步道："娘子请回吧，外头冷了呢。"她故意扬一扬声，道："太后请娘子抄录的佛经奴婢每月都会来取，请娘子为太后尽心抄录就是。"

　　我晓得她是说给那些姑子听，免得我受什么欺侮委屈。我忙含笑让过，见她远远走了，才安心回去。

壹叁　弦斷無人聽

　　我的身体渐渐好转了起来，便开始日日面壁诵经，操持劳作。稍稍得闲的时候，就不分昼夜地埋首仔细抄写佛经。只希望佛经字字真言真意，可以缓解我依旧时时发作的心病。

　　太后为我的苦心，也算是尽了。要我一定亲手抄录佛经，每月让芳若来取，为的就是确保我活着，这样月复一月平安地活着，我的四肢手足完好无损，身体康健，无病无灾。

　　芳若每月的到来，并没有过多减轻我的辛苦劳作，只是在她来的那一日，我会被静白允许休息一日。

　　浣碧问我："小姐辛苦劳作，为何不告诉芳若姑姑，请她主持公道，或者告诉住持也好。"

　　我低头仔细为衣裳上浆，只淡淡道："我若告诉住持，住持必然会为我向静白求情。可是我到底是归于静白管，若是她口头答应背后又暗算，我连这好不容易求得的平静也没有了。而告诉芳若，芳若回去必定会转述于太后，太后虽然是皇后的姑母，然而对我和胧月的照拂也算尽心，何必再叫她老人家费心。而且宫中人多口杂，若是传到皇后和安陵容耳中，又不知道要生多少是非。且在那些人眼中见到我如此落魄凋零、苟延残喘，我的苦楚多一分，她们心里就会多安稳一分，对我的胧月也会放松一分。世事环环相扣，我身为人母，能为胧月所做的，也就只有这些了。"

而每每芳若来，我只问两句："眉庄好么？胧月好么？"

问得多了，芳若也笑："娘子关心的，永远只是这两位么？"

我不假思索，道："是。"

芳若思量片刻："那么皇上呢？娘子也全不在意了么？"

我的眉毛骤然一蹙，很快觉得，为玄凌蹙眉，亦是不值得的，于是松缓了神情。雪光清冷逼仄，那清冷也透在我的语气之中，森冷而凛冽："若有国丧，天下皆知，不必等姑姑来告诉。"

我是在咒他死啊！这样冷毒的话语出自我的口中，连自己也吓了一跳，我对他的怨恨，竟是这样深么？

果然槿汐吓得忙忙来捂我的嘴："娘子糊涂了么？"

芳若凝视我片刻，缓缓摇头，道："娘子，恕奴婢多嘴劝一句，您这样怨恨在心不能释怀，其实是自己难过啊。"

我转身，只作充耳不闻，凝神看向窗外，双目冷滞，几乎想看穿外间的风究竟是如何涌动的。

芳若徐徐的语句还是贯入我的双耳："十月间选秀，所能入皇上眼者颇多，共选了宫嫔十八人，是皇上当政以来中选人数最多的一年。"她微微沉吟，终究还是说了出来，"此番入选的小主们都是中等仕宦之家，未有太显赫也未有太卑微者。而且，她们的年纪都小，未有一位超过十五岁者。"

十五，我进宫那一年也正好是十五岁呢，如花朵一般娇嫩柔软的年纪。如今，我亦有二十了，与这样年轻的宫嫔们相比，我的容颜和年纪都算是在慢慢黯淡下去了吧。我微微冷笑，如果我没记错的话，新年过去，玄凌也已经三十了。

他是君王，所以他的艳福总是这样好，永远能享受着无尽的别人的青春。而皇后长玄凌两岁，面对这样年轻鲜嫩的女子们，即便蛾眉耸参天，丰颊满光华，也有些力不从心了吧。

而芳若的声音仿若在说一件极寻常不要紧的事，道："是皇后呢，皇后力主皇上多选年轻的女子进入宫廷之中。"我微微一愣，芳若依旧娓娓道，"皇后言及如今在宫中的妃嫔年龄渐长，不若选些年轻懂事的新人，身心康健，才利于为皇家诞育皇嗣。"

我稍稍吃惊，然后很快亦明白了皇后的用心。手心的冰冷，在那一瞬间侵入了自己的肺腑，透出沉沉凉意。

越是年轻、越是养在闺中的女孩子，越是没有心机啊。纵然得尽君王的宠爱与怜惜，又如何能与一个久居深宫的掌权妇人的心智相抗衡呢，终究也只能在她股掌之中做困兽之斗啊。而且出身中等仕宦，自然没有千金门第养育出来的那种气度和见识，也就会更少有身登显贵位分的机会。至于皇嗣，能不能生下来还是个未知之数。

而低微门楣出来的如安陵容这样谨小慎微又心计深藏的女子，皇后也断断不容许再出现第二个了吧。

所以年轻而门楣普通的女子入宫才是最合她心意的啊。

芳若的话正好验证了我的猜想。"皇上很喜欢今次入宫的小主们，虽然位分还都不高，多在常在、美人之位，也不知最终能得高位的究竟是谁，这一切都是未知之数。只是这些小主倒有些平分秋色的意思呢。"

平分秋色啊，也便是人人他都喜欢，人人不分伯仲。

也是，他周旋于衣香鬓影的温柔乡中左拥右抱，享受新鲜女子的温柔和妩媚。而我呢，独自裹在缁衣梵音中，消受我该消受的寂寞和冷清。各在天涯，各不相干。

我只道："只要我所求的人都平安康健，其余的人与事，又与我有什么相干呢？"我把一月来所抄写的佛经都交与芳若，"大雪难行，恐耽误了回宫的时间，姑姑请回吧。"

芳若只宁和微笑道："奴婢早些回去也好，自那次清河王为甄家之事向皇上求情遭了训斥，皇上已令他在十月末时去上京旧都散心思过，无诏不得回京。太后也是常常闲着发闷，只能奴婢多多侍奉在侧了。"

我心头一惊："清河王离京了？"

她对我的反应微微觉得诧异，温和道："娘子不知道么？清河王本不理会政事，汝南王一事虽然居功不小，却也随汝南王一事的平定很快置身事外，从不多言语一句。如今为甄家之事上书，大概也是因为平定汝南王之时与娘子的兄长甄珩颇为相知。到底娘子一家的冤屈，是'莫须有'的由头多啊！"

像是被极细极薄的锐利刀锋划过皮肤，起先并不觉得痛，眼见着伤口张开，翻出雪白浅红的皮肉来，鲜血汩汩而出，才猝不及防地疼痛起来。

上京城，玄清，他竟因为我家才牵连到纷扰的他最不愿沾染的政事中来，还被逐至上京，这原本是与他不相干的啊。

我的泪还未落下来，对玄凌的怨恨，终究是更深了一层。连芳若也明白的"莫须有"的道理，连玄清也出言相助，他何以还这样一意孤行？

芳若仿佛明白我的心事，轻声道："汝南王一事已成为皇上心头大忌，方才平定不久，又扯出甄家的事，皇上如何会不敏感不动气。且皇上天子一言，即便错已铸成，一时也动不得劝不得。而且如今皇上身边的人，只会一味坐实甄家的罪名，落井下石，官场上的大人们是最擅长不过的。"芳若叹息，"即便甄家能够雪冤，可是娘子的一生到底也只能沉没在甘露寺中，再无回宫的机缘了。"

我的厌倦和烦腻翻涌而出："即便要八抬大轿请我回去，我也情愿在此了此余生。"

我的话语坚决如断刃叮当落地，一刀两断。芳若无语，默默片刻，只得告辞了。

我见芳若身影消失在冰天雪地之中，轻声呢喃："长相思。"

浣碧一时没有听清，问："什么？"

我轻轻道："'长相思'在哪里？"

我许久没有弹琴了。哪怕只把"长相思"抱出了宫闱禁地，也许久没有心思拨弄琴弦了。这样骤然问起，浣碧有一丝喜色，忙捧了出来，道："还在呢。只是沾染了少许尘埃，好好擦净就是了。"

这些日子以来，我并非真的不想再弹"长相思"，我只是不敢，不敢在长相思的缕缕琴弦上想起曾经高歌弦乐中镌刻着的旧日时光。我日日诵读经文真言才获得的暂时的平静和麻木筑起的高墙，如何经得起往事如潮的冲击和澎湃？那些往事，我是多么不愿意再去触碰。

然而方才芳若说起玄清的那一瞬间，他为我的家族所尽的一切心意，让我想起紫奥城的宫闱深院里，深宫梨花如雪的长廊转角，月影如钩的日子里，有个人曾经所能给我的温暖慰藉。

手指漫无目的地拨动琴弦，心事如潮水汹涌奔腾，手势有一刹那的急促失力。用力一勾，"铮"的一声崩裂，琴声嘶哑地戛然而止。我环顾四周，一片白雪茫茫，忽然嘴角漾起一个苍茫的笑意，知音少，弦断有谁听！

玉壶冰心　　壹肆

　　大雪封山之时，往往化开了雪水浸洗衣衫。若天气好些，便去溪边，砸碎了坚冰浣洗衣裳。去岁落下的冻疮旧疾复发，一双手红肿狼藉，饱受苦楚，硬生生叫我记得在棠梨宫最仓皇寥落的时光。

　　我向槿汐苦笑道："果真有些事是一心要忘也忘不得了，便如这冻疮，年年复发。"

　　槿汐抚摸着自己手上的冻疮，轻声道："奴婢刚入宫那时候只是做洒扫上的小宫女。那时候宫中的妃嫔只有端妃和娴妃——也就是如今的皇后，自然轮不到咱们这些小宫女去伺候。新进宫难免要受欺负，那年月里天天给姑姑们洗衣裳，仿佛永远也洗不完一样，结果落了这一手冻疮。还是后来纯元皇后看见了说可怜，说了一句'手成了这样还叫洗衣裳，内务府总管连一点体恤之心也没有么'，这才打发了奴婢去做别的活儿。后来奴婢一路升上去，自己也做了姑姑，自然是不用做这些粗活儿了，手也渐渐好了。没想到，今日做起同样的活计，倒还没有生疏。"

槿汐淡淡提起纯元皇后的旧事，我也只淡淡听过，并不肯计较。

如此一月一月过去，冬天熬过去了，春天也到了。

温实初来看我那日，是初春的一天。他突兀地进来时，我正在青瓦大缸边把今日担来的水一桶一桶吃力地灌进去。浣碧乍见故人，一时吃惊感动，呼道："温大人。"

我闻声转头，温实初立在门边，一袭蓝袍，身形消瘦。他失声道："嬛妹妹，你瘦了许多！"

浣碧忙迎他进来，温实初目之所及，见我倒水，一把抢上身夺过我手中的水桶，吃惊道："你怎么能做这样粗重的活儿呢！"

我淡淡笑着反问："为什么不做？我已经不是千金小姐，也不是宫中的宠妃，不过是个平常的姑子，不做这些做什么？"

他一时语塞，只得拉开我，挽起袖子帮我把所有的水灌入缸中。我淡淡道："多谢，今日要用的水已经有了。"

他微微诧异："今日的水？你每日都要这样灌水辛苦么？"

"这个自然，胼手胝足，亲力亲为。"

浣碧在旁听着，一时哽咽，道："这些事算什么，小姐和我们都要亲自去砍柴洗衣、料理饮食。我和槿汐都没有什么，本是该做这些的，可怜小姐的手脚……"

温实初听她说得委屈，一时情急，扳过我的手来看。我的手早不是昔日娇嫩模样，旧的老茧、新的水泡，或者有破了的，露出鲜红的皮肉来，还有砍柴时荆棘刺进皮肉的小刺，暗黑的一点一点。

温实初大是心疼，急道："怎么会这样？"

浣碧呜咽道："小姐手上的血泡破了一个又一个，快没一块好肉了。小姐从小养在深闺，哪里受过这样的苦楚。可是那些姑子好狠心，欺负咱们是新来的，百般刁难欺侮。"

我摇头苦笑："不必心疼，以后这样也就是一辈子了，习惯就好。"

温实初忙拉我坐下，取出随身所带的药膏，关切道："我随身带着的也就是这些药了，将就着用吧。我明日再送好的冻疮药来。"

我谢过，只问："我出宫这些时日，眉姐姐一切都好么？"

他叹口气，道："她很好，只是很挂念你。"他顿一顿，"和我一样挂念你。"

我微微一愣，旋即道："这个自然，你和眉姐姐都是与我一同长大的，自然情分不同寻常。"我又问，"那么她的手伤好了么，安陵容和皇后有没有为难她？"

他道："她的手伤快好了，只是疤痕是没有办法了。我为她寻觅所有良方，终究还留了点儿印子。不过不仔细看，也是看不出来的。"他加重了语气，"没有人为难她。她朝夕只侍奉在太后身边，回宫后就与敬妃一同照看胧月，没有人能为难得了她。倒是胧月帝姬不是足月而生，身体孱弱些，更容易得风寒咳嗽。"

我的心口骤然被抽了起来，若是有人把昔日之仇算计在胧月身上，她一个小小的襁褓幼儿，怎么受得了。我惶然道："那怎么办？怎么办呢？她的风寒会不会很要紧，她才几个月大，怎么经得起风寒？"

温实初见我神情大变，忙安慰道："没事没事，你放心。皇上很疼爱帝姬，命我全力照拂。她的风寒也是上月的事，已经好得差不多了。因着帝姬的病，敬妃娘娘和沈婕好几乎两日两夜没有好好休息，轮流守着，连皇上也陪了一夜。我亦以性命担保，必定竭尽全力守护帝姬的平安。"

"她只是个孩子，还不会说话。病了、饿了、不舒服了不能说出来，只会哭。一想到她会哭，我这个做娘的，心里简直揪心一般难过。"我眼中的泪水终于落下，情不自禁道，"实初哥哥，我能相信的，能帮我的，也只有你了。"

他也是泫然，然而毕竟是个男人，到底忍住了。他环顾四周："我一定想办法，带你离开这里。我不能再让你受这样的苦。"

我随意笑笑，以为他只是随口说说，也不放在心上，只要他能照顾我的胧月就好。

这样几次，温实初或送药物或送衣衫、日用的东西，来接济我的不足，也渐渐熟稔了，我也感念他的热心相助。

然而他来了几次，我却有些不自在了。

甘露寺本为尼姑居住清修的清净之地，他几番兴冲冲过来，姑子们虽然知道他是宫中太医、我的旧识，但见他对我颇为照顾，虽然当面没说什么，神情却渐渐不大好看了。

那一日，我与浣碧同去溪边浣衣，初春三月里，正是芳草露芽、野花如织的时候，我和她卷了衣袖和袍角在溅溅潺潺的溪畔浣洗。一不留神，我踩进了溪水里打湿了袍子。我一凉，不禁打了个喷嚏。浣碧惊道："现在虽说是春天里，可是踏在水里也是凉的。小姐快换件衣裳吧。"

眼见左近无人，我拉了浣碧的手去旁边的树丛中换下衣裳晾着，只盼能快快干了换上才好。

才脱下衣服，听见溪边人声笑语，想是寺中的姑子们都出来洗衣裳了，一个个结伴而行，很是热闹。

不知谁"哎呀"了一声，尖声笑道："莫愁和浣碧这两个懒鬼，衣裳没洗干净就扔在这里，又不知跑哪里躲懒去了。"

又是谁大声嗤笑了一声，语气轻蔑而不屑："未必是躲懒！不知道又是宫里哪个太医来探望她了，指不定跑到哪个背人处说悄悄话去了。"

众人哄笑起来，我脑中轰地一响，被羞辱的怒气汹涌上来。

那边厢又道："你看她那日跟那个太医说话的风骚样子，听说她以前在宫里挺得宠，这样突然离了男人被关在咱们这种地方，她能耐得住寂寞么？保不定和那什么太医是老相好了，在宫里的时候就好上了。"这话说得大声，一句一句生生敲进我耳中，想不听也不成。我听得十分清楚，正是静白才有的大嗓门儿。

众尼又笑了起来，一人夸道："静白师父见识得最多，她说是就一定是了。"

我又恼又恨，血气直在胸口激荡不已。浣碧听不过去，便要冲出去。我竟还有残存的理智，一把按住浣碧，低声而坚定地道："别去。"

浣碧按捺不住，直直望向我："小姐……"

我牢牢按住浣碧的手，亦像是按捺着自己此刻委屈而不平的心。

外头的笑声更大，一个尖锐的女声道："静白师叔说得不错。她和那个太医准保是早有私情了，她被赶出宫来，宫里头的人送来时说是为国运祝祷才来修行的。可真要是这样，怎么会被废了名位出来？"她们的笑声暧昧而诡秘，似乎都心照不宣，"准是和那太医有私情的时候被咱们万岁知道了，才被赶出来的。"

"啧啧……这样不检点，简直不知廉耻……"

"我有一回还见那太医明明回去了，不知什么时候又折回来望着她的屋子出神，可不知有多痴情……"她们嗤嗤地笑，"女人肯放下一点身段，那男人就会像苍蝇一样缠上来，都不知道他们在屋子里做些什么？"她们交头接耳，大声地说笑喧哗，用力地捶打衣裳，用力地诋毁我，用力地想象。她们捶打衣裳的"啪啪"声很大，棒子隔着柔软的衣裳一记一记用力敲在石板上，如同一记一记敲在我的心上。

他折回来望着我的屋子出神么？我是一点也不知道，况且温实初来时都是光明正大的，我往往连门也不关。

不知过了多久，众人嘻嘻哈哈洗完衣裳，一窝蜂地散了。我打湿的衣裳也逐渐干了。

浣碧把衣裳披在我的身上，小心翼翼地道："也难怪小姐生气，奴婢都听不下去，只觉得恶心。"

我慢慢道："我不生气。和她们置气，太不值得。浣碧，咱们也有不是。"我看她，"我和温大人的形迹很亲密么？"

浣碧急道："没有啊。她们是胡说。"

"我知道她们是胡说。"我一下一下捶着衣裳，似乎在发泄我的愤怒，

"我总以为我和温大人是以礼相待。但是她们说的难道没有一点真的么？这些日子，温大人是来得勤了，他在外头望着我的屋子出神……"

浣碧低首想了想，轻声道："我虽然没有眼见，但是按温大人的性子，对小姐的情意，未必不会做这样的事……"

我看一看浣碧，神情颇有些尴尬："我已经出家修行……"

浣碧略略沉思，踌躇着道："小姐已经离开宫苑，皇上将您废黜，形同离异，再无瓜葛了。您如今是个自在之身，也难免温大人有什么心思再起。"

我漠然一笑，道："我想，他的确是想太多了。"

浣碧有些埋怨的语气："小姐不要怪我多嘴，温大人对小姐的心思，一直都是那样的心思，从未变过。只是他如今做得这样显眼，真是徒然给小姐添加了闲话又添麻烦。"然而她又感叹，"只是温大人的情意，是当真很感人的。"

"我对他这个人的心思，也是从前的心思，从未变过。"我定定想了片刻，"还是疏远他些吧，别叫他误会了才好，也别叫他太难堪。"

如是，每每想到温实初这日或许会来，我便早早躲了出去。宁可辛苦些走得远些去刈草洗衣，直到日暮才回去。偶尔碰上了一回，也不过问了眉庄和胧月的情形，就寻个由头打发他回去了。

温实初再次来时我去洗衣了，并没碰上。回来时院中斜阳满地，只见浣碧与槿汐面面相觑，站在桌边一脸尴尬。还是浣碧说了："温大人来了，这回送了一样东西来。"

至于送什么，她没有说，只努了努嘴让我看桌上。

我只看了一眼，人就怔住了。破旧的桌上，一个精工细作的白玉壶，玲珑剔透，正好可以放在手心一般的大小。此时斜晖如金自窗格间漫漫洒进，照在玉壶之上，光转无限明润剔透。

我一时不解，道："他送这样贵重的东西来做什么？"

浣碧叹一口气，无奈道："小姐打开看看就知道了。"

我依言掀开一看，不由得倒抽一口冷气，壶中别无他物，只有几片切开削好的雪梨，划成心形，色泽冰清玉洁。

浣碧绞着衣带，咬着唇看我。槿汐神色复杂，站在我身侧轻轻道："一片冰心在玉壶。温大人的心思，娘子要如何回应呢？"

我胸口一热，一口气几乎涌到喉头，"啪"地一掌拍在了桌上。桌子破旧，纵然我力气不大，也被震得"扑"地一跳。

槿汐温和道："娘子若愿意，收下就是。但奴婢瞧娘子的样子，实实是不愿意的。温大人来这一出，也是太莽撞了。"

我怅然道："他怎么总是这样不明白，这样不合时宜。他对我的情意我进宫前就已回绝了，从前不要，现在更不会要。我不过视他为兄长故友，他怎么总是不明白呢？"

浣碧亦发愁，道："如今也不好直接回绝了他呀，宫里的胧月帝姬和沈婕妤都离不开他的照拂。咱们本就势单力孤，还要再失羽翼么？小姐可要好好想想清楚。"她思量了片刻，又道，"温大人对咱们的照顾，其实是很多的。"

我只是侧首，淡淡道："他对我的确多有照顾，然而，我是真不喜欢他。"

槿汐只垂手站着，看不出任何表情："温大人的情意倒是感人的，这样的男子也的确是少见。"

浣碧走到我身边，依在床边靠着我，神色伤感而温柔，轻声细语道："其实再想想，温大人与小姐自幼相识，与小姐的情分自然不一样。温大人虽然心急又不会挑时候，可是对小姐的心却是多年如一。而且他颇懂医道，又有些家底，若明里暗里要帮小姐一些，或是要帮小姐离开这是非之地，也不是什么十分为难的事。"

我只问："他来时还说了什么？"

槿汐的话清冷而明白："温大人说三日后再来探访。"

天色渐渐昏暗了下来，仿佛有无数鸦翅密密地遮蔽住了天空，一重叠一重地黑了下来。我只觉得倦怠而厌烦，合上双眼，淡淡道："你们出去吧，我自己好好想一想。"

这三日里，我只是如常一般，只字不提玉壶之事。

玉壶被我小心地放在枕边柜中，每日小心翼翼地用细布仔细擦拭一遍。三日后的午后，温实初依言而来，室内早已打扫得窗明几净，一束新开的梨花雪白地开在瓶中，清爽甘甜的气息让人觉得格外温馨。

我早已让槿汐泡好了茶，只坐着静静等他来。或许是我的好气色感染了他，他原本的忐忑不安之情也稍稍平复了下来。聊过些家常闲话，我把玉壶小心取了出来，放在我与他之间。

我半是叹息，半是感慨，温言道："若我没有记错的话，实初哥哥已经二十五岁了吧。二十五岁，若在寻常人家，大约都是妻妾成群、儿女成双了。伯父想必早些年就在为你的婚事烦恼了。"

他只笑笑道："若不是娶心爱之人，实初情愿不娶。"

我缓缓道："实初哥哥，还记得你第一次见我时我唱的歌么？"

他的神色温柔地沉静下来："怎么会不记得？我永远都记得。"

我低低唱道："问莲根，有丝多少？莲心为谁苦？双花脉脉相问……"却是忘了歌词，再也唱不下去了，只得笑道，"真想不起来了。"

温实初接口道："下一句也是最后一句——只是旧时儿女。"

"难怪我要忘了……"我低一低语气，语中已带了些许无奈，怅然道，"咱们都不是旧时儿女了，旧时的歌都要忘了。"我转一转神色，把玉壶推到他面前，郑重道，"一片冰心在玉壶。甄嬛自愧不能承受这样厚重的情意，还请收回吧。"

温实初神情一变："这玉壶是我家传之宝，家父曾经叮嘱我，一定要赠予心爱之人。从前我没有机会送给你，如今我真心诚意恳求你，收下这个玉壶。"

我摇头："这玉壶这样贵重，你是该交给心爱的人。可惜实初哥哥，你却并不是我的心爱之人，所以我受不起这个玉壶，即便你勉强我收下，对这个玉壶而言，它是被辜负了。"

温实初无言以对，神情冻住，仿佛被第一场秋霜卷裹的绿叶，沮丧而颓唐："嬛妹妹，你总是不肯接纳我。从前是，如今也是。"

"实初哥哥，恕我直言一句，你时时记得幼时之事。你心里喜欢的，或许只是当年未入宫时天真柔和的我，而不是如今的我了。如今的我大异从前，你又何必为此执念良多呢？"

他忽地抬头，目中有逼灼的光芒燃烧："嬛妹妹，我一定要说与你听，我对你的心意一直都是一样的。"他声音微微低下去，却依旧诚挚，"不论是在宫里，还是在外头。"

我静静听他说完，忽而无声微笑出来。我笑得那样宁静，宁静中有几乎淡漠不可见的胸有成竹和荒凉，仿佛冬日里第一层霜降，悄然无声地落了下来，苍白茫然。

"还记得曹琴默么？"我的话突兀地问了出来。

"是。"温实初的神色顿然一黯，垂手下去，"自然记得的。"

我静静道："是啊！从前的襄贵嫔，温宜帝姬的生母，追封襄妃。她当日是怎么死的，你我心里都一清二楚！"

温实初神色黯然，额上的冷汗一层又一层细密地渗出来："这件事我一直耿耿于怀，一想起来总是日夜不安，也算是我的一桩亏心事了。我现在能做的，只能是竭尽心力看顾温宜帝姬的身体，也算稍稍赎罪了……"

我冷冷打断他："我要说的不是这个。你我一起长大，在宫中一同经历的事也不算少了。我有什么好什么不好你也都十分清楚。甚至襄妃之死，你是不情愿的，恐怕你心里也是埋怨我的……是不是？"

他张口结舌，一时说不出话来，只怔怔道："这……我……"

我微微蹙眉，幽幽道："慕容世兰一死，我要对付的只剩下了曹琴默。可是她是那样小心谨慎的人，要制造一个她失足溺毙或是意外的机会几乎是不可能。要捏造一个罪名给她只会让她反口来谋害我。既然暗杀不成，只能下药一着儿了。你在太医院素有慈名，医术又精，又肯怜弱惜贫，她才肯放心些。何况咱们下给她的药，只是魔镇心神，让她梦魇更甚，再使其心力衰弱不继，这才无声无息置她于死地。"我看他一眼，"也难为你了。"

温实初深深望住我，道："为了你，我总是肯的。"

我颇有所动，微微颔首道："你一向心地好，是断不肯动杀机的，当初也是犹疑了许久。要不是为了帮我，你又怎么肯呢……如今想来，我也觉得当时太狠心了些。只是人在其位，你不杀人，人就要杀你。襄妃又是那样聪慧精明的人，知道我不少把柄，我是断断容不得她了。"

温实初双唇微抿，他其实也算是个好看的男人，稳妥而忠厚。他轻声安慰道："嬛妹妹，你总是善心的，只那一回稍嫌狠辣了些。"

"是么？那么杀余氏和华妃，我也不算狠辣么？"我缓和了语气，轻缓道，"我善心也好，狠辣也好，你都看在眼里。说到男女之情，谁又不愿只把最好的一面给他看，不好的全都藏了起来呢？你却是知晓我的秘密太多了，若与你一起，我只会觉得不自在。你也未必会忘记我的不好，若这样朝夕相对又有什么好，何必这样彼此为难。"

温实初大受打击，克制着道："我小小一个太医，在你眼里，总是不好，总是一个无用的人。"

我柔声道："你的好我自然知道。若说做太医，你年轻有为、医术高明，颇受皇上器重；若说做丈夫，你一定会是一个好夫君，疼惜妻子，百般照顾。可惜实初哥哥，比如喝茶，我喜欢喝'雪顶含翠'这一味，而普洱再好再鲜美，我偏偏不喜欢，难道就能说普洱不好么？只是各人喜好不同罢了。"

他喃喃自言自语："你是说，我在你心中便是那杯普洱。"

我低低道："实初哥哥，你是很好很好的，可惜是我无福，没有办法喜欢你而已。"我捧着玉壶道，"一片冰心在玉壶，这份情意，我是担当不起了。可是洛阳亲友如相问，一片冰心在玉壶，我却是十足心领了。我心中永远视你为亲为友，永远都会。"

他的双唇有强忍凄苦而成的不饱满的弧度："视我为亲为友？可惜都不是我想要的啊。"

我亦是凄楚相对："实初哥哥，这世间，咱们想要的，何曾能真正得到。我在宫中挣扎多年，不过是想求得一分真心，两分平安，可是连这也不可得，反而落到今日地步。"

他想要安慰，便欲伸手过来。我忙缩了缩手，他的神情略略尴尬，忙掩饰了下去，只得道："嬛妹妹，你别难过。"

我别过头，极力忍住眼中欲落的泪水："皇上对我这几年……实初哥哥，我亦不怕对你说，对男女之情，我亦算是死心了。如今，再怎样苦、再怎样难，我只想在甘露寺中好好住下去。"我定一定神，道，"我知道你有办法让我离开这里，可是离了这里，我又能去哪里？我父兄远在川北岭南，天下之大，我飘零之身竟无处可去。所以实初哥哥，为我好，也为你好，不要再常常来探望我。"

温实初良久无言，道："连常常来看看你也不成么？"

我微微点头："你来这里多了，只怕宫里也会知道，不知道又有几多风波麻烦兴起来。何必呢？"

他眼中的惆怅和失望浓密如初冬时节的大雾："其实你大可以告诉我叫我等你几年，这样慢慢等一辈子也不要紧。你为什么一定要这样拒绝我，残忍决绝如此，不让我怀有一点点希望？"

他语中的伤怀感染了我的心绪，我怔一怔，心中愁苦，却不肯在脸上流露半分，只静静道："我若给你虚无的希望，只会让你白白地等待。"

他怅然良久。窗外明净的天光落在他的身上，仿佛是照在一个永远阴暗的角落之上，怎么也照不亮。他虽然失落，却也极力镇静着道："你还记不记得，我们第一次见时，你剥了好多莲子给我吃。那时你还年纪小，不知道吃莲子要把莲心剔出来，我一颗颗吃下去真觉得苦，苦得吞也吞不下去。可是因为是你剥给我的，多苦我也会吃下去，吃得欢喜，只觉得甜。所以今日只要是你的决定，无论多难过，多难接受，我都会接受，尊重你的意愿。"

我只觉心头一松，放缓了语气，道："你总是心疼我在这里辛苦。可是若为避免生活辛苦而和一个自己并不喜欢的人在一起，我并不是这样的人。这一点，实初哥哥想必早就明白。所以，你若是待心爱之人一般待我好，只会是浪费情感，也叫我为难。所以这一辈子，我定会敬你如兄如友，来回报你待我种种的好。"我说得轻柔如春风化雨，但话中的分量，他自是掂量得出来。我待他这样客气，却并不能给他半分希望。

他良久只是无言，只点了点头，起身离去，苦笑道："嬛妹妹，你总是叫我拿你没有办法。可是今日既然你已说得这样清楚，我……再也不会叫你为难了。"

我把玉壶放至他面前，仔细为他重新包好，轻缓道："好好收起来吧，以后一定送与一样爱你的女子，不要再轻易示人了。"

他怔怔望着那玉壶伸不出手来，长叹一声，惘怅道："你若不肯收下，我还再给谁去？"他的手微微颤抖着，须臾，狠狠闭一闭眼，把玉壶搂到怀中，大步离去。

他走至门外，频频回首三次，眼中的眷恋和伤痛，直欲摧人心肠。我几乎不敢抬头看他的目光，只是如常微笑着，眼见他眼中的眷恋和不舍似天边最后一抹斜阳，终于一点一点，绝望地沉坠了下去，只余无限伤痛，似无边夜幕，黑暗到让人沉沦。

我垂首片刻，能出口的，终究只是长长的一声叹息。

三春晖 壹伍

　　于是很久很久的一段日子，温实初再也没有踏足我在甘露寺的斗室一步。但愿来日再见时，可以拈花一笑，云淡风轻了。

　　重阳过去后的几日，我的心渐渐不安定起来了，有那么一丝暗流在心头涌动，泛出焦灼与期待。

　　槿汐点燃了一炷檀香，轻缓道："奴婢知道娘子烦心什么，下月初六，便是胧月帝姬周岁的日子了。"

　　我心中焦烦，也只能苦笑："那又如何？我连想在梦中见她一面都是妄想。我这个做母亲的，只能为她多念经文祝祷了。"

　　于是我日日早起晚睡跪在香案前诵经祝祷，只盼望我的胧月身体康健、事事如意。连着好些天甘露寺都格外热闹，我因诵经睡得少，去砍柴时手脚慢了些，回来静白一条抹布甩到我肩上，喝道："这个时辰才砍了柴回来，一径偷懒去了吧！"

　　我只是低头不语。

静白瞥我一眼，严厉道："去，把谨身殿的地擦干净去！"她又嘱咐一众姑子："都给我醒着点儿神，午后皇后娘娘带着宫中各位小主来为帝姬和皇子祈福，赶紧去把里外都打扫干净了。"

我听得"宫中"二字，不觉如焦雷闪在耳边，心中却有一丝期盼，连忙问："静白师父，可有帝姬和皇子来么？"

静白瞟我一眼："都是宫里的娘娘们来，你倒还记挂着帝姬？也不想想自己是什么身份，连娘娘们绣鞋上的灰尘都望不见。"

一时心慌、困顿，我不愿再听见一言半语，赶紧拾了抹布离开。

谨身殿乌黑的砖地几可照人，微微一点灰尘印迹便十分明显。我伏在地上，绞干抹布，一下一下用力擦拭。坚硬光滑的地砖生硬地硌着我的双膝，钻心地疼。背脊弯下，弯得久了，有一点麻痹的酸意逐渐蔓延开来，似蛛网蔓延到整个背脊上，酸酸地发凉。

偶尔几个姑子走过，或是幸灾乐祸或是怜悯，轻声嘀咕道："擦地这活儿最折磨人，腰不能直，头不能抬，谨身殿地方又大，几个时辰下来，身子骨都跟散了架似的。到底是静白最会调弄人。"

"听说今天是为宫中的帝姬和皇子祈福。莫愁在宫里还生了个帝姬呢，祈福也没她的份儿。"

"她是个废黜的贱人，连咱们都不如，还配去祈福！"

众人笑着离开，我伏在地上，心痛伤怀。我的胧月，她的母亲这样无用，除了祝祷，什么也不能为她做。我所唯一牢牢记得的，是她甫出生时那张小小的通红的脸。佛心慈悲，谁又能让我见一见我的女儿，让我知道她多高了，穿什么衣裳，笑起来是什么样子。心底空茫茫地无助，我无声地哭泣出来。不知过了多久，一双有力的手自身后扶起我，我勉强镇定下来，哽咽道："槿汐，我没有事。"

却是一把温和如暖阳的声音，漫天漫地挥落了蓬勃阳光下来："没事了，没事了。"

是男子的声音，那样熟悉。我陡然一惊，立刻转头去看，逆光的大殿里，殿外秋日晴灿的阳光为他拂下了一身锦色辉煌。他的掌心那样温暖，那种暖意一点点透过他的皮肤传到我的身上，叫我安定下来。

我几乎没有片刻的思量，随着自己的意愿脱口道："六王。"

他的回应里有满足的叹息："是我。"

他扶起我，我清晰地看清他。他的目光明净如天光云影，有如赤子般的清澈和温和。清明简净的脸庞上多了几许上京烟尘里风尘仆仆的坚毅。而他一袭简约青衫，妥帖着修长的身姿，带着杜若淡淡洁净的清香，分毫不染世俗尘埃。我有刹那的恍惚，仿佛大暑天饮到一口冰雪，清凉之气沁入心脾。

他柔和道："我来迟了。"

我掩面，只是摇头："何时回来的？"

"三日前。"他缓一缓，简短地道，"皇兄召我回京。"他环顾四周，轻声道，"此处说话不方便，可否借一步？"

跨出谨身殿大门时，金灿灿的阳光无所顾忌地洒了下来，将我扑面裹住。眼前微微一晃，脚步便跟跄了。他扶我扶得及时，托住了我的手臂。我心中微窘，悄然不觉地缩回自己的手，低声道："多谢。"

不知不觉走得远了，山下有一条大河蜿蜒贯穿而过，水色青青，群山环绕，别有一番开阔风景。有一匹白马正低头在河边嚼着青草，啜饮河水，怡然自得。

我一见之下轻声而笑："这马必定是王爷的。"

他灿烂一笑，有一点点顽皮的孩子气，道："娘子如何得知？"

我微笑抚摸着马背，它温驯地舔一舔我的手掌，十分可亲。"因为它那种意态闲闲的样子，与王爷你如出一辙。"我问，"它叫什么名字？"

"御风。"

"是出自《庄子》？"

"是。"玄清大笑，"这匹白马跟随了我六年，把我的坏处学得十足十。"

我摘下一束青草喂到白马嘴边："是什么坏处？"

150

他半带微笑地回答："你对它好，它便听你的话。"

我想一想，蓦地想起与玄清初见时的情形，他因醉酒而被我冷淡，不觉侧头含笑："我第一次见到王爷时，待你并不好。"

"至少你叫内监扶我去休息，并没有把我一脚踢入池中。"

我折着细细的草茎，柔软的草茎根部，有洁白如玉的恬净颜色，气味新鲜而青涩。我"扑哧"一笑："其实当日我是很想这样做的，只不过碍于礼仪身份而已。"我凝神想一想，"这个不算，还有别的坏处么？"

玄清带一点浅薄的坏笑，眼神明亮："清与御风都爱慕美人。"

他的话语让我神色黯然，我晓得的，在甘露寺的日子里，我的憔悴日渐明显，容色萎黄，发色黯淡，如帘卷西风后的黄花。然而玄清看我的目光一如既往，丝毫没有在意我容颜的萎败。他发觉了我的黯然，凝视着我的双眸，坦荡荡道："所谓美人，并不以美色为重。若以容貌妍媸来评定美人，实在是浅薄之至了。心慈则貌美，心恶故貌丑。"

我冷然道："我其实并不是一个纯粹的好人。"

他清朗脸孔上的肯定，如十五的好月色，清澈照到人心上："可是，你从未主动去害过任何人。"

玄清始终带着的微笑，如脉脉月光，涓涓清流，融融流淌到我的心上。

我轻轻慨叹道："我因为不曾主动害人而到此地步，你却因帮我甄家上书而被逐至上京。这一年，到底是我们连累了你。"

他只把在上京的一年时光置之于一笑："你不用放在心上。我在上京，譬如当年去蜀中一样，只是游玩罢了。"

我十分过意不去："总是因为我甄家——"

他抬手制止我的话语，从马背上囊袋中取出一卷画轴，道："两日前我进宫向皇兄谢恩，又拜见了太后，因而见到了一个人，我想你一定很想看看，所以特意画了来，请娘子指教笔法。"

我如实道："我并不擅长丹青，何来指教笔法呢？"

他将画卷徐徐展开，我的神思在一瞬间被画面牢牢吸引住，再移不开半分。画卷上各色秋菊盛开如云霞，两名衣着华贵的少妇含笑赏菊。左边那位是婷婷而立的宫廷贵妇，她肩披浅紫色纱衫，身着紫绿团花的长裙，体态清颐，朱唇隐隐含笑，正是敬妃的模样；她身边立着另一位女子，披铁锈红缎衣，上有深白色的菱形花纹，下着乳白色柔绢曳地长裙，鬓上只簪一朵红瓣花枝并一支白玉簪子。不是眉庄又是谁？眉庄怀抱一个小小女婴，指着近旁一只白鹤逗她嬉笑，敬妃反掌拈着一朵大红菊花，目光注视着女婴，引她到自己怀里。二人神情专注在那女婴身上，无限怜爱。而那女婴则一身俏丽大红的团锦琢花衣衫，脖子中小小一挂长命金锁，足蹬绣花绿鞋，趴在眉庄肩头，憨态可掬，而望向敬妃的眼神，也十分依恋。

我因激动而哑声，指着画上女婴道："这是……"

玄清温然道："我初见胧月帝姬，便为她画了这幅画像，略尽我这个做皇叔的心意。"

我贪婪地看着画上的胧月，不觉泪如雨下。须臾，我忽地想起一事，问道："王爷画这幅画，宫中的人可否知晓？"

他道："为谨慎起见，清只是把在太后宫中所见之景在回到王府后如实画下，连沈婕妤与敬妃都不曾知晓。"

我的手指轻轻摩挲着画上的胧月，含泪道："一年时光，胧月已经这样大了。我几乎不认得她。"

玄清亦含笑："听闻过几日就是胧月帝姬的周岁生辰，清想娘子是胧月帝姬生母，自然应该得知自己孩子的近况，才能安心。"

他回到京中不过三日，想来琐事繁多，却先为我画下胧月的画像，来安慰我这个母亲牵挂不已的心思。我心中感念非常，盈盈福了一福道："平时偶尔听芳若说起胧月，只字片语总不能详尽晓得她究竟如何。王爷此画，胜过旁人对胧月千言万语的描述。我在此深深谢过王爷厚意。"

我所有的感激与感动，他只以浅淡一语解之："清十分喜爱胧月，拙笔又还能画上几笔，不若以后每隔两月便画一幅来请娘子品评，不知娘子可愿意？"

玄清此举，如同我看着胧月逐渐成长，叫我这个做母亲的心如何会不安慰。心中亦十分感念玄清的悉心妥帖，他为我所做的种种总不说是为了我，只说为他自己，来免去我或许会生的尴尬和不安。

我与他静静伫立河岸，听水波温吞而活泼的流动，有一种细微不可知的脉脉温情随波而生。

远处飘来的轻柔的歌声，相隔虽远，但歌声清亮，吐字清晰，清清楚楚听得是：

> 小妹子待情郎呀——恩情深，
> 你莫负了妹子——一段情，
> 你见了她面时——要待她好，
> 你不见她面时——天天要十七八遍挂在心！[①]

歌声越唱越近，那语调还带着小女儿的一点稚气，却十分清朗。我见玄清抿唇听着，缓缓露出一抹温柔的笑意，仿佛是被拆穿了心事的小孩子，那笑意里带了一点羞涩，如涟漪般在他好看的唇角轻轻荡漾开来。

我低头，恰见他颀长挺拔的身影，覆上了水光波影中我茕茕而立的孤独倒影。

心口突地一跳，正见不远处一名少女唱着方才的山歌，悠闲撑了竹篙，一摇三摆地划得近了。那少女不过十四五岁，扎一根粗粗的麻花辫子，一双杏仁眼儿滚圆滚圆，一见便让人觉得喜欢。

玄清招呼道："姑娘，你这船载不载人的？"

摆渡少女的声音干净而甜糯，大声应道："当然啦！公子要过河吗？"

玄清负手含笑，向我道："前头的缥缈峰上便是我的别院清凉台，我一月中总有十来日居住在清凉台，如今让姑娘渡我过去也好。"

---

① 引自金庸先生作品《飞狐外传》山歌。

　　我不由得问："那么御风呢？"

　　他道："御风老马识途，认得去清凉台的路，待它吃饱喝足，自己会回去的。"

　　我笑道："那么，王爷顺风。"

　　他注目于我，轻声道："娘子可愿送清一程，顺道看看沿岸湖光山色。"

　　我微微踟蹰，然而念及他对我的好，终不忍拒绝，轻轻道："也好。"

　　于是玄清取过马上的包袱，一跃跃上摆渡女的小竹篙，又拉我上去。那本是很寻常的一个动作，我的手指在接触到他手心的刹那，只觉得他的手温暖干燥，似乎能感觉到他皮肤下的血管隐隐搏动。而我的手，却是冰凉潮湿的。

　　玄清坐在我身边："我今日见你擦地辛苦不已，每日都要做这样的重活么？"

　　我无奈摇头，简短道："是。"

　　玄清看我的目光大有怜惜意味："为何不告诉我？为何没有人帮你主持公道，任由人欺负你？"

　　我低头，神情反而平静："是我自己甘愿的。"我坦然看着他，"身子一旦疲累辛苦，也就再没什么心思记得从前的苦楚酸痛了。所以，我情愿自己辛苦些。"

　　玄清的目光了然中有一些隐忍的疼痛。这样靠得近，我骤然发觉，他的眼睛并不是寻常的黑色，而是浅一些，带了一点点琥珀的温润色泽。

　　他道："能于辛苦中获得一刻的平静，也是好的。"日光染上了山水的颜色投射到他面上，有着柔和的线条，他和言道，"此刻一起坐着，越过天空看云，说着话，或是沉默，安静享受片刻的平静吧。"

　　"一起坐着，越过天空看云，说着话，或是沉默……"我低低呢喃。

　　我心中默默感叹，若我此后的人生常常有眼前这般片刻的静谧舒畅，如河水潺湲向东流淌，有着固定的方向，平和而从容，也不失为一种极好的收场了。

摆渡的少女笑如银铃："古语说得好，十年修得同船渡，百年修得共枕眠。你们俩这样同舟共渡，我自要唱我的歌了，你们可别嫌难听。"

十年修得同船渡，百年修得共枕眠。

我心头骤然大恸，这样的话，从前自然是常常听说的，也不放在心上，偶尔还拿来与旁人玩笑。然而此刻忽然听了，竟像是在沉沉黑夜里忽然有闪电划过天际。那样迅疾的一瞬，分明照耀了什么，却依旧黑茫茫的什么也看不清。

我偷偷瞧一眼玄清，见他也是默默低头，仿佛思虑着什么，神情似喜非喜，也不分明，只听他的声音缓缓落在耳中："照这般说，我与娘子同舟共渡了两次，想来前世也修行了二十年了。"

我别转头去撩拨河水，九月的河水，已经有些凉了，那凉意沁入皮肤里，我道："玩笑了。"

那少女却仰着头，反反复复依旧唱着方才那首歌，然而她到底年纪小，不解其中滋味，那歌声一味欣喜欢畅，并无半分相思深情在其中。到底还是年少啊！

水波横曳，盈盈如褶皱的绢绸，缥缈峰与甘露寺所在的凌云峰本就十分相近，恍惚不过一瞬，便已经到了。

玄清上岸，指一指山顶楼阁殿宇，道："此处便是清凉台，娘子日后若有需要相助之事，遣人来清凉台说一声就是。清一定尽力。"

我微笑欠身道："多谢。能够见到胧月的画像，我已经感激不已，再无所求。"

玄清整个人罩在水光山色中，更显得无波无尘，泠然有波光晕染："我这样说，也是有事要请娘子相助。下月初六是胧月的周岁生辰，有件事请娘子助清一臂之力。"他取出包袱中的一包衣料，一块一块地递给我，笑道，"胧月生辰，我身为她皇叔少不得要送些衣衫裤袜做礼物，可惜清河王府里的绣娘手工不好，只能劳烦娘子动手了。"

他说得客气而自然，我的双手因为激动而微微发抖，问道："真的么？

我可以亲手做了给胧月么？"

"你是她的母亲，自然是你做的衣裳最贴身合心。"

我感念不已，迟疑着道："可是每家王府公卿送去那么多衣裳做贺礼，我做的胧月能穿得到么？"

他的眸光中有温润的光彩，含笑道："这个你且放心，我与敬妃已经说好。胧月的生辰，你这个母亲的心意一定能尽到的。"他从袖中取出小小一张纸片，道，"这是胧月的身量尺寸，胧月生辰前两日，我会亲自来取，还在此处等候娘子。"他温言道，"一切劳烦娘子了，到时候请送入宫中，也不过是借花献佛而已。"

我小心翼翼怀抱着那些衣料，仿佛怀抱着我柔软而幼小的胧月，激动不已。

玄清转过头去问那少女："请问，你叫什么名字？"

"阿奴，"少女侧头明朗地笑了，"这里的人都叫我阿奴。"

玄清微笑，掏出碎银子放在阿奴手中："那么，阿奴，就请你再送这位娘子回去吧。"

阿奴点一点头，竹篙用力一点，我回头望去，玄清的身影伫立在岸边，越来越远，渐渐消失了。

我抱着包袱从山路上回来，见后妃轿辇一乘乘明彩辉煌地停在寺外，无数宫人肃立，鸦雀无声，不觉神色一变，悄悄绕开疾步往里去。槿汐正从后院出来，看见我诧异道："娘子怎么在这里？"

我赶紧将画卷和包袱交给她，低声道："我还有活儿要做，你把这些东西放去屋里，快去吧。"

槿汐答应着去了。我刚走进谨身殿内，静白正寻了来，呵斥道："宫里的娘娘小主们都到门口了，你还往哪儿瞎逛去？赶紧把地擦干净。"她见我跪下，又道，"桶里的水那么脏，还不去换一桶。娘娘们的贵足，怎么能踏在这种脏水擦出来的地上。"

青裙玉面如相识

　　我换了水进来，才擦了一角，只闻得香风如云，有女子行动间珠玉相击的玲珑声，住持已经引着众人入内了。我心中异常慌乱，此刻走又走不出，无计可施之下，只好先躲在柱子后。

　　住持取过香递给皇后，恭恭敬敬道："祈福之事已经安排妥当，请皇后娘娘敬香。"

　　皇后虔诚敬香，再把香递给住持，住持恭敬地插进香炉。

　　住持又道："请敬妃娘娘、欣贵嫔娘娘、安容华、管顺仪进香。"

　　想来陵容与管文鸳一直得宠，如今又晋阶了。

　　四人下跪进香。小尼姑接过。

　　"请沈婕妤、慎嫔小主进香。"

　　我听见眉庄名字，登时心头激动，情不自禁从柱子后探头看她。我见眉庄正跪着进香，一袭华服素淡，打扮也格外清简。眼中热泪盈动，我捂住嘴不让自己哭出声来，眉庄、眉庄，我总算看见你一切安好。

管文鸳等人敬完香退下，一眼瞥见我，不觉冷笑一声，慢慢退到柱子边，抬脚用力踩在我手上，死死蹍了一脚。她这一脚十分用力，我一时吃痛，虽然极力忍住，仍有一丝惊呼溢出。

管文鸳扬眉得意，喝道："大胆！谁鬼鬼祟祟躲在这里？"

众人回头，众目睽睽之下，我再不愿意，也只得膝行出来。

我俯身跪拜："贱妾甄氏，拜见皇后娘娘，各宫小主。"说完，也只得低首。已经如此，也只能由得她们了。

眉庄一见是我，含喜含悲，不觉跨出一步，便要向我走来。敬妃忙拉住她，轻轻摇了摇头。

管文鸳装模作样地看了片刻，拈了绢子道："阿弥陀佛！原来是莞贵嫔。啊——已经不是莞贵嫔，该如何称呼呢？"

我便答："贱妾甘露寺姑子莫愁。"

管文鸳蹙起好看的细眉："姑子是没错，怎么自称贱妾而非贫尼？难道是你自甘卑贱也不愿安守佛祖么？"

眉庄到底耐不住，为我分辩道："莫愁娘子是带发修行，并非真正出家。"

眼底的热与心头的暖交汇在一起，眉庄、眉庄，到底是你对我最好。

管文鸳轻笑一声："沈婕妤关心情切，到底还是对莫愁最好啊。"

陵容柔声道："管顺仪也真不小心，方才踩到莫愁的手了。莫愁一向矜贵娇养，也不知要不要紧。"

静白连忙赔笑答："回安容华小主的话，不要紧，不要紧，莫愁就是干这种粗活儿的。"

陵容讶异："粗活儿？"

静白含笑躬身回答："是啊。又不是养尊处优的娘娘小主，砍柴、浆洗、擦地都得做，和寺里的小姑子没什么区别。"

住持有些不安："莫愁到底是宫里出来的贵人，实在是委屈了。"

皇后一色金饰华贵，端然道："这是应该的。一入空门四大皆空，前尘往事都该抛弃了。佛法曰众生平等，莫愁娘子也不该有例外。"

静白沾沾自喜："是。贫尼竟和皇后娘娘想的一样呢。"

眉庄含忿，出列道："皇后娘娘，莫愁到底是奉旨出宫修行的，是帝姬的生母。您看她脸色就知道产后虚弱，寺中还让她做这许多粗重活计，岂不为难？"

管文鸳含着笑，语气却犀利："皇后娘娘说了，入了空门就该斩断前尘。帝姬是帝姬，莫愁是莫愁。皇上也说过，帝姬只有敬妃一个母亲。沈婕妤别违背皇上旨意才好。"

眉庄再按捺不住，上前拉起我，含泪道："嬛儿，地上凉，你别跪着了。"

我的泪再也忍不住，握住她手，唤道："眉姐姐。"

皇后微微眯眼，看着眉庄道："沈婕妤，你回来。莫愁身边不是你该站的地方。"

眉庄闻言只是不动，还是紧紧拉着我的手不放。

皇后摇头："各人有各人站的地界，人鬼尚且不同途，嫔妃与庶人又怎可站在一起？"

我知道事情的轻重，先撤开眉庄的手，低声道："姐姐快回去吧。我没事。"

眉庄却依旧是那样的神色，握着我的手道："皇后娘娘，莫愁纵然离宫，也不该遭受言语和身体之辱。"

皇后沉默片刻，淡淡道："佛家讲究心平气和，沈婕妤，你今日失于急躁，不宜再入内参拜了。你便跪在大殿佛前，好好静心思过吧。"她又向众人道："昌嫔有孕，本宫也要诚心祝祷她能顺利产下皇子呢。"

眉庄冷然转眸，一言不发，和我并排跪下。

静白殷勤引着众人向前："后头是参拜的中殿了。皇后娘娘这边请，各位小主这边走。仔细脚下门槛高，仔细着。"

我与眉庄对视一眼，眼中带泪，却不觉含笑。

等人都走散了，我才轻声问："你都好么？"

眉庄道："都好。太后好，我好，胧月更好。"她细细说给我听，"胧月快生辰了，因为皇上宠爱，嫔妃们都还疼她。这次徐贵人送了一座白玉观音像，一则是以观音普度众生慈悲宣示娘子爱女之心时时皆在，自然也有说敬妃的意思；二则也是给胧月安神祈福用的。这座白玉观音像所费不赀，徐贵人家境寻常，倒是费了不少心力的。"

我不由得问："徐贵人是谁？"

眉庄道："徐贵人闺名燕宜，正是去年这个时候选秀进来的。"

我微微沉吟："她很得宠么？"

眉庄摇头："并不算得宠。如今宫里占尽风头的除了安陵容和管文鸳，便是昌嫔了。对了，她是宫宴时皇上亲自看上的，生母是太宗的妹妹舞阳公主的小女儿，也就是现在的晋康翁主。虽然晋康翁主的夫婿家没落了，可算起来还是皇家的亲戚呢。人又生得美，刚进宫的时候连太后都特意召见了。昌嫔身份尊贵，一向自视甚高，除了对皇后、端妃和敬妃稍有敬意之外，其他人都不放在心上。况且眼下，昌嫔已经有孕了。"

我问："那么昌嫔既是晋康翁主的女儿，与皇家有亲，为何入宫的名位只在贵人，如今有孕也只封为嫔呢？"

眉庄道："皇上刚刚登基，后宫与前朝都是根基不稳，少不得要立几位有名位有品阶的妃子。如今后宫根基健全，昌嫔再得宠，也得一步步从低开始。为了这个，晋康翁主来向太后请安时没少抱怨呢。然而晋康翁主也太糊涂，如今的后宫由皇后主持大局，太后的身子又不安康，还是当年太后一言九鼎的时候么？"

我轻叹一声："昌嫔身份贵重，非比寻常，有孕自然是好事，将来若生下了帝姬或是皇子，身份都会格外尊贵。"

眉庄明白我的意思，轻声细语道："因为昌嫔的身孕，皇上已经有三四天没去看望胧月了，不过胧月生辰之时，皇上一定会到的。"

"只怕等到昌嫔的孩子出生，胧月也会更遭冷落了。"我的眉头渐渐蹙起如山峰，"胧月的生母，是被皇帝所厌弃的人啊。所以，胧月在宫中最能依靠的，就是她父皇的钟爱，唯一而不会减轻的钟爱，才是她的安身立命之道。"

眉庄轻嗟："宫中妃嫔争夺皇上的宠爱以保全自身，身为帝王的子女，又何尝不是呢？皇子尚且可以凭借自身之力向上，而帝姬，一生的前程与际遇都要维系在她父皇的怜惜与疼爱上了。"

我沉思片刻，问道："纯元皇后的遗物，如今都是谁在保管呢？"

眉庄诧异："你问这个做什么？纯元皇后最心爱的贴身衣裳或是首饰都在皇上那里，其余的则由皇后保管，太后那边也有一些。"

"那么纯元皇后在世时，有什么心爱的首饰项圈之类么？"

眉庄凝神细想，片刻后道："你出事后，我在太后那里见过一个。仿佛是一块以羊脂美玉雕成的玉芙蓉项圈，太后说是纯元皇后生前十分喜爱的，依稀是大婚之日皇上亲手所赐的。"

"那么，如果要雕琢一块类似的项圈，大约要多少工夫？"

眉庄思虑着道："纯净的羊脂美玉本就难求，即便有，若要制成，少不得要半月的工夫。"

我沉吟道："我只求神似，不求形似，以免得罪。"

"那倒简单了。你是想……"

"我因纯元皇后而得罪，可见皇上心中纯元皇后的分量。姐姐，若要胧月长得她父皇欢心……我方才所说的项圈，希望姐姐能让胧月在生辰之日戴上，也算尽我身为人母的一点心意。"

眉庄看我的目光深沉而明了，良久，她长长地叹息了一声，按住我的手道："我知道了，你放心，千万保重自己就是。"

这，便是最长的情谊与安慰了。

到了夜间，我不顾白日跪得膝盖痛，草草抹了药酒，便神采奕奕地裁剪衣衫。

正巧浣碧浆洗了衣裳进来，见桌上叠放着好几块鲜艳的好衣料，不由得好奇道："今日芳若姑姑来过了么？以往都不是这个日子啊。"

我只专注在衣料的裁剪上，随口道："是六王送来让我缝制了衣裳给胧月的。"

浣碧惊喜道："王爷从上京回来了么？几时回来的？"

"三日前。"我道，"想是匆忙回来，还是风尘仆仆的样子。"

浣碧目光专注，落在我放在手边打开的画卷上。她的语调中有淡淡的欢喜："这孩子是咱们的胧月帝姬么？"

槿汐亦是高兴，欢快道："是啊。长得这般可爱，眉眼和娘子简直一模一样。"

我的目光亦被吸引，注目良久道："今日见到眉庄，才知王爷画得一模一样，分毫不差。"

浣碧微微吃惊，旋即只是如常一般微笑道："王爷有心了。"

如此，我每夜挑灯裁制，终于在胧月生辰的前两日，赶出了几身衣衫裤袜。一件件按着尺寸做了，水红纹锦制成两件兜肚，鸟衔瑞花锦做了冬天的锦袄锦裤，宝照大花锦做了套春秋衣裤，方格朵花蜀锦做了件胧月生辰时穿的衣裳，虽然她未必会穿。

如此左端详右端详，察看针脚是否做得足够细密，只怕一个疏忽，线头会伤了胧月娇嫩的肌肤。

做成时浣碧担心道："这衣裳做得极好，只是小姐如何把这衣裳送进宫去呢？倒是叫人大伤脑筋。"

我只顾看着衣裳，和颜微笑道："明日王爷自会来取。"

浣碧道："小姐一人去见王爷么？"她想一想，"王爷身边有位叫阿晋的贴身侍从，是我在宫中时就结识的，如今长久不见，也不知他好不好。"

我微笑整理好衣裳："我倒不知道有这个人，只是如果你想去，明日陪我一起也好。"

浣碧微微含笑："小姐如此说了，我自然要去的。"继而心疼我，"小姐今日可以早睡了，这两日为了缝制帝姬的衣裳，瞧这眼睛下都乌青了，人都要熬坏了。"

我笑道："为了胧月，我怎么辛苦煎熬都是甘愿的。"

次日中午，寻了个空隙，依旧到河边等候。去时玄清已经到了，这次身边果然跟了个小厮，年纪不过二十上下，一看就是机敏的样子，人也敦厚。

浣碧远远看见，便招手唤："阿晋。"

阿晋见了浣碧也高兴，见面便道："好久不见浣碧姑娘了，原以为甘露寺里粗茶淡饭，没想姑娘更见标致了。"

浣碧啐了一口，作势就要伸手打他，嗔道："越来越油嘴滑舌了，招人讨厌。"

玄清见他们嬉笑，向我道："这是阿晋，我自小的长随。"

阿晋见我，忙请了个安道："从前在宫里没给娘子请安，如今一并补上。"

我笑吟吟地将衣裳递到玄清手中，道一声"费心"。

浣碧道："这衣裳费了小姐多少功夫，有劳王爷送进宫了。"

玄清一笑："这个自然。"

我从包袱中取出一个红缨球，坠着两个银铃铛，叮当作响，笑吟吟道："这是给御风的，王爷也请为它戴上吧。"

玄清故意蹙着眉头道："可见清在娘子心中还不如御风呢。独独有给御风的，却没给我的。"

我掩唇笑道："王爷上回不是说，御风把王爷的坏处学得十足十么？那么送给御风，也如同送给王爷了。"

这般说笑一响，阿晋道："还要去探望老太妃呢。"

如此，也匆匆散了。

芳若再次来时，已经是一月后，说起胧月生日当日的事，娓娓道来："帝姬周岁生辰的大日子，穿一身蜀锦的衣衫，十分玉雪可爱，由敬妃娘娘抱着坐在皇上左侧。皇上抱帝姬的时候便瞧见了帝姬脖子上的玉项圈，只说眼熟。当下就叫李长去取了纯元皇后的那副项圈来赐给了帝姬，还亲自给帝姬戴上了。"

滚圆的佛珠，在我的指尖一颗颗划过去，周而复始，我闭着眼轻嗅檀香的气味，缓缓道："帝姬年幼，无知无识，即便是一样的东西，皇上也不会以为帝姬是有意冒犯的。"

她意味深长地说："有了纯元皇后的芙蓉玉项圈，帝姬就如得了护身符一般。"

我问："那么敬妃娘娘在皇上面前，是如何称呼帝姬的？"

芳若微微低首，轻声道："于有人处则称'胧月'，与皇上独处时便称帝姬闺名'绾绾'。"

我颔首微笑："敬妃是个聪明人，最会明哲保身，帝姬交给她抚养，我是很放心的。还烦请姑姑回宫时禀告敬妃一句，这芙蓉玉项圈只能好好收着，若时时招摇在外，会有不必要的祸端。"

"奴婢晓得。"芳若柔和微笑道，"娘子在自己败处学会反败为胜，教帝姬受益无穷。可见娘子的心智，并未因佛法的浸淫而迟钝分毫，反而更见周全了。"

我淡漠道："姑姑说笑了。我不过是败军之将，何敢言勇？只不过吃一堑长一智，能帮自己女儿的就多尽力一分而已。"

寒冬在群山渺茫之处，总是来得格外早。玄清的到访固定在了每月一两次，为着避嫌，也为着我不为流言所困，他常常在我出去浣洗或是拾柴的时候在山脚长河边等我。

起初，常常是他让阿晋告诉浣碧他会去的时间，然后等着我去与他相见。渐渐地，也许是默契使然，我常常觉得自己仿佛能知晓他在何时会到来，于是去了，他便总在那里。

我偶尔问起，他只一笑："我左右不过是无事，便在河边徘徊，徘徊多了，自然晓得娘子何时会经过。"他的笑意淡然如蓑蓑风，横过平静河面，牵动粼粼波光，"或者说，我私心很喜欢在此等待，如果可以等到想见的人，格外有一种惊喜，感叹或许是缘分使然。"

我迎风而笑："说实话，男女情分上，我并不相信缘分一说。从来只以为软弱无力、自己不肯争取的人，才会以缘分作为托词。以缘分深重作为亲近的借口，以无缘作为了却情意的假词。"

玄清含笑："娘子的妙论总是叫人觉得柳暗花明又一村，仿佛有尽时，又别出一番天地。"

"王爷过分夸赞了。"我轻轻道，"或许有一天真到了无路可去、无法可解的地步，我才会说，缘分已尽了吧。"

玄清的笑容胜过波光浮曳的清澈明亮："若娘子在从前得意时，说出这样的话清并不足为奇。只是如今娘子依傍佛祖修行，却也还不相信缘分么？"

"是。即便身在佛门，我亦有自己所坚持的信念。何况佛法精深，我也未曾全部懂得，只希望佛法博远，可以安定人心。至于缘分一说，我只觉得事在人为，聚散离合，都不必拿'缘分'二字作托词。"

玄清拊掌而笑："清只以为娘子所有的性子都已被佛经软化，却不承想还有如此一面。娘子此番所言，却无半点儿出家人的风味了。"

我脸上微微一红："虽说耳濡目染，然而我到底研习佛经不过一年多罢了，种种精深博大处总还不能领悟，所言所行叫王爷笑话了。"

这般偶尔闲谈几句，他并不说任何男女私情之语，倒叫我因小像而生的一点忐忑心思缓缓放落了下去。

除了每两月送来胧月的一幅画像，其余时刻，他多与我这般谈论佛法或是诗词，偶尔无话，只一同坐看云起时。或者，他得了什么好书，也送一本来给我。若不方便相见的时候，便让阿晋趁浣碧出去时给她再转交于我。甘露寺中的岁月总是枯燥而寂寞的，除了经文与劳作，几乎没别的乐趣，而与他的闲谈，让我在枯寂里还记得一点诗词的情怀，也算偷得浮生的一点乐趣。

如此，也便只是淡淡来往，君子之交。

直到很多天之后，他没有来，经过甘露寺下的长河时，闻得鸟鸣啾啾，拂上脸庞的风已经带上了春夏之交时那种独有的温软和沉醉，和着草木成熟的甘甜和热络。

我忽然意识到玄清已经两月没有来过了，只余河水依旧静静蜿蜒，阿奴照例是唱着那一首她常常唱的曲子：

> 小妹子待情郎呀——恩情深，
>
> 你莫负了妹子——一段情，
>
> 你见了她面时——要待她好，
>
> 你不见她面时——天天要十七八遍挂在心！

阿奴的歌声嘹亮而欢快，总是这样欢天喜地地唱着。

我有时不解，便问她："阿奴，你晓得这歌里的意思么？"

阿奴笑得灿烂："自然知道。"

我笑着叹息："这歌是唱男女之情的，你虽然知道，却一点没唱出那种情意来。"

阿奴笑盈盈道："知道又怎样，唱不出来又怎样？这世间明明知道而做不到的事情多着呢。何况我又没有心上人，唱不出男女之情又有什么稀奇。"

我依旧听她欢天喜地地唱着情歌，心头忽然生出寥落而阔大的寂寞。而身边，浣碧亦叹息："王爷久久不来，连个说话的人也没有了。"

她的语调，亦是寂寞的。

壹柒 絕代有佳人

甘露寺一带渐渐走得熟悉了，每日要拾柴火时，也渐渐走得远些。

自从后妃上香之事后，静白对我越发没有好脸色："别总是偷懒懒怠走路，还是从前的金枝玉什么？走远点儿拾柴火去。"

于是凌云峰或者甘露峰的后山，我也渐渐涉足了，唯有缥缈峰我是断断不去的。并不是为了别的什么缘故，只是有时候远远看见清凉台的白墙高瓦，便觉得有一点奇异的安宁，只觉得这样远远看着就好，若真要靠近，心里却是隐隐害怕的。

那一日到甘露峰的后山，树多路窄，浓荫如翠生生的水倾泻而下，其间但闻鸟啼婉转，周遭五月末的炎暑之气也随之静静浅淡地消弭而去。行到风起的深处，一条鹅卵石的羊肠曲径幽深到底，似乎引着人往里走去。只见几椽旧屋围成一个小小的院落，融在深深的绿色之中，显得毫无生气。走得近了，见门上有块小小的匾额，金漆都已脱落了大半，加之天色晦暗，分辨良久才看清是"安栖观"三个大字。

我一时好奇，又觉口中焦渴难耐，更见灰色的木门半掩着，想是有人在的，于是伸手一推，门"吱呀"一声开了。

是一座小小的庭院，寻常模样的一间正堂，正堂后是中庭，庭后又有三间小小的禅房，都收拾得十分干净整齐。值得称道之处是，绿草茵茵之畔有简单的泉眼山石，自成意趣。院落周遭有小株的梧桐密密栽成，十分清幽。

有一个温柔恬淡的声音静静传来，道："你找人么？"

我闻声望去，却见一个穿道姑服饰的女子站在暮色四合之中，提着一把水壶，盈盈望着我。

光线逆向，我并看不清她的容色。我知道这样悄悄进来，已是十分失礼了，忙抱歉道："我是口渴了，所以这样冒昧进来讨一口水喝。"

她向我招手道："那里的水是井里的生水，不能生吃的。随我来这里吧，我拿水给你。"我忙谢过，才走近她身边。

走得近了，才见这个道姑四十岁左右的年纪，长得并不十分美艳，却有些眼熟。她眉眼间皆是说不出的温柔婉约，恰如写得最有情致的一阕宋词。此时暮色渐暗，红河日下一般的光影离合之中，她骤然显现的容颜宛如皓月当空，洒落无数清辉，更如冬日灰颓天空下绽放的第一朵新雪，洁白晶莹，风骨清新。

她笑吟吟端了一杯水给我，笑道："喝吧，才凉下的茶呢。"

我慌忙接了水去喝，心下隐隐责怪自己，我并不是个急色的男人，在宫中见惯种种美丽女子，甚至是华妃这样艳丽不可方物的。她也算不上是怎样出奇的绝色美人，却是让人不由自主地心神俱醉。

我正暗暗称奇，饮了一口水道："不知怎么称呼呢？"

她温和微笑："叫我冲静便可。"

冲静？我一个恍惚，这个名字仿佛是在哪里听过的。而更让我疑惑的是，甘露寺本是佛寺，群尼居住，怎么会在甘露寺邻近的山中有这样一座不知名的道观呢？

冲静，我仔细回想，终究也是想不起来。然而，我深切地知道，我一定是听过这个名字的。

正用心细想间，她问我："你是前头甘露寺中的姑子么？"我点点头。她又问："是新来的么？怎么那么晚还在外头？"

我低声道："是。只是因为拾的柴火还不够数目，所以滞留在外面。马上就要回去了。"

她微微一笑，眼中有着悲悯的神色："难为你了，这样辛苦。"

我歉然一笑，并不愿意别人来怜悯我。我见只有她一人，于是问："您是一个人住么？"

她环顾偌大的道观，含笑道："我和一名侍女一同住。"

正说着话，却听木门再度响了一声，一个轻快的声音道："哎呀，有生人在呀？"

我回首欠身，却是一个侍女模样的人，想是冲静口中所说的与她同住的侍女了，于是道："打搅了。"

她年纪与道姑相仿，放下手中的东西，朝我爽朗笑道："太妃都不觉得打搅，我又怎么会觉得打搅呢？"

脑中如电光石火一般闪亮而过。冲静，玄凌当初敕封舒贵太妃的就是"冲静元师、金庭教主"啊。眼前的这个道姑，竟是玄清的生母，当年名动京华、至今仍深深流传在无数宫人口中的先帝的舒贵妃，如今的舒贵太妃。

谁也不曾想到，当年集三千宠爱于一身，让六宫粉黛俱无颜色的舒贵妃，竟寄居在这冷清道观之中。

我一时吃惊，怔怔说不出话来，片刻才说："舒贵太妃？"

她疑惑地看着我："你知道我的名号？"

在众人的传说中，在我的想象里，备受先帝宠爱，专三千雨露在一身的舒贵妃，必定是无比美艳、光华灿烂到极致的女子，却不想是这样的温柔婉约、人淡如菊。

她打量我片刻，道："你是宫里出来的么？"

我微微赧然，旋即道："太妃说得不错。"

此时天色已经全然昏暗了下来，星斗幽幽光芒隐隐，舒贵太妃的道袍被山风悠悠卷起，宛如梨花绽雪，身姿翩翩若瑶台月下临风而立的仙子。我几乎被惊住，她并不十分美艳，然而她的动人之处竟是谁也不能企及分毫的。我从小自负容貌并不逊于常人，然而在她面前，竟也隐隐觉得自愧弗如。

这样婉约灵动的气质，如玉树琼苞堆雪，又被春风春水浸涸透了，难怪先帝要喜爱她到这种地步，几乎在眼中看不到旁的女子的身影了。更难怪岐山王的母亲曾在私下数落她"狐媚惑主"。原来并不是狐媚，而是一种连女人也要被吸引倾倒的温润柔和。

她望着我笑道："清儿曾经对我说，宫中有一位莞贵嫔居住在甘露寺中奉旨修行，说的便是你吧。"她瞧着我披散的长发，"你俗家姓什么？"

我羞愧片刻，淡淡道："贵嫔是旧时的称呼了，请太妃称我法号'莫愁'吧。"我答道，"原本姓甄。"

她微微笑道："如此，我便称你甄娘子吧。"说着让我坐下，指着方才那名侍女笑道，"那是我的贴身侍女，名叫积云。"于是要让积云来见礼。

积云的性子十分开朗爽直，朝我嘻嘻笑道："方才听太妃说娘子是甘露寺里的姑子，我吓了一跳，还在想姑子哪有长得这样美的呢，必定是太妃扯谎哄我了。"

我听她说得不拘，不由得去看太妃。果然舒贵太妃笑道："她自幼和我一起长大，说话就是这个样子了，娘子别见怪。"

我笑道："自然不会。我真喜欢这样说话的，拐弯抹角的叫人听着累心。"

积云与我凑得近，我抬眸间微微一惊，她的眼睛和舒贵太妃一样，竟都是琥珀一样温润的颜色，不觉吃惊道："你们的眼睛……"

舒贵太妃笑吟吟道："积云和我一样，都是摆夷人呀，所以我们的眼睛不同于你们汉人的。"

摆夷原是远在南诏之南的小族，本自成一族，年年向南诏称臣纳贡。隆庆三年先帝的抚远大将军平定南诏，顺便也踏平了依附南诏的摆夷、苍南几族，尽都归降大周，从此称臣纳贡，成为大周的附属。

史书上说舒贵妃是知事平章阮延年的女儿，也算出身书香世家，怎么是摆夷人呢？难不成舒贵妃的母亲是摆夷女子么？

积云见我思索，呵呵笑道："甄娘子，我知道你在想什么。你一定在想我们太妃为什么是摆夷人，是不是？"

我被她猜中心思，有些不好意思，也不好隐瞒，索性道："《周史》上并不是这样写的，好似说太妃是知事平章阮大人的千金……"

舒贵太妃坦然道："从前在宫里自然是讳莫如深，如今说了也不妨。阮大人是我的养父，当年先帝为让我进宫方便，才叫我寄养在阮大人的名下。父母皆是土生土长的摆夷人。"她微微神往，"摆夷山水，才是我的故乡啊。"

我听她说得坦诚真挚，半点儿遮掩也无，心下不觉感动，自然而然与她生了亲近之情。

舒贵太妃笑道："跟你说了这样多，娘子或许不爱听吧？"她的目光中颇有慈爱之情，"只是见了娘子自然觉得亲切，娘子莫要见怪才好。"

我忙道："怎么会呢，有太妃关爱，是我的荣幸才是。"

舒贵太妃笑盈盈道："从前听清儿有一两回提到娘子，总是赞赏不已。我当时也不过听着罢了，如今看到，竟是像我们摆夷阿诺雪山上的仙女一般好看的人物。"

积云也笑："是呢，咱们从前族里的老人总说，阿诺雪山上的神女是最好看的。"

我忙道："若太妃这样夸我，我可无地自容了。太妃的风姿，甄嬛是仰慕已久了。"

太妃微微侧首，含笑道："甄嬛？是你的名字么？"

我点头而笑:"是从前的闺名。"

太妃颔首笑向积云道:"我总说汉家女儿的名字最好听了。"

积云为我和舒贵太妃各递了一杯茶,笑道:"从前在摆夷,太妃的名字就叫移光,我便叫阿云,积云这个名字,还是后来改的。"

我思索着道:"恕我冒昧了,过去仿佛听说太妃的芳名是……"我极力想着,一时情急竟怎么也记不得了。

舒贵太妃道:"是嫣然,阮嫣然。"她笑着,"我本叫移光,嫣然是到了周朝才改的名字,也是先帝亲自为我取的名字。"

我见她心思直白坦率,更是愿意与她相交说话,一时兴致上来,道:"我与太妃的机缘果然是比旁人更深,今日偶然相见不说,我有一架'长相思'琴,也正是太妃从前用过的爱物呢。"

舒贵太妃眼神倏然明亮,惊喜道:"果真?"

我点头道:"我出宫之际只带了一把'长相思',如今就放在甘露寺中。"

舒贵太妃大是感慨:"当日出宫之时,我把'长相思'与'长相守'一同留在了宫中,只为先帝早逝,我留着这两样东西也是无用了。不承想竟到了娘子手中,想必娘子是雅善音律之人了。"她期许地望着我道,"与此物一别十余年,若娘子首肯,能否带了让我再瞧一瞧?"

我歉然道:"本该拿给太妃一观的,只是数月前我弹奏时一个不慎,弄断了琴弦……"

舒贵太妃只是爽朗一笑:"哪有弹琴的人不断弦的呢?若是娘子放心,不如拿给我看一看,我愿意尽力一试。"

我大喜过望,忙起身道:"如此,便最好了。"

太妃道:"先别着急谢我,'长相思'构弦之法与其他的琴不同,若真要修起来,没有三五个月不成,还得让清儿回一趟宫里配了马尾、冰雪蚕丝与金丝来才是,这几样东西只怕还不是轻易弄得到的。"

我忙笑道:"交回太妃手中我就安心了,如实在接不好,只能遗憾再也听不到'长相思'的妙音了。"

太妃眉目和蔼："那么下次娘子请来宽坐，也带了'长相思'一同来吧。我倒很喜欢和娘子说话呢。"

我长久没有与人这样舒畅自然地说话，心下亦是喜悦。回到甘露寺时天色已晚，浣碧喜不自胜地来拉我的手，埋怨道："小姐去了哪里，这么晚也不回来，真叫人急死了。"

我将今日之事絮絮说了。槿汐双眉微蹙："诚如娘子所说，娘子见到的确是舒贵太妃啊。奴婢在宫中时已是隆庆年末，与舒贵太妃见面不过寥寥几次，然而舒贵太妃之风姿，见过之人毕生难忘。"

我疑惑道："舒贵太妃当年出家，奉旨是出居道家，怎么会在甘露寺这佛寺周遭修行呢，不是该去道观的么？"

槿汐道："舒贵太妃的确是在道观修行，就是她如今所住着的安栖观。"槿汐的声音低了低，"因为太后说过修行要清净方能安心，所以只有舒贵太妃带着一个侍女住着。"

浣碧惊讶，轻轻低呼了一声。我忙目示她安静下来。

浣碧不敢再出声，只安静盯着槿汐，听她说下去。槿汐叹息了一声，无限惋惜，道："舒贵太妃在先帝驾崩前最得圣宠，几乎到了六宫粉黛无颜色、三千宠爱在一身的地步。可是因为她出身异族，虽然寄养在知事平章阮延年的名下说是义女，也很受嫔妃们瞧不起，所以封妃之后也就一直住在太平行宫不与诸位妃嫔同处。然而后来有了清河王，先帝不顾太后的反对，册了当时的舒妃为舒贵妃，一跃成为宫中妃嫔之首。这样盛宠也就罢了，偏偏玉厄夫人死前对舒贵太妃怨恨不已，皇后也因舒贵太妃而被废，连当年的昭宪太后都不待见她，处处为难。这样的情景下，虽然先帝十分宠爱她，可是舒贵太妃在宫中却是举步维艰。唯有当今的太后，过去的琳妃娘娘与她交好，二人同气连枝，简直如亲姐妹一般。好几次舒贵太妃委屈，都是琳妃娘娘为她做主出头的，所以连先帝也对当今太后颇多怜惜。先帝驾崩后，就由当今太后执掌六宫之权，如此舒贵太妃在宫中的日子才好过些。"

先帝对舒贵太妃的宠爱，偏偏让我明明白白地记得桐花台上玄清的感慨之语——其实有人分宠亦是好事，若集三千宠爱于一身而成为六宫怨望所在，玄清真当为婕妤一哭。

他是在为我感叹，更是在为他生母舒贵妃的一生感叹。

而太后对舒贵太妃情分如此之深，我听了亦是感动。想起宫中的眉庄，更是唏嘘不已。

槿汐的话，仿佛是在盛赞太后的盛德以及与舒贵太妃的姐妹之情，然而对我问的问题，却似乎风马牛不相及。

槿汐明白我的疑问，道："先帝驾崩之后，舒贵太妃恸哭不止，几度欲要殉先帝而去，幸好宫人们发现得早救了下来。宫中妃嫔虽然从前与舒贵太妃诸多不合，却也十分感动，连外头的臣子都知道了，盛赞舒贵太妃大义，太后也十分感动。而此时舒贵太妃亦自请出家为先帝祝祷，将六王爷托付给了太后抚养。太后感念舒贵太妃一片心意，又说太妃养尊处优，自然不能和甘露寺众尼同住，所以特意建了安栖观给舒贵太妃独自居住，于是命她出居道家，而不是进甘露寺修行。太后又怕旁人服侍太妃会不习惯，于是就让太妃的贴身侍婢一同跟了去住，也是太后体谅舒贵太妃的心思。自然，舒贵太妃若无大事也是不能随意离开安栖观一步的。"

槿汐说得十分委婉，然而再委婉，我亦明白了。

舒贵太妃出居道家，而甘露寺是佛寺，自然是井水不犯河水，老死不相往来，又只有一个侍婢服侍……我心下一动，如此，舒贵太妃几乎是与外界断了任何关联和消息。

我若无其事道："听闻先帝生前十分喜爱清河王，几度有立他为太子之意。"

槿汐的声音里听不出任何情感起伏与好恶之意："舒贵太妃的出身备受世人争议，立清河王为太子连朝臣都反对不止。当时琳妃娘娘在宫中无论位分还是宠爱都是仅次于舒贵太妃的，而出身又高贵些，又有执掌六宫之权，所以先帝退而求其次遗旨立当今圣上继位天子也是情理之中的。"槿汐最后一句话说得极轻，仿佛轻描淡写一般无关紧要，然而我听清楚了，"何况又有当年摄政王的支持，当今圣上继位天子是顺理成章的。"

我只觉得脑中一阵阵发凉，却是如明镜一般刹那雪亮。

摄政王！他才是玄凌继任为帝最紧要的一着儿吧。

然而，陈年旧事而已，都是上一代的恩怨了。如今，稳坐在紫奥城九龙金椅之上俯瞰天下的，是玄凌啊。

我喃喃道："所有纷争的根源，都只因为舒贵太妃是摆夷女子啊。"

浣碧原本一直安静听着，听到此处，手中的饭碗"咯噔"一声落在桌上，滴溜溜打着圈。我忙帮她按住瓷碗，关切道："怎么了？"

浣碧的眼神倏忽一跳："我只是好奇，舒贵太妃是摆夷女子出身么？"她低低道，"摆夷被征平之后成为大周属国，然而到底是异族，舒贵太妃能以异族出身而到此地位，实在是不容易啊。"

我闻言侧头："浣碧，你仿佛对摆夷有些了解。"

"不过是听说些皮毛而已。"浣碧的眼中有恳求的神色，向我道，"小姐，你方才说还要拿'长相思'去太妃处，带我一起去好不好？"

我和颜悦色道："你也很想见见太妃么？我正好要抱琴去，我们便一同去吧。"

浣碧颊上露出柔和的小孩子气的喜色，用力点了点头。

青青河边草

于是择了个天高气爽的日子，浣碧抱了"长相思"跟随我步行至后山。却见门外停了匹白马，正是"御风"。它见了我，欢喜地嘶鸣了一声。

我抚一抚它的耳朵。门内有欢悦的畅谈声，因浣碧迫不及待的推门而暂时停了下来，已经听得浣碧清脆的一声"王爷"。

目光所及之处，是着一身月白纱衫的他，负手立在太妃身边，闻声向我看来的目光中有惊诧，更多的是惊喜。他说："方才母妃与我说到你……"

我明了，与他点头示意，然后对着太妃敛衽为礼。太妃含笑来扶我，道："清儿刚从川蜀一带回来呢，连王府都还没来得及回去，你来得也巧。"

我笑道："今儿把'长相思'带来给太妃，我闯下的祸，要劳烦太妃为我弥补了。"我指着浣碧道，"这是我的贴身侍女，今日特意带来与太妃请安。"

浣碧规规矩矩行下礼去，口中道："给太妃和王爷请安。"

舒贵太妃招手让浣碧走近，拉着她的手细细打量着道："眉眼生得十分齐整，细皮白肉的。"太妃笑着看我一眼，道，"尤其这双眼睛，长得倒和你像。"

我不想太妃眼神这样犀利，玄清在旁亦笑："从前我不过觉得人有相似，如今听母妃说起，更觉得她们的眼睛像极了。"

浣碧羞涩地低一低头，把琴交到积云手中，于是一同坐着喝茶。玄清刚自远地回来，舒贵太妃爱子心切，难免拉着他的手嘘寒问暖，问长问短。

太妃与玄清用摆夷语交谈了数句，我并不听得太懂，不由得微微蹙眉侧耳认真去听。

浣碧见我蹙眉，悄声在我耳边道："舒贵太妃是用摆夷土语在和王爷说话。"

浣碧说的声音低，然而舒贵太妃离得近，还是听见了，不由得看向浣碧问道："你懂得摆夷语么？"

浣碧略略迟疑，道："懂得。"她定一定神，"因为奴婢的母亲是摆夷女子。"

我凛然一惊，难怪浣碧今日一定要跟了来，原来她的生母亦是摆夷女子。

太妃眉目间颇有点欢喜的神色，道："是么？"说着用摆夷语问了几句话。

浣碧的摆夷语并不十分流畅，倒是会以摆夷人见过长辈的礼节向舒贵太妃问安。

舒贵太妃果然笑逐颜开，含笑招手道："你过来，让我好好瞧瞧你。"舒贵太妃伸手托起她的下颔，端详良久，轻声问道："你在甄娘子家府中为奴？"

浣碧不自觉地低头："是。正是从前的吏部侍郎甄府。"

太妃微微沉吟，忽然眸中一亮，询问道："他的名讳可是叫甄远道？"

浣碧轻轻点头，我见问到爹爹，也不好闭口不言，于是禀明道："甄远道正是家父，浣碧自小便服侍在我左右。名为奴婢，实则情同姐妹一般。"

太妃凝视浣碧片刻，突然问道："何绵绵是你什么人？"

浣碧身子陡地一震，一双秋水明眸骤然浮上了一层稀薄的雾气："正是我娘亲。"

这是我第一次听说浣碧生母的名字。从来，我只知晓浣碧是我的妹妹，而她娘亲的一切，没有人对我说过，我亦是茫然不知的。

舒贵太妃叹了一声，道："果然，母女俩长得这样像，好比一个模子里刻出来的。你母亲……还好么？"

浣碧喉中哽咽，眼泪已经滚滚落了下来，只得回转身去拭泪不已。我替她回答道："浣碧出生不久，她母亲就去世了，所以爹爹抱她回来，自幼养育在府中。"

"那她的摆夷话……"

浣碧啜泣道："甄大人会一些，是他教了我的。起初我还不知大人为什么要教我摆夷话和礼节，后来才知道……"

太妃怅怅叹息，片刻道："绵绵与我同是罪臣之后，她更被永世没入奴籍，不得翻身，自然是不能嫁与官宦之家为妻做妾了，怪不得浣碧要称你为小姐了。"说着不由得泪光盈然，抚着浣碧的额头道："好孩子，真是委屈你了。"

我心中也是伤感，抬头见玄清目光凝滞在我脸上，忙别过头去不去看他，只向舒贵太妃道："浣碧的母亲，可是与太妃熟识的么？"

舒贵太妃一边安慰地拍着浣碧的肩膀，一边向我道："从前从摆夷出来，我与积云是一道的。当时兵荒马乱，人心惶惶，正巧遇上了同出摆夷归降大周的绵绵。"太妃十分感慨，"当时她也不叫绵绵，而是叫碧珠儿。绵绵是后来她自己改的名字。"说到此间，太妃只是无声地看着我，默默不语。

我心头刹那一亮，脱口而出道："青青河边草，绵绵思远道！因为爹爹的名字叫甄远道，所以她改名叫绵绵，是不是？"

太妃唏嘘道："不错。绵绵一心爱慕你父亲，所以才改了这个名字，以表情意深重，矢志不渝。虽身在罪籍，她的情意只怕你父亲也是大为所动的。"

我看着浣碧，她的一张脸哭得如梨花带雨，不胜清弱。舒贵太妃说浣碧与她母亲长得颇像，除却她一双眼眸与我神似形似之外，她的一切都是脱胎于她的生母的吧，有线条柔和的脸颊，小巧的下颔。何况摆夷女子能歌善舞，大有中原汉家女子所没有的奔放执着，从她为爹爹改名，就可见一斑了。

浣碧伏在舒贵太妃膝上，抽泣道："爹爹说，娘死的时候还叫着爹爹的名字，才咽下最后一口气的。"

我心中的惊悸如天空交错激荡的浮云滚滚。

其实爹爹与娘，不过是寻常的官宦夫妻，说不上有多恩爱，但总是相敬如宾的。而且，爹爹也有一名妾侍收在房中，是十来年前从江南买回来的。那时娘总说爹爹毕竟是做官的人了，一房妾侍也没有总不成样子，又防外头说她拈酸吃醋是个不容人的，所以做主为爹爹买了来。只是这位姨娘不过是个摆设罢了，爹爹从不与她亲近，倒是姨娘寻常侍奉在娘身边的时候多，闲来只教教我们姐妹吹埙或是弄笛。因而娘偶然说起一句来，总说是自己福气好，嫁与爹爹这样不好女色、不娶三妻四妾的官宦之人，倒是一生清静安耽了。

然而，娘竟是这样懵懂而不知不觉的人。竟不知道，她一生的清静安耽之后，竟是这样一段深情掩藏在她的丈夫和别的女人之间。

青青河边草，绵绵思远道啊！

周遭种着的柏树有厚重悠远的辛辣气息，呛得人发晕。我心念电转，忽然冒出一个古怪的念头来。如果……如果，绵绵不是死得那样早，或者她终有一天会成为爹爹的妾侍，或者有一天她因为爹爹的宠爱骤然凌驾在娘之上，或者又被扶正。那么，我还是甄家名分尊贵的嫡出大小姐么？或许今时今日，我是要与浣碧换一个个儿了。想到此处，我不自觉地望一眼浣碧，强逼着自己镇静下来，却已出了一背脊的冷汗。

耳边太妃的声音清软传来："爹爹？你叫甄远道爹爹？"她略一思量，已经了然道，"是了。绵绵的孩子怎么会不是甄远道的呢？因为你母亲是罪臣之后，你自然不能被承认是他的女儿。所以你叫你姐姐作小姐，她也待你如妹妹一般，是么？"

浣碧点头拭泪道："小姐她，的确待我很好。"

舒贵太妃连连颔首，道："绵绵从前的小名叫碧珠儿，你爹爹给你取名浣碧，也是因为这个缘故吧。"

玄清颇感意外，看看我，又去看浣碧，最后目光停留在我们的眼睛上，道："难怪你们俩的眼睛这样像，原来是同父异母的姐妹。从前我第一次见到浣碧，听她说是你的近身侍女，只以为你们自幼一起长大，朝夕相处，所以才连眼睛也长得这样像。"

浣碧抬头望着他，凄苦一笑："我与小姐虽然同父，可是我的娘亲，却连妾侍也不算。我不过……是个私生女罢了。"

我从不晓得浣碧的娘亲和爹爹之间有这样多的纠葛，爹爹也从不向我说起。只有我知道浣碧是我的妹妹。这件事，甚至连娘也从来不晓得，只以为浣碧和流朱一样，都是外头抱回来的丫头。

我心下对浣碧更是怜惜，若不是因为绵绵的出身，想必从前在家中，浣碧也是甄家娇贵矜持的二小姐吧。她的年纪，原本也就比我小了一岁。

玄清安慰道："没有什么私生不私生的话，在咱们几个人心里，从不会这样想。"

浣碧绞着双手，低首死命咬着嘴唇，嗫嚅道："如今……你们都知道了……"她忽地仰起头，一双碧清妙目泪光盈然，"王爷，你别瞧不起我。"

玄清柔和向浣碧道："你母亲与我母妃是故交，又同为族人，我们身上流的都是摆夷人的血，我怎么会瞧不起你？"

　　浣碧用力点点头，梨窝慢慢盈上如春风沉醉的笑容来，低低垂下头去。我竟从未发现，浣碧可以美到如此地步。但见玄清对她软语安慰，自己仿佛远远旁观一般，隔了老远老远，隔了几重纱幕似的，这样可望而不可即，心底慢慢生出一股淡若无味的落寞来。

　　我向太妃道："爹爹是先认识绵绵……何姨娘呢，还是先与我娘相识？"

　　太妃怅然道："缘分这回事，岂是有先来后到的？绵绵与甄远道，是在甄远道成亲之后才相识的。想必甄娘子也知道，你爹爹与你娘亲婚前并未见过，相识一说更无从谈起。他们缔结婚约，不过是汉人官宦人家凭着父母之命、媒妁之言说合的吧。"

　　我脸上微微发烧，低声道："是。"

　　"那么你们汉家并不同于咱们摆夷一夫一妻，是可以娶妾的吧。"我再度点头，太妃道，"虽然结识在后，而你爹爹又何尝不想娶绵绵为妾长相厮守呢？只是绵绵命苦可怜，亡族之后家中又骤然得罪，才失去与你爹爹在一起的机会罢了。"

　　"太妃不觉得，我的娘亲也很可怜么？"我迎着舒贵太妃的目光道，"我的娘亲，她做了爹爹一辈子的妻子，却从来不知道爹爹心里喜欢的一直是另一个女人。虽然爹爹没法子给何姨娘一个名分，可是因为亏欠，因为思念，也因为浣碧，爹爹心里必定也是常常想念着姨娘的。与我娘比，也不知道是谁更可怜了。"

　　玄清回头盯着我，目光灼灼，我低头只作不觉。舒贵太妃沉默良久，望我的目光也渐有怜爱之情，叹息道："这世间，总是有数不尽的可怜人。"

　　"太妃说得极是。何姨娘逝世多年，爹爹和娘亲也被远放川北。逝者已然作古，我们能顾及的也只有生者。浣碧是我的妹妹，哪怕今日我落魄到此，也不会放任她不顾。有件事我力不从心，只能尽一尽心意，求太妃和王爷相助。"

　　舒贵太妃道："你且说来听听。"

　　我娓娓道："浣碧年纪不小了，我不想因为我而耽误了她的终身，请太妃做主，为浣碧选一户好人家嫁了吧，也算为何姨娘了却一桩心愿了。"

舒贵太妃含笑道："你这个做姐姐的，的确是个为妹妹打算周全的好孩子。我竟想不到你有这份心。"说着笑吟吟地向玄清道："清儿，母妃在这里自然是要求个清净了，不好插手这样的事，也插手不了。浣碧是我故交的遗孤，也是你一心要守护的人的妹妹，母妃可把这件事托付给你了，你一定要为浣碧好好寻一个好人家。"

玄清轻浅而笑，一如浮光霭霭："母妃的嘱咐，儿子一定记在心上。"

壹玖 ｜ 思情

闲话了一晌，见太妃面有倦怠之色，我便起身告辞。太妃向玄清道："两个女孩子家回去不方便，你替我送一送吧。"

玄清恭谨答了"是"，于是阿晋牵了御风跟在我与浣碧身后，玄清走在身边。浣碧时时回头与阿晋说笑几句。一行四人，漫步向甘露寺走去。

我仿佛无意道："方才听太妃说起，王爷这几月去了川蜀一带？"

玄清道："皇兄那一日忽然兴起，说我曾游历蜀中逗留多月，于是命我再度微服去川蜀一带，留心官员政绩如何。仓促得命，本来还想让阿晋来禀告母妃，也来告诉娘子一声，可惜时间仓促，到底是来不及嘱咐一句了。"

我微微一笑："如此一别，也快三月了。"

他轻淡的笑容仿佛穿越林间的凉爽的风，带着植物汁液独有的茂盛清洁的气息，道："自从上次与娘子见过，已经九十七日了。"

我心中"咯噔"一下，像听见谁拿着一把小铜锤子敲开了一枚胡桃的坚硬的外壳，"咯"的一声硬壳裂开的声音，坚果的那种被包裹在坚硬后青涩又夹着甘甜的柔软香味倏然就撑满了整个荒凉内心。

浣碧悠悠笑道："王爷记性真好，又如此重视娘子，把娘子看得和太妃一样呢。"

浣碧说者无心，我心中一沉，脸上已经转换了淡漠的神情："王爷博闻广记，记性自然是好的，至于……"

玄清淡淡接口道："至于我去川蜀一事想要告知娘子，正是因为娘子的双亲皆在江州。"他从怀中取出一封书信，"回来时转道去了江州，虽然耽搁了两天行程，总算不负此行。这信娘子请看吧。"

我的手在伸出去时有一瞬间的颤抖，浅黄色信封上别着一朵小小的粉色荷花。往往书信里放一片荷花的花瓣，是表示远方人的思念与牵挂，更是家人密友间表示平安的花朵。他却别出心裁别在了信封上。他用清越的声音对我说："这是甄大人给娘子的家书。"

爹爹熟悉的字迹依旧，工工整整写着："我与你娘俱好，安心即可。闻得儿与浣碧同在甘露寺修身，亦好。大局已定，莫做徒劳功夫。只不知珩儿如何，牵念不已。各自天涯，各自珍重，切莫过于挂怀。"

千言万语，爹爹的眷眷之心，只凝成了这几句。

玄清道："信上你可看出，甄大人笔力犹健，可见身子没有大碍。我去之时，听闻大人在江州刺史一任上颇得爱戴。大人自己亦道，远离朝廷，纷争既淡，过得亦舒心些。"

我心下痛惜，含泪道："江州是凄苦贫寒之地，爹爹与娘年事已高，叫我如何忍得？"语罢，声更呜咽。

他轻轻拍着我的背，让我抵在他的肩头依靠，轻声安慰道："江州虽苦，人却可以得一夕自在。今番与甄大人一聚，听他言语之间颇有随遇而安的欣慰之意。甄大人言语之中亦十分心疼娘子，比起后宫明争暗斗，甄大人更希望娘子能过得平和安静。身为父母，只盼儿女能平安，就是毕生最大的愿望了。"

我啜泣道："只是不晓得哥哥怎样了？"

他轻声道："听岭南的将领说起，你哥哥日夕辛苦劳作，修筑城墙，精神尚好。只是……"他停一停，"你嫂嫂与侄儿过世之事，还瞒着他。"

我悚然一惊，倏地抬头："这个自然。哥哥能安心留在边地，精神尚好，只为以为妻儿都安好健在。你不晓得我哥哥有多看重嫂嫂和致宁，若被他知道……"我自己也不敢想下去，捂着嘴不敢再说。

他道："昔日与珩兄同为平定汝南王一事殚精竭虑，亦算知交一场，能出力处我一定尽力。"

我骤然发觉，方才伏在他肩头软弱哭泣实是太亲昵亦太失礼了，忙稳稳退开两步，拭去泪痕，以素日的矜持筑起壁垒，如常含笑道："方才失礼，还请王爷不要见怪。"我小心把家书折好，贴身放在怀中，"王爷送来的这封家书，实在比什么都要紧。"我深深欠身，"多谢王爷了。"

玄清示意浣碧扶住我，道："清与娘子知交一场，娘子还要说这样见外的话么？"他想一想，"方才母妃说起浣碧的婚事，我倒有一个人选，不知娘子意下如何？"他含笑，把目光落在阿晋身上。

我吃惊道："阿晋？"

浣碧脸上腾地红云滚滚，阿晋也吃了一惊，两人抬头异口同声道："什么？"

其实阿晋也算是个清俊少年了，玄清道："阿晋自小和我一起长大，人品我自然是能担保的。而且浣碧与他也算熟识，算不得盲婚盲嫁。"

玄清笑向阿晋道："阿晋，你可愿意娶浣碧姑娘么？"

阿晋一张脸涨得通红，只绞着手里的马缰，低声道："啊？王爷说什么就是什么。"

浣碧忽然挣脱我的手，整一整衣衫，屈膝道："王爷不必问阿晋了，即便阿晋愿意，我也是不愿意的。小姐是我的长姐，我是她的妹妹，不能眼睁睁看着她一人受苦，自己却贪福嫁人去了。"她说得冷静，亦字字恳切。

　　玄清温和道："你若嫁给阿晋为妻，常居在清凉台，与娘子也是可以常常见面的。若不方便，接娘子去清凉台小住也可。"

　　浣碧的声音在瞬间变得尖厉："那么王爷的意思，究竟是要我嫁给阿晋呢，还是借我和阿晋婚后让小姐小住清凉台？究竟是方便我们姐妹相见呢，还是方便王爷与小姐相见？"

　　浣碧的尖锐让我羞愧而无地自容。我喝止她："浣碧！"

　　玄清蹙眉道："浣碧，你是在帮你家小姐，还是伤她的心呢？"他唇色微微发白，看着我："嬛儿……"

　　我在巨大的震动中怔怔立住，他从没有这样称呼过我。嬛儿——以我旧日的闺名来称呼我。很久，已经很久很久，没有人这样叫我的名字了，即便玄凌，亦是称呼我"嬛嬛"的。这一瞬，我的心情且悲且喜，恍惚中，竟有一种与往事重逢的感觉。

　　然而，那种感觉只是如闪电般的一瞬，我便恢复了惯常的冷漠与矜持："六王，我的法号是莫愁。"

　　他的神色有刹那的失落和深重的哀伤。

　　浣碧看我的眼神颇有歉疚之色，她定一定神道："若我有一天要嫁人，我自己会告诉小姐，不用旁人为我费心安排。我若喜欢一个人，哪怕是嫁与他做妾也是心甘情愿的。可是如今，我只想安安心心陪着小姐。"浣碧说完，像是了却了一件极大的心事，一张俏生生的粉脸紫涨如血，跺一跺脚发足奔得远去了。

　　阿晋讪讪道："我到底是配不上浣碧姑娘的。"

　　我好言道："浣碧的心气一向高，如今与我经历家变，难免什么事都看得淡了。王爷见谅。"

　　我欠一欠身，也不及告辞，追了上去。

　　回到屋中时，槿汐悄悄上来道："可是出了什么事了？浣碧姑娘一回来就哭呢。"

　　我进去一看，浣碧果然蒙着头躲在被子里嘤嘤哭泣。我心中一阵凉复一阵，一时也无法劝她，只得先把那朵小小的新荷插在了瓶中。

次日起来时，发现瓶中供着的荷花一夜之间只剩了一根姿态完美、略微泛黄的茎秆，浅粉色的花瓣零落散在瓷瓶周围，似一双双飞不起来的蝴蝶，沉静地躺着。

我微微叹息，亦是伤感不已："好好的花，一夜便落了。"

"新开的第一朵花，总是开不长久的。"浣碧的声音响在耳后。

"浣碧，你还难过么？"

她的唇角淡淡一扬："在王爷眼里，我是舒贵太妃故交的女儿，为我安排婚事，嫁给他熟悉的人，有什么不对？"可是她眼中的寥落那么分明而清晰，"在王爷眼里我就是跟在小姐身边的一个小丫鬟，所以，能嫁的，自然是他的亲信随从，更是半点儿错也没有。"

我叹一口气，道："浣碧，你一向聪明，可是不能钻了牛角尖。王爷知道我与你如姐妹一般，又是太妃故交的女儿，才让你嫁与他所信任和放心的人。"我为她撩开鬓边碎发，"何况，你与阿晋一向谈得来，难免王爷错了主意。"

浣碧起先只是静静听着，听到最后一句，倏然抬头盯着我道："可是……"她的笑意渐渐深了下去，"王爷与小姐也是一向谈得来的。"

她咬重了"一向"两个字，我矍然一惊："我也只是与王爷谈得来而已。所以，你就疑心王爷是要借你的婚事接近我了，是么？"

浣碧咬着唇低头不语，片刻，道："我总觉得王爷是对小姐太好了，还千里迢迢为小姐取来了家书。"浣碧迟疑片刻，"王爷是皇上的弟弟啊。我晓得昨日许多话，小姐听了会刺心。可是即便小姐没有对王爷的心思，王爷也没有对小姐的心思么？有些事还是早早留心着就好。咱们……咱们经不起了，是不是？"

是。我是多么害怕。

我默然良久，仿佛是屋里点着的檀香，渐渐迷蒙了我的眼睛，我道："浣碧，你放心就是。没有那样的事，王爷待我是知己，我亦待他是知己。

自然，我亦是晓得分寸的。"

浣碧点一点头，依在我怀里，嘤嘤道："小姐，我从小没有娘，都是你照顾我。如今，也是我们姐妹相依为命了。"

我抚着她的头发，柔声道："我晓得的，我晓得。"

我与玄清的疏落，由此而起，心中到底存下了芥蒂。他是何等样聪明的人，晓得我的避忌，亦少有来往了。有时候顺着风声，在寂静的午后，能听到阿奴嘹亮而欢快的歌声，依旧唱着那一首：

> 小妹子待情郎呀——恩情深，
> 你莫负了妹子——一段情，
> 你见了她面时——要待她好，
> 你不见她面时——天天要十七八遍挂在心！

歌声穿过一层一层殿宇，栖落在甘露寺的每一片琉璃瓦上，静白厌恶地撇一撇嘴："淫词浪曲，亵渎佛祖啊。"

住持却道："有心去听，自然是听得见的。听而不闻即可。"

我叹息，即便我无心，这歌声亦是落进我耳中了。

我也不作他想，玄清的关怀还是如常而至，只是，如今是经了槿汐转告了。有时让她把胧月的画像带来，有时，则问槿汐我好不好。

夏天很快过去，又快要到秋天了。

贰拾　出其东门

那一日中秋，到了晚饭时分，寺中众尼都去山上赏月了，唯留了我与槿汐、浣碧还在自己院中。

闻得外头一点马铃响，我便道："这个时候不知是谁来了，我去瞧一瞧吧。"

开门出去，却见阿晋捧了一篮瓜果、月饼跳下马来，笑呵呵道："就知道这个时候甘露寺的姑子们都赏月去了。王爷本想亲自过来的，可是宫里设宴，实实是走不开，不能来了。"他把篮子递到旁边浣碧手中，"这些瓜果是娘子素日爱吃的，王爷特地叫我挑了好的来给娘子，赏月总要吃点儿什么的。"

浣碧接过谢了，我打趣道："阿晋，以为你不敢来见咱们了呢，现在倒巴巴儿地跑来了。"

浣碧羞道："小姐就爱拿我取笑。"

阿晋挠一挠头，不好意思道："上回的事已经说清了，我只把浣碧当妹妹的。"

我微笑着叫槿汐道："咱们不是有月饼么，拿几个给阿晋吃，也算一同过节了。"

阿晋笑着说："我们王爷也这样说，一起吃个月饼，有人惦记着，这才叫过中秋了。"说完，却幽幽叹了一口气，"咱们王爷自己不痛快，却还想着要博娘子一笑。"

浣碧笑道："这可是笑话了，王爷是天潢贵胄，即便有谁得罪了，一顿棍棒也就打发了，有什么不痛快的。"

阿晋正色道："这话可错了，一则，我们王爷不是这样的人；二则，王爷烦心的事是太后的意思。太后说王爷年纪不小，已经为他相好了一位小姐做咱们王妃。太后自己满意得很，说是不日就要安排着叫王爷见一见呢。"

我不由自主就去瞧浣碧，浣碧也是大大地意外，失声道："是当真么？"

阿晋愁道："当然是当真了，要不然王爷怎么会不痛快，近两年太后催得紧，说哪有王爷这个年纪还不纳妃的，连个妾侍都没有，不成皇家的体统。所以这回定的是沛国公家的小姐，芳名叫什么孟静娴的，听说十分贤淑温柔，很得太后夸赞呢。"

我的心上突然泛起一阵说不出的凉意，仿佛冬日里谁的手在冰水里浣过，又捂到了我的心口上来取暖。明知道这种凉意是莫名的而且是不该有的，忙掩饰着和静微笑道："王爷要纳妃是好事，况且太后的眼光自然是十分不错的，咱们先贺喜王爷就是了。"

阿晋听我这样说，"嘿"了一声，语中已带了几分不悦，道："我们王爷正为这事满肚子的不乐意呢。我原以为王爷待娘子是知己，娘子也必定十分懂得王爷的心思，却不想娘子说出贺喜王爷这番话来，阿晋不爱听，先告辞一步。"说着气呼呼跃上马去，一扬鞭自顾自走了。

风声寂寂停下，四周皆是无声的寂静。浣碧扶着我的手臂道："夜有些凉了，咱们进去吧。"

我听她声音中颇有黯然之意，不似往常一般，回头看一看她，果然神情落寞。我无声地叹息一句，轻轻道："浣碧，你是怪我方才说这样的话么？"

浣碧摇一摇头，片刻又点一点头，道："小姐是真心要贺喜王爷的么？阿晋不晓得，却瞒不过奴婢的。"浣碧的指尖微凉如叶尖的一抹露水，"这是喜事，可是谁也不会欢喜。"她微微低头，"阿晋不是说，王爷也不乐意么？"

"乐意不乐意，王爷的年纪到了，又是太后的意思，难道真能违抗么？"

我别过头去，慢慢点上一支檀香，烟火的气息和着檀香温暖平和的香气让我的心稍微踏实一点，却也更觉得凄微了。

浣碧倚在门上，看着我的动作，幽幽道："王爷若有了家室，必定没那么自在，也再不会像现在这样偶尔能见一次了。"

我嗅着檀香的气息，良久方道："你很盼望常常见到六王么？"

那是中秋节后的一天，十五的月亮十六圆，群尼都去晚课的时分，玄清踏着满地月色而来，长身立在门前。

我微微一惊，很快起身道："你从不来这里的，今日怎么来了？"

他的神情闲闲的，恍若无事一般，只走近我微微笑道："在做什么呢？"

我搁下手中的毛笔，淡淡笑道："还能做什么呢，左不过是为太后抄录佛经罢了。"

他翻阅我抄录好的经文，徐徐道："你的字又有进益了。只是……"他指着字看着我道，"你是否心绪不宁，这几个字写得有些浮了。"

我只作不经意道："王爷细心，这些我都瞒不过你去。"见浣碧捧了茶进来，我方才微微笑道，"多谢你昨日托阿晋送来的瓜果月饼，一时高兴所以才把字写得浮躁了。"

玄清眸中一亮，唇齿间已蕴上了温暖的笑意。

浣碧泡的茶水是杭白菊泡的，微黄的花朵一朵朵在滚水里绽放开来，明媚鲜活，绽出原本洁白的色泽来，连茶水都青青的。轻轻一低头，便闻得到那股清逸香气。

我晓得浣碧的用心所在，昨日阿晋的那番话说出来，我自然是不高兴了。而阿晋一向心直口快，回去必定会把我的话一五一十告诉玄清，那么玄清必定更不高兴了。所以她并不选别的茶来泡，只冲了白菊，这样平心静气的茶水。

玄清说："过了中秋就要入冬，只怕时气越发不好。昨日有边使入川，我便请温太医找了几方祛湿松骨的膏药，一并送去给甄大人了。"

我心下安慰，更是感念他的细心体贴："多谢王爷费心了。"

他朗声笑道："费心的是温太医，一听说我要的膏药是给川北甄远道大人的，赶紧着选了最好的药材研制了新膏药送到我府上，我不过是顺水人情罢了。"

心内低低地叹息了一声，也是感慰，宫里幸好还有个温实初。我道："温太医与我家本是世代相交的故友，如今肯这样帮忙也是难得的了。这世间，本就是锦上添花的多，雪中送炭的少，也难为温实初的一片心意了。"

玄清总是这样，在无声无息处，无声无息地给我以感动，并不是惊涛骇浪一般澎湃的幸福的冲击，而是"随风潜入夜，润物细无声"地一点一滴地浸润，叫我并不会不自觉地去抵抗。

忽地想起浣碧昨夜所说的那句话——"王爷若有了家室，必定没那么自在，也再不会像现在这样偶尔能见一次了。"

想偶尔见一次也不能了，他不能，我也不能。

想到此，心里也不觉微微黯然，神色也寂寥了下来。

他的婚事，他若不说，我是半个字也不会向他提起的。只作不知罢了，我能说什么呢？

良久，茶亦凉透了。他终于道："昨天，阿晋惹你生气了？"

我摇头，淡淡而疏离的微笑一直保持在唇角："没有。我只是为王爷高兴。沛国公孟府的小姐，自然是好的，何况太后又喜欢。"我含了一口茶水在口中，茶水亦是冰凉地涸在舌尖喉头，冷静道，"沛国公家世显赫，已经荣耀了百年，虽然现在手中早没有了实权，但家教甚好，教出来的女儿家必定是大家闺秀，风华出众。静娴……一听就知道是温柔大方的好女儿家的名字，先恭喜王爷了。"

我不知道自己为什么会滔滔不绝地说那么多话，仿佛身不由己一般，说得越多，心里那种凄凉的感觉越浓重，像雾气一般一重一重地袭了上来。

玄清的神色随着我的话语一分一分地黯淡下去。

他望着我道："你是真心恭喜我么？"

有那么一瞬间，我很想别过头去，非常想。可是终于按捺住了，笑到最柔和的状态："当然是真心恭贺。"

他的笑容越发冰凉，虽然是笑着的，可是一点愉悦的情绪也无，让人看一眼，只觉得心里骤然被秋风苍茫地吹过，只余斜阳脉脉。

他的声音依旧平和："无论你是否口不应心，我只告诉你，我并不喜欢孟静娴。"他缓缓站起身来，负手站在窗前，"有句话，正好能拿来表达我此刻的心思。出其东门，有女如云。虽则如云，匪我思存。①孟静娴即便如何好到极处，偏偏不是我所中意的。"

有女如云，匪我思存。他竟拿这句话来表明他的心迹。

我无话可说，只低低叹息了一句，道："可是太后十分中意孟家小姐，王爷也的确是该成婚的年纪了，难道要一直这样拖下去么？"

他的目光灼灼如火，明亮如赤焰："太后不知道，你却是知道的，缟

---

① 出自《诗经·郑风·出其东门》。全诗为："出其东门，有女如云。虽则如云，匪我思存。缟衣綦巾，聊乐我员。 出其闉阇，有女如荼。虽则如荼，匪我思且。缟衣茹藘，聊可与娱。"意思为：漫步城东门，美女多若天上云。虽然多若云，非我所思人。唯此素衣绿头巾，才讨我欢喜。漫步城门外，美女多若茅花白。虽若茅花白，亦非我所怀。唯此素衣红佩巾，可娱可相爱。此诗是男子表示自己爱有所专。

衣綦巾，才是聊乐我员。"

心头剧烈地一震，他那样直接地说出来了，不迂回，也不婉转。那一瞬间，我忽然不想逃避了，纵然明白他的心意，纵然明白，那又如何呢？于是道："王爷即便不中意孟家小姐，太后也会为你挑选其他匹配的婚事，王爷拒绝得了孟小姐，也能拒绝以后的每一位么？"我清一清有些含糊的嗓子，"王爷方才说'缟衣綦巾，聊乐我员'，可是缟衣綦巾之人对王爷，未必是王爷对她的心思，王爷又是何苦呢？"

有秋叶翩然飞舞如蝶，那样金黄的颜色，竟是天凉好个秋的季节了。他站在无数落叶之前，缓缓道："母后再坚持，终究也拗不过我自己的心意。我不是君主，婚姻之事不会关联国运，母后也是不会太勉强我的。"他望着我，目光中的灼热没有一分退却，却如涨潮的水，水涨船高，"至于缟衣綦巾之人是否心意与我相同，我只坚持自己的心意等待她就是了。因为清相信，精诚所至，总有金石为开的一天。"

这是他第一次，这样坦白地对我说出他的心意。

我倒抽一口凉气，回过呼吸来竟有一点一点蔓延的暖意。几乎有一刹那的动摇，终于还是没有再想下去。索性不愿再理他，只说："精诚所至，或许会有金石为开的一天。只是妾心若如古井，誓不愿意再起波澜，再多精诚，也是未必有用的，何必白白用心呢。"

他却以坦然的笑迎接我的冷淡，道："是否金石为开，清只管倾尽精诚就是。"他看向我，只道，"清只希望，娘子再不要说'恭喜'二字，清实在害怕至极。"

我哀哀叹一口气，浅笑道："好。我再不随便说就是。只是真有那一日，你也不让我真心恭贺一下么？"他的眉头蹙了起来，我忙道，"好了好了，我不说就是。"

他的笑意终于温暖起来，道："你可知道，昨晚阿晋告诉我你恭喜我的事，我真真是要被你气疯了，恨不得立刻从家宴上跑出来和你好好理论。"

我啐了一口，淡淡道："我本是好心，你何必找我理论呢？"我微笑出来，"清河王一向自负从容悠闲，谦谦君子，从不晓得你也会有这样气急败坏的时候。"

"也就你这样气我罢了。"他悠然叹息着苦笑，"也就你能这样气到我。"

我低低笑了一声，再也不言语了。

自中秋那一次以后，我再不许玄清到甘露寺来。毕竟，佛门姑子与天潢贵胄，天子废妃与俊逸少年，无论怎么看，都是不适合的。

于是，往往只是槿汐去见他。

槿汐这次回来，却是包了小小一盅冰糖炖雪梨，她道："奴婢上回偶然和王爷提了提娘子的咳嗽，王爷这回就拿了冰糖雪梨来，让娘子润肺的。"

我正低头抄录佛经，听了只道："搁在一边吧，我抄完再吃。"

槿汐站在一旁看我写了一会儿，道："芳若有两个月没来了呢。听说胡德仪刚生下了和睦帝姬，又从昌嫔晋了德仪，芳若常常带着帝姬去太后那里，自然忙碌些。"

我点头："芳若若不常来了，也就是说宫里有些人对我们也松懈了。何况，胡德仪正在得宠的时候，多少人的心思和眼睛都在她身上呢。"

"只是……"槿汐迟疑着道，"听说是胡德仪再不能生了。前两日温太医送些止咳的药来，娘子出去了。温大人说，胡德仪因为生育和睦帝姬伤了身子，再要有孕就难了。"

我心思一转："那胡德仪自己知不知道？"

"恐怕不知道。不过，生孩子么，总是有风险的。"她停一停，"胡德仪是晋康翁主的女儿，她的孩子不会生不出来，可是这一着儿永绝后患，却是绝狠的。"

我咳嗽两声，脸颊泛起妖异的潮红。槿汐也不再多言，只是舀了冰糖雪梨，一勺一勺给我喝下。

天气渐冷，我的咳嗽日复一日地严重起来，原本只是夜里咳嗽着不能安眠，又盗汗得厉害，常常整日喘息得心肺哆嗦，脸色潮红，伏在桌上连字也不能好好写。

浣碧与槿汐急得了不得。浣碧亲自去了趟温实初的府邸，回来垂头丧气道："说是宫里头的胡德仪产后失调，留了温大人在太医院里，好多日子没回府了呢。"

槿汐愁道："可怎么好呢，冰糖雪梨吃了那么多下去，怎么一点也不见好。"此时槿汐手里端着一碗燕窝，好声好气道："王爷那边悄悄送来的燕窝，最滋润不过的，且喝了吧。"

我摆手道："哪里那么娇气了，不过咳几声罢了。"

浣碧急得脸色发白，道："小姐这半个多月来竟咳得一夜也没睡好过，静白竟还打发小姐去溪边洗那么多衣裳，我看就是劳累过度了。"

槿汐拉一拉浣碧的袖子，低声道："姑娘少说两句吧，为了娘子咳嗽得厉害，多少闲话难听呢，竟说娘子得了肺痨了。"

正说话间，门"砰"的一声被推开了，闯进一群姑子，为首的正是静白。她一脸不耐烦地嚷嚷道："咱们甘露寺里不能住得了肺痨的人，还有香客敢来么？百年古刹的名声可不能断送在这种不祥人的手里。"

浣碧气得嘴唇发白，道："谁说我们小姐得的是肺痨？哪个大夫来看过？这样胡说，不怕天打雷劈么？"

静白一把扯开浣碧："就算不是肺痨，这样日咳夜咳，咳得旁人还要不要住了。看着就晦气！"

我少不得忍气吞声："对不住，我身子不好，牵累大家了。"

一个小姑子抻着脖子尖声道："要知道牵累了旁人，就赶紧走，这样死赖活赖着招人讨厌。"

静白眼珠子一转，见桌上正放着一碗燕窝，立时喉咙粗起来，叉着腰尖声得意道："你们瞧！她可是个贼，现成的赃赃就在这里呢！"

这样红口白舌地诬赖，我有微微作色："说话要有凭有据，我何曾偷你什么东西。"

静白颇有得色，指着桌上的燕窝严厉了口气道："甘露寺里只有我和住持师太才吃燕窝，你这燕窝是哪里来的？"

我微微变色，示意槿汐和浣碧不要开口，这燕窝的来历如何能说呢？

静白身边的几个小姑子附和着道："就是就是，必定是她嫌师父苛待了她，所以心生报复偷了燕窝吃。"

我冷道："出家人不打诳语，既然燕窝总在静白师父房里，又是日日吃的东西，若少了早早就该发现去找，怎么眼瞧着到了我这里才说起有贼这回事来？"

静白一怔，大手一挥道："没有那么多废话和你说。你若有本事，只说这碗燕窝是从哪里来的就是，若说不出来，就是偷了我的！"

浣碧急道："怎么就许你有燕窝，不许旁人有燕窝了！"

静白"嘿"一声笑道："旁人或许还有家里人送些东西来！可莫愁是什么人，她是宫里头被赶出来的不祥人，无亲无故，她怎么会有那么贵重的燕窝？贼就是贼，抵赖也不中用！"说着一迭声道，"去请住持！"

我何曾受过这样的污蔑，不由得气得发怔，胸口翻江倒海般折腾着，室闷得难受。

住持很快就到了。

她怜悯地看着我，道："如何病成了这个样子？"

我胸口沉沉地闷着，呼吸艰难。静白道："住持，人赃并获，莫愁是偷了燕窝的贼了。咱们甘露寺百年的名声，怎么能容一个贼子住在这里败坏！"

我双拳紧握，忍住泪意缓缓道："住持，我并没有偷。"

住持轻轻叹了一声，道："方才说肺痨是怎么回事？"

我摇头："我并没有得肺痨，也没有大夫来看过说是肺痨，只是咳嗽得厉害。"

众人附和着道："你瞧她这样瘦，一咳起来脸又红成这样子，多半是治不好的肺痨，断断不能和她住一块儿了。"

住持环视众人，神色悲悯而无奈，看向我道："眼下……你身子这样不好，大家又断断不肯再和你共处，不如还是先搬出去吧。"

我道："住持知道我已经无亲无故，现下一时三刻能搬到哪里去呢？"

浣碧悲愤道："住持也不能主持公道么？只能听着一群姑子乱嚷嚷，未免也太耳根子软了。"

浣碧话音未落，静白已经一步上前，劈面一个耳光，喝道："住持也是你能指责的么？"

浣碧又羞又气，捂着脸死命忍着哭，牢牢抓着我的手。浣碧的手微微发抖，她与我，都不曾受过这般屈辱。

槿汐上前道："住持可否听奴婢一句，娘子的病是否肺痨还不知晓，只是娘子现在这样病着……"她瞧一瞧天色，"外头又像是要下雪的样子，一时间要往哪里搬呢？不知住持可否通融几日呢？"

槿汐一说完，以静白为首的姑子们一径嚷嚷了起来，最后汇成一句："若莫愁住甘露寺里，咱们都不住了。"

我见住持头如斗大，左右为难，一时激愤，盈盈向住持行了一礼，道："既然甘露寺容不下我，我也不该叫住持为难。只一样，我并不是贼，这燕窝也不是偷来的。"我回头向浣碧与槿汐道："既然甘露寺容不得咱们，咱们走就是了。"

浣碧含泪答应了一声，正要和槿汐收拾衣裳，静白跨上前，促狭道："既是贼，那这些箱笼咱们都要一一检查过，万一被你们夹带了什么出去……"

住持道："静白，莫要再说了！"

静白未免不甘心，翻了翻白眼，终究没有再动手。

我又气又急，胸中气血激荡，眼前一阵阵发黑，脚步发软，只得斜坐着看浣碧和槿汐收拾。

斜刺里忽然冲进一个人来，正是莫言。她冷冷环视众人，道："这种地方不住也罢。我送你出去！"说着手脚利索地帮浣碧和槿汐一起收拾起来。

住持微微叹息："甘露寺在凌云峰那里还有两间禅房，你先去住着安心养病吧。一切等身子好了再说。"

我强忍着不适，微微点头。

东西收拾完，莫言看我道："你脸色这样差，怎么走去凌云峰？外头的样子又像要下雪，我背你去吧。"说着一把把我背起来便向外走。

山中阴阴欲雪，风刮在脸颊上像刀割一样疼。好在凌云峰与甘露寺相近，不过半个时辰就到了。

浣碧"哎呀"一声，抱怨道："这可怎么住呢？"

三间小小的禅房，一明一暗两间卧房并一个吃饭的小厅，前面还有一个小院子。只是仿佛很久没人住了，破败而肮脏。

槿汐打量了几眼，道："收拾着还能住的，也总比甘露寺清静。"

于是一起动手，莫言又帮忙糊了窗子整了屋顶，总算赶在落雪前住了下来。莫言道："下了雪保不准要封山，我也不能常常出甘露寺来看你，你好自保重吧。"她想一想又道，"你别怪住持，她有她的难处。"

我点头："多谢你。我都明白，并不怪住持。"

雪在傍晚时分纷纷扬扬地落了下来，本是下着雪珠子，沙沙地喧闹着打着窗子，浣碧和槿汐趁着落雪前拾了些干柴火来烧着。

屋子里虽然收拾干净了，可依旧是冷，小小的火盆的热量几乎无法烤暖身子。浣碧和槿汐就着火盆坐着，能盖的衣裳被子全盖在了我身上。我的身子依旧微微发抖着，明明觉得冷，身体的底处像有一块寒冷的冰，身子却滚烫滚烫，燥热难当。我模糊地半睁着眼睛，薄薄的窗纸外落着鹅毛样的大雪，漫天席地地卷着，卷得这世界都要茫茫地乱了。浣碧和槿汐的手冰冷地轮流敷上我的额头，我沉沉地迷糊着。恍惚中，仿佛是浣碧在哭，脑子里嗡嗡的，好似万马奔腾一般混乱着发疼。

热得这样难受，像夏日正午的时候在太阳下烤，像在灶膛边烧着火，体内有无数个滚热的小火球滚来又滚去，像萤火虫一般在身体里飞舞着，舞得我焦渴不已，用力地撕扯着盖在身上的衣服被子。

迷迷糊糊的，像是抱上了一块极舒服的大冰块，丝丝地清凉着，安慰我身体里的焦热和痛楚。那冰热得融化了，过了须臾又凉凉地抱上来。那种凉意，像夏天最热的时候，喝上一碗凉凉的冰镇梅子汤，那种酸凉，连着五脏六腑每一个毛孔都是舒坦的。

我翻一翻身，昏昏沉沉地失去了知觉，大病一场。

真正清醒过来那会儿，天已经要亮了，口中只觉得焦渴不已，摸索着要去拿水喝。眼中酸酸地迷蒙着，周遭的一切在眼里都是白蒙蒙的毛影子晃悠悠，好久才看得清了，却不晓得在哪里。只见窗帷密密垂着，重重帷幕遮着，几乎透不进光来。只在窗帷叠合的一线间，缝隙里露出青蓝的一线晨光。只那么一线，整个内室都被染上了一层青蓝的如瓷器一般的浅浅光泽。四下里是静悄悄的沉寂，燃了一夜的蜡烛已经残了，深红的烛泪一滴滴凝在那里，似久别女子的红泪阑干，欲落不落在那里，累垂不止。眼神定一定，竟见是玄清横躺在窗前纱帷外的一张横榻上，身上斜搭着一条虎皮毯子。他睡得似乎极不安稳，犹自蹙着眉峰，如孩子一般，让人不自觉想去伸手抚平它。

晨光熹微透进，和着温暖昏黄的烛光透过乳白色半透明的纱帷落在他脸上。他原本梳得光滑的发髻有些散了，束发的金冠也松松卸在一边。偶一点风动，细碎的头发被风吹到额上，有圆润的弧度。从前只觉得他温润如玉，总是叫人觉得温暖踏实，却也不在意他相貌如何。如今安静看着，却觉他双目轻瞑，微微苍白的嘴唇紧紧抿着，人似巍峨玉山横倒，就连这睡中的倦怠神情都无可指摘之处。他本就气度高华，恬淡洒脱，此刻却有着一种平时没有的刚毅英气。我低低叹息了一声，他又怎会只是寄情诗书、抚琴弄箫的闲散宗室、玩世不恭之徒。当日一箭贯穿海东青双眼，立马汝南王府的英雄少年，亦是他不轻易示人的另一面啊！若不是因为他是舒贵太妃的儿子，若不是因为他是先帝曾经属意的太子人选，他此刻的人生，便会是另一番样子了，恐怕一生功业显赫，不会下于最鼎盛辉煌时的汝南王。

我凝视于他，怔怔地出了一会儿神，见他身子一动，身上的虎皮毯子几乎要滑落到地上来了。房中虽暖，但少了遮盖，亦是要得风寒的。

我心下一动，蹑手蹑脚起来。不想长久不起床的人，病又未好，脚下竟是这样虚浮无力。好不容易挣扎着站起来，刚要走一步，眼中金星乱晃，脚下一软倒了下去。

触地处却是软绵绵的，有个人"哎哟"唤了一声。我吓了一大跳，却见浣碧蜷缩坐在床边打盹儿，我却是跌在了她身上。浣碧迷蒙着眼睛，见是我，惊喜着低呼道："小姐醒了？"

不过一句话的工夫，玄清已经陡然惊醒。他一把抛开毯子跳了过来，稳稳扶住我，大喜道："你好些了？"

他怀抱里的气息这样冲到我周遭，熟悉地将我牢牢裹住。我病中站立不稳，只得依在他臂中，不由得又羞又窘。一抬头正见他眼底血丝密布如蛛网，神色关切至极，心中微微一颤，口中柔声道："好了。"

我迷茫环顾四周，问道："这是在哪里？"

玄清道："是我的清凉台。你病得这样重，我便把你接来了清凉台看顾。"

我轻轻"嗯"一声，不由得嗔道："方才睡觉也不好好睡，被褥要掉下来了也不知道。"

他握住我的手臂，喜色情不自禁地流露出来："你瞧见我睡着的样子啦？"

我"嗯"一声，惊奇道："这有什么好高兴的？"

他喜不自胜，在我耳边极低声道："你是瞧见我的褥子要掉下来了才起身的是不是？"

我脸上灼热不知该说什么好，只好不去理会他，只问浣碧："温大人呢？"

浣碧"哎呀"一声："我是欢喜糊涂了，方才温大人守着的，我瞧他困极了，便请他去客房休息。我这便去请温大人过来给小姐看看。"

浣碧欢喜出去了。我挣开他的怀抱，低着头依床坐下，只不理玄清。他转到我面前，挠一挠头低声笑道："方才的话就当我胡说吧。我只是觉着，我睡着的时候倒比平时耐看些。"

他这样说话的神气是很有几分孩子气的。我再忍不住，"扑哧"笑出了声。

如此，温实初来看过一晌，也是欣喜不已，道我好了许多了，接下来便是安心静养就好。

我轻声道："实初哥哥怎么也来了？"

他忧色重重，道："那日我刚为胡德仪看顾好了身体出宫，才回府就听说清凉台来了人要召我去瞧病，我一赶过来却是你。当时可把我吓坏了，你发着高烧，人都说胡话了，又一直昏迷着。"

我发愁道："我究竟是什么病呢？"

温实初叹气道："你是当初产后失于调养落下的病根子，平日里又操劳太过，如今天气一冷旧病复发，加之日夕思虑过重，才得了这病。现下已经好多了，只好好调养着吧，培元固本才是根本。"

我道："既然实初哥哥也说我好多了，不知什么时候可以回去？"

才说这一句，玄清便道："这样着急回去做什么，身子还没好全呢。要安心静养，清凉台少有外人到访，是最好的所在了。"

温实初微微沉吟，看了我与玄清一眼，道："其实清凉台也未必好……"

玄清正要说话，却是浣碧软软道："若是清凉台不好，还有更好的所在么？总不成住到温大人府上去，虽说离大夫是近了，可是太不成个体统了，又容易被人察觉。而且小姐现在的身子，是能腾挪奔波的么？"

温实初语塞，半晌只能道："我并没有那个意思……"

浣碧笑吟吟打断道："温大人的意思是什么自己晓得就好了，不必说与我们听。王爷是无心听，我是没空儿听，小姐是没精神听，所以还是不必说的好。"

我心中暗笑，温实初未必没有存了要我去他那里住的心思，然而浣碧这样一言两语，便把他的心思都拔了个一干二净。我暗暗称赞，果然是与我一同长大、姐妹连心的浣碧。

我左右不见槿汐，问道："槿汐可去哪里了？"

浣碧道："我陪小姐上了清凉台，槿汐在那边屋子看家，有什么事互相照应着。"

我点头道："也好，若槿汐也跟来就不好了。"

玄清微笑的目光温和扫过浣碧，笑容满面道："当时急着送娘子到清凉台，随意找了个宽敞地方就安置了。如今既好一些，这屋子也不是长久能住的好屋子。既要养病，不如去萧闲馆住最好。"

我微微颔首："住哪里都是一样的，实在不必大费周章。"

玄清微微沉思，道："也好，等你再好些再说吧。"说着双掌"啪啪"轻击两下，从外头进来两名女子。我靠在床边细细打量，却是两个妙龄女子，不过十七八岁，很有几分标致。细看去却不是普通侍女的打扮，两人皆是桃红间银白的吴棉衣裙，头上簪一对细巧的银梅花簪子并一朵茜色绢花。

玄清神色关切，娓娓道："你这样病着，浣碧一人照顾也是十分辛苦。

这两日外头煎药的事都是她们在帮忙，如今就进来和浣碧一同照顾你。"

他说到两名女子时口气温和而客气，我与浣碧对视一眼，她眼中也是疑惑不定。我晓得她一定如我一般，也在疑惑这两名女子是否是玄清的侍妾。

浣碧看懂我的眼色，忙笑道："这样怎么好呢？小姐原是我自幼便服侍的，如今我一人照料着也足够了，不必再费王爷的人手。"

玄清神色有些倦怠，道："你放心，若是不好，我也不会打发了来照顾你家小姐。这两日你目不交睫，也十分辛苦了。"

浣碧正要说话，我抬首见玄清神色不对，脸颊绯红欲染，双目欲闭未闭，似乎十分疲倦。想起方才他怀抱之中气息滚热不似寻常，想是感染风寒发烧了。

我一时急起来，也顾不上别的，忙看温实初道："王爷的情形似乎不对，你且瞧瞧。"

温实初忙上去把一把脉，再看一看玄清的舌苔，道："王爷是辛劳过度，又着了风寒，是而发热了起来。赶紧捂着被子好好睡一觉发发汗，我再开些疏散的药来吃下，也就不碍事了。"

浣碧忙忙扶住玄清的手臂，道："我叫人送王爷去歇息吧。"

玄清笑着摆一摆手道："哪里那么娇贵了，等下再去也不妨事。"

温实初"嘿"一声埋怨道："那一日王爷赶来看嬛妹妹时穿的衣裳便少，这两日又辛苦了，还是好好去睡一睡吧。"

浣碧忙应了，转头向外头唤道："阿晋，快进来扶王爷一把。"

玄清苦笑向我道："看来我少不得要去睡一睡了，你好好休息吧。"

我连连颔首，又嗔道："自己也病着了，还只顾着别人么？快去吧。"于是二人一同扶着玄清出去了。

我向温实初含笑道："我这里不要紧了，你先去瞧瞧王爷吧。"

温实初盯我一眼，似笑非笑道："你好似很关心清河王？"

我心下"咯噔"一下，道："我待你和他都是一样的，谁又不关心你了？我才好一些，你便又要来招我么？"我话说得急了些，不免咳嗽了两声。

温实初顿时面色大变："是我的不是，惹你生气了。这样一咳嗽，越发难受了。"

我缓和了道："清河王一向仗义，在宫中时就对我多有照拂，如今又是这里的东道主，拼死救了我回来的，我不过寻常问候两句而已。"我微微沉吟片刻，"何况他是宫里的人，又是他的弟弟，我怎么会……"言及此处，自己的语调也有些伤感了。

温实初满脸懊恼，道："是我不好，惹你难过了。我以后再不胡说就是了。"然而他思量一晌，小心翼翼地道，"然而我总觉得你对他比对我好些。"

我哭笑不得，只得道："如此我也便好好关心你一下，你连日照顾我辛劳得很，也早早去歇息吧。"他还要再说什么，我道，"你若再说，我以后的身子便再不要你治了。"

温实初无奈，只得悻悻告辞了。

眼见温实初离去，突然一个女孩子俏丽的声音道："这太医还真可爱，我简直忍不住要笑了。"

我回首看去，正是方才那两名女子。她们却也乖巧，见我看去便满面含笑伶俐地向我福了一福，道："给小姐请安。"说完俱是嫣然一笑。

我并不清楚她们的身份，只得生生受了她们一礼，含笑道："你们叫什么名字呢？"

一个高挑些的道："奴婢叫采蓝。"

另一个更美丽活泼些的道："奴婢叫采蘋。"

我听她们自称"奴婢"，晓得不过是得脸的侍女，或许是玄清的近身侍女。我不觉哑然失笑，问道："这名字可是王爷给你们俩取的？"

叫采蘋的侍女已经快言快语道："小姐怎么知道的？"

我斜靠在被子上，笑道："采蓝、采蘋都是《诗经》里头的名字。清河王当真是风雅之人。"

浣碧见我醒来，忙服侍我喝了水，又让采蘋和采蓝去厨房拿白粥、小菜来侍奉我吃晚饭。

我瞧浣碧与采蘋、采蓝说话的语气客套而疏离，并不像她平时的样子，不免有些疑惑。趁着二人去厨房，悄声向浣碧道："你不喜欢她们俩么？"

浣碧笑一笑，淡淡道："哪里有什么喜欢不喜欢的。只是小姐知道我性子沉静些，采蘋、采蓝都是性子活泼的人，未免有些合不来。"

我微微一笑："那有什么呢？"我语气有些伤感，"从前流朱的性子，不是和你顶合得来么？"

浣碧低着头扭一扭衣裳，只拨弄着自己的指甲道："流朱是自小一起长大的，情分就不一样了。何况采蘋与采蓝两位姑娘或许是王爷的亲近之人，我与她们走得太近了，未免有人说咱们巴结……"

我笑着叹气道："你这性子，实实是多想了。"我想一想，又问，"你方才回来时王爷好些了么？"

浣碧低头片刻，眉目间有一点浅淡如雾的忧愁，强打着精神道："小姐说笑呢，哪里这样快就好了。发着热，一回绿野堂倒头就睡着了，现下是阿晋和莫大娘照顾着呢。"

我微微蹙眉，"嗯"了一声道："你若有空儿是该去瞧瞧的，也是咱们做客的礼数。我是走不动，若走得动，也就自己去了。"

浣碧欣然领命，道："小姐说得很是，原本咱们在清凉台住着，王爷又病了，是该去多瞧瞧王爷的。"话正说完，采蘋与采蓝端了清爽可口的小菜、白粥进来，又搬了一张楠木细牙桌在床上。

我本没什么胃口，不过吃上两口就腻味了，指着桌上的一碟子云州酱菜和一碟子玫瑰腐乳向采蓝道："你家王爷感染了风寒，想必胃口不好，顶好吃些清淡落胃的东西，这两样都很好，你等下便送去给王爷吧。"

采蓝笑着接过，采蘋道："多谢小姐关心咱们王爷了。"

浣碧杏仁双眼微微一转，向我道："方才一大早送了王爷回绿野堂，如今天都晚了还没去瞧瞧王爷是什么情形了，少不得要走一趟，不如我送去就是了。"

　　室内暖如三春，我头昏得厉害，勉强点一点头，随她去了。

贰贰 再相逢

这样过了三五日，我的精神渐渐好转，玄清的病倒是越发重了，整日发着高烧。问起温实初玄清为何这样病重起来，他也只是含糊其词，说玄清着了风寒后就没有好好休养，所以身子一松下来，那病势就狠了。

这一日我吃过了药靠在床上闭目养神，瞧得浣碧在旁，便问："那么王爷是如何得的风寒？"

浣碧低一低头，迟疑着道："小姐真要知道么？"

青花缠枝香炉中稀薄香雾飘出，淡淡散在空气中，弥漫出一股清浅的佛手柑香气。这样的气味叫人神志清明。

仿佛还是在昏寐之中，有一个冰冷的身子怀抱着我，那么冷的身体，仿佛冰雪寒霜一般，叫我在燥热的昏聩中获取一丝清凉与舒适。我缓一缓神气，道："自然。"

浣碧怔怔地似乎出神，缓缓道："那一日小姐发高烧，人烫得了不得，都开始说胡话了。我与槿汐敷了多少冷毛巾也不中用。那会子温大人正好奉召进宫去为胡德仪诊治去了，我去了自然也请不来。正巧王爷带着阿晋回清凉台，在山下瞧见了我一同去了禅房，见小姐这个样子，立刻让阿晋骑马去请了清凉台的大夫来。可是那么巧偏偏下起了大雪，封住了山路，大夫也请不来。其时小姐的病症便在发热高烧不止上，没有大夫诊治，也找不到退烧的药物，于是……"她脸上红云大起，迟疑着说不下去。

她这样忸怩，我心中倒隐隐有些晓得了，不觉脸上如火烧一般。

在我昏热之中，那个浑身冰冷抱着我的人，是玄清。

浣碧扯着手中的绢子，声细如蚊："王爷只穿着中衣，卧冰雪之上，自己身子冷透了之后再抱着小姐，如此反复多次，让小姐的高热退下来。后来雪停了，王爷就抱着小姐上了清凉台。加之小姐后来一直昏睡不醒，王爷几乎目不交睫地与温大人一同照顾。这样连番辛劳，饶是身子是铁打的，也扛不住了。"浣碧见我低头默默，脸红得要滴出血来，忙急急分辩道，"小姐放心，那时候小姐是穿着衣裳的。"

我定一定心思，慢慢坐起身子来，道："浣碧，你去取我的外衣来，陪我去瞧瞧王爷。"

浣碧急道："小姐的身子还没好全呢，断断不成的。"

我咳嗽两声，摆手道："王爷于我有大恩，如今他病着，我不能不去瞧。"

浣碧见我执意要去，只得翻了件大毛的衣裳出来为我穿上，扶着我一路往绿野堂去。

我居住的地方离绿野堂的路不近，我身子虚弱，少不得走走歇歇，走了良久方到。绿野堂极有古意，阿晋看见我，耷拉着脑袋道："娘子来了，王爷还睡着呢。"

我轻轻点头，轻声道："我进去瞧瞧，等会儿就出来。"又问，"太妃来过么？"

阿晋摇头："怎么会来呢？太妃今生今世都不能出安栖观的。王爷身子不好的事还瞒着呢。"

我点头："先瞒着吧，免得太妃焦心。"

绿野堂里疏疏朗朗，只摆着几件金柚木家什，除了书还是书，墙上悬挂着各色名剑兵刃。我心中生出一点漫然的欣慰，当真是一点女人的痕迹也没有。

他兀自昏睡着，容颜有病中的憔悴支离。一身素白的寝衣，领口有素净的起伏的竹叶纹。他的眉头微微皱起，连在睡中也不是快乐的神情。

阳光浅薄如纱，隔着帘帷照着他的脸，有微微的柔和的光芒。他的檀木大床黑沉沉的，越发让人觉得一袭白衣如梦。

我轻缓走近他。病中一点含糊的记忆，仿佛很久以前，他的一滴泪落在我的脸上，那种温热的触觉；还是这一次，他用寒冷的横卧在冰雪中的身体，来冰冷我灼热的病体。冷与热的记忆在心底纠缠着融化开来，因了他的存在，在久已荒漠的心上绽出第一朵花来。

我在他床前坐下，轻轻伸出手去，按上他轻蹙的眉心，轻轻为他舒展。我总是愿意见他笑着的、诚挚的、狡黠的，温暖着我冰凉荒芜的心思。

我别过头去，窗下的长案上供着一盆文竹，叶若层层青羽翠云。我想，大约是无情的植株吧，才能这样常年青翠，不凋也不谢。

而人，并非草木啊。

我就这样静静坐着，安静无语地看着他的睡容，心底无限宁静。只觉得，这样安静，这样静静的，就很好。

他醒来，已经是一个时辰后了。

他双眼睁开的一刹那，迸发出一丝惊喜，照亮了他整张因病而黯淡的脸。他挣扎着起身，道："你来了，你可好了么？"

我含笑："已经能起身来看你，你说好了么？"

他握一握我的手："手还这样凉。"又问，"来了多久了？"

我缩回手："不过一个时辰，看你好睡，便不想叫醒你。"我问他，"清，你要喝些水么？"

他几乎不能相信，怔了一怔，喃喃道："你叫我什么？"

我缓缓站起身，泡了一杯白菊茶递到他手中，嘴角含了浅浅的笑容："清。我可以这样叫你么？"

"可以，当然可以！"他倏然坐起身，笑容漫漫洋洋泛起在他清俊舒朗的脸上，紧紧握住我的手，"嬛儿，我做梦也想不到。"

这次，我并没有缩回手，只轻轻道："世间的事，往往是想不到的。"我把茶水就到他口边，"先润一润喉吧。"

他喝了一口水，并不急着咽下去，只含在口中，静静看着我，目光中情深无限。

他低低的语气如温柔明亮的光线："你今日穿了白衣裳。"

我低头，身上正是一件雪色织锦的长衣，用淡银白色的线绣了精致的梨花。我有些赧然，浅笑道："自进了甘露寺，再没有穿过这样的衣裳了。"我低低道，"这是莫大娘拿来给我的，我只随手拿了穿，并不晓得你也穿了白色。"

他厚实的手心贴在我的手背上，连掌纹的触觉也是温暖而蜿蜒的。他说："我总是相信心有灵犀的。"

窗外有凛冽的寒风，带着沉重的寒意呼啸如龙。室内融融如春，我含笑望着他，心中亦是安宁欢喜。

良久，我正要叫人进来帮他盥洗，却听得外头步履纷乱，阿晋匆匆奔进来，道："王爷，皇上和敬妃娘娘、胡德仪来了。"

玄凌！我骤然听见这个名字，心头大震，仿佛是无数雷电一同闪耀在天际，轰然一片。玄清也微微变色，道："皇上怎么来了？"

阿晋使劲朝着我使眼色，我茫茫然站起来，道："我出去回避下吧。"

阿晋急道："外头正进来呢，出去就要撞上啦！"

玄清旋即镇定下来，道："我榻后有一架屏风，先到屏风后面避一避吧。"

我二话不说，立刻避到屏风后面，刚刚站稳，隐隐闻得珠翠之声渐沥，胭脂香风细细，一把阔朗男声道："六弟这一病，都没有人来与朕谈诗论画了。"

那声音，还是熟悉，这样骤然而无防备地听见，几乎冰冷了我的身体。那样冷，仿佛还是在棠梨宫中与他的最后一次相见，那种如刀锋一样的冰冷和决绝，在瞬间攫住了我所有的意识。我紧紧扶着屏风，只觉得酸楚而头痛。

却是阿晋扶着玄清行礼的声音："皇上万岁金安。"

玄凌一把按住他，笑道："既病着，还拘什么礼数。"

敬妃的声音是熟悉的，与玄清见礼之后，却是一把极娇俏甜美的女声："王爷安好。"

玄清咳了两声，笑道："皇兄今日兴致好，连胡德仪也一起出来。只是怎么想到到臣弟这里来了？"

玄凌道："难得雪化了，今儿天气又好，她们整日闷在宫里也是无趣。因听说你病了，所以出来看你。"他端详着玄清，"人倒还有病色，只是精神还好，红润得好似人逢喜事精神爽一样。"于是转头向胡德仪道："蕴蓉，你如今倒拘束了，从前见着时还叫一声'六表哥'，现下倒一声也不言语了。"

胡德仪掩口笑道："皇上取笑我不懂事么。如今臣妾是皇上的嫔妃，自然把这个放着首位，见了六王爷也要守君臣之礼呀，哪里还能只先叫表哥呢。"

敬妃笑吟吟道："胡妹妹这样懂事，皇上还说她拘束呢，真是冤枉妹妹了。"

忽而一个小小童稚的声音甜甜软软道："胧月向皇叔请安。"

敬妃笑："胧月听说你病了，也很是挂心呢。所以今日特意带了她来。"

小女儿家的声音软绵绵入耳，我的身子陡地一震，所有的心力魂魄都被那个小小的声音吸引住了，不由自主地便向外看去。目光所及之处，一个两岁左右的孩子，被敬妃抱在怀里，揪了两个圆圆的双鬟，鬟上各饰了两颗明珠，一身粉红色的水锦袄，细白甜美的瓜子小脸上乌溜溜一双大眼睛。

我只看了一眼，仿佛全身的血液都涌到了心口，就算我一直以来都没有见过胧月的画像，只看这一眼，我也知道这就是我心心念念、日思夜想的女儿了。

胧月，我好想抱抱我的胧月。

然而，我不能出去。我怎么能出去呢？我死死抵在屏风上，极力克制着即将要夺眶而出的眼泪。

那边厢玄清伸手笑道："胧月来了，可要皇叔抱一抱么？"我晓得玄清的意思，他的位置，我是最能看清胧月的。

胧月笑嘻嘻躲开："母妃，抱抱，抱抱。"

她腻在敬妃怀里左蹭右蹭没一刻安生。玄凌大笑道："这丫头鬼精灵着呢，知道你病了不肯要你抱，还要寻个由头装懂事说怕吵着你呢。这股机灵劲儿和她母妃是一模一样的。"

玄凌话一说完，众人都有片刻的安静，玄凌话中所指，自然不是敬妃。然而胡德仪娇笑道："是呢。说起来别看敬妃姐姐平时一声不吭的，可是论起机灵聪慧来是没得说的。也只有皇上知道姐姐这么聪慧大方，所以这样疼爱姐姐和胧月帝姬呀。"

胡德仪软语娇俏，倒是解了一番尴尬。玄凌拊掌笑道："到底是蕴蓉会说话。"

胡德仪愈加爱娇，道："是啦。蕴蓉是皇上的表妹，比旁人更多一分亲近，自然更了解皇上啦。"

我的目光落在胡德仪身上，这位所谓玄凌的新宠，出身之贵在宫中只有皇后凌驾其上。只见她一张鹅蛋粉脸，配上一双大眼睛顾盼有神，粉面红唇，身量亦十分娇小，上身一件玫瑰紫锦袄，绣了繁密的花纹，外罩金边琵琶襟外袄，系一条粉霞锦绶藕丝缎裙，整个人恰如一枝笑迎春风的艳艳碧桃。迎春髻上一支金丝八宝攒珠钗闪耀夺目，另点缀珠翠无数，通身的豪贵气派，生生把身边着一袭绣冬梅斗艳宝蓝色织锦裙衫的敬妃给比了下去。

然而，这样身家显赫、貌美多姿的胡德仪亦有她的短处，想必敬妃已经了然于心了吧，才会笑得这样波澜不惊。

玄凌正问着玄清的病因，又问治得如何，玄清只依礼一一答了。玄凌道："有段日子你没来宫里，连朕也闷得慌。你若不来，连个和朕说说诗词歌赋的人都没有，若是当年她还在……"玄凌神色微微一变，即时住口，没有再说下去。

我很想看一看他此刻的神情，然而玄清的身子挡着，只能看到他一袭明黄色的衣角。那样明亮的黄色，我不过看了一眼，已经觉得森冷刺眼，旋即低下头去。

玄清道："当年纯元皇嫂新进宫时，常见皇兄与皇嫂谈词论赋，一同和歌。那时臣弟不过五六岁，才刚刚晓得些人事，心里总是很羡慕的。"

玄凌默默出神片刻，感慨道："后来也只有甄氏还能与朕说上几句，只可惜，她太不受教了。"

彼时胧月正玩着一个绣球，闻言好奇道："母妃，甄氏是谁？"

敬妃为难，一时难以启齿，只拿眼瞧着玄凌。玄凌抱过胧月，亲一亲她的额头，笑道："一个你不认识的人。别问啦，叫你母妃抱吧。"

我心头骤然哽住。胧月，她是从来不知道有我这样一个母亲存在的吧。她有那么多的母妃，她父皇有那么多的妃妾，却刻意隐瞒着她，不让她知道我的存在。

我的亲生女儿，当她问起我时，我只是一个陌路人啊。哪怕有一天我与她擦身而过，我也终究只是个路人啊。一辈子，都只能形同陌路。

胡德仪俏生生道："原来皇上一直嫌弃咱们蠢笨说不上话啊，敬妃姐姐气量好，臣妾可要生气了。"

玄凌刮一刮她的鼻子，笑道："就你小气，又爱撒娇。"又向玄清道："你的清凉台朕还是第一次来，一直听说甚好，如今一看果然精妙。更好的是建在山顶，一览众山小，风景无限。"

玄清笑道："皇兄若喜欢，常来坐坐就是。"

玄凌叹道："哪有这样好福气能常常出来，出宫一趟多难，多少言官的眼睛盯着呢。"说着大笑道："你的清凉台好是好，只是还缺了一位女主人。上次沛国公家的小姐，朕与太后都瞧着甚好，偏偏你百般推辞，只得作罢了。只是你年纪不小，是该纳位正妃的时候了。"

玄清淡淡一笑，"再说吧。若有中意的，臣弟一定把她奉为清凉台的女主人，一生爱护。"

玄凌道："你自己有了主意也好。终身大事，到底是要慎重的。左右也过了最着急的时候了，就放出眼光来好好挑吧。"他半开玩笑，"你若喜欢，下一届的秀女也先挑几个好的给你留着。"

玄清只是一径淡淡微笑："皇兄说笑了。"

玄凌打一个呵欠，道："天色也不早了，回去还有奏折要看呢。六弟，你且好好养着吧。"

玄清忙挣扎着起身，玄凌按住他，笑道："不必了，你好生把病养好了要紧。"于是带了敬妃与胡德仪，一行人逶迤而去。

须臾，听他们去得远了。

玄清过来拉我的手，柔声道："他已经走了。"

我低低"嗯"一声，忍了半日的眼泪终于再耐不住，滚滚落了下来。他轻轻拍着我的背，低声安慰道："即便皇兄不肯承认，你终究是胧月的母亲，这是谁也更改不了的。"

我内心的软弱与伤怀纠缠郁结，如蚕丝一般，一股股绞在心上，勒得那样紧，几乎透不过气来。

片刻，我仰起头，挣开他的怀抱，缓缓摇头道："胧月不知道也好，我这样的母亲，会是她的耻辱。"

玄清皱眉道："胡说！有你这样处处为她着想的母亲，是她最大的骄傲。"

我叹息道："知道不知道都不要紧，只要她过得好就好，我也能稍稍安心。"

我拭一拭泪，重又唤他："王爷……"

他错愕："嬛儿，你怎么不叫我的名字了？"

我低首，望着那一盆莹莹生翠的文竹，淡淡道："方才称呼王爷的名字，的确是莫愁失仪了。偶犯过错，还请王爷见谅，也还请王爷如从前一样称呼我吧。"

我这样刻意，重新明确我与他的区别，其实我与他之间，何止是天渊之别啊。

我的人生，好容易逃离了皇宫的人生，怎么能与来自宫廷的他再有沾染呢。我的情不自禁，是断断不能再有了。

玄清的愕然和震惊没有消减，更有了深深的疑惑，道："是因为皇兄么？"

我摇头，怀抱着小小的手炉，汲取一点温热的可以支撑我的力气："皇上的意外到来只是让我清醒罢了。我方才一时迷糊，才会不论尊卑冒犯了王爷。"

他蹙眉，苦笑道："他从来没来过清凉台，我也并没想到他会这样突然来了。可是他是兴之所至骤然来访，于我于你却是……"

"世间的事，往往是想不到的。"我缓缓低首，小心隐匿好眼角的泪珠，声音没有一丝温度。

他依然微笑，眼中却泛出一抹悲凉："你方才说这话时，不是这样的。"

这句话，是我方才说过的，含着融融的暖意与期待。和我的身体一起活转过来的，是我尘封已久的心。然而玄凌的骤然到来让我觉察到这个季节的天寒地冻。此刻，已经是截然不同的心境了。

我的手指攥紧如雪的衣裙，仿佛手里攥着一把冰冷的雪："王爷既然相信心有灵犀，那么此刻，也一定了然我的心思，又何必要我再多言语。"

我的冷漠，再度为我筑起牢牢的城墙，抵御着他的关怀与温情。

我情愿自己生活在这样的冷漠里。

玄凌，他总是一盆浇醒我美梦的冷水，叫我彻骨地寒冷。

玄清的嘴角蕴着浓重的苦涩："我几乎要恨皇兄，若他不来……"

我的语调是死寂的苍凉，冷得如这时节呼啸而过的山风，阳光怎样灿烂照耀，总是照不暖的。我打断他："他来不来，有些梦，终归是要醒的。"我见他赤脚站在地上，不觉心疼，道，"王爷身子还没有好，还是好好歇着吧。莫愁先告辞了。"

我整一整衣衫，矜持离开。玄清的声音有沉沉的愁绪和坚定："我知道，方才有一刻，你心里的风是吹向我的。哪怕只有那短短一瞬间，我亦十分欢欣。我会等你，等你心里的风再度吹向我。只要你愿意，我总是走在你旁边，只要你转头，就能看见。"

我驻足，心中一软，几乎要落下泪来，然而开口却是："王爷在意胡德仪这位表妹么？"

他诧异："什么？"

我静静道："如若王爷在意，请提醒胡德仪，在与宫中任何人言语时都不要表现自己很了解皇上，至少皇上会很反感，这于她在宫中的地位十分不利。"

玄清一愣，旋即道："我会设法提醒她。"

我淡淡道："胡德仪的性子，未必听得进王爷的劝，王爷尽力就是了。"说罢，转身即走。

玄清唤了浣碧进来，道："你现在的住处实在不方便，我已命人打扫了萧闲馆供你居住。你……娘子若有空儿，便去看看是否合意吧。"

我欠身道："王爷病中还为我这样费心，真是过意不去。其实不拘住哪里都可以。"

他的容色和他的寝衣一样素白，道："你且去看一看喜不喜欢吧。"

他盛大的情意，我该如何抵挡呢？我无言以对，只深深低首，缓缓走出。

堂外阳光明媚，冬天有这样的好太阳，当真是难得的。阳光照在我身上的一瞬间，我几乎有恍若隔世的感觉，仿佛方才种种，都是梦境一般。

萧闲往事

贰 叁

待到玄清能起身走动时偶尔过来瞧我，也只说到萧闲馆之事，随口闲谈几句，绝口不提那日玄凌的到访，免去了彼此的尴尬。采蘋与采蓝一日三回地来请我去萧闲馆看看，我推辞不过，只好由浣碧和采蘋、采蓝陪着一同过去。

萧闲馆便在绿野堂后不远，小小巧巧一座独立的院落，很是清幽敞丽。漫步进去，厅上随便陈设着几样古玩，皆是精巧简洁的，壁间挂着一幅唐代周昉的《簪花仕女图》，地下是一色的黄花梨透雕云纹玫瑰桌子和椅子。左边耳室里，一排书架上皆是装订得齐整考究的古籍，有淡淡墨香盈溢。

采蘋含笑在旁道："咱们王爷说小姐喜爱看书，特特嘱咐了把他书房里最好的书拣选了放在小姐这里，好给小姐解闷呢。"

我道："劳烦你们王爷这样费心，实在过意不去。"

采蘋伶伶俐俐道："要是小姐看了这些书觉得有趣好看，只怕王爷更高兴呢。"

我笑道："难怪你们王爷这么疼你和采蓝，把你们收作近身侍婢，果然是灵巧聪敏会说话的。王爷有你这两位可人在身边，日日相伴左右，想必也能解去不少烦恼，安享浮生悠闲。"

采蓝一听，忙忙摆手道："小姐误会了。王爷贴身的事都是阿晋伺候着的，我们只是服侍王爷，和其他侍女并没有什么两样，说不上'近身'二字。只不过王爷觉着我们还不算太粗笨，才特意抬举了来服侍小姐的……"她微微沉吟，脸色泛红如晕生颊，迟疑着说不下去了。

到底采蘋快人快语，小声道："而且奴婢与采蓝也不是王爷的侍妾宠婢，所以……"

方才不过是一句玩笑，可是听她们当着我的面亲口否认了，心头竟漫出一丝微不可觉的轻松来，全然没有察觉身后的浣碧是如何露出一脸轻松自在的神情。

然而我又颓然，即便明知不是他的侍妾，我又有什么好高兴的呢？

我正要说话，却见一直沉默不语的浣碧曼步上前，一手拉起采蘋一手拉起采蓝，亲亲热热道："我们小姐方才不过是玩笑罢了。小姐眼瞧着两位姑娘模样又标致，气性又好，心里头爱得不得了。想着以两位姑娘的容貌性情，虽然未必有侧妃之位，但是侍妾姨娘的好位子总是笃定的，所以才说这样的话。再说眼下不是，谁知将来有没有这样的好福分呢，旁人是羡慕也羡慕不来的。莫说是小姐，便是我，心里口里迟早也是要向二位姑娘道喜的。"

自玄清遣了采蘋和采蓝来服侍我之后，因二人容貌出挑，服采鲜明不似寻常侍女，浣碧与她们相处时总是淡淡地不甚亲热，如今竟主动与二人说得这般亲热客气，我心中亦暗暗诧异。

采蘋忙正色道："咱们清凉台有个不成文的规矩。因为咱们这些在清凉台做奴婢的，比不得清河王府里头都是好人家挑出来的女儿。咱们这些人都是家道凋零、漂泊在外头生死垂于一线的，被王爷救了回来才在清凉台服侍的。在咱们眼里，王爷就是咱们的大恩人，断断不会存了非分之想。如今咱们尽心尽力侍奉王爷，将来尽心尽力侍奉王爷和王妃。"说着看向我道："王爷视小姐为知己，小姐必然知道，咱们王爷不会有妾侍侧妃的。若有，也只会有一位正室王妃，是不是？"

我颔首："王爷确实这样说过。天下女子如三千弱水，他亦只取一瓢饮。"

浣碧的目光微微一跳，很快如常笑道："那么，能在王爷身边侍奉一辈子也是旁人修也修不来的福气呀。"

浣碧如此一说，采蓝双姝自然觉得投趣，三人你一言我一语，逐渐熟稔起来。我见她们说得热闹，也不忍去打扰，只顾环视萧闲馆。

内室窗前横着一张书案，澄心堂纸随意铺散着，只等着人去落笔。朝南长窗下放着一张杨妃榻，榻边案几上放着两盆水仙，吐蕊幽香。窗下悬着一盆吊兰，虽在冬日里，也长得葳蕤曼妙，枝叶青葱。桌子旁边搁着一副绣架，千百种颜色的丝线都是配齐了的，只挽作一团放在丝线架子上。绕过一架琉璃屏风，再往里头便是一张睡床，秋水色熟罗帐子顺服垂下。天青色锦衾，底下是银鼠皮的褥子铺成，十分绵软暖和。一面粉墙上再无字画，只是悬着两幅苏州精工刺绣，一幅是青绿如意牡丹，一幅是凤栖梧桐。

我闭目轻嗅，闻得甜香细细，沁入肺腑，却见床帐的帐钩上各挂着一个涂金镂花银熏球，香气便是从此传出，正是我一向喜爱的百和香。

他如此细心安排，无一不周到，当真是像极了闺秀女儿的卧房。

我眼见窗外影影绰绰，一时好奇推开，却见窗外正是一座园子，园中所植，竟是开淡绿花瓣的双碧垂枝绿梅。此时正是梅花盛开的时节，满园绿梅累累如碧珠缀枝、翡翠披光，连照射其间的阳光亦有了轻薄透明的绿玉光华。

我默默无声，只看着满园绿梅。若他真真知道我与玄凌在倚梅园中遇见而避开了种植红梅、白梅怕我伤心，那他也真是心细如发了。即便不是，这么多绿梅要搜罗起来，也是千难万难的。

浣碧不知是何时进来的，目光亦被绿梅吸引，呆呆片刻，忽然欣喜万分道："小姐，你瞧，那梅花皆是碧色的呢！"

玄清的话语仿佛还在耳边："清在宫中时便曾诚心邀请娘子光顾清凉台小聚，娘子却以盛夏已过，清凉台过于凉爽而推辞。然而清一心所盼，若真有机缘巧合，能使娘子一往清凉台，亦是好的。萧闲馆自清初识娘子时便已准备下，如今终于有机会可使娘子小住了。"他说这番话时有难以掩饰的欣喜与满足。

我亦笑："王爷也曾说，清凉台冬暖夏凉，如有一日我觉得天寒难耐，亦可来一聚，王爷的红泥小火炉愿为我一化冰寒霜冻。虽然王爷也期盼永远没有那一日，而如今不辞冰雪、雪中送炭的，亦是当年千金一诺的清河王。"

他亦体贴，怕我不安，只让采蘋与采蓝陪着来看。

我闻得脚步声轻悄，却是采蘋与采蓝进来。二人相视一笑，道："萧闲馆的布置，小姐可还满意么？若是满意，今日就可住进来了。"

我心中略略犹豫，浣碧忽然牵一牵我的袖子，低声恳求道："小姐，咱们住这里好不好？"她又道，"这儿的景致好，适合小姐养病。而且……"她的眼光贪恋在梅花之上。

我笑道："你喜欢那梅花是不是？"

浣碧点一点头。仿佛是她这一点头，坚定了我动摇不定的心，遂道："这里我很喜欢，就麻烦采蘋和采蓝帮我收拾了衣物搬过来吧。"

采蘋与采蓝巴不得这一声，欢天喜地出去了。

到了当晚夜间，我已住在萧闲馆中。居室雅致，被褥温软，通风敞亮，开窗即可嗅到满园绿梅清芬。浣碧对那绿梅爱之不尽，便日日折了几枝来供在床头，一得空儿便伏在花前，贪看不已。

梅花清冽的香气让我心情愉悦。我斜靠在被褥上，笑吟吟看着她道："少有见你这么喜欢什么花的。"

浣碧低低一笑："我是在看花，也是在品王爷的心意。"她停一停道，"小姐以为王爷是只有这次才这样费心么？其实早在宫里的时候……"她欲言又止。

我打断她，静静道："我知道。"我怎么会不知道呢，在我私下探望眉庄归来时他的掩护，在我的生辰之上那些盛放的荷花的用心，在那些失意寥落的日子为我带来安慰、为我悉心开解的，是他，也唯有他啊。

然而浣碧摇头："我说的不是王爷讨小姐欢喜的那些事。"她微微偏转头去，"小姐还记得那回小产的事么，在皙华夫人的宓秀宫里。"

前尘往事沉浮间，眼前瞬即浮现上那无尽的猩红，血腥的气息急迫涌上鼻端，脑子嗡嗡地乱了起来。

我怎么会忘呢？那是我的第一个孩子。若没有那次小产，我恐怕还是后宫中不谙苦痛滋味被玄凌捧在手心的宠妃吧。

而浣碧却这样突兀地提起，这样猝不及防地在我面前提起我的痛处。她郑重道："小姐还记得那次么？是谁救您出的宓秀宫……"

是谁？是玄清啊。

他当日这样贸然闯进宠妃所居住的宓秀宫中救我于危难，不只是大大地得罪了骄纵的华妃，亦是与汝南王一党直接起了冲突，大大不同于他往日韬光养晦、事事皆不用心的作风。

浣碧从未在我面前说起当日的事，如今也娓娓说来："当日小姐罚跪在皙华夫人的宓秀宫中，我就知道坏事了。那天槿汐陪着小姐在里头，自然脱身不得，太后病得昏昏沉沉，自顾不暇，怎么还能顾得上小姐呢，真真是上天无门、下地无路。然而，宫中又有谁敢得罪皙华夫人呢？"浣碧停一停道，"正巧那时，我碰上了路过的阿晋，这才想起来，原来六王爷为了能方便侍疾，照顾太后，就住在太液池上的镂月开云馆。"

镂月开云馆，是玄清出宫开府前所居住的地方。他未曾成婚嫁娶，又是太后抚养长大的，于是依旧在太液池上留了这样一间殿阁居住，方便在宫中与王府之间来往，既可陪玄凌闲话诗书，亦便于向太后问安尽孝。且镂月开云馆就建在太液池湖心，嫔妃女眷即便划船嬉戏也不会去得这样远，正好也可避嫌。

"于是我求了阿晋带我去镂月开云馆找六王爷想办法救小姐。"浣碧沉浸在思绪之中，道，"那是我第一次去镂月开云馆，馆外开了无数粉红的合欢花，风吹过像是下着花雨一般，若不是急着要救小姐，我一定是要贪看住了的。王爷就站在那花雨底下，一笔一笔写着字。他看见我来，知道一定是出什么事了。因为王爷曾经在小姐有孕后叮嘱过我，若小姐在宫中有什么难处，让我去镂月开云馆找他，他若不在，阿晋也会传话告诉他。于是我哭，我跪下来求他，求王爷一定要去宓秀宫救小姐。"她怔怔出神道，"王爷一听，脸都白了，扔了纸笔拉了我就往宓秀宫去。阿晋急得都快疯了，拼命拉住王爷，求王爷不要冒失得罪了皙华夫人和汝南王。可是王爷的力气那么大，别说阿晋，连守卫宓秀宫的侍卫都被吓住了，拦也拦不住。于是，我们便这样闯进了宓秀宫，皙华夫人生了好大的气，与王爷争执。"

当日痛楚的记忆里，唯见玄清为了我和慕容世兰当面争执冲突，那是我第一次见他这样急怒攻心、神色大变。而玄清，从来是温和而从容的。

"当时小姐出了好多好多的血，人都昏死过去了。我吓得只会哭，王爷顾不得男女大防，抱着您就回了棠梨宫。"浣碧讲到动情处，不禁泪光盈然，"紧接着敬妃娘娘也来了，忙不迭地叫请太医。王爷吩咐了阿晋快马加鞭去请回皇上，又亲自守在棠梨宫外以防皙华夫人借机生事，直到皇上归来。"

我心念震动，激荡如潮，一时竟说不出一句话来。原来他一早已经是这样待我、保护我，为我周全。我总以为自己是知道的，却知道得那样少、那样零散，不过是冰山一角而已。

"人人都说，因为您是莞贵嫔，是皇上最喜欢的宠妃，怀有皇嗣，所以六王才会这样不顾一切来救您，甚至不惜得罪有汝南王撑腰的皙华夫人。"浣碧望着我，眸子幽深如两潭静水，暗沉到底，幽幽道，"我也总是那样以为的。可是若不是那日亲眼见到王爷为您而落泪，我几乎都不能相信。那是我第一次见到男子流泪。男儿有泪不轻弹啊，可是那天在宓秀宫，我亲眼见到王爷的泪落在您脸上，虽然只有我一个人看见。可是小姐，我什么都明白了……王爷是为您在心疼啊。"

那一滴泪水的热度，仿佛是烧灼过的印记，只要我一想起，就在我的脸颊上隐隐燃烧。泪水的痕迹，在脸颊上早就消逝得一干二净了。只有我明白，那热烈的温度，是怎样落在了我的心上，烙下了深刻而清晰的烙印。

我默然不语，只是望着花团锦簇的锦被怔怔出神，那样繁绣的花朵，团团连欢，是官用的样式。我晓得玄清细心，已叫人换去所有宫样的图样，怕勾起我对旧日的伤心。虽然是在他的别院清凉台，远离宫禁，可是宫廷的气息真正远去了么？

香炉中袅袅如烟升起的我所喜欢的香料，正是宫廷贵眷方用得起的贵重的沉水香。

而他这个人，本也就是与宫禁深苑有着千丝万缕割舍不断的牵连的人啊。

心意有一刹那的虚空，连自己也不能把握。有那么一瞬间，心念激荡，忽然觉得自己也是这样爱着他的，却一定不能让自己这样爱着他。这样恍惚的一瞬间，所有的悲欢、辛酸、惊喜、失落和着少女时代的深切期许一齐涌上我的心头。

在最初的年岁里，在对爱情还抱有期待和向往的时候，我曾经多么渴望有一个不以我容貌妍媸而喜忧，不为我家世尊卑而在意，与我志趣相投、两情相悦，可以天长地久朝朝暮暮地厮守到老，守住一个"长相思、长相守"的神话的人，就这样"愿得一心人，白头不相离"。

然而，眼前有了这样的人，他符合我一切最初也是最终的对于爱情的梦想。他懂得我、爱惜我，与我灵犀一点通，与我的灵魂相互契合而不在意我容颜的更改。

而我，却退却了，害怕了。

时间的手让我们在最初时便错过了。到如今，还能更改么？

我无数次想，若在从前，我没有进宫，没有成为玄凌的宠妃，或许我有万分之一的机会可以与他相遇、相知、相爱。这万分之一的机会，也远远大于如今。

可是，我遇见他时，已经是玄凌的新宠了，我什么也不能改变，不能说、不能做，面对他无意流露的情意只能装作懵懂不知，充耳不闻，极力压制住自己的心绪。

而到现在，我与他的身份这样分明。哪怕我是弃妃，哪怕我与玄凌再无夫妻之分，我亦是他曾经的皇嫂啊。何况，他依旧是当年的天之骄子，玉堂光耀。而我，却是落魄而憔悴的女子，家世凋零。面对他依然如故甚至愈演愈烈的情意，怎能不叫我在他面前自惭形秽、无地自容？

子夜歌 贰肆

这样拥被而坐，闷闷地竟不觉得时光的易转，从清晨到日落，光影的变化，于我却只是无知无觉。

天色渐渐暗沉了下去，浣碧起身一支一支点亮了蜡烛，重又在我身边坐下。暗红的一苗一苗火光，静静跳跃在温暖的空气中，好似一颗虚弱而挣扎的心。

只闻得有轻微的脚步声，我转头看去，却见是玄清进来了。我不愿他知晓我的心思，于是打叠起精神，含笑欠身道："王爷怎么这个时候过来，用过晚膳了么？"

他笑："才刚回了趟王府，在府里头用过了。"

我看向窗外："槿汐独自在山里，也不晓得怎样了。"

他笑道："来时刚去看过槿汐，一切安好。她只惦记着你。"又说起槿汐独在山中的状况，已吩咐人送了炭火衣食去。我侧耳倾听，窗外似乎有朗朗的歌声传来，却是女子曼然合唱的声音。

228

我听了一晌，不觉含笑道："似乎是在唱《子夜歌》？"

他的唇角微微牵动，引出一丝浅淡而和煦的笑意："《子夜四时歌》按四时各有所唱，我常命清凉台的侍女应四时之景歌唱。如今在冬日里，她们所歌的便是冬歌了。"

我不觉微笑得愉悦："这般风雅的事，也唯有王爷会做。"我应着她们所唱一句句慢慢吟诵了出来，"渊冰厚三尺，素雪覆千里。我心如松柏，君情复何似？涂涩无人行，冒寒往相觅。若不信侬时，但看雪上迹。寒鸟依高树，枯林鸣悲风。为欢憔悴尽，那得好颜容……"①

他的笑容舒展如春日的阳光，似乎带有广玉兰清新的气息，叫我一个恍惚。他徐徐道："冬歌有十七首，这只是前三首。"

我仔细倾听，歌女们仿佛只是在远处唱和，仿佛银丝脉脉一线缠绕上来，更觉韵味无穷，缓缓沁入心肠。然而那些歌女悠悠扬扬反复吟唱，却只是唱这三首。

我微觉疑惑，道："怎么只唱这几首，不再唱下去了呢？"

他摇摇头，神色似火苗一跳，稍稍黯淡了下去，但笑不语。

我凝神想了片刻，微微一笑："我已想到为何歌女只唱《子夜冬歌》的前三首了。"我的笑容渐渐沉寂下去，"因为愈到以后，情致愈是凄凉，愈到无路可去。一直到适见三阳日，寒蝉已复鸣。感时为欢叹，白发绿鬓生。"

他淡淡含笑："冬歌所述之情，自然是肃杀萧条，无一线生机可觅，叫人看了亦是伤心绝望。"

我依旧笑着，语中凄凉之情却是已不可抑制："《子夜四时歌》按四时所制，春夏秋冬轮回不止。一段情意，有春之温暖、夏之热烈，也必然会走到秋之悲寥、冬之肃杀。若在当日满心欢喜时，谁又会想到有'白发绿鬓生'的一日。所以，不如一开始就是无情，便也省去这无数苦恼。"

---

① 出自《子夜歌》。《唐书·乐志》曰："《子夜歌》者，晋曲也。晋有女子名子夜，造此声，声过哀苦。"

他有些诧异，明白之中也意外，便道："情之所终，未必皆是悲戚。若说情爱得以成就，本来就是要天时地利人和，若现在已经有天时和地利，人和之数只在人为而已。"

"那么……"我转头注目于他，语中微带了几分倔强与意气，"王爷可曾与女子相爱过？"

他默然以对，片刻转过头去，道："没有。"

"我却经历过，所以明白。惭愧说一句，我是过来人。"我凄微一笑，神思哀凉如窗外的寒凉天气。屋内的炭火嗡嗡烧着，我只觉得眼角酸涩，想是烟熏的。其实炭盆里燃着的都是上好的银炭，并没有一丝烟的，又扔了几片橘皮在里头，只觉得清香四溢，无半点儿烟火杂气。我徐徐道："有些事如果一开始就明知道不能得善终，就不要痴心妄想，去勉强求一个善果。譬如我从前与他，若一开始我就以一般的妃嫔之心待他，一心只求荣华富贵不求一丝真情，或许今日依旧在宫中屹立不倒的那个人，就是我了，也不至于今朝连累父兄到此地步了。"

我说话间，连玄凌的名字亦不愿提，只以"他"代之，玄清自然十分明白。而话中的另指，我虽只是点到即止，想必他也明白的。

他眼中已无声漫上了一层凉薄如霜的清冷，清冷中却似有幽蓝火焰灼灼燃烧，道："你伤心了一次，便要对人世间的'情'之一字都失望了么？"

我不答他，只以手支颐，娓娓而道："王爷有无听说过《白蛇传》的故事？相传古时有白蛇精修炼千年化为人形，只为寻一份人世间最平常的男女夫妻之情。细雨西湖，断桥相遇，同舟共济，纸伞定情，白娘子与许仙终于结成姻缘。也不是没有恩爱过，只是经不起法海轻轻一挑拨，连有了许仙的骨肉，许仙亦不愿意回头帮她，还亲手喂她喝雄黄酒。难为白蛇为了这样的男人水漫金山、苦盗灵芝，为他操持家业、生儿育女。只不过因为她是异类，即使待许仙一片真心亦罪不可恕，到底被永镇雷峰塔底。"

他看着我微笑，而那笑亦是没有暖意的，道："我听说过，似乎是雷峰塔倒、西湖水干方能使白娘子逃出生天。"

我冷冷一笑："哪里能呢？这不过是后世人给白娘子的一点期许罢了。如今西湖风景如画，雷峰塔屹立不倒，湖水年年如新，如双珠辉映，何曾见有谁逃出生天？只可惜了白娘子永居雷峰塔底，苦海无边，不得超生。许仙却平平安安活到老死。只怕想也不会想这个曾经为他出生入死、痴心一片的女子！"我抬眸望住他，眼中不自觉已带上了一抹犀利的怨，那怨似一把青锋双刃剑，呼啸的剑气刺了他亦刺了我，"怎么会想呢？在他眼中，她再好也不过是一条企图来诱惑他、谋他身家的蛇精罢了。不知白娘子永困在雷峰塔底的黑暗困顿里，是否有一丝后悔，后悔当日在断桥遇见许仙会生出那一缕情心，以致今后受苦至此，永沦绝境。"我硬一硬声气，终究没有忍下，直接道，"若我是白娘子，我必定后悔。我情愿从来不要遇见他、不要认识他，老死不相往来。"

心中有汹涌的狂潮，一波一波激荡得心头酸楚难言。那浪潮一卷一卷拍上来，全是粉红到诡异的颜色，粉红的杏花花瓣，如诡异的爪印，漫天漫地飞舞开来。密密匝匝的花影之后，却是他的面目。他的声音沉沉入耳，第一句话便是："我是……清河王。"

却原来，从我们相识的第一句话开始，他便是在骗我的。

酸楚之后只觉得胸口气闷，直欲呕吐出来。我几乎恨自己，为何要记得。

他的眼中有幽然的火簇，透出微蓝的光泽来，似是懂得的怜惜："那么，你也后悔，那一日他假借我的名义与你相识，是不是？"

我一惊，旋即只作无事，冷冷道："你怎么知道？"

他略弹一弹衣襟，道："他自己说与我听。"他的神色有难以言说的复杂，"直到我见到你，直到他告诉我你就是他在上林苑杏花树底下遇见的女子。我才晓得。"他自嘲地一笑，"人世的际遇难以分明，就如明明你的小像在我手中，明明他遇见你时是以我的名义，明明最初……"他眼中的火芒倏地一跳，转瞬黯淡了下来，"明明最初，你以为你喜欢的人是我。

可是最终拥有你的人，却是他。我与你，仿佛总是有些什么一直错过了。"

他眼中分明有些什么东西，我明明看清了，却始终不敢深深相信。我心中悸动，却只维持着以冷漠相对："你我身在宫中，我只晓得一入宫门深似海，任何事与人都只能错过。"我低头漠然道，"王爷的际遇如何我并不知晓，也不想知晓。而我的际遇，我都情愿忘记了，也请王爷不要再提。"

他微微扬起唇角，颇有些心疼，道："我也情愿你永远忘记了。"

"是。"我昂一昂头，道，"因为不肯相信了，所以要忘记。也害怕再有其他。"我低微了语气，黯然道，"《唐书·乐志》中说，晋有女子名子夜，造《子夜歌》，声过哀苦。《子夜歌》虽然让后人朗朗上口、回味无穷，却不知当日晋女子夜如何经历欢喜哀苦、期盼失望，直至对心爱之人绝望到底，才有了这《子夜歌》。若早知有此，子夜必定不肯，不肯受这煎沸苦楚。"我所有悲沉的隐痛，在一瞬间迸发了出来，"情爱辛苦，一路行来总是风雨处多，明媚时少。不如一开始就不要也好，免得日后苦痛无尽。"

他默默沉吟，片刻道："风雨处多，明媚时少。只因这个人不对，不能给你四时明媚，反而为你带来满天阴霾。若有人一心一意待你，愿给你四时明媚，为你遮蔽风雨，你也不愿意么？"

我凄楚一笑，坦白胸襟道："我吃过痛，已经害怕了。"我不敢看他，只低头道，"还有一首《子夜歌》，王爷可听过？"

他微微垂眸："未知娘子说的是哪一首？"

我思量须臾，慢慢道："人生愁恨何能免？销魂独我情何限！……往事已成空，还如一梦中。"[①] 我道，"这是李后主的《子夜歌》，虽不应景，却有两句话是事事皆通的。往事已成空，还如一梦中。于我，往事既已成

[①] 这首《子夜歌》是李后主入宋后的作品，表达了亡国的悲痛和对故国的无限思念。意思是往事不过是一场春梦，美好但难以留住。醒来依旧是空，什么也抓不住。剩下的只是无穷无尽的回忆和痛苦。

梦，将来之事也是一眼望得到底的，踏实过下去就好，不必再有任何做梦之事了。"

心底的凄微与悲凉，如浓重的阴影，纵然烛火明暖如斯，亦是无法照亮了。

他也不说别的，只问："往事的种种委屈，真能俱已成空了么？"

良久无言。纵有千言，亦只能如此。

碧玉歌　贰伍

也不知过了多久，仿佛是很久，亦没听见他出去的声音，我也不敢动，只蜷曲在被中。屋里极暖和，这样紧紧抱着被子，身上竟沁出些微的汗意，背心毛毛地热，似幼年春天的时候穿着杏子红的单衫躺在草地上，新长出来的草叶尖而嫩，就这样隔了衣裳扎着。

却是浣碧轻巧的叹息，似蝴蝶缓缓落在耳边。

我也不睁眼，亦不动，只轻声问："好好儿的，你叹气做什么？"

浣碧的身影是青翠的底色，落进我眼帘之中："我叹小姐太狠心了。"

她扶我起来，取了个垫子在我身后，我只是枯坐着，心内微凉如秋风中飘零的一片叶，晃荡不定。我静一静心，接过她递来的桂花蜜酿喝了一口，不觉皱眉道："太甜了。"

浣碧疑惑，尝了一口，道："并不甜啊。"浣碧把手搭在我的手上，神色悲悯而心疼，道，"小姐心里太苦了，所以连一点点甜也经不得了，总觉得太甜。"

我看她："你想说什么？"

她的目光有些呆滞，静静片刻，道："小姐知道王爷方才出去时是什么样子么？"

有一瞬间的冷，我紧紧拥住厚实的被子，仿佛要借助它的厚与暖来汲取一点支撑自己的力量。我摇头："我并不愿知道。"

浣碧的倔强在那一刹那迸发出来，她的眸中盈盈有光，道："小姐不愿意听，浣碧也要说一句，王爷那样难过。王爷对小姐这样好，小姐为何要让他这样难过呢？"她微微出神，"方才小姐与王爷的话，我全听见了。"

我定一定神："我并没打算瞒你，听见又有何妨。"我看住她，"否则，你打算让我如何对他说。"浣碧浓密的发间别着一枚珍珠，那样雪白润泽的一点，在烛火下有淡淡的流转不定的微红光泽，映照出我心底刹那汹涌的灰暗的凄苦与无奈，然而很快被强行平息了下去，"除了这些，我对他说任何话都是错的。"我反握住她的手，似是安慰她，也是安慰自己，"浣碧，有些事若一开始就没有希望，总比来日失望要好得多。你别怪我狠心。"

浣碧的笑暧昧而苦涩："小姐拒绝了温大人，也拒绝了王爷。"

我低头，锦被上连绵不断的"事事如意"的图纹，方胜和如意团纹千回百转、连绵无尽，织银的花纹，在绛紫色的绣被上有格外清冷而高贵的色泽，我恍然道："与其是玄清，不如是温实初，到底也能平淡些到老，心无杂念。"

浣碧的眼神在那片刻里尖利而敏锐，似利箭那一点银光灿烂的箭头，直刺人心："小姐真的是这样想的么？其实小姐不喜欢温大人是情理之中的事，温大人从来不是小姐喜欢的那种男子，从前不喜欢的，现在也不会喜欢。可是王爷，小姐对王爷的真心，难道从未有一丝动心过么？"

我怔住，张口结舌说不出话来，对玄清一向的真心，我真的半分动心处也没有过么？譬如那一夜的太平行宫的夕颜，譬如夜访眉庄后的太液池中最后一垄荷花，譬如我失子后的心有灵犀，譬如我病中他的种种照顾与贴心，譬如那一日我在他面前唤的名字"清"。我真的没有半分动心过么？

我是在害怕呀。

浣碧的话并没有完，她是语气稍稍松缓，一手不自觉地抚着我身下柔软厚密的绒毯，抚了一下又一下，仿佛不能控制一般，道："其实温大人并没有什么不好，只是不合时宜，总在小姐不喜欢的时候提喜欢不喜欢的事。可是王爷呢，若在从前小姐未嫁时，小姐在闺阁中常常期许的，不正是六王这样的男子么？愿得一心人，白头不相离，这是小姐常常说的话，只要小姐心里还这样想，那么六王总是您喜欢的那一种男子。我方才说，小姐从前不喜欢的，现在也不会喜欢，那么换言之，小姐从前喜欢的，现在也未必会变得不喜欢。"她的笑意幽幽晃晃似摇曳的烛光，"小姐才刚说与其是王爷，不如是温大人，到底也能平淡些到老，心无杂念。我相信小姐说的是真心的，因为小姐不喜欢温大人，所以可以平淡、可以心无杂念。若是喜欢，怎能做到平淡而心无杂念呢？"

浣碧的话一针见血，亦是刺心之语，仿佛一支冰锥一下子钻入脑中，冰得我哑口无言，只觉得浣碧的话怎么那么凉，怎么会那么凉，凉得自己都不敢去相信。

浣碧的神色有些深沉叵测，我从未听她这样说过话。她一直是温顺而少言寡语的，我晓得她聪明而细心，总在旁人不轻易察觉处察觉。可是她的明白只放在心里，甚少像今日这样直接而了然地说出来，而且切中我的要害。

我的语气里有了显而易见的森冷与抵抗："浣碧，不要说你不该说的话，你也从不会说这样的话……"

浣碧的回应却并不如她以往的驯顺，她的声音清冷犀利如窗外的梅花："小姐，我也从未见过王爷这样伤心。"她愣一愣，"小姐为什么要让喜欢你的人伤心？而且你也并不是不喜欢他，何必一定要对他说这样的话。"她的语调柔和而伤感，"小姐方才虽说睡着，可是眉头却皱得那样紧，我便知道，小姐心里也不好过。"

我的心思终于颓败下来，强撑着的一点意念竟禁不住浣碧这样的话。窗台下的长桌上搁着一盆水仙，骨骼清奇的花朵，被室内的暖气一烘，香气却不见热烈，只见更深幽处去。

那样简单的花朵，黄蕊、白花瓣、绿色茎叶，我有刹那恍惚的羡慕。若做人如这一枝水仙一般该有多好。简单到了极处，明白到了极处，且出水盈立，不必沾染尘埃。

可惜终究是不得，不管是在宫中，或是避居在甘露寺中的岁月，还是在清凉台养病的日子，心思总是崎岖而转折的。有时做人，真真不如做一枝花罢了。

我忽地想起一事："浣碧，从前也是你劝我要与六王注意分寸，缘何今天又用反话劝我？"

浣碧愣住，半晌，只攒起清亮的目光，目光中有隐隐心痛与忧愁游离："我只是不忍心，亦舍不得，看小姐与王爷各自伤心。"

我颓然闭目："浣碧，不必再说了。六王是皇室中人，与他有千丝万缕割舍不下的牵连，我何必再去招惹。"

浣碧欲言又止，终究没有再说下去。我的种种无奈与担忧，她不是不晓得。片刻，她望住我，似是劝慰似是安慰道："可是王爷的心意小姐已经明白了，只怕见面尴尬。也不知小姐方才回绝王爷的话王爷听进去没有，若还没明白，真真是叫人烦恼。"

萧闲馆外梅花疏散而淡薄的香气幽幽传来，窗外梅枝修颀，疏影横斜缭乱映在窗纸上，仿佛我此刻迷茫而混乱的心事。

真真是叫人烦恼啊！浣碧的话生生落在我耳中，挥之不去。

"这清凉台，咱们是住不得了。"我紧了紧衣裳起身，环顾四周，道，"浣碧，去拿纸笔来。"

她应声道："是。"又问，"小姐才好些，又要纸笔做什么呢？这样劳神，等下又脑仁疼。"虽说着，到底很快找出了纸笔，送到我面前。

萧闲馆里备下的纸张是香草笺，清浅的蓝色花纹，依稀可以闻到香草的甘甜气味。

他想得这样周到。我叹息一声，香草美人，是天下多少男子的心愿。

柔软的笔尖饱蘸乌黑的浓墨，我迟疑着，该说怎样的话好呢？说得轻了，他未必肯听得进去；说得重了，我又不忍，亦不肯。

思虑良久，墨汁滑落，落在雪白宣纸上乌黑一点。浣碧在旁道："小姐想写什么？这张纸污了，我替小姐换一张吧。"

我摇头："不用。"

提笔一笔一笔落下，我落笔那样轻，仿佛是怕自己微一用力就划破了纸张，还是怕划破了自己支撑着的坚定。

"碧玉小家女，不敢攀贵德。感郎千金意，惭无倾城色。"①

我一字一字写完，恍惚自己的力气也用尽了，只觉得头昏眼花，十分难耐。

我勉强稳住思绪，扶着紫檀木桌子稳住自己的身体。紫檀木的桌子生硬，硌得我手心发痛，我道："咱们的东西不多，你收拾下，咱们明日就回去。"

浣碧担心道："可小姐的身子撑得住么？"

我颔首："去告诉温大人，若王爷问起，就说我身子已经好了，不必再留于清凉台休养了。再向他要几服提神的药给我，明日陪咱们回去。"

浣碧指一指桌上的道："可要打发人送去给王爷么？"

我摆一摆手，口中道："罢了。王爷这两日该是不会来的，特特送去反而刻意了。随它放在桌上吧，王爷回来自会看见的。"心情激荡，兼之一番劳动，我只觉疲惫。浣碧忙扶我睡下，又换了一把安息香焚上，轻柔在我耳边道："小姐好好歇息吧。"

我辗转在柔软的被中，强撑着逐渐昏沉的意识，含糊着向浣碧道：

---

① 出自东晋孙绰《碧玉歌》。

"咱们明日就走吧，这里实实是住不得了。"

次日清早起来，天色阴阴欲雪。采蓝进来时，见我已经梳妆打扮整齐，只静静坐在妆台前。我含笑欠身："这些日子来烦劳你与采蘋照顾了，当真是费心。如今我与浣碧也该回去了。"

采蓝神色一变，忙笑道："小姐怎么好端端说起这个来了呢？小姐的身子才稍稍见好些，怎么能舟车劳顿地下山回去呢。真是万万不成的。再说，王爷可晓得么？"

"王爷在王府中有几日耽搁，也不能特特地请他回来道别呀，这样太失了礼数了。"我转头看浣碧，"温大人不是说即刻就来么，怎么还不见人影？"

正说话间，有冷风贯穿而入，回头却见温实初掀了帘子进来。他穿着暗红色的丝绵锦袍，一进来便道："外头像要下雪的样子了，赶紧走吧。"说着抖开怀中一个包袱，取出一件铁锈红羽纱面石青刻丝灰鼠里的披风，兜头兜脸把我裹了起来。他笑吟吟看着我道："这样铁锈红的颜色穿起来，倒有几分像昭君了。"

浣碧微微皱眉不悦，道："铁锈红的颜色哪里像昭君了，昭君出塞可是大红披风的。"

我一言不发，也懒意说话。我其实最不喜欢铁锈红色，可是温实初总是赞这个颜色沉稳大方，压得住场面。仿佛后来我在玄清送来的画卷上常常看到，眉庄也喜欢穿铁锈红了，只是眉庄穿铁锈红颜色的衣裳，倒真真是沉稳大方，端庄而不失丽色，却比我好看多了。

车外风雪欲来，我与浣碧一同坐在车中，只觉得寒意侵人。阴晦天色之中，我偶然挑起帘子，回望清凉台如斯美景，心中空落，以后终究是无缘再见了。

譬如有些东西，还是仰望更让人容易接受些。

我所不能承受的，能避开的，都一应避开了吧。

丁香結　贰陆

　　我的匆促离开，玄清必然是晓得的。然而，他没有来寻我。我感谢他这样的懂得，因为这懂得，哪怕我选择与他保持距离，亦能获得稍稍的平静。

　　归去时，槿汐把凌云峰的禅房收拾得整齐妥帖，庭前栽花植树，欣喜迎接病愈归来的我。日子便过得这样波澜不惊。精神稍稍好些的时候，我把从清凉台收集来的夕颜花的种子细心播入泥土，眼看着它们抽出浅绿鹅黄的芽丝。

　　温实初也常常来看我。他的手搭在我的脉搏上，温和道："你的身体已经好多了。只是嬛妹妹，我总觉得从清凉台回来后，你一直郁郁寡欢。不过，离开了清凉台，于你来说，也是一件好事。"

　　"好事？"

　　"不错。"温实初的目光有一丝我难解的复杂，"我总觉得，清河王是一种危险，让人易受蛊惑。你还是不要和他接近为好。"

"蛊惑？"我淡然而笑，"你是担心我被他蛊惑么？"

"不不不。"他摆手，"我只是为你着想而已，并不是那样的意思。"

我慵懒地伏在桌上，手指轻轻抚摩着瓶中供着的一枝桃花，淡淡道："无论你是什么意思，我都不会在意。"

桃花开得夭浓多姿，我忽然觉得厌倦，红艳的花朵，如何抵得上绿梅的清雅怡人呢？

这样想着，任由桃花开桃花落，这一年的春天，就这样过去了。

暮春中某一日，已是落花纷纷、余香坠地的时节。这一日我心情不错，又想起"长相思"的琴弦损坏后一直放在舒贵太妃处修整已快一年，算算时间，想来也该修好了，于是便起身去看望在安栖观中修行的舒贵太妃。

却不想推门进去，迎面看见的却是玄清，正负手立在舒贵太妃身边，兴致盎然地说着什么。他的身影这样猝不及防地闪进我的眼帘，有一瞬间屏住了呼吸，我与他，已经三个月不曾见了啊。

这么想着，脚步便停滞了。正想悄然退去，然而积云却看见了我，笑吟吟迎上前来道："娘子好久没来了呢。"

玄清闻声转头看我，唇边已蕴上了如碧海晴空一般的阔朗微笑，朝我颔首示意。心底无声地想着，一别三月，他竟然清癯了不少呢。

我不好再退，于是亦迎上去，向舒贵太妃福了一福，方回首向他一笑。

太妃招手向我笑道："今天天气好，你也难得愿意出来走走。"这样闲聊几句，三人并立于后庭，闲看庭中落花委地无声于菁菁漫漫的芳草之上。

良久，太妃笑道："好久没有这样安安静静赏赏落花了。"她含笑拈了一朵落花在手，"这样落花时节，听着花落无声，倒想听一听琴呢。"她说着唤积云去内堂，向我道，"上次损坏了的琴弦已经修好了，你也正好试试称不称手。"

玄清笑道："正好。儿子随身携带着'长相守'，可以与娘子同奏一曲。"他坦然向我道："昔年与娘子合奏《长相思》之事，清时时记得，娘子琴技甚好。"

我向太妃谦道："'长相思'的旧主人在此，我怎么敢夸口自己的琴技呢？当真是班门弄斧了。至于与王爷合奏一事，也是多年前的事了，王爷不说，我都几乎忘了。"

玄清的目光微微一黯，太妃只温婉道："先帝去世之后，我也再不碰'长相思'。这合奏之音，再也不曾听闻过了。甄娘子，请全一全我这个未亡人的心愿吧。有生之年，我很想再听一听'长相思'与'长相守'齐发齐奏的妙音。"

她琥珀色的眸中已盈然可见泪光，我再不忍拒绝，于是道："好。"

玄清注目于我，和言询问："奏什么好呢？"

我微一凝神，袅袅浮上心头的却是那一日，我在棠梨宫中弹琴疏解心事，那半阕无力继续的《长相思》，却是他在遥遥的偏殿外应接了下去，于是脱口而出："《长相思》吧。"

不料话一出口，他也是兴冲冲说出这样一句："《长相思》可好？"

舒贵太妃莞尔而笑："你们俩的心意倒是相通啊。"

我微微脸红，颇觉得有些不自在，忙笑着道："只因琴名'长相思'，是以我与王爷想到了此处。"

舒贵太妃笑道："就这一首好了。"

我调弦试音，缓缓舒袖拨了起来。同一瞬，他的笛声亦悠悠轻扬而起，清旷如幽泉一缕，脉脉沁入人的心房。

我最初的不自在在那一瞬间被他的笛声无声无息地安抚了下去。舒贵太妃侧耳倾听，似是十分入神。我弹完一阕，听得他的笛声并无停滞歇微之意，微一转头，却见他扬眸向我浅浅一笑。我一凝神，转瞬已经懂得，曲调又随着他的笛音转了上去，从头再来一次。

一曲终了，只觉得心头舒畅，什么心事也随着曲声倾倒尽了。

舒贵太妃含笑如迎风花蕊，颔首道："自先帝去世后，很久没有再听到'长相思'与'长相守'合奏的声音了。"太妃含情望向一双琴笛，爱怜地轻轻抚摩过琴身，似沉浸在美好回忆之中，笑容如花雪堆树、清月明光，"今日再闻琴笛合奏，很有当日我与先帝合奏的情味了。"

舒贵太妃说者无心，我听在耳中，心下如琴弦五丝，被谁的手用力一拨，铮铮地乱了起来。我不由自主地转首过去，正好遇上玄清的目光，不觉五内灼热，面红耳赤起来。

偏偏积云又道："太妃说得是呢。别的琴笛便也罢了，咱们的'长相思'与'长相守'却不一样，非要考较弹奏者的功力与技巧，光有功力与技巧还不够，还要合奏时心有灵犀，彼此知晓。更要紧的是，要有情致在里头，要不然，哪里有相思、相守的韵味。"

我心头一紧，脸上却若无其事笑道："我只和王爷合奏过一次，要说彼此知晓还说得过去，若说情致韵味，那可真真是贻笑大方了。平白叫太妃笑话。"

舒贵太妃缓缓斟了一盅茶递到我手里，淡淡笑道："话说回来，合奏最考较的是彼此的默契，若失了默契，只怕技艺再高超，终究也是枉然。总之今日得以再闻'长相思'与'长相守'二者和鸣之声，我亦无所遗憾了。"

如此谈笑一番，便也散了。玄清也向太妃告辞，送我下山去。

山路弯弯，风中隐隐闻得一丁点儿马脖子上铃铛的丁零之声，远远的，像是谁唱着一首叫人愉快的歌曲。马蹄踏在山野落花之上，亦有甘甜芬芳的汁液漫香满路。我与他隔着一拳的距离默默并行，谁也不说一句。

山路口有大株的野芭蕉生长，明晃晃的阳光似瀑布飞洒下来，本就翠绿的颜色愈加浓翠盈盈，直要淌下来一般。路边零零落落地开着几枝丁香花，淡紫或浅蓝的颜色，纤细柔和。

我见玄清含笑注目在芭蕉与丁香之上，不由得也笑道："芭蕉不展丁香结，同向春风各自愁。①王爷可在笑这个？"

---

① 出自唐代李商隐《代赠》二首之一。原诗是一首七绝，写思妇之离愁。这两句是说，芭蕉的蕉心没有展开，就像丁香的花蕾一样含苞不放，同是春风吹拂，而二人异地同心，都在为不得与对方相会而愁苦。比喻愁思郁结。

他眸中含着清亮的笑意："不知该夸娘子聪慧呢，还是说娘子可怕？"

"那么王爷的意思是说我侥幸猜对了？"

玄清伸手拈起一朵紫色丁香轻嗅不已："清正是想起这一句才笑。眼前虽然丁香与芭蕉同在，可是此刻清与娘子皆是心情舒畅，未见离愁相思，这句话实实是不应景了。"

我笑着指向怀中所抱的"长相思"："有此物在此，也算不得不应景。这琴本就是叫'长相思'的。"我看着他手指间的一朵丁香，轻轻道，"它很漂亮呢。"

玄清看花的眼神是怜惜的，回首向我笑道："的确很美，然而清并不打算赠予娘子。"

我笑言："虽然我并不打算要，可是还是很想问问为什么。"

玄清的目光从丁香移到我的脸庞，道："丁香是相思甚苦的花朵，清不希望娘子如是。"

"我是修行之人，自然不会沾染相思，王爷多虑了。"我想起方才之事，目光定定落在他腰间，道，"'长相守'是贵重之物，王爷总这样携带在身么？"

"没有。"他摇头道，"只是每次来这边才会带上。"

我隐约猜到他话中的深意，不觉有些害怕，忙忙道："王爷对太妃果然深有孝心。"

玄清的目光似漫天满地洒落的阳光，叫人笼罩其间无处可逃，他认真道："是因为'长相思'在你这里。我是'长相守'的主人，来寻'长相思'的主人。"

我抱住"长相思"的手心冒出潮湿的汗珠，扣在琴身之上有胶凝的质感。我讪讪道："王爷真会玩笑。"

他无奈地看着我，良久道："你知道我不是与你玩笑。"

我硬一硬心肠，骤然抬头盯着他，冷然道："可是我只能当王爷是玩笑。"

244

他并不逼视我，只淡淡凝眸于我，道："自你在清凉台留了一张纸不告而别，我怕你伤心为难，忍耐着不去寻你。可是你晓得我心里有多难过。芭蕉不展丁香结，同向春风各自愁。我不晓得你是否与我一样。可是于我而言，因你那一句'感郎千金意，惭无倾城色'，这年春天怕是我有生以来最难挨的春天了。"

"我从前是宫中的宠妃，那么今生今世哪怕被逐出宫墙亦脱离不了宫廷的影子。"我的眼角生生有酸涩的泪意漫出，我死死忍住，"人非草木，只是莫愁是从宫里出来的残躯，实在不愿和皇室贵胄再有沾染，纠缠不清。"

"因为你曾经是他的妃子，而我也出身宫廷，所以，你不能接受我？"他看着我，眼中无限痛惜与怜爱，"我只问你一句，昔年在宫里，可曾有一日过得平安喜乐？"

平安喜乐？我心中骤然一痛。每一日，每一刻，哪怕有着玄凌浩大而隆重的宠爱，我过着的哪一日，不是刀锋噬血，如履薄冰？

平安喜乐，那是想也不敢想的。

我只求我能活着，活得好一些。

他怔怔道："我遇见你的每一次，你何曾真心开怀过。连哭，也要极力忍耐着。"

那么多年的苦，那么多年的争斗，我的伤心和失落，只有他真真切切地目睹过，抚慰过。

我心意灰凉，唏嘘道："即便没有宫里那段日子，过去和如今，到底也不一样了……"

他打断我的话："过去，你是甄家的千金小姐，容颜如玉；如今，你是我皇兄逐出宫闱带发修行的女子。可是无论过去还是现在，撇开在宫里那段日子，你都是自由之身，可以去和任何人在一起。从前和现在，一切并没有不同。不同的，只是你的心。"他的话泠泠如水滴石穿，一记一记敲在我心上，"从前我认识的那个骄傲勇敢、无所畏惧的甄嬛哪里去了？"

"哪里去了？"我低低自问，亦像是问他，心里的种种委屈和痛苦终于喷薄而出，"她死了，那样的甄嬛早已经在家破人亡的那时候就死了！现在活着的这个，叫莫愁，是甄嬛留下的一副躯壳，再不是你认识的那个甄嬛了！"

我一字一字把积在心里太久的话掷地吐出，忽然有一瞬间空洞和软弱，踉跄几步，抵在石壁上，大口喘息。

他的笑容，在凄楚中绽放出一点点的欢喜，那欢喜看起来像溺水人的稻草，他说："你方才说人非草木，那么孰能无情，你心里也是有一点点喜欢我的，是不是？就如那一天，你会叫我的名字。"

我拼命摇头，摇得自己也头晕了，仿佛只有这样，才能肯定自己的言语："王爷误会了。因为多年来王爷对我种种照拂，人非草木，我自然明白王爷对我的心意。可是明白归明白，我对王爷，却只能是当个知己。若因为那日我冒失叫了王爷的名字叫王爷误会，那么是我的过失。"

他的热情像烛火一般一分一分地消减下去。我抵在石壁上，硬声道："王爷曾说，有女如云，匪我思存。沛国公家的小姐虽然德行出众、姣美无俦，你却偏偏不喜欢。那么今日恕我冒犯说一句，有女如云，匪我思存。这句话当真是十分好，而我对王爷的心思也是一样。王爷虽然贵为天家之子，天潢贵胄、近宗亲王，文才武略俱是凌于众人，可是我甄嬛……"我硬一硬心肠，冷然道，"可是我甄嬛，却也偏偏不喜欢。"

他的呼吸急促着，渐渐沉重起来，那一呼一吸间的沉重与滞缓，绝望地冲击在我的心间。他的眼神仿佛受了伤的兽，冰凉地绝望着。

我多么害怕看他，多么害怕。我用力别转头不去看他，可是他这样的眼神，铺天盖地，我如何逃得开。我被他这样的眼神望着，一种难以言喻的空虚汩汩涌上来，仿佛整颗心都被掏得空空的，再也无法填满。我的手指微微战栗着，我怕被他瞧见，牢牢藏在身后，用力蜷缩成一团。

他的神色渐渐冷寂了下来。良久，他把丁香别在自己衣襟之上，苦笑道："你这般说，那么这朵相思甚苦的丁香，看来便要属于我了。"

我狠狠心说完，踉跄奔出，却不觉也是清泪漫盈于睫了。

贰柒 沉心如醉

玄清果然是不来了，也再没有见面。那一日他绝望的眼神总是浮现在眼前时，我是这样心疼而不忍卒睹，不愿去想，也不愿去看，于是只好沉静着，终日跪在香案前数着佛珠诵读着经文，以此来让自己心志安宁。

身后，浣碧与槿汐凝望我时的叹息，却是日复一日地沉重了。

温实初面对我苍白的脸色时，几乎心疼得要落泪，再度来时，手里却多了一只鸟笼。他兴致勃勃道："我买了几只画眉，听它们叫着挺好听的，给妹妹玩吧。"

那画眉许是温实初着意挑选过的，都活泼得紧，一味叽叽喳喳地爱叫，倒也添了不少热闹。

这一晚睡得熟，睡梦迷离中隐约听得有什么锐利的东西"咔咔"抓着窗棂，窗口悬挂着的鸟笼里，几只画眉叽喳闹成一团，啼声尖锐而刺耳。我模糊地想着："这鸟怎么那么爱闹呢？"

"刺啦"一声，是窗上绵纸被撕破的声音，我来不及点上蜡烛，借着月光别过头去看，却见窗上霍然撕了一个大口子，画眉在笼子里喧嚣乱叫。一双碧油油的眼睛在毛茸茸的硕大脑袋上格外幽深可怖，"喵——"的一声向我扑来，它壮硕的身体猛扑过来时有凌厉的腥风。我本能地伸手去挡，几乎是在同时，我尖锐地惊叫起来："猫！有猫！"

夹杂着风声，混乱的脚步声，是浣碧的身子，抱住被子紧紧兜到我身上，尖叫道："槿汐，你快把猫赶出去，小姐见不得的，见不得的！"

我害怕得发抖，仿佛还是小时候，去范侍郎家做客，范家公子才七八岁，却淘气得紧，手里抱着一只猫儿，趁我不注意，兜头塞进了我的锦袄里。猫儿钻在里头找不到出来的方向，死命乱抓着狂叫，棉絮被抓了出来，雪白地飞舞着，我的身子被抓得生疼。我声嘶力竭地大哭，我永远不能忘记，它从我怀中跃出跳上肩头的感觉。它带着臊气的毛毛的尾巴扫过我的下巴，那双诡异的深绿色的眼睛狠狠地瞪着我，让年幼的我，完全失去抵抗。

我因此大病了一场，身上的抓伤好了，也没有留下痕迹，却再也见不得猫，只要稍稍靠近，就会吓得尖叫不已。而如今，在陌生的深夜里，这样骤然出现的大猫，几乎吓得我魂飞魄散。

我被浣碧裹在被子里，耳中却听到连浣碧也惊恐的声音："这猫怎么这样大！"槿汐手里的棍子一下一下仿佛都是打了空，敲在墙壁上。仿佛还不是一只猫，有好几只，在屋子里窜来窜去，混乱而凶猛地叫着。

"砰"的一声，门仿佛被谁踢开了，是猫惊恐的叫声，凄厉的惨叫，浣碧的惊呼，槿汐的安慰。有一个人冲过来紧紧抱住我，拍着被子，柔声道："没事了，没事了。"

我惊魂未定地掀开被子，抬眼却是玄清温柔而心疼的脸，我的软弱和害怕在一瞬间无可抑制，抓住他的手臂，伏在他怀里低声地啜泣起来。

他拍着我的背，安慰道："没事了，是闯进来要夺食的狸猫。"

我别过头看了一眼，地上横七竖八倒着几只身形硕大的灰猫，比一般的猫大了许多。鸟笼被扑在地上砸碎了，几只画眉的肚肠都被撕了出来，鲜血狼藉。我只看了一眼，吓得身子一缩。玄清道："别怕别怕，已经死了，没事了。"他蹙眉道，"这是山里，怎么可以养鸟呢。山里虽然没有猛兽，可是狸猫却有，这些狸猫常常一起出入，最爱以鸟为食，性子凶猛，又善夜行，体形壮大也敢伤人的。多半是听到了鸟叫被引进来捕食的，幸好没有伤到人。"

浣碧期期艾艾道："我们不晓得有狸猫，都是温大人，好不好的送什么画眉来。"

槿汐松一口气："还好王爷来得及时。说起来真是温大人好心办坏事了。"说着找了大布袋，把猫尸和画眉一同装了进去扔掉，又和浣碧一同清洗屋子。

浣碧和槿汐都在，我大觉不好意思，忙理了理头发坐起，疑惑道："今晚幸亏有你，只是怎么会这么晚了还在附近呢？"

玄清眉目间微有担忧之色："你不愿见我，我只能偷偷来瞧你了。这一个多月来，你都是快二更天才睡的，难怪脸色这样难看。"

我一怔，道："我竟都不知道。"

他笑一笑，有难言的苦涩："我若存心不想让你发现我，你又怎么能察觉我在外头呢？"

我愕然："那么，我从清凉台不告而别之后，你是否也常常如此？"

他低首不语，然而那神情，已经是昭然若揭。我的心口突突地跳着，他形容颇有些憔悴，眼下有一片小小的乌青，哪里还是从前那个疏狂清朗、温润如玉的翩翩少年。我低低叹道："你这又是何苦呢？"

他直一直身子，淡淡笑道："我不苦。只是想见你睡下了才走。"

他的衣衫上有夜露深重的痕迹，我轻声道："既然是我睡下了你就走了，怎么今日还在这里？"

他低叹一声："你何苦要这么聪明，就当我是贪看月色好了。"他歉然道，"今日是我不好，贪睡打了个盹儿，才叫你受惊了。你养的画眉，我一时也没想到会招来狸猫。"

我心中一动，却只能无言以对，半晌，凄然道："你是千金之体，何苦这样为难自己呢？"

他苦笑，神情益发憔悴，道："比起你那一日的话，能在窗外看看你屋子里的光，已是我最大的安慰了。"

我内心仿佛有浪潮一重又一重地冲刷上来，静默片刻，推一推他的手臂，轻声道："我没有事了。王爷也请回去睡吧，都三更天了。"

他的目光清澈如一潭清泉，这样盯着我，我几乎连心跳都偷偷地漏了一拍，竟不能回避，只是静静地回视着他。

良久，他起身道："你好好睡吧，别想着今晚的事了。"

我温顺点头："好。"

他正要伸手为我掖一掖被角，我忙拦道："我自己来吧。"

他涩涩一笑，如秋风中摇曳不定的芦花："上次这样为你掖被子，还是在清凉台。"他停一停，目光中有一丝祈求，"很久没有这般做了，就让我再帮你掖一次被子吧。下次，恐怕也没有下次了。"

我心中骤然一酸，不忍再拒绝，任由他帮我掖好被角，抵在我下巴下，道："夜里别着了凉，你的脸色这样差。"

我点一点头，见他眼中眷恋不已，再也不忍去看，转头闭上了眼睛。

我的梦魇从这一日后开始严重。浣碧和槿汐的陪伴也无济于事，狸猫的血腥和幼年的惊惶让我整夜整夜地无法安睡。

而笛声，是在这一刻响起的。脉脉一线，不绝如缕。即便不侧耳细听，也知道是"长相守"的笛音。清亮圆润的笛声被夜风送来，清晰入耳。我拥被而坐，顿觉心中的恐惧和不安都沉淀下去，只剩下这一刻的笛声，仿若山间静谧处的一泓清流，直流到心坎里去。

浣碧起身打开窗子，低声道："是王爷在吹笛子呢。"她的身影被浸润在月色里，轻声道，"今晚，王爷不知道又要吹笛到几更呢。"

我倚靠在墙壁上，但见月色溶溶，遥想他在月下吹笛的身影，静默良久，终于无声地落下泪来。

这一晚，依旧是在玄清悠悠扬扬的笛声中入睡的。惊醒我的，不是梦魇，而是窗外突然而至的暴雨。

暴雨惊雷，带着水汽的风阵阵袭来，从半开的窗扇间卷入。槿汐惊醒过来，忙关上了窗子扣好。见我只是和衣而坐，便静默在我身旁坐下。

烛火摇曳不定，一场滂沱的雨沉沉挥落在天地间。雷声雨声之中，隐隐听得那一缕笛声悠悠不绝如缕。

心口像被谁狠狠抽了一把，只一心期盼着，那笛音快停了吧，快停了吧。

槿汐叹一口气："真是可怜，外头那么大的雨，可是要淋坏人的。"

"那么大的雨……"我呢喃着，心中悚然惊起，更是担忧不已。

槿汐的目光犹如窗外一束强烈的闪电，把自己照成了个水晶透明人。她肃然中带着温和关爱，道："有句话奴婢一直不敢说，如今看娘子的情状，倒是到了不得不说的时候。娘子，过去的事已经过去了。娘子这般憔悴，是折磨了自己，也是折磨了王爷。奴婢这么多年看在眼里，王爷情深意重，是一个可以托付的人。"

有轰然的雷滚过深重黑暗的天际，轰得耳根发麻。笛声依旧悠悠，我心里也仿佛滚着惊雷一般。

暴雨如注，槿汐见我只是默默出神，于是微笑道："从前在宫里时奴婢也爱听戏，有一曲《思凡》听得最熟，有句唱词是奴婢最喜欢的，便是'火烧眉毛，且顾眼下'。"

仿佛有蓝紫色的闪电明亮划过天际，心头骤然分明。我心头大震，只反反复复想着"火烧眉毛，且顾眼下。火烧眉毛，且顾眼下"。

我倏地站起身，疾步向外奔出。浣碧不知何时起身了，急忙唤我道："小姐，伞呢？"

我回眸灿烂一笑："不用了。"拾裙急急奔出。

身后，仿佛是浣碧在向槿汐落寞地叹息："小姐，终于出去了。"

大雨哗哗如注，仿佛鞭子抽在身上，一记又一记，微微地疼。身上的衣衫全湿透了，粘腻在肌肤上。雨水迷蒙了我的眼睛，打散了我的头发，风雨阻绊着我的脚步，焦雷轰断了树顶的枝条。我浑不在意，也不觉得累。这么多年，无论是在深宫梨花如雪的重重回廊，还是在禅房怀抱香烟缭绕的经文佛珠，我的心里，从来没有一刻像现在这样畅快自在过。

我奔跑着，像重新安上了羽翼的飞鸟，寻觅着他的笛声，飞奔而去。他在的地方，就是我的方向。

夜雨惊雷，他站在岩边，一袭白衣萧萧，恍若自电光中而来，含笛于唇边，缓缓吹奏，清粹冷洌如白露含光。

我的眼泪，在一瞬间灼热涌出眼眶。狂奔数步，扑到他怀里。

雨水自他的脸上滑落。他怀抱着我，几乎不能相信，喃喃道："嬛儿……是你么？"

我用力点头，紧紧揽住他的脖子，流泪笑道："是我。我来了。"

他似乎不相信一般，用力盯着我看了又看。突然，他一把扯下自己的外裳，披在我身上，气结道："你疯了！下着那么大的雨，你还跑出来。自己的身子不要了么！"

我咬着下唇，瞪着他呜咽道："明明是你，这么大的雨，疯了一样在这里吹笛子。"

他把我的头抵在他的胸口，叹息着道："你最怕打雷闪电了。"

他的心跳沉沉入耳，隔着湿透的衣裳，他的温度暖洋洋传到我身上。

心中有无数的柔情蜜意，我伏在他胸口，低低道："只要你在，我就不怕了。"

他仿佛没有听清，怔怔道："什么？"

雨水腾起无数细白的水汽，却模糊不了他的容颜。我的心意在那一刹那坚定如岩间老松。此生良苦如斯，却终有什么是始终没有放弃，始终都在追寻的。

我仰起头，定定望着他，一字一字道："清，只要你在，我便不再害怕。所以，我一直要你在。"

夜色浓稠如汁，哗哗的雨声激在万千树叶草木之上，冲出湿冷清新的草木清馨。他望着我，眼眸中牢牢固定住我的身影，仿佛有滟滟无尽的刻骨柔情在流转生波，连我的身影亦被映照得流光宛转了。他的脸上有无尽的喜悦，他紧紧拥抱住我，那么紧，仿佛连骨头也隐隐作痛。我恍若在梦境之中，唯有那痛，叫我觉得他的拥抱如此真实、如此欢欣甜蜜。他欣喜若狂，沉沉道："只要你愿意，我便永远在你身边，不离不弃。"

他的目光这样温暖而坚定，带着得到梦寐已久的幸福与希望的光晕，透过交织的雨水与泪水，与我执手相看情深，只觉得总也看不够一般。原来心与心的距离，可以如此贴近，也可以遥遥如彼岸。由此及彼，只要跨出这一步就可以。

他冰凉的唇贴在我的额头上："嬛儿，若你还不对我说，还躲着我，只怕我就要疯了。"

我微微愕然，含羞道："难道我要对你说的你都晓得么？"

他整个人熠熠如明珠生辉，在暗夜里散发出一种温润夺目的光彩来，笑道："傻子，你当我这样傻么，你喜欢我，难道我瞧不出来么。别说是我，只怕是槿汐和浣碧都瞧出来了。我只是心疼你，这样忍耐着折磨自己。"

我唏嘘："清，我心里，总有许多的不能和不敢。"

他的嘴唇，有细腻而饱满的纹路，他轻轻道："嬛儿，是什么时候，你对我有了这样的心意？"

我摇头，老老实实道："我不晓得。"我凝神细想，"或许是在清凉台，或许是在长河边。或许……更早，是我当年小产之后，在你用笛声引我出棠梨宫为我开解心事的时候。"我叹息，"清，我并不晓得是什么时候，因为一直以来，在我最需要的时候，总是你伸手拉住我，不让我倒下。"

他摇头，眸光中有无数神采流转："不重要，都不重要了。要紧的是，你现在在我怀里，对我说这样的话。嬛儿，我盼了多少年！"

雨渐渐停了，偶尔从树枝上疏疏滑落一滴，清凉地流到脖子里。他的十指与我的十指牢牢交握，仿佛无尽欢悦和懂得的感激都被握在这双手心中了。

东方的天色逐渐明亮起来，晨光有浅蓝的柔和色调，带着露水的潮湿。他的语言字字在耳边，轻缓如暮春四月的风灌入耳中："我在你心中，是怎样呢？"

我想一想，满心的情意都化作十六个字："积石如玉，列松如翠。郎艳独绝，世无其二。① 你在我心里便是'世无其二'。"

他的额头抵着我的额头，轻轻笑道："这是古诗里赞美男神的，我并没有这样好。"

我笑而不语，只问他："那么我呢，在你心中又是怎样？"

他略略思量，答得郑重而坚定："在我心目之中，你便是我的天地人间。"

我来不及细细品味话中深意，眼泪已经滚滚落了下来，心上有蓬勃的喜悦轰然开放，就如春日里一树一树花树在我眼前勃然开放，开出无数圣洁雪白的花朵，如鸽子洁白的羽翼，凌然在世间尘烟之上，绝尘而出。更如明光晓映，皓月当空，于无底无尽的黑暗之中骤然照耀在我心上，那种光明皎洁，几乎叫人不敢逼视。

"天地人间？"我喃喃自语，几乎不敢置信。

他的语气肯定如山顶悬崖置放千年的磐石："是。得到你，便是得到全部。若你不在，这一切繁华锦绣，于我也不过是万念俱空而已。"他的

① "积石如玉，列松如翠。郎艳独绝，世无其二"，出自流传于民间的南朝民歌《吴歌》中神弦歌十一曲之一，神弦歌大都为江南一带民间祀神歌，曲中所述之神灵，体态优雅，风姿绰约，富于浪漫主义温情，和《楚辞·九歌》相似。神弦歌具有人神恋爱的特色。这一曲名《白石郎曲》，是赞叹男神的美貌高贵的。

声音忽然有些凝滞，"嬛儿，因为你在，从前无论我失去多少，亦都觉得值得了。"

我低声抽泣，摇头道："我是当今皇帝的废妃，我身在佛门之中，是罪臣之女，还生育过女儿。而你，有无数名门闺秀可以选择，有锦绣灿烂的前程，实在不需要和我这样的残躯败体在一起……"

他的手掌是温暖的，紧紧覆盖在我的唇上堵住了我下面的话，他用力抱住我："在我心中，你就是最好的。嬛儿，你要相信。"

我点头："如你方才所说，你在我心中，亦是最好的。"他的微笑徐徐绽放开来，我的泪水融进他的衣衫之中，仿佛开了一朵又一朵明媚的小花，这样鲜活明媚地绽放开来。

他的怀抱辽阔而温暖，像碧蓝宁和的阔远天空，我被他拥在怀中，仿佛一直在巢穴中仰望天空的鸟儿终于展翅飞到了渴慕已久的天空之中，只觉得重重心事都放了下来，重重喜悦如浮云海浪涌上身来，身心俱是松弛祥和，柔软了下来。

我低声道："清，也是因为有你，无论从前身受多少艰难委屈，我都可以不再怨恨了。"

黎明已至，天光畅亮。天边朝霞灿若云锦，我从没有发现，连朝霞也可以美到如此让人叹慕的境地。

和清在一起的每一天，我都是快乐而充实的。然而每一天，我又都在矛盾和挣扎之中入睡，想着我和清，似乎是没有未来的。此刻所有的一切，是如槿汐所说的"火烧眉毛，且顾眼下"，也是"须作一生拚，尽君今日欢"的热烈与无望。尤其当芳若来看望我时，告诉我任何与我的过去息息相关的宫廷的事。我一次次惊觉，我的身体发肤，都是被深深烙着过去的印子的。

我不晓得我该怎样挣脱自己的身份，他该怎样挣脱自己的身份。这样可恼的身份，让我尴尬而羞耻。

可是每一日醒来，看见微薄的晨曦从窗棂的格子里细细地筛进来，想到这一天里，我也许又可以看见他，整个人，便浸淫在巨大的喜悦和甜蜜里。

有时候，我情愿自己是一个无知的女子，没有道德，没有廉耻，没有是非观，甚至……没有记忆。这样，我便不会痛苦，不会难过。

如果可以，我情愿拿我自己现在所有的一切去换和清在一起的相知相许的快乐。

我情愿。

这一日，我几乎都是与他在山间漫步同行。

其时日落西山，余晖如金，最后一缕金色的霞光笼在他身上，他转过身来看我，他的脸在逆光里看不清楚，他缓缓向我伸出手："山路难行，我牵着你吧。"

他的身子在霞光下如同天神一样皓洁庄严，山风如梭，他宽大的袍袖被风吹得微微鼓胀，飘扬若三尺碧水。

只觉得心中怦地一跳，四面暮色，无限温软的夏日微风，静得如能听见自己的呼吸。我犹疑伸不出手去，暗暗交握着，手心细密沁出汗来。

隐隐有歌声从山下长河传来，渐渐听得清了，原来又是阿奴在歌唱，唱的正是她一直在唱的那首山歌："小妹子待情郎呀——恩情深，你莫负了妹子——一段情，你见了她面时——要待她好，你不见她面时——天天要十七八遍挂在心！"

那歌仿佛是刻在我心上，这时候听到不由得心神激荡，一时间说不出话来。

他的目光一清如水，那么澄净，声音柔和若四月的暖风，轻轻道："你听。"

我低声答道："听见了。"

他的手伸得更前些，几乎要碰到我的袍袖。他离我那样近，他说："我待你也是一样的心思。"他见我不语，容色微微黯然，"那一日你写给我的《碧玉歌》——感郎千金意，惭无倾城色。翻过整本《乐府》，我从来没有这样害怕一句话。"

我仰起脸看他，灰白的佛衣下徐徐伸出素白的纤手，素食久了，双手那样苍白，细薄得透出微蓝细弱的血脉，流转反映着霞光滟滟。

我直视着他，微笑如花绽放在颊上："这回换我来说，我要说的是——既见君子，云胡不喜。"

他紧紧握住我的手，脸上露出那样温润如玉的温柔与惊喜的神色，在渐渐阴暗的天色下明亮得如同夏天最最明媚灿烂的阳光。

他的手那样热、那样大，显得我的手小得不盈一握。

他洁净温暖的气息盈在身边，我突然向前一倾，脸就埋入他襟前。他紧紧搂着我，我的发摩挲着他的下巴，他在耳畔说："我们一起走。"

心似被什么东西撞了一下，隐隐作痛，鼻中也酸楚。

其实我不知道我们可以走到哪里去。我是皇帝下旨逐出宫修行的废妃，他是翩然如玉的天潢贵胄近支亲王，如槿汐所说"火烧眉毛，且顾眼下"而已。可是眼下听着他这样郑重其事地说，心里顿觉安慰舒畅。对于邈远的未来，也有了一丝可以依傍的想象。

山风在耳边呼呼作响，零星初绽的凤仙花儿明艳动人，婵娟如烟。他执着我的手一步步往山顶走，走一步回头看我一眼。

他一根根地展开我的手指，将他的每一根手指都放入其间，十指交握。我微微疑惑，只看着他。玄清的话语坚韧而执着，微笑道："这种牵手的姿势叫作'同心扣'，据说这样牵着手走路的男女，即便生死也不会分开。"

仿佛纵身跃入海中，溅起庞大而跳跃的雪白水花，如我此刻欢悦而震荡的心绪。然后一睁眼见到海底珊瑚光华簇簇。如同置身在梦中，却明明伸手就可以触碰得到。

真的是恍如梦中啊！我心下蓦然一动，突发奇想道："清，我总觉得是在做梦一般，你咬我一口或者掐我一下，好不好？叫我知道我并不是在做梦。"

玄清低头吻一吻我的鼻子，轻声笑道："我不舍得。"我忽然觉得自己傻气。怎么这样傻呢，连自己都不好意思了。

我微觉羞涩，低头看见自己足上最简朴不过的芒鞋，踏在厚厚的青苔上，一步一个欢喜。

忽然想起当年盛宠时玄凌曾赐给我一双鞋子。莱玉做底，内衬香料，精绣鸳鸯荷花的金错绣绚蜀锦鞋面，鞋尖上闪耀着合浦明珠。那样奢华而矜贵。

可是，眼下我心中的欢喜与感动，是得获那样的殊宠也抵不过万一的。心里只觉得那样的精美绣鞋的步步生莲，也不及穿着一双芒鞋与他携手同行的温馨。

他与我一同看过晚霞，抚一抚我的头发，柔声道："陪我去安栖观看母妃吧。"

我怔一怔："我怎么好意思去。"

他牵过我的手，含笑道："母妃一向是喜爱你的。"他见我害羞，"母妃是坦荡的人。嬛儿，你不晓得我有多快活，我都急着想要对母妃说，你的儿子得到了这世上他最想得到的人！"

我笑一笑，纵然妾身未明，我如何能拒绝他这样的欢欣和拳拳心意呢？于是低眉含羞，轻声道："好。"

安栖观依然如昨，而我去见舒贵太妃时的心情却是截然不同了，竟还有一丝难言的紧张。小叩门扉，出来开门的正是积云，见我与玄清一同而至，不由得惊讶道："今日怎么这样巧，王爷和娘子一同来了呢？"

玄清笑而不答，只道："母妃呢？"

积云笑道："太妃才诵经完毕，正喝茶呢。"

时值夏日，安栖观里窗户洞开，因着周遭树木繁密，颇为凉爽。庭院的缸里养着好些莲花，小小巧巧的，倒也十分可爱。

太妃正盘腿坐在凉榻上喝茶，见我们来了，只一味招手笑道："来得正是时候，积云炖了百合汤呢。"说着招呼积云盛了两碗上来。

玄清道："先给母妃行礼吧。"

我盈盈一拜："太妃安好。"玄清未等我起身，亦是一拜到底："给母妃请安。"说罢扶着我，携手而起。

太妃恍然大悟，不由得以手覆额，满面含笑道："好！好！总算在一块儿了。"

我满面红晕："听太妃方才的语气，好像早晓得我与清……"我不好意思，于是停口，只瞪一眼玄清。

太妃笑道："清儿是什么都没和我说。只是那一日你们琴笛合奏十分默契，心有灵犀。真当我老了，什么也瞧不出来么？心有灵犀这回事，本当是情意相通的人才会有。"太妃拉着我的手让我走近，爱怜道，"好孩子，也不早告诉我。"

玄清略略不好意思："此事峰回路转，也是刚刚定下来的，儿子赶紧就带了嬛儿过来给母妃请安了。"

太妃满面欢喜地看着我，继而叹了一口气道："嬛儿，你是个聪明孩子，我打心眼里喜欢得紧。你是命苦的孩子。我的清儿，也是个苦命的孩子。你们两个人要好好在一块儿，也是受了不少磨难的。并且，只怕以后的路也不是一帆风顺。"

玄清看我一眼，道："母妃……"

太妃正色道："你听我先说。"又向我道："从前的路你们算是熬过来了，守得云开见月明，我心里安慰得紧。但是以后的路，既然你们一块儿走了，就要好好走下去。或许这条路比从前的路还要难，但我相信，事在人为，只要你们两人心在一处。你们好好记着我这一句吧。"

太妃的话句句入情入理，我与玄清一道深深拜下。

太妃慨叹着道："我今日真是高兴得很，'长相思'和'长相守'又成了一对儿，总算不辜负了。"太妃慈爱地抚着我的手，道："好孩子，两个人真心喜欢彼此是多么难得的事，能坦荡又心甘情愿地爱慕对方更是不容易，好好惜福吧。"

我盈盈施了一礼："太妃的话，嬛儿铭记在心。"

自安栖观出来，玄清神色喜悦，道："如今可放心了么？"

我诧然道："什么？"

玄清认真道："我带你来见母妃，告诉母妃我们的事，是想要你明白，我待你，不是作朝夕露水之情，而是希望执子之手，与子偕老。"

执子之手，与子偕老。是多久以前，我还是闺阁里从茜纱窗内望着蓝天做梦的少女，心下被《诗经》里的这句话深深震动，仿佛打开一扇窗，看见情爱浩瀚里最美的海洋，与我的"愿得一心人，白头不相离"一般执念不已。

如今，我与他，我总以为是没有未来的，却不想，他把我带到他的母亲身边，对我说这样的话。

他握紧我的手放在他的胸口，低沉而坚定："你要相信我。"

我用力点一点头，伏在他肩上。有他这样的允诺，哪怕前路再渺茫，我也可以有一份坚持的执信了。

这一晚睡前，再无挣扎与矛盾的念想，只安然伏枕而卧。睡足醒来时已是次日午后，夏日的阳光是澄明的金色，隔着青竹细帘渺渺地、一丝一缕地透进来，仿佛柔软的轻纱迤逦在地上，浓一条浅一条。

我懒怠睁开眼睛，整个人仿佛在浮在睡梦里。睡得久了，身上有潮潮的汗意，恍惚有谁在打着扇子，扇来凉风徐徐。

我睁眼，却是槿汐，她笑吟吟道："娘子一觉醒来，宛若新生。"

宛若新生么？

这样寂寥而清净的山中岁月，我曾经日夜诵读经文，如困兽一般抵抗着内心不堪的记忆与痛楚，连心境亦是晦暗到阴阴欲雨、暗无天日的。然而他的了解与懂得，只因为他的了解和懂得，幽闭的心才能够一线天开，漏进天外无数清明之光。

若没有玄清，或许我就这般沉溺了下去吧，沉溺在记忆和过往带给我的无法挣脱的痛苦和凄凉心境之中，这样无声无息地沉溺到底、萧条到死。

若不是清，若不是清宽大的爱慕和懂得，我也许真要走到那样的一天了。他的爱慕和懂得，他给我的情意，是安抚忧伤、平息仇恨的最好的良药。

我曾经寻寻觅觅一帖良药，治我的心，疗我的情，医我的命。《杏花天影》里，总以为自己是找到了，满心欢喜迎来的却是冰冷凉薄的倒戈一击。

却原来，过了这样久，我才知道。玄清，他宽容等待着的爱，才是我那一帖良药啊。

错过了那样的时间，错过了那样多的人，隔着红墙碧瓦琉璃翠影的笼罩下的无数刀光剑影、粉黛修罗。我终于找到了他，他也终于等到了我。忘却悲喜，执手相看。

终于，竟也有今天。

浣碧倚靠在门上，远远望着我，含着默默的一缕笑，道："人逢喜事精神爽，果然王爷和小姐凤愿以偿，人都欢欢喜喜的。"

其实仔细看去，浣碧的眉眼是与我极像的。就如不仔细去看，玄清与玄凌的背影也是有几分相似的。毕竟，他们是兄弟啊。

偶尔，我在与玄清的日夕情深之中，想到玄凌。如今，玄凌是真真切切地已经远离了我的生活，红尘两隔。撇开玄清，偶尔还带着宫中沉靡的气息而来的，只有芳若。

其实自我迁到凌云峰的禅房独居，芳若已经是很少来了。

那是她最后一次来看我，她的神色从容而有些忧伤："已经快三年了，日子过得真快啊。"她缓缓道，"宫里对娘子放心不下的人已经无暇顾及娘子了，也不会再理会娘子。所以奴婢也无必要再常常来了。"

我吃惊，依依不舍："即便没有她们虎视眈眈，姑姑也可以常常来瞧我的。"

芳若慈爱地道："奴婢从前来，是为太后点醒她们，不要轻举妄动。如今她们的心思已经不在娘子身上了，奴婢再来，只会让娘子太过招眼，反而适得其反了。"

我望着芳若鬓角新生出的白发，想起多年来她对我的种种照顾，心中感念不已："姑姑照顾我多年，实在是辛苦了。今后姑姑再不能来看我了，我有个不情之请，只希望姑姑在宫里能为我多多看顾胧月与眉庄姐姐，我便安心了。"

芳若眼中隐隐含泪，道："娘子放心就是了。"

我伫立门边，望着芳若远去的背影，想她自我入选宫闱之始便对我的种种关爱照拂，心中不由得一酸。而如今，连她也不来了，我与紫奥城的牵连，便又断了一分了。

贰捌 | 秋夕

　　浮生静寂如斯，常来常往的便只有温实初和玄清了。只是温实初和玄清见面的时候往往岔开，于是二人也不甚照面。玄清每每三五日来一趟，与我笑谈古今，或者下棋和诗，寻一些风雅的乐趣，或者传递来一两句关于眉庄或是胧月的消息。这样一两句，只是这样的片言只语，不会挑动我的伤心，却也抚平了我心底的牵挂与关切。

　　玄清也对我抱歉，抱歉他往往只能三五日来一回，却不能时时陪伴在我身边。于是让阿晋驯养了一只鸽子给我，笑道："如此，我们就可以飞鸽传书，互通往来了。即便不能见面，也能说上一些话。"

　　我故意打趣他："我可不要，等下还没飞鸽传书几次，先把狸猫给引来了，我可再经不起吓。"

　　玄清笑着夹我的鼻子，道："你以为鸽子那么傻，会待在鸟笼里等狸猫来吃么？它平时自己会飞会觅食，你要找它来传书信，打个鸽哨就好了。"

　　有时候也想，为何他会对我的心事把握得这样清楚而恰当，总是这样恰到好处地一点一点化解了我心中的冰冻。

这一日的午后，他与我西窗棋罢，槿汐端上绿豆汤来，我道："喝这个最解暑，方才正午太阳那么大，还跑马过来，真是疯了。"

玄清仰头一气饮下，望着屋外竹影道："你这里是纳凉的好所在，我才特意跑马过来，又寻一碗好汤饮解解暑气。"

恰巧浣碧进来，婉约一笑："外头这样热，王爷等下不论是回王府还是回清凉台，都怕得一身汗呢，不如在这里吃晚饭吧。"

玄清笑着看我："小婢相留，不知主人意下如何呢？"

我扑着一把白绢团扇，笑道："浣碧都开口留你了，我还好意思赶你走么，只要你不嫌咱们这里素菜寡淡就好。"

玄清道："不拘吃什么，随心就好。"

我拂一拂衣裳起身，含笑道："既然如此，今日我便亲自下厨，为王爷做一碗羹汤吧。"

日落西山之时，庭院里瓜架下搁了一张方桌子，我端了一碗米饭并一碗清汤上来，道："王爷请尝一尝吧，这汤要配着白饭吃才不失味道。"

汤色有一点浅浅的碧莹莹，配着莹白的瓷碗，色泽清爽，笋片和香菇丁沉静伏在碗底。玄清笑道："看着很让人食指大动。"他舀了一口，闭目细品，"有荷叶的味道，有松子、香菇的气味，仿佛还有笋。"他好看的眉毛微微轩起，"还有一点清香，很是特殊，不太品得出来。"

我笑道："是你自己清凉台的东西呢，自己却不知道了。是去年在你的清凉台养病时在绿梅上收的雪水。绿梅的气味不似寻常梅花，那股清冽之气愈加脱俗，才配拿了嫩荷叶和松子来熬汤。"

他侧首而笑："有梅花上的雪水，有荷叶、松子，有菇有笋，都是天然清净的东西，难怪味道这样清新。"

我微微含笑："若是俗物，可敢拿来给你品尝么？"

玄清道："如此佳物，有什么名字么？"

我的语气云淡风轻："梅花、松子、香菇和笋都是山间之物，荷花是水中才有，几物并成一碗，有山亦有水，皆是格调清新。"

他"哦"了一声，颇有些揣测道："可是叫'山光水色'？"

我掰着指头道："山水只是末节，可贵的是几物的品格，皆是极有气节风骨的。"我笑道，"便叫'清气长存'。"

他拊掌："你的脑袋里刁钻古怪，连我也自叹弗如。"

我扬一扬眉毛："不过闲来无事在饮食上留心罢了，这也算是刁钻古怪么？"

他神采飞扬："清气长存，仿佛我的名字。"

我拍一拍扇子，掩唇笑道："好没道理的一个人，我做一碗汤，便硬赖着和自己名字相像。可也好意思？"

玄清眼角微微有一小片淡淡的红晕："你若否认，我也只当是真的。"他大笑，"只为这个名字，也实在不该辜负，我要一饮而尽了。"

炎夏的晚风有些闷闷的水汽，扑到我面上时却有润泽的清凉。夕阳如醉，庭院里的夕颜一朵一朵似纤巧纯白的蝴蝶，缓缓吐露令人闻之忘忧的香气。

他吃了两碗饭，风卷残云一般把菜全吃完了。

我见他吃得美味，心头十分欢喜。一股甜香扑鼻，玫瑰的浓香夹杂着酒酿的沉醉气味。连我也被吸引，不禁转头去看，却见浣碧盈盈曼步过来，笑容满面道："我方才下厨做了一碗玫瑰酒酿，当点心吃最好，王爷尝一尝吧。"

却是雪白一碗酒酿，撒了好些玫瑰花瓣丝，嫣红可爱。

我笑道："闻着好香。浣碧下厨的手艺是不错的。"

玄清略略有些为难："我今日实在是吃饱了。且酒酿甜腻，实在是吃不下了。"

浣碧望着桌上吃得精光的盘子，有些失望，道："那么，只尝一口可好？"

她身姿楚楚站立面前，手中的玫瑰酒酿香气扑鼻，中人欲醉，实在是很难拒绝的。玄清笑吟吟道:"浣碧的手艺,一看就知道是好的。只是今日实在是吃不下了,不如改日吧。"

浣碧有些懊丧,也有些进退不是,只低声道:"那好吧。"

我见他为难,心里也晓得他并不喜欢吃这样甜的东西,然而也不必要为了这个叫浣碧难堪。我略想一想,笑道:"方才不是说要去安栖观看望太妃么,趁着天色还早,赶紧去吧。"我急着打发他走,浑然不觉身后的浣碧一脸落寞。

他会意:"那么,我过两日再过来。"

我见他走了,看浣碧低头用力擦拭着桌面。她咬着唇道:"我本以为王爷闲时喜爱小酌,所以才会做一碗玫瑰酒酿,没想到用错心思了。他方才推诿的时候,一眼也没瞧那碗玫瑰酒酿,可见他是不喜欢吃的。"她伸手把酒酿倒进泔水桶里,面色沉静,丝毫不可惜。

我愕然:"他既不吃,你便放着就是,何必倒掉。"

浣碧恍若无事:"我是做了给他的,他既不吃,我倒掉就是了,也不打算给别人。小姐和槿汐若喜欢,我重做新的就是。"

我望着她的身影,心底一点疑惑的荫翳,渐渐变得浓重。

此后不久便是七夕,我料想宫中循例都要开宴庆祝,玄清必定是不会来了的。于是便去安栖观看望太妃。积云姑姑见我来了,已是满面含笑,招手道:"太妃在内堂念经呢,娘子先来坐坐吧。"她笑吟吟道,"娘子来得真巧,我正要摘了葡萄洗呢,娘子也尝个鲜吧。"

太妃与我一同吃着葡萄,慢慢道:"今儿是七夕,清儿还没有来么?哦,今日七夕宫中想必又有欢宴,他是不会来了。"太妃道,"不是我这个做母亲的偏心,这个时候,只怕他身在宴席,心里也是一样想着你的。"

我唇角微微扬起,道:"太妃不用劝解,他的心,我自然知道。哪怕一时三刻不在一起,又有什么要紧呢?"

太妃抚一抚我的额头,叹道:"你这样明白他的心,就是最好了。"

凉风轻轻拂到面上，和太妃的手一样凉而温柔，吹面只觉舒服。

太妃望着夜空，四周静谧，有喜鹊扑棱着翅膀飞过。太妃的声音柔缓似春水泛波："清这孩子像极了我和他父皇。从前，我是摆夷降臣的女儿，跟着父亲在大周朝廷中存活着本就身份尴尬，后来爹爹又因罪被贬，我又身在罪籍被没入荣德长公主府为婢。后来皇上为了能让我进宫给我一个名分，让我一直在他身边，就叫我认知事平章阮延年阮大人做义父，费尽了多少周折，却也只被允许住在太平行宫。"太妃似沉浸在往事之中，皎洁的脸庞被月光映照着，无比光润柔和，"因为昭宪太后不满我的出身，于是不许我进紫奥城册封。昭宪太后是先帝的嫡母，先帝的生母昭慧太后去世之后，一直是由昭宪太后亲自抚养先帝长大的，十数年母子之情，先帝自然不好违拗昭宪太后的意思，却也不忍太委屈我，如是才在太平行宫建了桐花台迎接我入宫行册封嘉礼。"

桐花万里路，连朝语不息。桐花台，那是舒贵太妃当年进宫行册封嘉礼的所在，亦是她与先帝可以公开站在世人面前携手同进退的地方。当日先帝立于桐花台之上，亲自吹"长相守"歌《凤凰于飞》，迎接他毕生心爱的女子归来。于一个女子而言，这样盛大的情意，自然是十分美好的回忆。

然而对我而言，桐花台——我的嘴角不自觉地漾起一抹温柔的笑意。

那一夜的夕颜，开得如斯洁白纯净。每每在伤心时，脑海中想起那一夜的言语，亦染上了这样洁净的安宁气息。

太妃见我微笑，不由得问："嬛儿，你在笑什么？"

我这才惊觉过来，盈盈浅笑道："我只是想起了从前见过桐花台，所以微笑。"

太妃道："是啊。桐花台高三丈九尺，皆以上好的洁白玉石铺就，琼楼玉宇，栋梁光华，照耀瑞彩。为了造桐花台，还费了不少能工巧匠的心思呢。先帝还命人在桐花台边缘植嘉木棠棣与梧桐，梧桐——是象征恩爱长久的树木啊。"

我点头道："是啊。梧桐引得凤凰来，的确是恩爱且贵重的树木。可见先帝对太妃的心思，确实不是一般的兴之所至。"

太妃微微颔首，下颌的弧度柔美如新月，轻轻道："每年春夏之际，棠棣便会花开若雪，暗香清逸。偶尔亦有开紫色的，更为难得，那种美景仿若漫天扬起紫色的轻雾，花繁秾艳，令人望之心醉。每每这个时候，先帝便会命善歌的侍女在梧桐树下歌唱《棠棣之华》，与我携手漫步其间，共赏花开花落。我进宫多少年，先帝便这样待我多少年。虽然经年之中总有数月先帝要回紫奥城居住，两地分离。而且，太后不喜，皇后不满，诸妃非议，朝臣议论，但先帝待我的情意总是没有改变。"

"我也时时耳闻，当日先帝的皇后是太后的亲眷，宫中又有得势的玉厄夫人，甚至先帝为了太妃有封宫之举惩罚嫔妃。"

"先帝待我，其实是非常好的。若在太平行宫居住，他必定不会随意召幸除我之外的任何妃嫔。虽然上至太后，下至朝臣，总对我诸多刁难，可是有先帝一力维护，我总不觉得这宫中岁月辛苦。"

我听她这样说，内心其实是有些害怕的。先帝愈专宠舒贵太妃，其实愈是把她逼到了与众妃敌对的地步。

集宠于一身亦同集怨于一身啊！难怪玄清当日会在桐花台劝诫我"帝王恩宠太盛则如置于炭火之上，亦是十分辛苦"。

这句话，恐怕也是玄清对他母妃所受恩遇的感慨吧。

那么，舒贵太妃虽然嘴上说甘之如饴，其实内心亦是十分痛苦吧。

只是，或许在她心中，只有先帝的情意才是最重要的。

太妃颇有些失落道："只可惜当今太后不喜欢桐花台，觉得它过于奢靡，如今多年不见，应该也荒废到无人打理了吧。"

我淡淡微笑，劝慰道："那又如何呢？桐花台无论繁盛或是衰败，在太妃和先帝眼中，永远都是当日情意合欢的桐花台啊。"

舒贵太妃清浅微笑："是啊，在我心中，桐花台永远是我与先帝多年情意的见证。"

太妃笑得十分欢悦，连银灰色的衣袍也仿佛被月光染就了莹润通透的色泽，她的周身就这样如月一般熠熠生辉，晚风带起她的衣角，飘飘若举。舒贵太妃此时已经四十有余，我见她容貌形状宛若当年一般，沐浴在星光月光之中。遥想她初入宫闱，与先帝携手并肩临风站于高台之上，会是何等翩翩若仙的风姿仪态。

我眼见月上中天，时辰也不早了，才起身告辞离去。我正聚精会神走在山路上，忽然身后"啪"的一下，是谁的手拍上了我的肩膀。周遭山影晦暗，怪石嶙峋如兽，我的心一阵狂跳，失声叫了出来——"是谁？"

迎面却是一双带笑的眼睛，这样熟悉而温暖，我的心骤然安定下来，又惊又喜，道："你怎么来了？"

却是阿晋在旁边笑嘻嘻道："本来宫里开宴，我们王爷装着喝醉了，皇上才叫赶快送回府去。结果才入府，见宫里的人走了，这酒也马上醒了，忙忙地就往这里赶。"

天气炎热，他只穿了件银灰色的刺绣薄罗长袍，只在袖口刺了两朵银白色的四合如意花纹。这个样子，半分也看不出亲王气度，倒像是一个寻常的读书公子。

我暗赞他细心，道："阿晋说你装醉出来，赶得这样急，衣服却是半点破绽也没有，走在路上，谁晓得你是天潢贵胄、近宗亲王呢。"

他低头看看，自己也笑了："清河王府里不缺这样的普通衣衫，只是这银灰色么……"

我心下晓得，因我身在禅房中，素日穿的也就是银灰色的衣袍，所以他才特特选了这颜色来配我。

他笑意愈浓，伸手欲牵我的手，道："我们去走走，好不好？"

我欢欣一笑，把手安放在他手心之内。我也不晓得他究竟要带我走去哪里。只觉得这样被他牵着手且行且走，无论走到哪里，心中都十分安乐平和。

　　他走路其实并不安分，腰间系了个小小的纱制的透明囊袋。山路安静幽长，偶尔有深蓝色的闪着光的萤火虫飞过。他的手法极快，眼光又准，一下子就把那些三三两两飞着的萤火虫抓住，收进纱袋里。

　　我含笑嗔怪道："也不好好走路，像个顽童。"

　　他也不作声，只慢慢一路收集着。

　　山路蜿蜒而下，转眼已到了山脚河边。河水悠悠缓缓向东流去，只微闻得流水潺潺之声，风吹过河岸长草的簌簌之声，反而让人觉得更加宁静。

　　他指着阿奴日间摆渡的船只道："我来做船夫，快上船吧。"

　　我见他兴致颇高，也跳上船去，他徐徐划动竹篙，向河心划去，手势十分娴熟。我想起昔年在太液池偶遇他的情景，也是这般，他在船头划桨，而我安静坐于船中，太液池中最后一垄荷花的芬芳气息，仿佛还盈盈流动于鼻端。烟水波光的浮动间，依稀恍惚还是那年那月，而时光荏苒，如这身边的河水悠悠向前流去，如今的我，竟也能与他携手而行了。

　　他的背影颀长，倒映在我身上，仿佛整个人都被他的影子所笼罩着。天地明光照耀，都不如这一刻在他身影的笼罩下来得安心。

　　我不觉轻笑了一声，望着他道："划船的手势还是这样熟练，难道时常去太液池中练习么？"

　　他"哧"一声轻笑："即便时常去太液池划船，你以为每次都能遇上你这样扮作宫女偷跑出来的女子么？"他看我，"那时候你的胆子可真大，敢这样偷偷跑去看禁了足的惠贵嫔？"

　　我疑惑："惠贵嫔？"

　　"是。"他略略沉吟，"七月初一，奉太后恩旨，皇兄晋了沈眉庄为正三品贵嫔，别居衍庆宫为主位，另建存菊殿居住。"

　　听得是太后的恩旨，我心下明白太后必定还护佑着眉庄。而衍庆宫是宫中几所形制较大的宫殿中的一所，与眉庄从前所住的畅安宫，也就是敬妃的宫殿毗邻而居，自是个十分好的所在。于是心下略略放心，神色也松弛了下来。

"可是……惠贵嫔拒绝了。"

我吃了一惊,忙道:"为什么,是皇后为难么,还是安陵容作梗?"

"不。是惠贵嫔自己拒绝的。她自请独居棠梨宫。"玄清也似乎十分感慨,"惠贵嫔不愿居住形制富丽的衍庆宫,而是自请居住到被宫中所有人等视为不祥之地的棠梨宫,只怕从此之后,君恩更是稀薄了。"

我脱口问道:"她这样做,难道太后不制止么?"

他感悯似的摇了摇头:"你与她自小交好,难道不晓得她的脾气么?何况皇后和安氏等人巴不得她失宠,自然会顺水推舟的。"玄清划竹篙的手势许是因为心情的缘故也慢慢缓了下来,"我看她的意思,是想为你好好守着棠梨宫,一人冷清居住了。"

我内心惊动,原来她拒绝玄凌的好意,另要迁宫居住,还有这样一层深意。棠梨宫乃是我和玄凌最后诀别之所,玄凌心中耿耿,自然不会让别的宠妃住进去。而一旦谁住在棠梨宫中,玄凌自然也是不愿再踏足一步的。也意味着,住在棠梨宫中,是和被皇帝冷落、再不相见没有分别的。

眉庄啊眉庄,她竟然对玄凌也决绝到这样的地步。

然而也是,以她的气性,是宁愿孤老宫中,也绝对不会再回头向玄凌乞怜的。

我又是感动,又是担忧。想到眉庄如此绮年玉貌,却要独居在我的棠梨宫中郁郁终生,心中更五味杂陈,忧烦不堪:"眉庄的一生,真是太可惜了。"

玄清的手抚上我的脸颊,怜惜道:"你觉得她的一生是可惜了么?有太后的保护,而且她是失宠之人,不会有人去害她的。"

我的家族变故,我的离开,我的母女离散,眉庄未必不想为我报仇。可是如今的宫中,她势单力孤、孤掌难鸣。哪怕她再恨、再有心,太后也容不得她为我去做什么。而太后必定是对她晓以利害,太后也必定是答应了她什么,才会让芳若每月来看我,要我呈上每月所抄录的经文,证明我还活着，确保我还活着。那么，眉庄得宠与否又有什么重要呢？因为在我心中所盼望的，也只是要她好好活着，活得平安宁静。

我往深处想去，慢慢也泛起一点欣慰来："就如同我的胧月是公主，不会像皇子一般招人注目。我只要眉庄和胧月平安，不要活得那么辛苦。"

我的心境稍稍平复，抬头看见他关切的目光，心下骤然一松，整个人舒缓了下来。

然而，我还有关心的人，于是问："那么……"

他知晓我的心意，含笑道："有'缩缩'两个字，皇兄和太后，还有敬妃，视她为掌上明珠，何况胧月本身就很讨人喜欢。"他轻声说，"每个人都好，你只需爱护你自己。"

我投入他的怀抱，轻而坚定地点头，哽咽道："是。我要好好爱护我自己，是因为你，也因为每一个让我牵挂着、爱着我的人。"

浩浩长河漫漫无尽，他与我泛舟河上，停了竹篙，任小舟自行漂泊。天际辽阔无尽，满天繁星倾倒在河中，颗颗明亮如碎钻，青青水草摇曳水中，有郁郁的河水蓬勃的气息，桨停舟止，如泛舟璀璨银河之间，迢迢不止。他牢牢执着我的手，我安静伏于他膝上。因是带发修行，长长的头发随意散着，半点妆饰也无。他简洁的衣衫有穿旧了的料子才有的柔软服帖的质感，紧紧贴在我的皮肤上。

只是这样安静相对。

他的声音如三月檐间的风铃，闻风丁零轻响，轻淡而悦耳。头发散碎地被风吹进眼中，我一次次拨开。他轻声笑道："宿昔不梳头，丝发披两肩。"

我慵懒地侧一侧头，婉转接口道："婉伸郎膝上，何处不可怜？"

我仰头看他，"哧"一声轻笑出来。他下巴有新刮过的青郁的色泽，像清晨日出之前那抹微亮的晨光。

他的笑清朗而愉悦，拢我于他怀中，手指怜惜地穿过我如流波一般微有光泽的青丝，道："难怪世间女子都这样珍视头发，青丝满头，亦是情思满头。"

我一时调皮心起，用力拽下他额前一根头发。拔得突然，他"哎哟"一声，痛得皱了皱眉，道："什么？"

我一笑对之，道："你方才不是说青丝满头亦是情思满头么？清郎青丝这样多，我便帮你拔去些烦恼情思，让你少烦恼一些，不好么？"

他大声笑，曲了两指来夹我的鼻子。小舟太小，我躲亦无处可躲，只得被他夹了一下鼻子才算完，他道："谁说情思烦恼了。你便把我头发全拔完了，我待你亦是一样。"

我轻轻啐了一口，道："也不害臊。"话未说完就已笑倒在他怀抱之中。他怀里，永远是这样清洁芬芳的气息，似衿缨淡淡的杜若清新。

他把腰间系着的纱袋解开，把袋中的萤火虫一只只放出来拢在我手心之中，问："喜欢么？"

美丽的萤火，散发着清凉微蓝的光芒，若寒星点点。我惊喜道："已经有满天星光，我不敢再多贪心。"

流水的声音湲湲潺潺，温柔得如情人的低语呢喃。我贪恋地看着，终究还是觉得不忍，松开手把萤火虫全放了出来，看它们漫漫散散飞在身边。

我的手一伸，探到他怀中，小小的衿缨便稳稳落在我手心之中。想是这些年他保存得悉心完好，衿缨没有半分旧去的样子。我小心打开，道："积年旧物了，还这样贴身藏着么？"

他注视衿缨的目光柔和而恳切，道："虽然是积年旧物，但这些年若没有它陪在我身边，恐怕我的心也不会这样平静。"衿缨中照例有几片杜若的花瓣，干去的花朵依然有清甜的芬芳，芬芳之中安静放着我的小像，他轻轻道，"山中人兮芳杜若，也唯有杜若这样的花朵，才能匹配你的小像。"

我的手指从红色的小像上轻轻抚过，指间也带了流连的意味，道："这是我从前的样子了。"

这张小像，是我刚进宫那年的除夕小允子亲自为我剪的，以作祈福之用。他的手工极好，剪得惟妙惟肖。

我想起一事，不由得好奇道："有件事我一直想问你，却总忘了——这小像，你到底是如何得到的？"我想一想，"当日我在倚梅园中遇见的人，并不是你。"

他点头："自然不是我。"他缓缓道给我听，"当日皇兄离席散心，走到倚梅园中遇见了你，我并不知晓。我只是见他带了酒意离去，又听说是去了倚梅园，因此不放心，才同李长一同赶过去看看。"他的声音略略低微，"倚梅园中的梅花是宫中开得最好的，当年纯元皇后入宫，最得皇兄的珍爱，这倚梅园中数品珍贵的梅花，都是皇兄陪着纯元皇后亲手栽下的，供她冬日赏玩。所以我听说皇兄中途离席去了倚梅园，才不放心亲自过去。"

我微微低头感慨："凡此种种前因，原来都是从纯元皇后而起。"我苦笑，"原来从一开始，我就没有逃开过她的影子。"

他温和安慰道："其实你和她，并不是十分相像的。"

我点头："你只管说吧。"

"我到倚梅园时，皇兄已经出来了，只吩咐了李长要尽快在倚梅园中寻出一个宫女来，我便知道，必是出什么事了。当时，也不过一时好奇，见李长扶着皇兄走了，便进倚梅园中看看。我想起，皇兄说那宫女与他隔着花树说过话，我便往花开最盛、积雪下足印最深处去找，便发现了你的小像挂在树枝之上，我便想应该是那宫女留下的。"

我掩唇轻笑："你怎知那宫女，也就是后来的妙音娘子不是小像上之人。你见过妙音娘子么？"

"见过。"他轻笑一声，"我一见，就知道她不是皇兄要找的那个人。"

"小像虽然剪得惟妙惟肖，但到底不是活人，其实也并不能一眼看出是谁。"

他颔首："这个自然，我也不是凭小像知道她不是你。"他的眉毛微微轩起，颇为得意，"你知道我是怎么知道的么？"

274

我故意不理他："你爱说便说，不爱说，我也不要听了。"

他大笑："因为足印。我那日看到雪地上的足印，比妙音娘子的双足小得多了。而且皇兄曾与我说起过，和他说话的那宫女懂得些诗文。而妙音娘子出身莳花宫女，怎么也不像说得出'朔风如解意，容易莫摧残'的人。后来我又以诗文试探她，她居然连李白的诗都不知道，我便更有数了。既然不是她，我便拿定主意，把这小像藏匿了下来。"

"为什么要藏匿下来？"

"妙音娘子后来处处争宠，越发证实了我的猜想。若她真是当夜与皇兄说话的那个宫女，既然有心躲避，又怎会在成为皇兄的嫔妃之后时时处处惹是生非。可见绝不是同一人。"他笑，"既然与皇兄说话的宫女自称是倚梅园的宫女，虽然未必是，但一定是这宫中的女子。她自然知道妙音娘子冒名顶替的事，却也不作声。我便觉得有趣，这样视君恩皇宠如无物，将皇权富贵视作浮云，又善解诗文的女子，若只做宫女实在是可惜了。"

我忍不住笑道："我明白了，你是有心要把她瞒下来做自己的姬妾。"

清的眼中有荡漾四溢的浓浓笑色，道："我并无这样想。只是觉得，若是可以，便与她做个诗歌唱和的知己，若让她沦落在宫中辛苦操持，或是有一日步了妙音娘子的后尘，要与她这样的女子争宠争斗，又有华妃高压，那日子实在是十分辛苦了。我总觉得，这样的女子是不该埋没宫中的。"

我苦涩一笑，惶然别过头道："可惜，无论怎样逃，我终究没能逃脱自己的命。"

他回首往事，淡淡道："所以当日你失子失宠，备受冷落。可是那一日我见你一袭素衣出现在倚梅园中为皇兄祷福，即便落了刻意之嫌，可是皇兄心里，是不会有半分在意的。"

我漠然一笑："我总以为那次他是被我的心意打动，却不晓得还有纯元皇后的缘故。"

他道："你肯回头取悦他，皇兄自然是高兴的。虽然有些小小机心，可是在他看来只会是可怜可爱，更被你误打误撞选在倚梅园。所以你后来的得宠，已经是显而易见了。"

我低头，缓缓道："我其实并不知道倚梅园的掌故。"我凄冷一笑，转头道，"原来从一开始，就是因为她。"

他点头："我知道。只是现在都不要紧了，不要紧了。"玄清的神色渐渐有些凄微，像被湿凉的夜露沾湿了花瓣的夕颜，更像天边那道薄而弯的月亮，冷光似秋霜，"我第一次在太平行宫见到在泉边浣足的你，听你念'人生若只如初见，何事秋风悲画扇'的句子时，我便已清楚，你必定是小像上的女子。虽然小像不是真人，我却实实在在有那样的感觉，一定是你。只可惜……我初次见到你时，你已经是皇兄身边最得宠的甄婉仪了。"

我极力不愿去回想惹我不快的与玄凌有关的往事，只笑道："当日你好莽撞，看见我赤足也不回避，还敢问我的闺名，真真是个浪荡子。"

他握住我的手，颇有些赧然地笑道："当日我真是冒失了，可是我从未在宫中见过像你一般赤足吟唱的不羁女子。也只是很想知道你的名字，所以虽然知道不妥，还是问了出口。"

我笑着去羞他，用手指刮他的脸道："女子裸足最是矜贵，只有在洞房花烛夜时才能让自己的夫君瞧见，竟这样被你白白瞧了去。问名也是夫家大礼，你怎么能问得出口！"

他大笑搂住我的肩，道："想想真是呢。可见你我之间的缘分早定，否则我怎会问出那样的话，今日你又怎会在我身边。"

我羞不自胜，啐道："我怎么认识这样的人呢，真真是运数不好。"

他也不答，只道："我本想在寻到那名宫女时亲手把小像还到她手中，可是从见到你那时起，我便知道，这小像，我再也不肯还出去了。"

我明白他的用心，低低道："我知道，因为我是皇帝的人，所以，你能保留的，只有这枚小像了。"

"在那些只能遥遥望着你的日子里，我所能保有的一切，都只有这枚小像。"他点头，如浮云一般的伤感中有显而易见的喜悦欢欣，"我总以为，这一辈子，能留得住的，也只有那枚小像了。"

我的手停留在他手心中，默默感受他手心传来的温度，轻轻道："不会的。"他"嗯"一声，我道，"在宫中时，我便把你视作知己。只是，是我害怕自己的心。"

"那么，你现在还害怕么？"

他的肩膀坚实而稳妥，我靠着他，听他的心跳声沉沉入耳，定定道："只要你在，我便什么都不怕。"

他的目光有让人安定的力量，我清晰地看到他眼中自己的身影，漫天星光再璀璨，亦璀璨不过他眼中执着的明光。

流萤飞舞周遭，明灿如流星划过。我微微侧首，他温暖洁净的气息裹着他的吻铺天盖地地覆盖了下来。

秋凉的时候，玄清策马而来，意气风发道："皇兄许我北游两月，我已经收拾好行装，咱们一起去吧。"

我愕然："你北游而去，我怎么能跟去呢？"

他笑："我一向独来独往，微服出行。谁又知道我是王爷，而皇兄，他自得了新宠傅氏，哪里有空来理会旁人。"

浣碧亦含笑道："小姐身边不能没有服侍的人，不如带上我吧。"

阿晋笑嘻嘻拍手道："碧姑娘服侍娘子，阿晋我服侍王爷，四人一行，最妙不过了。"

我迟疑，槿汐却在旁笑道："娘子和浣碧姑娘同去吧，奴婢留下看家就是。这时节北上上京，正是秋光如画的时候呢。"她温和道，"咱们还有好些旧年的颜色衣裳，娘子换上不就和寻常女子一样了么？"

玄清目色中尽是笑意："咱们从未一同出游过呢，你可愿意么？"

"上京"是大周建国时的旧都，距离如今筑有紫奥城的京都"中京"

大约三百里。大周建元十年，北境的赫赫屡屡进犯上京周遭，最甚的一次，赫赫的济格可汗甚至领精兵长驱直入至距上京只有八十里的"雁鸣关"。

雁鸣关南接上京，北有指仙关紧接落铁山栈道，历来为兵家必争之地。落铁山之外茫茫草原戈壁，大漠群山，皆是赫赫的领地了。因而雁鸣关是赫赫挥兵进入大周万里江山的要地，也是一道如铁锁屏障的关隘。因其关防所在地势险峻，易守难攻，仰头望去几乎与天相接，连大雁亦难飞过，每到深秋季节，往往闻得成群大雁盘旋周遭哀鸣不已，故而名叫"雁鸣关"。雁鸣固然悲哀不已，而雁鸣关四周的百姓亦是备受苦楚。赫赫部族常年驻于北地，逐水草而居，水草丰美的年节还可，若到深秋时水枯草竭，民无温饱之资，便会铁蹄南下，踏马落铁山边境烧杀抢掠。民生哀苦之状，令人不忍卒睹。

建元十年，正逢大旱时节，赫赫千里肥美水草尽成荒芜，入秋不过十日，气候竟然大变，数日后大雪降临，冰冻三尺。赫赫为求国运，维系部族命数，倾尽国力集合十万大军挥戈南下。

彼时大周亦在旱灾之中，国力十分疲惫，军中关口难免粮草不济，又遇天降大雪，守关将士谁也不曾料到大雪纷飞直欲迷人双眼之中竟会冲出赫赫数万铁骑，霎时目瞪口呆，只能任由铁蹄南冲而来。

若是雁鸣关被破，彼时的上京便如铁齿被断，喉舌尽会暴露在敌军面前。太祖征战十数年才打下的锦绣江山全要落入蛮夷手中，危急之时幸得大将齐不迟不顾征战沙场半生的老迈之身，以六十花甲之龄冲入战阵身先士卒，一箭射中济格可汗的肩头，一扫赫赫南下以来大周军士的颓唐之气，亦使赫赫士气大伤，萎靡不前。此后数次征战，受伤未愈的济格可汗终引兵逃遁，旧伤复发死在半路中。齐不迟乘势扩大战果，派慕容政诸将追击而上，杀敌万余人，血流成河，赫赫军被迫退回都城藏京。

齐不迟一生征战，铁血丹心，终于于六十花甲之年凭此"雁鸣关"一战封侯拜相，居大周武将第一侯"定勋侯"，可惜齐不迟在封爵三月后积劳成疾而死。其后人虽渐渐凋零，但将门百年，积威犹存。这也是端妃齐月宾自幼养在深宫，为玄凌必选嫔御的缘由。

齐不迟死后数年，死讯依旧被大周朝廷牢牢封锁。赫赫畏惧齐不迟的余威，加之元气大伤，数年内不敢对大周轻举妄动，一味地安分守己。不久，继任的赫赫大汗英格向大周议和，愿以落铁山为界，建立"互市"买卖，以牛马换取大周茶叶、丝绸、米粮，各守边境，永不互犯。此后虽然大周与赫赫边境偶尔也有小冲突发生，然而终究保全了百年平安，再无遍地狼烟烽火燃起了。

此刻我与玄清携手游历上京，打扮一如民间夫妇。我着一身蜜合色大朵簇锦团花的芍药纹锦长衫，玄清亦是一身淡青色银线团福如意锦缎长袍，他道："你穿了粉霞色，我便选青绿色来配你，颜色益发热闹了。"

浣碧捧了梳妆盒在手，仔细盯着我与玄清，忽然扭过头整理衣裳不再看我们，只淡淡笑道："小姐和公子这样子，倒是很像燕尔之际一同出游的新婚夫妇。"

如今浣碧的笑容越发浅淡了，总像隐在乌云后头的毛月亮，即使有清辉落下，也是隐晦而淡漠的。

我只拉了浣碧的手问道："许久不做这样的打扮，我竟浑忘了，民间女子是梳什么发髻的？"

浣碧微微一笑，道："小姐既是做新婚打扮方便与王爷出游，自然头发是要全部拢起来梳理成发髻的。"她一边说，一边为我梳成一个寻常的芭蕉髻，挑一支赤金榴钗插上。那钗也不过是寻常质地，只是上头一双明珠拇指一般大，洁白浑圆，熠熠生辉，越发映得人容颜出彩，亦如明珠生辉一般。

玄清与我并立其间，铜镜上描绘的图案也是再寻常不过的鸳鸯戏水、比翼连枝，粗陋的刀功，却掩饰不住那世俗安乐里的花好月圆、人世完满。

如此携手并游，仿佛陌上春游的少年少女，带一点期待与满足的心思，同去游历上京最出名的"辉山晴雪"。

玄清喟叹道："风景最佳处，未必最得游人流连欢喜。"

我不由得好奇心起，问："为何这般说呢？"

玄清负手仰望辉山，淡淡道："大凡世间风景秀丽奇绝处，往往在险峻处方能得见。而世人常常耽于安乐畏惧险地，往往只肯口传其美名而不肯亲身涉及。就如辉山晴雪，在山脚仰望的人多，上山观雪的人到底是少了。"

我依言望去，果然见山脚下人潮济济，而山顶冰雪寂寞横绝，万籁俱寂。玄清道："辉山高峻，在山顶北望，可以看见赫赫的大漠红日，南望则可遥见中京无限山河美景。这是何等开阔景致。"

我心向往之，兴致勃勃道："既然无人肯去，那么冰雪满山，只待你我。"

玄清与我相视一笑，爱怜地抚上我的肩头，道："山上那么冷，我怕你身子受不住，咱们今日又没带衣裳出来，又没多少银子。山下看一看也就罢了。"

我顾盼人群间，见远远有一个贩夫担着紫貂狐皮来贩卖，我招手唤他过来，翻一翻见质地还好，伸手拔下发髻上的赤金榴钗递到贩夫手中，笑道："我拿这个跟你换三件紫貂皮的披风，好不好？"

贩夫仔细攥在手里瞧了又瞧，生怕我后悔，忙忙地藏进怀里，满脸堆笑地挑了最好的三件貂皮披风送到我手里，又赠了手套、围脖，欢天喜地地走了。

浣碧不免有些心疼："这样好的明珠，至少能换十件这样的貂皮，小姐可是亏大了。"

我一笑置之："千金难买心头欢喜，何必吝啬一颗明珠呢？"

玄清笑着拉过我的手，道："肯爱明珠换一笑，便是说你这样的了。不过，上山容易，有样东西，却是不能不准备下的。"

我不由得好奇："是什么？"

玄清自怀中掏出一包东西，气味甚是难闻，颜色也黄黄的，是粉末状的东西。他郑重道："这是蛇药。辉山有样最可怕的东西，便是寒蛇。别的蛇一到寒冷处就要冬眠，而寒蛇却不是，依旧活动自如，寒蛇体形虽小，却有剧毒。若被咬中，轻则昏迷，重则一命呜呼。涂上这些蛇药，可以确保无虞。万一被咬，内服外敷，也有些效用。"玄清见我与浣碧一脸吃惊害怕，笑着安慰道，"不过寒蛇是不会主动攻击人的，而且辉山上的数量也不多。只是虽然未必会遇上，但还是准备万全的好。"

浣碧心下害怕："既然如此，咱们不如不要去山顶了。那寒蛇听着就叫人害怕。"

玄清笑道："若为一蛇而舍弃如此风景，实在有些可惜。"他看我，"嬛儿，你意下如何？"

我盯着他手中的蛇药，笑道："不是说有它就可确保无虞么？"说着取过蛇药，便抹在手上。玄清会心一笑，也抹在身上。

我向浣碧道："你若害怕，在这里等我们也好。我与他去去就来。"

浣碧看看我，又看看玄清，眼中微微一亮，小声道："我也去。"

原本山脚树木繁多处尚且游人如织，到了草长处，已经游人稀少，偶尔有几人驻足，穿着貂皮暖裘，也是迟疑着停步不前。只觉寒风侵骨，阵阵袭来，浣碧身子已经微微发抖，依在我身旁。

玄清向我微微一笑，道："咱们还要不要上去？"

我仰望山顶，如碧海一般的晴空之下，雪山巍峨高耸，那种洁白仿佛从天际垂下的圣洁，让我不由得屏住气息，心怀崇敬。

不知为何，我忽然有一种冲动，很想去山顶瞧一瞧。我肯定道："与其终生仰望，不如亲自登上去看一看。"

我让浣碧把貂裘披风裹上，又取了一件深紫色的为他披上。他穿这样深紫到发黑的颜色其实很好看，越发显得气宇轩昂，如自云中而来。他为我系好紫貂披风，紫貂的毫尖有簇簇点点的银灰色，远远望来，比他身上那件颜色浅了些许，却是相映生辉。一边厢，浣碧也已经穿戴好，三人一同上山去。

山路越来越陡，因为人迹罕至，冰雪渐渐覆盖其上，几乎已经无路，并没有下过新雪的痕迹。前方的路上有两对足印蜿蜒而上，足迹清晰。

我不由得暗暗纳罕，向玄清道："竟然有人与咱们兴致相同，还捷足先登了呢。"

玄清亦笑："如此也好，也可见咱们不是曲高和寡。"

到山顶时，已经是向晚时分了。虽然山顶冰雪凛冽，却也有松柏挺立，冰冻霜雪积压枝头，如千树万树梨花开放，蔚为壮观。遥遥见赫赫境内戈壁黄沙飞扬、长河日落孤烟。而大周境内市肆鼎盛，人烟热闹。南地的繁华锦绣、纸醉金迷、红尘奢华，一如这天际云霞，令人沉醉。

眼见大漠孤烟、长河落日，浓醉山水、繁丽人世皆在自己左右，苍茫天地间山山水水几乎可以盈握在手中，不由得胸怀激荡，顿时生出一股"握江山于手掌"之中的豪情壮志。

我自肺腑间感慨出来："果然江山如画，令天下英雄豪杰皆为此折腰。我即便是一小小女子，亦愿为此倾倒。"

玄清抚一抚我的脸颊，道："怎么高兴成这样？令天下英雄豪杰尽折腰，你的心思倒不亚于男子了。"

我粲然笑道："君子见此，莫不兴天下兴亡之感。我是女子，亦有所同。"

玄清向赫赫方向远远一指，朗声道："你瞧见了吗？那里黄沙红日，大漠孤烟，正是赫赫境地。当年赫赫的济格可汗挥兵雁鸣关，意欲夺取我大周锦绣江山。幸得大将齐不迟率军血战数月，才换回我大周今日祥和。"他豪情顿生，"所谓男儿当如是！若清早生百年，得遇此战，必定要驰骋疆场、浴血奋战，才不枉我男儿一生。"

他的雄心，我如何不晓得？只可惜……我神色微微黯然，只可惜了他是舒贵太妃的儿子，这一生，注定是要将锋芒收敛在他的玩世不恭中了。

冰雪的清冷，一分分投上我的心头，也蔓上他的容色。他注目赫赫河山，大有不平之意："如今赫赫的摩格可汗蠢蠢欲动，其野心不下于他的先祖济格可汗。赫赫与大周已有百年未曾有大征战，虽然偶有小争斗发生，却也是和平为多。合久必分，分久必合，乃世间常理。摩格可汗这些年来厉兵秣马，不断吞并赫赫周遭的一些弱小部落，壮大自身。前些年皇兄一直把精力放在西南战事上，力图收复疆土，后又为平定汝南王费了不少精力，难免对赫赫有所迁就，也有所放松。摩格野心勃勃，只怕十年之间，赫赫与大周又有一场硬仗要打了。"

我微微沉吟："大周兵力不弱，只是兵士再强悍，也要有将帅带领。那么如今朝中，可有有用之将才？"

玄清微微苦笑，只是不语。我顷刻已经明白，大周一向重视以文治国，限制将领兵权。仅以玄凌的乾元一朝就已知分晓。汝南王在平定西南后被囚，甄家平定汝南王之患后被流放。敢问国中，有谁再敢效命沙场？都只能埋头读书了，以文取仕道。

如此一语，我与玄清自是各怀伤感了。

浣碧见我们都是沉默，便道："太阳快落山了呢，山上又这样冷，还是早些回去好。"

三人正要携手而下。忽然听得不远处有呼呼嗬嗬之声，四周寂静，越发显得这声音十分突兀而怪异。玄清微一思索，忽然大声道："不好！"随即循声奔去。我与浣碧立时也顾不得别的，跟着他跑了过去。却见有一男一女横躺在雪地之中，皆是面色发黑，二人眉头紧皱似乎十分痛苦，然而双眼以下却是满面堆欢，咧嘴而笑。二人双膝蜷曲，手脚痉挛不止，口中发出"嗬嗬"怪声。

我与浣碧见了这诡异场面，登时齐齐愣住。玄清在我身前一挡，急道："小心！那两人中了寒蛇的毒了。"

浣碧闻得此言，"啊"的一声，吓得连退几步。我没见过这种场面，心中自然有些害怕，只牢牢看住他道："怎么办？"

玄清低喝一声道："救人要紧！"我用力点一点头，紧紧跟随在他身

后。玄清掏出怀里的蛇药向我手中一扔，他力气极大，一把压在那名男子
身上，一壁用力控住他的挣扎，一壁低声向我道："内服外敷，把蛇药倒
在他伤口上！"

我手忙脚乱，忽地看见那人穿着华贵的银针狐裘，唯有双手裸露在
外，忙抓起他的左右手，果然发现左手手背上有两枚小小的牙痕。忙解下
衣裳上挽着的手绢勒住他的伤口近旁。伤口附近被死命一勒，伤口的洞孔
立刻张开好些，我忙忙把药粉撒到他伤口上，厚厚撒了两层。

这男子一身富丽风雅打扮，好似寻常富豪人家的公子哥儿。然而在看
到他虎口的一瞬，我几乎一愣，极厚极硬的一层老茧，厚实得微微发亮。
我稍稍迟疑，又去看他的手心和十指，亦是如此！

那人牙关紧咬，却怎么也掰不开灌进药去。玄清用力在那男子下巴上
重重一击，那男子便张开了喉舌，我把药粉倒入他口中，又取出皮囊中的
水将他口中药物冲了下去。

玄清看看他的神色，顿时如释重负，轻声道："赶紧去看那名女子。"
我依言与他一同过去。我瞧她面如死灰，似乎欢喜似乎痛苦，"呜呜"发
出怪声，如夜枭凄厉的嘶鸣喊叫。玄清重重击在她下颌上，她却毫无反
应，依旧咬紧牙关。玄清眉头深锁，翻一翻她的眼皮，黯然道："她中毒
太久，不中用了。"我心中大惊，忙把药粉下雪般撒在她如枯枝般没有生
气的手上，心中也十分惊惶。

玄清按一按我的手，低声道："没用的。"

很快，那名女子在我怀中激烈地抽搐了一下，整个人筛糠似的抖了起
来。也许是因为这突如其来爆发的疼痛，她痛苦得蜷缩成一团，额头、手
上青筋暴起，如青蛇横亘，整张脸如被墨汁浸透了一般，从皮肤底下透出
一层层黑来。

我问玄清："她是不是要死了？"

玄清痛苦地别过头："是。但不会那么快。寒蛇的蛇毒发作起来极折
磨人，痛楚难当，却不会立刻死去。她虽然瞳孔已经散大无救，却总还有

一刻钟的性命。"

"那么，她一定会死，是不是？"玄清低低"嗯"一声，别过头不忍看她。

我见他侧身过去，腰际的软银腰带上斜插着一把小小的匕首，那匕首原是他防身用的，十分锋利。我轻轻"嗯"一声，霍地拔出匕首插入那名女子心口。

我心志坚定，这一串动作以迅雷不及掩耳之势发生，那匕首拔出时锋利的青锐寒气比霜雪还冷，扑在脸上，下一刻就已经迅速地刺进人体绵软而温热的血肉中去，"噗"的一声，淹没其间。那声音是十分温柔的，像情人低语间偶然的一句呢喃。

她死了。

她的身体平静下来，仿佛沉寂于季节中不再飘零的一片落叶，彻底归于尘土。

浣碧在旁目睹这一切，愣怔片刻，"啊"一声，失声尖叫起来。玄清大惊失色，道："嬛儿！你做什么？"

出人意料地，我已然平静下来，安静道："我杀了她。"

浣碧的尖叫还在继续，对我示意她安静的话语置若罔闻。我反手一个耳光清脆打在她脸颊上，低喝道："闭嘴！"

玄清一把拦下我的手，不敢置信地盯着我："你杀了人，还打浣碧！"

"是。"我坦荡回望着他，"这是雪山，常年积雪。浣碧的叫声即便不把旁人招来也会引起雪崩。我虽然杀了人，却不想陪葬。"

玄清气结，指着地上的尸体道："她与你无冤无仇……"

"如果有冤有仇，我必定眼瞧着她痛苦完这一刻钟再死。"我望着玄清，语气尽量柔和些，"清，她瞳孔已然散大，你也说她没得救了，何必还要她活活痛苦？"

"你……"玄清无言以对，不能反驳我，只得道，"毕竟是一条人命……"

我反诘:"那么,你情愿看她受尽痛苦死去?"

玄清默然摇头,蓦地抬头,眸光幽暗:"嬛儿,我承认你没有做错。"他微微闭眼,近乎叹息,"可是你的狠辣,出乎我的意料。"

狠辣!我的狠辣!我几乎冷笑出来,一股戾气因他的话语而从心底深处汹涌喷出。"我狠辣?"我冷淡了语气,"难不成你觉得从宫里活着出来在你面前的甄嬛真的洁白纯真、善良无辜,是任人宰割的绵羊?"我冷笑,"狠辣是我的傍身之技。杀她亦是救她。可是杀她之前,死在我手中的人早就不止她一个了。"

他的神色变得厉害,一阵青一阵白。

心底有骤然而澎湃的失望,是对他,更是对自己。我心底的苦楚一点点蔓延出来,从唇齿间犀利迸发而出:"此时此刻你是否发现,我其实并非你理想中的人。你爱的甄嬛纯真洁白,并不是我。或者,你爱的,只是你的某一个理想,而不是我本身。"

有瞬间的沉默,那样寂静,能清楚听到积雪缓缓融化的声音,缓慢的一滴,良久,又一滴。仿佛在穿肠噬骨一般。

有一把荒芜空旷的嗓音在身后响起,冷冷道:"你杀了她?"

我循声望去,正是方才那名男子,他已然清醒过来,盘膝坐在雪地上,只是气息虚弱,脸色金黄如蜡,凄惨得耀眼。我正在气头上,反手把染血的匕首掷在地上,索性坦然大声答他:"是又如何?"

金属落地的声音"叮啷"刺耳。他的声音嘶哑而虚弱,虽然从鬼门关转了一圈回来,然而一身银毫狐裘,气势丝毫不减。"多谢。"他说得真挚而恳切。我一震,然后他说的话更叫我吃惊,"那蛇一口咬下去,是两个人的性命。"他的语气温柔而伤感,伤感之中更有沉默的叹息。

电光石火的一瞬间,我忽然醒悟过来,亦惊道:"她怀了身孕?"

"不错。"他点头,"如果生下来,会是我和她的第三个儿子。"

我微微一笑:"是否第三个儿子我并不关心,只是……你们赫赫人一向重视儿子。"

他脸上的肌肉微微一跳，很快又恢复了坚毅刚硬的线条，嘿嘿一笑："你如何知道我是赫赫人？"

我微笑欠身，慢条斯理地抚摩着貂裘柔软暖和的皮毛："你的口音和打扮没有丝毫破绽，是你的手出卖了你。"他下意识地低头去看自己的手，我徐徐道，"你手上的老茧是长年拉弓射箭造成，没有二十年的苦练绝不会有那样的老茧。大周崇文薄武，除了军士之外绝没有普通百姓学习骑射。赫赫马背上得疆土，最工骑射，才会有这样的印记。如果你愿意，可以让我身边的公子看一看你的小腿肌肉，内侧必定结实胜于外侧，那是长年骑马的缘故。"

他含笑听着，不置可否，只顾左右而言他："这种蛇真厉害，我不过无心踩了它一脚，它便险些要了我的命。"他目光犀利并不亚于地上匕首的寒光，盯着我，唇角缓缓牵起一个弧度，"你很聪明。可是你知道太聪明的女人会怎么样么？"

我笑容不改："你会杀了我？你现在的身体足够力气杀我么？甚至不需要我身边的公子出手，我就能用杀你妻子的匕首杀了你。"

他镇定地笑，坚硬的轮廓因为这笑容而柔和许多："我根本不想杀你。"他顿一顿，"聪明的女人，同时具有美貌，是很容易叫人喜欢的。"

我"扑哧"一笑，那笑激发起方才的痛楚，我轻嗤道："方才你若是留意，必定听到那位公子说我狠辣。那么，对于一个狠辣的蛇蝎女子，你还敢有非分之想么？"

我故意将自己说得这样不堪，心底的难过被面颊的笑容完好地掩饰住。眼角余光瞥去，见玄清闻言，目光倏忽一跳，定在我身上。我转头向别处，只不肯看他。

他仰天大笑："如果一个女子身负美貌和智慧，再有狠辣，更容易叫人倾慕于你。"

"是么？"我只当笑话听，蓦地转首瞟向玄清，我有心要刺痛他，于是粲然一笑道，"果然是甲之熊掌，乙之砒霜。"果然，玄清目光一跳，神色哀伤。

那男子定一定，牢牢逼视着我。想来蛇药十分有效，他的气色已经好了许多，神色也回转过来。我留神打量他，他年约三十，五官极有棱角，剑眉横张，一双黑沉沉眸子深沉如鹰。虽然刻意做了寻常富贵子弟的打扮，然而眉眼间那股霸气与锋芒，犀利如剑光跃虹，分毫消减不去。他嘴角牵引算是笑了一笑，然而眼眸中毫无笑意："一个女子兼有美貌、智慧和狠心，着实会叫人倾慕。你这样的女子，我走遍赫赫也没有见过。所以我很想杀了你或者带你走，让周朝再没有你这样出色的女子。"

玄清本是默默听着，闻得这一句，饶是他涵养再好，也按捺不住，口气放重，道："这位公子，你的言辞已经过分了！"

他见玄清长身立于一旁，温文尔雅，书卷气极重，不觉神色轻蔑，道："你是她什么人？"

我心头本就生玄清的气，此刻一齐发作起来，笑盈盈道："自然算不得什么人！"我剜了玄清一眼，只向那男子道，"他若是我什么人，方才你说'倾慕'二字轻薄于我时，他就会斥责你了。哪里还到此刻呢？"

那男子不置可否，道："也是。不过，我倒瞧着你们像是小两口在赌气。"我啐了一口，只不理会。他嘿嘿一笑，"只是我不管你和他是不是小夫妻。你自己选，是要死还是要跟我走。"

玄清闻言气得脸色发白，漫山冰雪，越发显得他容色苍白如白璧微莹。玄清再也忍耐不住，一步跨上，横挡在我身前，将我护在身后，冷然向那男子道："我不许你冒犯她分毫。我方才救了你，自然也杀得了你！"

男子盘膝而坐，被寒气呛了两口，方定了气息，道："虽然你救了我的命，可是向来我想要的，一定要得到。我虽然中了蛇毒没有完全解去，可要对付你，自然绰绰有余。"

玄清淡定一笑，道："如此，请尽管一试。"

男子下颌微仰，昂然道："你们周朝的男人何来男儿热血、铁骨铮铮。放眼周朝，我看得入眼的不过是你们从前的汝南王玄济，后来他被囚禁，听说你们皇帝也费了好一番功夫才拿下他。平定汝南王，有一位姓甄的少年将军还颇引人注目，只是后来犯事被流放，也不知所终了。周朝没有一个可用的将才，国中又尚文不尚武，百姓大多手无缚鸡之力。只凭一众散兵游勇，我还未必放在眼里。”

他如此嚣张，我却也不放在心上，以玄清的本事，要对付中了蛇毒的他，自然不在话下。然而听那男子的口气与神态，却是极有把握。而且对大周政事颇为知晓，倒真不知是什么来头。万一真是在赫赫族中颇有地位，一旦为玄清所杀，反而要牵扯出我与他私自出游、过从亲密的事来，倒是得不偿失了。我暗暗思忖，若他就近还伏有帮手，或者有人前来援手，这个事情却也棘手。玄清独身自然能应付自如，可是拉上我和浣碧两个，却是大大的麻烦和掣肘。

我靠近玄清身边，极力压低声音，道：“先别动手。”

他“嗯”了一声。我轻轻一笑，笑声在空旷的雪野里格外清脆，隐隐有回声，仿佛四面八方皆有女子在若无其事地笑。我曼步上前福了一福，道：“蒙您垂爱，小女子自然不胜荣幸。只是你倾慕于我，不过是认为我足够聪敏，相貌又还不算污了你的眼睛，或许更看得上我那不入流的狠辣。可是……”

我故意迟疑，吸引他注意倾听，说话间一个眼神递给浣碧，若有似无地瞟过地上的匕首。浣碧会意，蹑手蹑脚拾起匕首，掩到男子身畔。

我幽幽向那男子道：“你仔细瞧瞧我，其实我哪里有那么好呢。”

他倾神打量于我，正要开口说话，忽然眉头一皱，神色痛楚，眸中凶光毕露，迅即转过身去看浣碧方才站立的方向。浣碧手足敏捷，几步已经躲到近旁玄清的身后，神色慌张不已。

我拍一拍浣碧的肩膀，安抚道：“怕什么，不过戳了他一刀，又不是要害，他可死不了的。”我故意笑吟吟打趣道，“浣碧，从前你杀个人不费吹灰之力，今天怎么手下留情了？”

浣碧讪讪道：“长久没动手，手腕都软了。”

那男子神色大恨，忍痛反手一把拔出浣碧掷入他肩胛的匕首，半截锋刃上俱是血迹殷红，滴答落在雪白冰雪之上，如开了一朵朵嫣红的腊梅。他意欲起身，然而蛇毒未清，肩胛又受了伤，到底体力不支，又重重跌了下去。

我道："你可别乱动，要不然伤口裂开可有你受的。"

他大恨："你要杀我，自然有这男人为你出头。何必叫一个小丫鬟用这等龌龊手段暗算于我，岂是君子所为？"

我止不住咯咯而笑："我们本就是女子，自然不必在乎是不是君子所为。何况你方才欲强行夺我回赫赫，又岂是君子所为，我又何必以君子之道待你？"我指一指浣碧，"她是我的侍女，容貌自然不十分输于我，讲到聪明狠辣，方才她能在你毫不觉察的情况下，无声无息靠近你用匕首掷伤你，也算是厉害了。"

他神色阴沉似乌云密布，沉默片刻，爽然道："不错。"

浣碧仿佛惊觉什么，急急唤我："小姐……"我示意她噤声，她只得望着玄清，双唇紧紧抿住。

我含笑道："我不过区区一民间寻常女子，我的侍女尚且能暗算于你，可见大周聪慧机敏、容貌妍丽又果敢的女子不计其数，任选一人都会得到你的倾慕。那么，请问尊驾，你是要一一抢走呢，还是尽数杀了？"我抚一抚脸颊，"无论哪一种，我都敢担保，你不能像混进上京一般再安然无恙地出去了。"

他神色微变，眸光犀利而寒冷："你倒为我打算得清楚。"

我直截了当道："自然。因为我看得出来，尊驾是爱惜性命的人。"

"何以见得？"

我讥诮道："因为你知晓我杀了你妻子与她腹中孩子，那么对为你生儿育女的妻子，你得知她死讯时是何表情？你明知是我杀了她，却不想报仇，虽然我是为她好，可是身为丈夫却不闻不问，还想将我这个杀妻仇人纳为己有，实在不合常理。唯一能够解释的是，一则你并不打算为了她以带伤之身与我们起冲突；二则你为了自己的身家性命，虽然难过也只能忍耐。所以，你总是把自己的性命放在首位的。"

他哧地一笑，漠然道："用你们周朝的话来说，你倒是我半个知音。"

我骇笑："不然。尊驾夸我是半个知音，我已经觉得尊驾个性凉薄，若真了解了尊驾，只怕我会因为害怕落荒而逃。所以，实在不敢担当'知音'二字。我只盼再不要见到尊驾尊容，已经是毕生大幸。"我比一个手势，"尊驾请自便吧。"

他狐疑："你放我走？"

我反问："否则，你以为我要你的性命来做什么？"

他的目光似钢刀划过我的脸颊，许是我的错觉，竟仿佛有一点温柔与激赏在里头。他踉跄着站起身，走了两步，倒也稳当了些。

浣碧见她转身就走，轻轻"哎"了一声，指着地上他妻子的尸首道："你不要你娘子了么？"

他回头看了一眼，面无表情，一点丧妻之痛的哀戚也无迹可寻，道："已经死了。难道要我背着尸体出城么？"他看我一眼，冷冰冰道，"你要记得，你杀了我的妻子，你要还一个给我。记住！"说着再不回头，转身离去。

浣碧气到无以复加，恨恨道："世间竟有这样不可理喻的男人，尸体不要，难道连埋一下妻子的尸身也不肯么？简直枉为人夫！"说着叹气看那女子，"她真可怜！"

玄清抚着我的肩膀："他说的话，你别放在心上。"

我半跪在雪地里，伸手扒开女子身边的积雪："世间男子的薄幸自私，浣碧你是第一次见到么？何必还要生气。"

玄清望一望我，嘴唇微动，终究还是没说什么，只与我一同扒开积雪，将女子埋入雪中。十指冻得失去知觉，我缓缓呵一口气暖手，看着地上隆起的雪包，叹息道："本是洁净女儿家，如今归入洁净雪中，倒也比埋于黄土要好得多了。"

浣碧紧紧依在我身边，轻声道："小姐，你方才要我去拿匕首掷他，我真害怕，我从未做过这样的事。"

我握着她的手，安慰道："亲手杀人，我今天也是第一回。若不是迫不得已，谁愿意沾染血腥呢？浣碧，今日也要谢谢你，若不是你掷伤了他，我也找不到说辞应付他。"

浣碧神色疑惑且愤愤："有公子在，要杀他并不是什么难事，何必一定要放他走呢？他这样轻薄小姐。"

我的目光迎上玄清的目光，轻声问："你如何看？"

他略略沉吟："此人在赫赫必定颇有权势。只怕此行是为了刺探两国之事。"他摇头，"边防松懈至此，赫赫国人竟可这样大摇大摆地进来。"

我想一想，道："他的打扮与大周国民无异，边境又有互市交易，他若打通关防，自然能够进来。"

玄清道："待我回京，自然要禀明皇兄要加紧边防一事。赫赫的野心，由此可见一斑了。"

我沉默颔首，只不过，心中另有一层意思未说出来。浣碧听得疑惑，问道："小姐，怎么知道那人在赫赫身份显赫？"

我道："你可留意他身上所穿的银毫狐裘？毛色纯黑，半点杂质也无，毛尖的银灰也十分齐整，想必是出自'墨狐'身上。墨狐做成的狐裘就好比大周宫中用的南珠，十分难得。穿得起这种银毫狐裘的，必定是赫赫一族中非同寻常的人物。"

浣碧静声片刻，怯怯道："小姐，我方才以为……"她微微迟疑，"我以为小姐在他面前夸赞我，是要我代替小姐跟随他去赫赫。"

我一怔，旋即笑道："你可多心了。"

浣碧急忙道："我知道我知道，是我不好，多心了。我以为……"她没有再说下去，只脸色绯红，垂首默然。

玄清微笑道："你是嬛儿的妹妹，她怎会如此？"

我睨他一眼，冷冷道："方才是谁说我狠辣，如今又来打圆场。"

浣碧拉我的手，柔声道："小姐，是我不好，我不该惊叫起来的，小姐是该打我，我没有怨言。"

我心疼地抚一抚她微微红肿的脸颊，道："好些了么？是我不好，一时情急下手太重了。我并不是存心要打你。"

浣碧含泪道："我知道的。"

玄清温和中带了歉然，道："天已经黑了，山上太冷住不得人。咱们还是从原路回去吧。"我默不作声，玄清让浣碧陪伴我，自去折了几枝松枝来，摸出腰间的打火石打了燃上。松枝的火把火焰明亮，燃烧时有清香溢出。

玄清一手举火把，一手便来拉我的手。

我缩了缩手，背转身去，玄清叹口气苦笑道："方才是我不好，说话伤你的心。可是现在天黑路滑，你拉着我的手才好走啊。"我无法，只得把手交到他手里，二人携手而行，他力气又大，自然走得稳妥而迅疾。浣碧独自一人跟随在后，不免就落后了一大截。

我与玄清因方才一事有了心结，难免二人有些神色郁郁。片刻，玄清停下脚步，伸手向浣碧，道："三人一同走吧。"

浣碧不由得一愣，脸色一红，随即看向我来。我见她一人着实走得吃力而艰难，心中也是心疼，便点头应允。浣碧把手交在玄清手中，与我一左一右走在他身旁。我见她一味低着头只是默默走路，嘴唇微动似在低声说着什么，不由得道："浣碧，你在说什么？"

她猛然一惊，脸色越发赤红如霞，连连摇头。

我见她不说，又见玄清只扶着我们一味往前走，也不说话。心中更惦记着适才玄清所说的话，心中愀然不乐，也不肯再说话了。

待回到客栈房中，已是半夜了。玄清自去房中梳洗，我与浣碧在自己房中舀了热水盥洗。滚热的毛巾敷上面孔那一刻，身体微微打了个激灵，神志才稍稍放松下来。

刚换了家常的衣裳，却见玄清叩门而入，端了夜宵进来，微笑道：

"肚子饿了吧,我吩咐小二煮了松子粥,热热的正好用。"

我心中为他所说的"狠辣"二字生气,于是淡淡道:"多谢王爷费心了。"

他嘘一口气,道:"你还在因我说错话生气么?"

我清冷一笑,道:"王爷千金之躯,我如何敢生气呢。"

他眉目间微有自责之色,道:"我知道是我不好,不该这样说你。可是你这般说便是赌气了,难道你要和我生分了么?"

我眼圈微微一红,鼻中酸涩,道:"你要当我赌气也好,生分也好。我是断断当不起王爷的话的。"

玄清使一使眼色,浣碧道:"光有松子粥怎么吃呢,我叫厨房再去弄几个小菜来。"说着掩门出去。

玄清在我身边坐下,歉然道:"今日的确是我不好,不该出言伤你。只是方才那女子一息尚存,你却一刀利落杀了她。我虽晓得你是为她好,不忍让她身受蛇毒苦楚,也是心惊不已。毕竟你是一介柔弱女子,如何能如此干净利落了结她一条性命,终究你也是日夜诵读经文的人。"

我胸口窒闷,望着他道:"你是觉得我没有慈悲之心么,或者你认为我杀她之前该念一遍《往生咒》?"我定定道,"我只是不忍她身受苦楚。后来那赫赫人说她身怀有孕,我也是吃惊得很。只是真正怜悯一条性命,便是眼睁睁瞧她苟延残喘受苦么?"我眼中泪光微微闪烁,"你觉得我下手太过利落凌厉了,可是我杀她之时心里何尝不害怕呢?况且……"我咬一咬唇,"我是从后宫的杀戮和心机中走出来的,你不是不晓得。"

玄清的手指按住我眼角将要滑落的眼泪,急切而心疼:"你别哭。我晓得是我说错话伤你的心,叫你想起从前宫里那些事。但我的确不是存心的。"他拍着我的肩,"当时我也是情急了。"他略有一点赧色,道,"说实话,虽然我在平定汝南王时亦杀过不少人,然而见女子杀人,也是第一次,而且是我心爱的女人。"

我叹一口气,哀凉道:"或许是我们了解得不够多吧,在宫中偶尔数面，在宫外的次次相处，我都是平和的。你从未见过我在宫中是如何与人狠斗的，或许了解了真正的我，你便不会喜欢我了。"

玄清切切道："即便你如何与人狠斗，都不会是自己主动愿意去伤人的。"他抓住我的手，道，"嬛儿，如你所说，或许我们在一起的时间并不长久，你我了解也不够深。那么，你不要再生我的气好不好？你若一直这样生气，我们如何相处了解呢？"

我心中微微释然，道："你这个狠心短命……"说到"短命"二字，心下一慌，跺一跺脚，长叹了一声怨道，"人人都可以说我狠辣，说我不好，偏偏你不可以……"

他道："是。我不可以。"

我睨他一眼："即便世上人人都嫌我不好，你却不可以，因为你和旁人不一样的。"

他眼中有虹彩样的霓光划过，璀璨一道。他伸手揽住我道："因为这个世上，你最爱惜我，我最疼惜你，在彼此眼中都是独一无二的。今日的确是我错怪了你，嬛儿，若你不原谅我，我真要成了狠心短命的……"

我忙捂住他的嘴，恨恨道："总爱胡说八道，看我还理你么？"我看他一眼，"清，我总是觉得你很好很好，如今可也发觉你一样不足了。"

他道："你尽管说，我仔细听着。"

我叹道："此番一事，我是觉得你的心肠过软了。或者说，是你心地太好，太怜悯众生为别人着想。"

他淡淡一笑："或许我真是过于悲天悯人了。"

我伏在他肩头，轻轻道："但愿你的善良好心不会成为你的负累。"

陌上花

游历完上京之后，天气渐渐冷了下来，便策马驱车回中京不提。寒冬时节，宫中饮宴颇多，玄清并不能常常过来，偶尔来了，不过是小坐半日，就要匆匆回去的。

那一日清晨起来，却见玄清已经负手伫立于门外，他着一身云白回纹长衫，腰间系一带湖蓝丝绦，意态闲闲地折了一捧绿梅在手。他见我出来，满面皆是笑意："你起来了。"

我道："怎么这么早就过来了。这样站在外头可冷不冷？"

他的笑容仿佛天际第一抹亮光："一大早骑马回了清凉台，见开了第一束绿梅花，特地拿来给你。"

我含笑接过，轻轻嗅了一口，清雅的香气熏得五脏六腑都透明了一般。我笑道："进来吧，你可吃过东西了？"

他笑："一大早跑马过来，肚子正饿着呢。"

屋子里浣碧正摆好几碟小菜，盛了一碗滚烫的白粥，我道："没有什么好吃的招待你,随便垫垫肚子吧。"

他捧着粥碗暖手,夹了一筷子酱瓜吃了,含笑定定望着我,道:"我只觉得,能在你这里吃一点小菜、喝一口热粥就是很安心的事。"

我睨他一眼,道:"安心?可是宫里头出了什么事了么?"

他的眼中划过一丝淡淡清愁,随即笑道:"能有什么事,左不过是皇兄得了位新宠傅婉仪,难免冷落了朝政,也冷落了六宫。"

我不由得奇道:"是位倾国倾城的美人么?"

他怔了怔,须臾道:"美则美矣,却没有灵魂。"

我笑道:"这可奇了。皇上为什么那么喜欢她?"

玄清微微摇头:"原是岐山王福晋的侍女,宫宴的时候不知怎的被皇兄看上了。皇兄总有皇兄的理由。"

我如今很心平气和了,虽然对玄凌依旧怨怼,然而谈起他与别的女子的燕好,却是坦然得如在谈任何一个无关紧要的人。

玄清缓和了情绪,道:"今日我都陪你,可好?"

屋子里笼了暖炉,洋洋生了暖意。他坐于我身前,执笔作画,画我侧坐的身形。我择了卷《太平广记》闲闲看着,转头却见他只低头专心致志画着。

我不由得笑道:"嗳,哪有画师是这个样子的,连看都不看人一眼,只顾低头画,画出来可像么?"

玄清淡淡笑:"你且自己来看。"

我探头过去一看,见笔工细腻流畅,纤毫毕见。

他朗声笑,夹一夹我的鼻子道:"我虽没有看你,你的样子却在我心里,怎么会画不出来。"

我别过身去,"扑哧"笑道:"净会一味地胡说……"

我话音未落,觉得身边动静有异,不知何时温实初已经掀帘进来,静静站在门边,脸色白得如一张最澄净的绵纸。

我心下一冷,我与玄清定情之事,温实初全然不知,我也不打算告知他。而玄清一向往来，却不曾与温实初碰面过。而方才与玄清行迹亲密，一定是被他看到了，然而我旋即含笑道："你来了。"

温实初轻轻"嗯"一声，冷道："我来得不巧。"

我望一眼玄清，索性向温实初道："的确巧。不过清也不是外人。"

温实初微微冷笑："清？"他撂下帘子，道，"嬛妹妹，你出来，我有话对你说。"

温实初霍然走出，玄清扯一扯我的袖子，微微蹙眉道："温太医很生气。"

我微微一笑："有些误会在里头，我去和他说清就好了，你只在这里等我吧。"

玄清颔首，我缓缓踱出，外头的空气冰冷，骤然从暖屋子里出来，不觉身上一缩，冷意刺得头皮微微发麻。

温实初负气站在岩边，脸色沉沉发青，见我出来，直截了当道："嬛妹妹，你曾经对我说在宫中几年，已对男女之情绝望。你也曾对我说，清河王是宫里的人，又是当今的皇弟。那么如今你和清河王，又是怎么说？"他的语气激愤而伤心。

我静一静心神，道："如你所说，这话是我曾经说过的。"

"你……"温实初伤心道，"曾经说过的话就不算话了么？"

我轻轻摇头，柔声道："实初哥哥，不是曾经说过的话就不算话了。而是世事的变化我们常常始料不及，曾经并不能当作永远。就如曾经，我是当今天子的宠妃；就如曾经，我家中鼎盛煊赫；就如曾经，我是不谙世事的甄嬛，只会抱着莲蓬站在船头唱歌。实初哥哥，那些都已经是曾经了。即便我多巴望着它不要过去，终究是过去了。"

温实初怔怔道："你只说，你和清河王是怎么回事？"

我深深呼吸，冷冽的空气让我头脑清醒，我屏息道："我喜欢他，他也喜欢我，仅此而已。"

温实初神色大变，苍凉道："好！好！好！你到今日才肯对我说实话！

可是你说，你已对男女之情绝望，何况他是皇帝……你以前夫君的弟弟啊！为什么，偏偏要是他？"

温实初的话，在瞬间凌厉地挑破我的伤口，揭出血肉模糊的过往。我的心口微微作痛："因为我对男女之情绝望，因为我对我的人生绝望，因为我根本是个沉溺在痛苦里的人，是他，是玄清，他让我对所有的事开始抱有希望，让我愿意去相信我所追求的，以至于我可以不顾忌他的皇室身份，你明白了么？"

我一口气说得急了，声音微微失了往日的语调，心清晰突兀地跳跃着，犹如山间訇然作响的暮鼓沉沉。

温实初的眼神凄然而悲凉："可是你和他在一起，只怕以后受的苦不会少，连最基本的名分也不可得！"

我凄楚而笑，似战栗在秋风萧瑟里的一朵花："以我今时今日的身份，即便和谁在一起，都不会有名分可言的。那么，温大人，难道你能给我名分？或者，你觉得名分是我最想要的东西？"

他无言，只怆然看着我："你会很辛苦……"

我扶着岩壁，盈盈而立："我所辛苦的，他也一样辛苦。只是你怕我所受的委屈辛苦，于我，都是心甘情愿的。我既然愿意跟随他，自然也想好了会遇到什么。我都是心甘情愿的。"

世间的事，再多困苦，再多艰辛，都敌不过一个心甘情愿。

温实初的神情稍稍平静下来，喃喃道："心甘情愿？我对你，也是心甘情愿，万死不辞的啊！"

我温默摇一摇头，走近他道："实初哥哥，那是不一样的，你对我好，我铭感五内。可是我和清，却是两情相悦。我知道你要劝阻我什么。只是到了今时今日，我也不怕对你说，哪怕我选择了清是一个错误，我也宁可一错到底，永不后悔。"

我回首，迎上身后玄清柔情而热切的目光，心头一暖，整副心思都可以放落了下来。我面对温实初的伤怀与震惊，亦是不忍，轻轻道："实初哥哥，说实话吧，你是觉得和我在一起要紧，还是我真心安乐要紧？"

这话，是带了试探的意味的，若他自私，我或许可以坦荡一些。他启唇的那一刹那，我突然真心盼望着，他也许可以自私一点。

温实初道："在我心里，我总是奢望有一日可以得到你，和你在一起，那是最最要紧的事情。可是嬛妹妹，我连在梦里都清楚地知道你不喜欢我，你和我在一起就不会真正开怀喜乐。那么，还是你真心的笑容更要紧一些。"

他的话，在一瞬间击中了我的心肺，我感动得无以复加。温实初，他是这样待我好，这样真心待我。他的真心，甚至是不亚于玄清对我的爱意的。

然而，感动再多终究也只是感动，而不是感情。

我轻轻道："实初哥哥，谢谢你待我这样好。"

温实初微微扬起唇角，眼中却泛出一抹深重的悲凉，道："我劝你也不中用。那么，既然你心意已决，只要你高兴就好。"他远远凝视玄清站立的地方，声音微冷，一字字清如碎冰，呵出雪白的暖气，"嬛妹妹，他能有你的心甘情愿，你不晓得，我有多羡慕他！"

我勉强微笑，低低柔声道："有什么好羡慕的。实初哥哥，将来你也会遇到一位心甘情愿对你的好女子的。"

温实初凄然一笑，转身离去，温厚的身影在冬日苍茫的寒意里看起来格外孤清。我定定伫立在风口，冷寂的风一阵一阵扑到脸上，连眼眶都热热的，我深切觉得，某些长久以来坚持在我身边的感情，已经被我深深伤害了。哪怕我再不忍，到底也是被伤害了。

玄清的温度和着温软的披风一起裹到我身上，温柔为我拭去正欲夺眶而出的泪珠，轻轻慨叹道："温太医很喜欢你。"

我仰头，逼回泪意，惘然笑道："可惜我终己一生都不能回报他了。"

世上的感情，有获得，就有失去。有人欢喜，也会有人哀愁失落。于温实初是，于浣碧是，于我、玄凌、玄清又何尝不是。

玄清明澈的眸光温和而懂得："嬛儿，你可以用一辈子的友情去回报他。"

我颔首："我会。"

他的神色里有无尽动容，柔情几许，几乎能把我淹没："嬛儿，温太医对你的情意并不比我少，只是我何其有幸，能抱你入怀。你是我一生都在期许的人啊！"

一生都在期许的，于我，玄清又何尝不是。我低眉，在冷风中伏首在他宽容而温暖的拥抱里。唯有他的拥抱，才叫我如此安心。

寒冬如斯，终于也会过去的。

山间四月，自然是桃红柳绿，芳菲无限。

我见屋外天光云影明媚如画，不由得笑道："外头花事正盛，我去采一些来插瓶。"

浣碧盈盈道："正是呢。屋子外头花开得这样好，倒显得咱们屋子里太冷清了呢。"

我于是出去，走在小径上，或者折几枝开白花的野山樱，或者采几朵小小的二月蓝，或者折一脉修长的碧翠鸢草，捧在怀中缓缓走着，心情也是愉悦的豁然开朗。

无边春光兜头兜脸地扑上身来，犹是踏花归去马蹄香的季节，路旁草间乱花渐欲迷人双眼。几处流莺娇燕恰恰飞过眉梢，或欲争暖树，或正衔春泥，又轻盈地各自飞了。我一时贪看不住，流连回顾盎然春色，连本是无情的青山绿水，亦觉得像是含情的眉眼，盈盈欲横了。

回到禅房时槿汐已经回来了，与浣碧一同忙在灶边。她笑道："娘子可回来晚了，方才王爷来过了呢。"

我微微吃惊，亦有些失落道："怎么这样突然就来过了？"

槿汐道："来得急，回去得也仓促，仿佛是寻了个由头才能过来的。"

我"哦"了一声，知道是错过了，心里便有些黯然，也不愿意她们看出我的快快不乐，只寻了瓶子把花一枝一枝整理过插好，又用清水养上，方道："王爷来了可说了什么？"

浣碧道："王爷来时问小姐去哪里了，我说是赏春去了，本想要出去寻的，可王爷说山里那么大，一时怕也寻不到的。而且小姐既是去赏春，这样找了回来，只怕赏春时的好兴致也没了。后来王爷等了会儿，阿晋来催，也只得走了。并没有说什么话，只写了几个字留在桌上，小姐看过就知道了。"

我没见到他，又知他等我，心下不免怅然若失，他来一趟不易，这样错过了，不知下次见面又在何时。一张便笺，也不过是聊胜于无了。

于是伸手拿了来看。雪白的素心笺上，不过寥寥几字："陌上花开，可缓缓归矣。"①

仿佛有一股春水蜿蜒滋润上心田，整颗心就这样润泽而柔软了下去，滋生出最柔嫩而鲜艳的三春花瓣。

他明知，要在这山间寻到去赏花的我是极容易的，只要向花事繁盛处去，就能寻到。

可是他宁愿在此安静等待，也不愿意打断了我赏花观春时的愉悦心情。

他情愿这样等待，等待我或许会早早归来。

他的细腻心肠，他平实温馨的情愫，我眼中几乎要落下泪来。

他对我的爱，竟是这样宽大而耐心。

田间阡陌上的花开了，你可以慢慢看花，不必急着回来。这样的话语，仿佛是他在我耳边呢喃。

陌上花开，万紫千红，他便在花开的那头这样安静等着我呀。

这样等着的时候，淡淡的相思、淡淡的期待、淡淡的寂寞。只为等着

---

① 出自吴越王给他夫人吴王妃的一封信。吴王妃每年寒食节必归临安，钱镠甚为想念。一年春天王妃未归，至春色将老，陌上花已发。钱镠写信说："陌上花开，可缓缓归矣。"清代学者王士祯曾说："'陌上花开，可缓缓归矣'，二语艳称千古。"后来还被里人编成山歌，就名《陌上花》，在民间广为传唱。

漫游即将归来的我。

浣碧见我如此神色，忙上前问道："小姐怎么了？"

我扬眉浅笑，轻声道："没有什么。王爷上次的鸽子呢？"

浣碧道："在外头吃小米呢，我去抱进来吧。"说着转身，旋即抱了鸽子进来。

雪白的鸽子犹自"咕咕"叫着。我提笔另写了一张，写道："水是眼波横，山是眉峰聚。欲问行人去那边？眉眼盈盈处。"①

心念激荡，觉得如此犹是不足，又在反面写下几行小字："山是郎眉峰，水是君眼波，欲问伊人何处去，总在郎君眉眼中。此番错过，来日与君相见，不知是否在山花烂漫处。"

写完，不觉含情微笑，细心卷了起来塞进鸽子左脚的小竹筒里，向浣碧笑道："这鸽子总该识得飞回去的路吧。"

浣碧笑道："是阿晋费了好大的功夫才教导出来的，想必不会太笨。"

我把鸽子抱到门外，但见暮色渐浓，扬手把鸽子放了出去，仿佛一颗心，也跟着松脱飞了出去。

次日风和日丽的天气，衣袂间沾染了春花气味的玄清骤然出现在我面前。

我在惊喜之余含笑："怎么突然来了？"

他笑意盎然，执着我的手道："接到你的飞鸽传书，我想了一夜也想不出怎么回你的书信才好，只能亲自来了。"他眉目间皆是清爽，"可惜你我不曾在山花烂漫处相见。"

有什么要紧呢？他来，本就是带了山花烂漫。

其时中庭里一棵老桃树正开得花朵灿烂，如云蒸霞蔚，风吹过乱红缤

---

① 出自宋代王观《卜算子·送鲍浩然之浙东》。全词为："水是眼波横，山是眉峰聚。欲问行人去那边？眉眼盈盈处。　才始送春归，又送君归去。若到江南赶上春，千万和春住。"

纷，漫天漫地都是笼着金灿灿阳光的粉色飞花。

禅房轩窗下，他从袖中郑重其事取出一样物事。

泥金薄镂鸳鸯成双红笺，周边是首尾相连的凤凰图案，取其团圆白首、凤凰于飞之意。并蒂莲暗纹的底子，花团锦簇，是多子多福、恩爱连绵的寓意。

合婚庚帖。

玄清左手握住我的手，右手执笔一笔一画在那红笺上写：

> 玄清　　甄嬛
> 终身所约，永结为好。

仿佛刻在纸上，笔力似要穿透纸背。每一个字都看得那样清楚，又像是都没有看清楚，身上绵绵地软。我心怀激荡，像是极幼的时候爹爹带我去观潮，钱塘潮水汹涌如万马奔腾滚滚而来，说不出的震动欢喜，眼中渗出泪来，心中隐隐漾起悲意。

我遮住他的手，垂泪道："我是你皇兄遗弃的人，也是罪妇。前途尚未可知，你何须如此？"

玄清揽我入怀，绛纱单袍的袖子徐徐擦着我的佛衣和垂发，我的眼泪落在他的袍上，倏忽便被吸得无影无踪。

"即便前途未卜，这也是我最真切的心意。"他语带哽咽，"嬛儿，这世间，我只要你。"

我默然，无声无息地笑出来，双手攀上他的脖颈，牢牢地看着他眸中我的身影。玄清亦不作声，目光凝在我脸上，双瞳黑若深潭，不见底，唯见我的身影，融融地漾出暖意，他只紧紧把我拥在怀里。禅房外是开得如云锦样繁盛的桃花，芳菲凝霞，春深似海。我的脸紧贴着他的肩胛，他的手臂越来越用力，紧紧拥抱着我，那样紧，胸口的骨头一根根地挤得生疼，就像是此生此世再不能这样在一起，痛楚之中，我犹觉得欢喜。

那样欢喜，漫天匝地，满目皆是那泥金双鸳鸯……交颈相偎……不负春光……红罗并蒂莲花……花瓣繁复，一层一层脱落……雪白的蕊，白得似羊脂玉的身体……铜帐钩落，白绫水墨字画的床帐被风吹得微微翻起……凤凰于飞，翙翙其羽。

粉红的桃花被春风吹落，纷纷扬扬似一场暴疾的花雨……纤秀莹白的足尖笔直地伸挺着，几乎耐不住帐内的春暖，盛开着，就像春风中带着无数轻微颤抖的柳枝……男人沉重而芬芳的呼吸……我仰头看见桌上供着的白玉观音像，垂目不语，她亦不语……床头的伽楠木佛珠僵死如蛇，我一闭眼，挥手把它撩下床，骨碌碌散了满地的响。

……

我蹑手蹑脚整理好衣衫，玄清他双目轻瞑，呼吸均匀，仿佛还在熟睡中，宁和地安睡。我坐在妆台前，打开久已尘封的织锦多格梳妆盒，晶莹闪烁的珠翠玉钿被我闲闲安置了这样久，再次打开见到时，在这样的心怀下，那光华灿烂的耀目也不刺眼了。盒中所有，尽是我入宫时的陪嫁，又悉数带了出来。宫中多年，玄凌所赏赐的珍宝首饰不计其数，全全留在了宫里，连那枚一向钟爱的錾金玫瑰簪子亦搁在了棠梨宫的妆台上，孤零零地闪烁黄金清冷的光泽。

与玄凌，能割舍的，我都尽数割舍了。

缓缓梳妆，精心描绘，很久没有这样用心。梳一个简单清爽的半翻髻，头上如云青丝蓬松松往后拢起，细致地一束一束绾好。斜斜簪一支银簪子，细细垂下一缕银丝流苏，坠着一颗珠子，簌簌打在鬓角。一排十二颗浅浅粉红的珍珠排成新月的形状簪在发髻间，有濯濯光华闪烁。窗台上供着一束紫兰，芳香清盈，我心下微微一动，随手摘了两三朵束上，簪在髻边。

打开妆匣，取出胭脂水粉，拍成桃花妆，点上唇脂，再画上涵烟眉，远山藏黛的色泽，明亮如星的双眸，眉眼盈盈，刹那流转出无限情意婉转。我心中也不免感慨，从前的种种萎败凋零，终于全数散去，镜中的人，如同新生，已是容色恬淡、笑生双靥了。

择一身浅紫色的绣花罗襦，绣着玉色的繁花茂叶，枝叶葳蕤，细致缠绵。月白色的软缎百褶罗裙在暖风下轻盈地回旋。

这样清爽的颜色，连人心也变得清爽恬静了。

我走到桌前，毛笔柔润地吸满墨汁，提笔续在玄清的字后："愿琴瑟在御，岁月静好。"仿佛是在梦里，我与玄清，终于有了今日，竟然也能有今日。也算不辜负此生了。

有温柔的声音唤我："嬛儿？"

我盈盈转身，他含着惊喜道："你的装束？"

我含笑望住他，心底有无限的柔情："我从前出宫落饰出家，上回出游上京做寻常女子打扮只是为了方便，权宜而已。而今日因为你，我重新妆饰，再入尘世。"我低头，低低羞涩，"其实因为你，我的心一直也在人世里。"

他眼中有一瞬的晶莹，拥抱无声无息地靠近身来。

我倚在他手臂上，沉浸在巨大如汪洋恣肆的幸福与欣喜之中。我抱着他的手臂，忽然想起一事，问道："你的手臂上有刺青，是不是？"

他唇角上扬，带着点邪邪的笑意，轻轻在我耳边道："你方才不是看见了么？"

我脸色绯红，只管卷起他的袖子。右手手臂上的刺青正是一条铁链，爬满葱茏纠缠的绿色藤蔓和红色血痕，颜色相冲鲜艳，十分夺目。另有一把长剑的图案横亘其下，刺青手法精妙，仿佛有青锐剑气隐隐贯出。

洁白的指尖轻柔抚摩过去，我问："刺的时候疼不疼？"

"疼。"他笑，"不过忍一忍便好了。"

我的嘴唇吻上他的文身，含糊道："为什么要刺这样的图案，有特别的意思么？"

"我的身体里流着摆夷族人的血液，摆夷族的男子成年后都要刺这种文身。"

"那么……太后并不反对?"毕竟太后是玄清的养母啊。

他淡淡一笑,笑容里有浅淡的不可捉摸的忧色,轻描淡写道:"我不过是个闲散宗室而已,最自在不过。"

他放下衣袖,目光落在桌上的红笺上:"写了什么?"玄清环住我的腰,一手按住那红笺看。轻缓的气息,有一点暖,拂到耳后、脖中,酥酥麻麻地痒。他的语气坚定如磐石,一字一字漾在耳边:"嬛儿,我必定如你所愿。"

我双目望着窗外开得邪魅般艳盛的桃花,心下泛起黯然:"我知道不过是我的痴心妄想,终究是不能的。"玄清扳过我的身体,手指一根根放入我的指缝,十指交握在一起,纠缠不尽的切近与缠绵:"你信我。等皇兄渐渐淡忘了你,我便使静岸师太报你病逝,你更名改姓,我们便能永远厮守在一起。"他的眼中温柔如春水,这一世都以为不可能,终于也可能了。我如坠梦中,不由自主地"嗯"了一声。隔了那么久,隔了后宫的重檐叠壁,隔着江山万里,那么多的人,那么多的事,重叠繁沓如前世今生,茫茫然不真切。这一刻,却那样笃定,像从云间坠下,双脚终于踏到土地。

他的声音如同梦呓:"嬛儿,那一日温宜生辰,你还记不记得?你赤足立在泉里,像一只小白狐……"我"嗯"了一声,他没有说下去,我怎会不记得,那一日的初遇。

我轻笑道:"那日的你无礼至极,十足一个轻薄浪子。"

他微笑道:"你赤足戏水时那样娇俏可爱,可是板起脸生气的样子却拒人于千里。我在想,怎么有这么无趣的女子。"他静静看着我道,"可是当我吹玉笛,见你作《惊鸿舞》,才晓得这世间真有人能翩若惊鸿。"

我轻轻一哂,用手指羞他,道:"哪里有这样夸人的,一下是白狐,一下是惊鸿,也不害臊?"我踮起脚去咬他的耳垂,他的眉毛轻扬,含糊道:"嬛儿,你难道不晓得我?"

我闭上眼睛,低低叹息道:"我晓得。"

这世间唯有他最懂得我，我也最晓得他。只是目下，我不愿去想，不舍得松出分毫意志与情思去想。

我轻轻挣开他的怀抱，抽出一根他的头发拔下，他微微吃痛，奇道："做什么？"我松开散乱的发髻，抬手拔下一根长发，照着窗下的日光把两根发丝绞绕在一起。玄清立时明白我的用意，双目炯炯燃炙如火，眼角隐隐溢出泪光："你我夫妇永结同心。"我含笑不语，脸上渐次滚烫起来。

玄清的吻伴着灼热的呼吸细细密密地落下来。

叁贰 杜鹃啼

这一年的春与夏，在这样的甜蜜与欢好里倏忽过去了。仿佛伸手去挽，便从指缝里悠悠滑走，连手指的缝隙间都带着清露滋润蔷薇花蕊时最初的那一抹甜香。

那一日的下午，原本是夏末晴好的午后，伴着偶至的凉风，我正在窗下榻上和衣午睡。半醒半眠间，听见外头有隐隐约约的说话声，我便唤："浣碧——"

她应声进来："小姐，是阿晋来了呢。"

我顿时睡意全无，抿一抿鬓发起身："这个时候来，可有什么事么？"

却是阿晋进来，苦着脸道："宫里头来的消息，说是皇上抱恙，紧赶着叫王爷入宫侍疾去了。这一病仿佛还不轻，恐怕十天半个月回不来了。"

我淡淡"哦"了一句，道："可说是什么病呢？"

阿晋挠一挠头，道："这个奴才也不晓得了。只恍惚听皇上身边的小厦子说起一句，仿佛是宿在傅婕好宫里时吐了血，究竟是什么缘由，宫里头也是讳莫如深。只听说为了这事出在傅婕妤宫里头，连傅婕妤也被禁足了。”

我心头微微触动，口中只漠然道：“皇上的心思深，难免操心太过，伤了身子。”

阿晋忧心忡忡道：“王爷得了太后的嘱咐，和岐山王、平阳王一同入宫侍疾，连皇上的亲姐姐，远嫁在临州的真宁长公主也回来了。瞧样子，皇上这回真真病得不轻。”

我默默转头，望向窗外。槿汐一下又一下拿拍子拍着衣裳，有细蒙蒙的染着金色的尘灰细细飞扬。那“啪啪”的声音在静静的院落里听来格外寂寞而响亮。

我轻轻道：“他这些日子都不能出宫了，是么？”

阿晋从怀中掏出一张小小的花笺：“王爷知道这些日子不能来看娘子，怕娘子无趣，特意写了一首词，请娘子有空时互为唱和。阿晋每日都会来一次，将娘子写的给王爷，王爷写的给娘子。”

我缓缓将花笺打开，却是一首短词：

一张机，采桑陌上试春衣。风晴日暖慵无力。桃花枝上，啼莺言语，不肯放人归。

我看完，不禁破愁为笑，明明是因病侍疾出不得宫，他偏偏只说“花上莺啼留人住”。能在忧虑中还有这样闲雅疏狂之心的，也唯有他了。

不过略想一想，寻了一张薛涛笺来，红笺小字分明，写道：

两张机，行人立马意迟迟。深心未忍轻分付。回头一笑，花间归去，只恐被花知。

我交到阿晋手中，道：“不必日日让王爷回了送来，一来太过显眼，二来王爷在宫中侍疾，想来也十分辛苦，哪里有这样多的时候来和词呢。"

阿晋笑嘻嘻将我写好的薛涛笺小心放进怀里："娘子果然体贴我们王爷。王爷这些日子出不了宫，这封花笺可是当宝贝来看的。只怕王爷是日里看夜里看，见字如见人，多少个放不下呢。"

如此，玄清虽不能来，他的情深意重却化在字迹笔墨里，每隔三天便到了我的手里。常常，在打开花笺前的一瞬间，我心里含着忧，又衔着喜。

他安慰我心、道尽相思的词，我自然是欢喜的。然而这欢喜到手，亦是告诉我，这两日，他依旧是不能回来的。我含着这般且喜且忧的心情，写下一首首与他唱和的诗词。

　　三张机，吴蚕已老燕雏飞。东风宴罢长洲苑。轻绡催趁，馆
娃宫女，要换舞时衣。

宫中欢宴，因玄凌的病到底是暂停了。没有歌舞的紫奥城，想必也是冷清而寂寞的。而在紫奥城月色如银下的重重殿宇里，玄清，你在做些什么？

　　四张机，咿哑声里暗颦眉。回梭织朵垂莲子。盘花易绾，愁
心难整，脉脉乱如丝。

"莲"同"连"，"丝"同"思"，我的思念，或许你看不见。然而太液池的莲花，亦可道尽我无言的相思。或许当你看见太液池的莲叶田田，亦是这样想念着我。

　　五张机，横纹织就沈郎诗。中心一句无人会。不言愁恨，不
言憔悴，只凭寄相思。

你离开我，已经十五日了。清，你并没有与我倾诉离愁别绪的难为，你只告诉我，风清月明时，你也在想念我。

　　六张机，行行都是耍花儿。花间更有双蝴蝶。停梭一晌，闲窗影里，独自看多时。

蝴蝶成双成对，嬉戏花间，蝴蝶的翅膀扇动出光影的叠合，如霞影水波迷离摇曳。在日与夜的空闲里，没有你在，我只是这样独自寂寞。

　　七张机，鸳鸯织就又迟疑。只恐被人轻裁剪。分飞两处，一场离恨，何计再相随？

这样两地分别，你陪伴着的是我从前的夫君。紫奥城，是我记忆的禁地。是你听见了什么，看见了什么，还是你心底，有隐隐的和我一般难以言说的担忧。

　　八张机，回文知是阿谁诗。织成一片凄凉意。行行读遍，厌厌无语，不忍更寻思。

闲来的时候，我翻看了苏若兰的《回文诗》，字字句句的心血，都是她对丈夫窦滔的思念。我自愧没有这样好的才情，只能带着对她的明白，黯然无语。

　　九张机，双花双叶又双枝。薄情自古多离别。从头到底，将心萦系，穿过一条丝。

玄清，当你寄来这《九张机》时，已经是第二十七天了。你还没有回来，只说从头到底，心只一思。

我如何不明白呢？我心如你心，都是一样的。

在我提笔要回应的一瞬间，熟悉的拥抱从我身后缓缓拢住我。我抱膝，蜷缩着身体依在他怀里。

"清……"我叹息着道，"我几乎是看着星沉月落，整夜整夜思念着你。可惜，你不能一直这样来看我。"

"我也是。"他的体温沉沉地包围着我，"皇兄的病已经见好了。"他吻一吻我的耳垂，"嬛儿，陪我走一走吧。"

已然是秋天了，秋光亦明媚如斯，我与他携手缓缓而行。

零星盛放在山野里的秋杜鹃，是一道最明媚的秋景。恰巧有杜鹃鸟从枝头轻盈地飞过，声声杜鹃，是悲戚的啼鸣。玄清低低叹息一句："杜鹃啼血。秋杜鹃，是伤心的花朵啊。"

我轻声道："是听见了什么，还是看见了什么？这一回从宫里出来，我觉得你总是怏怏不乐。"

他湖水色的衣袍有简洁的线条，被带着花香的风轻柔卷起："傅婕妤死了。"

"傅婕妤？"

"自你离宫，傅婕妤最当宠。婢女身份，却以小仪之位去岁入宫，从此专宠。她娇艳中自有清丽，远望便如谪仙。"玄清甚少这样赞扬一名女子，如今用"谪仙"二字形容，可见此女之美。然而他的另一句评价又道来，"然而，也是个空洞的木美人。"他顿一顿，"可是，皇兄喜欢得紧。不日将册为贵嫔，连封妃也是指日可待。听说皇兄与皇后商量时，连封号也已经拟好了。"玄清的笑容有些意味深长，"是个'婉'字，'婉约'之'婉'。"

我心头一惊，涩然道："她美得像一位故人，是不是？"

去岁入宫，身份低微，一年间已从从五品的小仪一跃而至从三品的婕妤，未有过身孕却不日就要册为贵嫔，即便我在宫中，也不得不视之为劲敌了。

玄清的沉默证实了我的揣测，他说："与故去的纯元皇后总有六七分相似。"

我冷笑："我方才正想，既是个木美人，何以会这样得宠，原来如此！"我想起阿晋的话，"皇上是在她宫里头吐的血？"

"是。"他的声音有沉沉的忧伤，"皇兄此番病重，因呕血而起，而呕血的根由，太医说，是因为皇兄服食了过多的五石散，又大量饮性烈的冷酒所致。而五石散，是在傅婕好宫中发现的，她根本无法推脱。连她自己，亦有服食五石散的迹象。"

五石散？我在听闻入耳时只觉得惊恐，五石散在魏晋时代的王公贵族中甚为风行。大约以石钟乳、紫石英、白石英、石硫黄、赤石脂五种矿石研磨成粉后混合使用。此五味药中，石钟乳、白石英、石硫黄确实有壮阳、温肺肾的功效，但药力过后不多时辰，身体会剧冷剧热。甚者大汗脱阳，气绝身亡。

我震惊不已："此乃宫中禁物，傅婕好从何处得来，皇上又为何会服食，太医都不知晓么？"

"皇兄自得傅婕好，朝夕不离，常在她宫中厮混终日，时常连皇后也见不到一面，何况太医呢。这五石散，听傅婕好身边的侍女招供，是为房中秘戏所用，傅婕好从宫外弄来以此招徕恩宠，以致损伤龙体。"

我低头默默沉思，骤然道："不会！以你所说，傅婕好容貌酷似纯元皇后，皇上宠爱异常，她又何必再以五石散招徕恩宠。而五石散是宫中禁药，即便要招徕恩宠，她自可向太医索取宫中秘制的暖情药，何须自己冒险从宫外弄来。况且她还没有身孕，一身所依只有皇帝一个，她怎么会轻易去损伤他的龙体，不是自伤根本么？"

玄清只望着我："你记得我方才所说么？皇兄对她近乎独宠，冷落后宫，连皇后也不常常相见。"

我的眼皮倏然一跳："你也发觉或许是有人陷害？"我惊道，"会不会是皇后？是皇后用的五石散？"

玄清沉静道："皇后入宫以来，一向爱重皇兄非同寻常。即便她会因妒陷害傅婕好，但是断断不会下五石散损伤皇兄的身体。事后傅婕好百般辩解。然而宫中因她的得宠已经怨声载道，她到底年轻，在其位时也不知劝皇兄雨露均沾，以致今日墙倒众人推，惹得太后勃然大怒，下旨缢杀，并且将其一族废为庶人。"

我的心思在刹那间冰冷了下来，幽幽道："太后要杀她，不只是因为五石散之事吧？"

玄清默然："有我母妃的前车之鉴，太后如何能容得傅婕好独占恩宠，她是断断容不得的。"

我了然："因着五石散一事证据确凿，连皇上也不能说什么吧。"

"太后与皇后雷厉风行，皇兄醒转时，傅婕好已死，即便皇兄想要为她开脱也不得。只不过，皇兄也再没有提起过傅婕好，哪怕我发觉他失落，他也没有再提起。"玄清缓缓道，"他只道，佳人难再得。"他的手臂牢牢拥抱住我，"嬛儿，我不得不害怕。皇兄，他在梦里，叫了你的名字。我在宫中侍疾二十七日，虽然只听皇兄在睡梦中含糊地喊过一次你的名字，虽然只有一次，我也害怕。嬛儿，我怕失去你。"

我的心突突地跳着，我死劲把脸抵靠在他的肩上。多么可笑，我与他共枕之时，他在梦里呼唤的，是"宛宛"，到如今，却唤了我。

"七张机，鸳鸯织就又迟疑。只恐被人轻裁剪。分飞两处，一场离恨，何计再相随。所以，你会写这样的七张机给我，是不是？"我轻声道，"那么在皇上的睡梦里，常常呼唤着的人，可是纯元皇后？宛宛，是么？"

"是。然而，并不只是在睡梦中。皇兄在养病时，常常独自一人翻看纯元皇后的遗物。"

我颔首，冷静道："他在清醒时，想念的是纯元皇后，会在梦中喊我的名字，大抵是因为……"我冷漠地苦笑，"是因为我有三分似纯元皇后。他不过是在想念纯元皇后本人时偶尔想到了我这个不驯服的影子罢了。"

我温柔抬眸，向他道，"何况，我是被驱逐修行的人，怎么还会回去呢？所以，你不会失去我。"

他紧紧拥抱住我，我几乎能感觉到他沉沉的心跳："嬛儿，我竟然发现我是这样胆小的人，害怕失去你。"

我把脸埋在他胸膛里，感受他温暖而让人安定的气息："清，我也曾经胆小，不敢接受你的情意。如今，我们在一起，彼此依靠。清，有你在，我不会再害怕。"

他颔首，眼角有一点明灼灼的泪光，轻吻我的额头。良久，他惋惜："只是可怜了傅婕好，她亦算一个好女子。"

我默默："更可怜她圣宠一场，死后皇上连一句叹息也没有。终究，在皇帝眼里，傅婕好和我一般，都不过是个影子罢了。"我按捺住自己的思绪，低头勉强笑道，"那日你好端端写什么七张机来，叫我好生难过。我也和了一首七张机，看怎么罚你？"

我沉思须臾，轻声念道："七张机，春蚕吐尽一生丝。莫教容易裁罗绮。无端剪破，仙鸾彩凤，分作两般衣。"

玄清忙忙捂住我的嘴："我不过是说'只恐被人轻裁剪'，你却已'无端剪破，仙鸾彩凤，分作两般衣'。你是存心要咒我么？"

我见他神色不同往日，忙笑道："不过是和诗玩罢了。我不当真，你也不许当真。"

玄清用力点头，抚着我的长发，道："我自然百万千万个不当真的，我如何敢。"他微微一笑，"其实那日刚进宫，怕你牵挂，很想写些什么给你。然而千言万语，一时也不知道该写什么好。正巧遇见徐婉仪……"他见我不解，遂解释道，"是四年前选秀入宫的女子，虽不是倾城之色，然而颇负才情，只可惜皇兄不是特别喜欢。那一日在太液池偶遇，听她作了一首四张机，颇让人感触。"

"四张机？"

"不错。"他负手吟哦，"四张机，鸳鸯织就欲双飞。可怜未老头先白。

春波碧草，晓寒深处，相对浴红衣。"

"鸳鸯织就欲双飞。可怜未老头先白。"我细细呢喃，用心品味。几乎在玄清吟哦的一瞬间，就被这词里深深的伤感所打动。我真心赞道，"闻者只觉伤感难言。这样好的才情，真叫人惊艳。"

他又道："只听说这次皇兄病着，她日夜跪在通明殿为皇兄祈福，人也虚脱了。"

或许，她是真心爱着玄凌的吧。因为爱慕，所以这样伤感而自怜，叫人不忍细心去品她的心声。然而，她如何明白，就如我当年一般不明白，君王至尊，哪里是我们身为嫔妃所可以爱慕的？终究不过，是自取伤心罢了。

山巅寂静，暖风掠过身旁一树一树的花开，花朵绵绵落地，发出轻微的"扑嗒""扑嗒"的柔软声响。

有飞鸟扑棱着翅膀，自由飞翔。我笑："总听说山里有豺狼虎豹，可我住了好些年，除了狸猫之外却没有见过一只半只。"

玄清夹一夹我的鼻子，笑到不行："傻丫头。名山古刹之中连皇室贵胄都有来焚香参拜的，怎么会有豺狼虎豹呢？"

我不好意思："我不过是想看看罢了。总在屋子里待着，难免有些闷。"

玄清道："你若想看虎兽之戏。我认识宫中一名驯兽女师，下次请她来清凉台为你表演就是。"

我故意道："那驯兽女师很老了吧？"

他还未解，道："不过十六七岁吧。"

我哧哧地笑，拖长了声音道："哦，难怪呢。我正想，若不是妙龄少女，你怎会相熟呢？"

玄清用力夹一下我的鼻子，嗤道："醋劲倒是见长。"

我笑得伏在他怀里："我晓得你不会，才这般和你玩笑。"他闻言只笑，紧紧拥住我。

不知过了多久，我偶然回首，见浣碧站立在我身后，默默不语。我并不晓得她是何时过来的、来了多久，只觉得若被她看去了我们方才的亲昵，是很不好意思的。

然而浣碧神情淡淡的，只道："晚饭已经好了，小姐和王爷同去用吧。"

彼时暮色如流离四合的晕彩，山崖上一簇簇鲜红、一丛丛洁白的秋杜鹃，散若天边飘落的云霞。浣碧松松绾着的发髻边斜簪了一朵杜鹃花，水红的花瓣，映着她细腻的肌肤，分外娇艳。玄清偶尔注目，赞道："浣碧虽然爱穿碧色，可是簪上一朵红杜鹃，却格外好看。"

浣碧不自觉地红了脸，摸一摸发间柔弱婵娟的花朵，极小声道："多谢王爷赞誉。"

我欲言又止，终究还是没有说出口。秋杜鹃的花瓣太过柔弱娇怯，其实并不适合簪戴，况且，又是这样薄命的花朵。

然而浣碧的样子，仿佛是喜欢得紧，对于玄清的随口赞美，也十分受用。

玄清挽过我的手，微笑道："天色不早，咱们一同回去吧。"

耳边杜鹃声声啼鸣，秋日如年，仿佛永远没有过完的一天。这样宁静恬美的时光里，我几乎忘了，杜鹃是离别悲泣的鸟儿啊。

过了两日，浣碧不知从何处抱了一大堆书来，都是有些年岁的古籍了，装订得十分考究，半点虫蛀霉迹也无，必定是书香世代的人家才有的书籍。

我奇道："你怎么抱了这样多的书来？从哪里来的？"

她略略思量，还是道："奴婢斗胆，私自求了王爷，今日他特意遣了阿晋送来的。"

我笑道："我平日有那几本解闷的书就够了，清极有眼力，拿来的几册书言简意赅，回味无穷，闲来品读是最好的。你怎么还去向他要这许多？"

浣碧只是抿嘴，道："小姐教我读书好不好？"

我闲闲翻了一下她抱来的书籍，大多是诗经、楚辞、唐诗、宋词一类，更有偏些的四六骈俪、南北艳赋，不免更有些讶异。从小浣碧就被爹爹亲自允许了陪我在书房读书，因此也能识文断字。只是浣碧的性子沉静，更爱女红针黹些，所以虽能识字，但吟诗作赋还是不成的。

我更意外："你不是向来不爱在诗书上多用心么，怎么好端端的如今又要学起来了？"

浣碧脸上微微一窘，很快已是如常，微笑道："奴婢多通点诗书不好么？小姐一向爱这些，奴婢若多懂得一点，也能多陪小姐解解闷。"

我想起前几日的事，心下顿时明白，笑道："你别编派出一堆话来摆道理。前两日我与清论诗，你是否在后面听见了？"

浣碧脸色微微发红，恰如鬓边她簪着的一朵秋杜鹃，道："小姐既猜到了，奴婢也不能再瞒。小姐和王爷懂得这样多，成日对答如流，奴婢什么也不懂，又听小姐和王爷和的诗这样好，只觉得自己总像根木头似的杵在那里。"

我心下微微释然，笑道："你愿意上进博学，那自然是再好不过的。只要你愿意，我自然肯教你。只是……"我些微有些怅然，"女孩子家多看诗词，懂得了多些，只怕愁绪也要多些了。"

浣碧望着窗外，神色异常宁静，如水波不兴："小姐从前拒绝王爷时曾引用《碧玉歌》。碧玉小家女，不敢攀贵德。感郎千金意，惭无倾城色。"

我抬头看她："如何？"

浣碧淡淡道："小姐回绝时可曾想到《碧玉歌》的下一首，只差两句，意思却全都不同了。"

我想了想，慢慢道："碧玉小家女，不敢攀贵德。感郎意气重，遂得结金兰。浣碧，你想说这个是么？"

浣碧微微点头，她浅绿色的衣裙被风缓缓扬起："你看，小姐，懂得些诗书，也多懂得些情意，总也比无知无觉好许多了。"

她这样一点怅然，毫无遮掩地流露了出来，我瞧见她鬓边艳艳一朵杜鹃，暗暗有些惊心。自玄清赞了一句她簪杜鹃好看之后，她日日簪在鬓角发间的，只一朵秋杜鹃。

她某些暗涌着的心思，我不是没有隐隐察觉的。只是，玄清自然不会留心她，亦不会沾染她。那么，我连这样一点小小的心思也不许她有么？

322

陪着我，她的浮生已然是孤苦凄清了。

况且，要我如何对她开口呢？她的隐秘的小心思，并没有妨碍到我与清的相处啊。怜己悯人，我终究是缄默了。

为着这缄默，任由时光荏苒而过，待到秋深时节，红枫盛开如最华美的一幅锦绣。阿晋驾着马车而来，欢欢喜喜道："王爷说屋子里待着闷，来接娘子去赏秋呢，娘子请上车吧。"

我上回不过无心一句，他却惦记在了心上。我不由得心头大动，更衣上车。浣碧自然要跟去，对槿汐道："我服侍着小姐去游秋，你便留下吧。"

槿汐自然无异议，只深深望了我一眼。我懂得，却依旧不动声色。

我与浣碧二人以白纱覆面，秋游人间。京中的富贵繁华、钟鸣鼎食，再度看见，恍若重生一般。

再怎样小心，去的也是京都外人迹稀少的朗苑，闻得那里有甚好的湘妃竹。翠影篁篁，竹竿上或紫色，或黑褐，点点如泪迹斑斑。

"斑竹一枝千滴泪。"我感叹道，"眼见时真叫人感怀不已。"

玄清微微笑着道："娥皇女英为舜之死洒泪而成，湘妃深情，可见一斑。"

浣碧碧生生的衣裙与湘妃竹相映生辉，她低声道："舜的福气真好，有娥皇女英一对姐妹相伴左右。也幸亏她们是姐妹，才能这般和睦相处，成为佳话。"

我心头突地一跳，仿佛被挑动了某根隐秘的神经，微微作痛。

玄清望着我，淡淡而笑："娥皇女英的深情的确叫人感叹不已。只是舜的福气并不是人人能有。于我等凡人而言，得一个一心人相守到老，于愿足矣。"

浣碧微微黯然失色，旋即释然微笑："有公子这句话，我也可为长姐放心了。但愿公子能如己所言，一生呵护长姐。"

浣碧这样的言语，是我始料不及的。然而，这已是最好的结果，无论她是真心还是假意，我都会因她这句话而铭感终生。她有这样的心意，我何必还要计较她鬓边的一朵秋杜鹃。

如此，一身轻松，欢畅游览完朗苑，趁着天色还早，一同尽兴而归。

我自马车中掀帘，旁边正停驻着一辆朱红油壁车，悬挂着与红正对的浓青色绣折枝花帘子，那帘子的料子是京中显贵最爱用的零霓缎，沾雨不湿。更妙的是在阳光底下仿若霓虹光彩，十分稀罕。且它辕马华贵，连驾车的侍从也一应的整齐衣衫穿着，想来是豪门之家的奴仆伴随主人外出。

我轻轻笑道："不知是哪一家豪门的千金出行，这样豪阔？"

外头牵马的仆从听见我们说话，笑呵呵道："两位娘子不知道，哪里是什么千金小姐。是留欢阁的顾姑娘。"

我一听留欢阁的名字，心中"咯噔"一下，隐隐有些明白过来。

浣碧却是不晓得，追问了一句："留欢阁是什么地方？"

那仆从"咻"一声笑道："两位娘子处在深闺，难怪不晓得。这留欢阁嘛，是男人最爱去也最舍不得离开的地方，也是京城里最有名的销金窝。"

浣碧"呀"了一声，已经明白，失声道："那是青楼呀。"说着自己也觉得失态，"她是烟花姑娘，怎么会有这样的排场？"

一时玄清上车来，从怀中掏出一包东西递给我，和悦微笑道："尝尝看，是什么？"

我拿起一闻，不觉笑生两靥："是荣福记的桂花松子糖。"于是取了一颗吃了，笑道，"还是和从前一样的滋味，半点不曾改变。你方才跑下去，就为了买这个么？"

他只是含笑："你不是说起从前爱吃么？"

我低首微笑，睨他一眼，道："我不过那天随口说一句，偏你这个人当正经事记着。"

浣碧半是欢喜，道："公子待小姐真好，小姐说的什么都记在心上。"

玄清又拿出一包东西，给了浣碧道："嬛儿说你喜欢荣福记的梅子糖，我也帮你拿了。"

浣碧不觉微笑，紧紧抓在手里，欠身道："多谢公子。"

于是融融洽洽，我吩咐道："咱们走吧。"

车夫答应一声，吆喝着正要催马前进，忽然回头道："那边顾姑娘的车要先行，咱们怕是抢不过。"

我笑道："那有什么抢不抢的，她有事先行一步，咱们就让她好了。"

话音还未落下，却见旁边那辆油壁轻车之上，帘子被轻柔掀起，芙蓉秀脸一照即闪，语声直叫人骨酥："多谢了。"

方才想起是那位顾姑娘在感谢我们让路之事，于是轻声道："姑娘客气。"

话还未完，她已经一径垂下帘子乘车去了。帘外阳光灿烂如金，我的眼前仿佛还晃动着那一张芙蓉秀脸，虽然只是惊鸿一瞥，看得并不多么清晰，只是觉得有些眼熟，仿佛是哪里见过。然而她容貌当真秀美，车骑已过，仍让人惊心难忘。

待到回过神来，那车夫大笑道："顾姑娘艳丽，不仅吸引男人，连娘子这样也看得不住吗？"

我转头问玄清："你方才瞧见没？那位顾姑娘确实容貌十分出众，却也有些眼熟。"

玄清"嗯"了一声："有么？我方才并没有瞧见。"

浣碧玩笑道："听说这位顾姑娘艳名远播，公子一向风流倜傥，也不知道么？"

见玄清摇头，那车夫越发兴致勃勃："这位顾姑娘，是留欢阁的头牌姑娘，追捧她的王孙公子那是不用说的，常常在留欢阁打起来的也多得是。"

我微微一笑："五陵年少争缠头，一曲红绡不知数。① 果然是艳帜高张，

———————————
① 出自唐代白居易《琵琶行》。这几句是写琵琶女年少风光时的歌伎生涯。

名数风流。"

玄清侧首道:"今年欢笑复明年,秋月春风等闲度。"他略略沉吟,"若等到'门前冷落车马稀''暮去朝来颜色故'的时候,也是可怜。这位顾姑娘若真聪明,也该早早结束烟花生涯,脱籍从良才是。"

"想纳这位顾姑娘的人自然不少,只是各方公侯捧着,直惯得她眼高于顶,什么人也瞧不上。"车夫想起什么,只当一桩趣闻来讲,"前几年倒是差点从良,对方也是位侍郎的公子,为了她神魂颠倒,连家中的父母妻儿也不要了。听说他家娘子当时还怀着身孕,真是可怜。"

浣碧听得入神,连连问道:"后来呢?"

我心中隐隐不定,仿佛山雨欲来,只隐约觉得,那女子的相貌,恍惚有两分像安陵容呢。

那车夫见浣碧有听的兴致,更加高兴,说道:"听说那位公子的姐妹是宫里的娘娘,知道了生气得了不得,结果一怒之下那公子连爹娘也不要了,妻子儿子不要了,连宫里当娘娘的姐妹也不要了,就出了府搬去和顾姑娘住一起了。"他"嘿"一声道,"美色当前,果然是什么都不要了,可见顾姑娘的厉害。那位公子得到顾姑娘倾心,也真是艳福不浅。"说着啧啧有声,好似艳羡不已。

话说到这里,浣碧的脸色也有点发白了:"然后呢?"

"然后……"车夫挠了挠头,"只晓得那公子后来悔过自新,重又回家去了,又得了皇上的赏识封了大官,也没再去找顾姑娘。"

我心口"咚咚"跳得厉害,舌尖微颤,终于还是问了出来:"那顾姑娘的芳名,是不是叫佳仪?"

那车夫啪地一拍手:"果然娘子也知道。"

玄清听得"佳仪"二字,心下陡然明白原委,按住我的手臂道:"嬛儿!你冷静些。"

那车夫不晓得原委,依旧说道:"后来那公子家里犯了事,被流放了老远,家破人亡,连那位娘娘也被皇上赶出了宫不要了。真真是可怜,听说他们家坏事还是和顾姑娘有关联的呢。对了，那家公子就姓甄，我可想起来了！"

我身上发冷，拼命抑制住自己，用力压着玄清按住我手臂的手。

浣碧忙对车夫道："我们家娘子不舒服要歇息下，你先走开些。"

那车夫丈二和尚摸不着头脑，忙走开了。

鬓角有冷汗涔涔渗下来，我缓缓吐出三个字："是佳仪。"

浣碧目中有幽幽的恨意："小姐，咱们去问她，咱们要去问她，为什么要这样害咱们甄府？为什么！"

我心口怒火灼烧，那无数悲愤与疑问轰地冲向脑子里，我一下子挣脱玄清，起身就跳出了马车："清，我要去找她！我要问她！"

这么多的冤屈，这么多的疑问，关节就在她身上，我怎么能不问，我怎么能装作什么都不知道。我是甄家的女儿啊！

浣碧跟着我跑了出来，玄清急追出来，一把牢牢把我扣在他怀里："嬛儿，你不要命了么？你怎么能去问她！"

我极力挣扎着，玄清的力气极大，我挣脱不开。浣碧用力掰着玄清的手臂，哀求道："王爷，奴婢也求求你，放我们家小姐去问，她不能不知道。这是咱们家的事呀！"

玄清扣住我的身体，在我耳边喝道："你这样去问，她肯告诉你么？你要知道，她当初能反口，就证明她是皇后的人，只要你去问她，皇后就有一万个法子处置你，再处置你生活已经稍稍安定些的家人！"

胸口仿佛陡然被人用力击打了一下，我安静了下来，玄清放慢了语气道："你虽然在宫外，却依旧是在险境里，所以头两年太后才会叫芳若姑姑每个月来看你一次保你平安。现在皇后虽然放松些，但一有风吹草动，未必不会斩草除根。而在宫里的胧月就是首当其冲。宫中新人选入，皇后不会再理会你，但是你这样跑去找佳仪，不仅什么都问不出来，只会打草惊蛇，叫皇后再度注意你防范你。"

我静静听完，双脚忽然觉得酸软，一时站不住，整个人软了下来。

玄清紧紧抱住我，再不说一句。浣碧的神色悲伤而哀戚，嘤嘤道："小姐，咱们竟然什么都不能做，只能这样眼睁睁看着。"

我靠在玄清怀中，心中一时转过无数个念头，纷杂凌乱，好不容易定了定心，撇开跑乱了的头发，慢慢道："不错，咱们现在就是什么也不能做。浣碧，我们现在只要行差踏错一步，只要小小一步，就会害父兄连性命也保不住。浣碧……"我凄然摇头，"现在，就算佳仪在我们面前，我们说什么，她听得进去么？她肯告诉我们原委么？"

浣碧摇头："她不肯的。"

玄清安慰地拍着我的肩头："你别急，咱们慢慢来，总有法子可想的。"

"想法子？"我忽然冷笑了一声，"即便佳仪肯说，咱们这位圣明天子肯信么？"我含泪道，"当时皇帝就不信，所以才有甄氏一族的一败涂地，若皇帝肯多信三分，若他……甄门也不至于如此。"我用力咽下哽咽凄楚之声，恨恨道，"从前我在宫里时他都不信，如今我被贬出宫，当日陷害我的皇后、安陵容和管氏个个在宫中屹立不倒。那么如今的我再说什么，还有什么用？当初若有一分可争之处，若不是到了无力回天的地步，哪怕我再不甘再屈辱也会留在宫中以图后报，也不会让我的胧月尚在襁褓之中就离我而去。"我越说越痛心，心口激荡如潮，澎湃迭起。

玄清心疼不已，轻声道："嬛儿，你往深处想，若现在真被你问到佳仪，她肯为你翻供，皇兄也了解你家冤屈，那么又会怎样？你父兄会沉冤得雪，官复原职，甄氏一族依旧会显赫。可是皇后的地位不会撼动分毫。"他的语气冷静而理智，"只要有太后在，皇后依旧会是母仪天下的皇后。而且即便佳仪翻供，也没有十足把握把矛头指向皇后。如果事情当真盘根错节，牵连太大，那么为了稳固朝廷根基，皇兄就算明知有冤，也不会查下去。"玄清的声音有些沉痛和无奈，"因为他是皇帝，朝廷才是最重要的，他不会为了一人一事而去做伤害朝廷根本的事。这件事，你一定要明白。而你的父兄，即便返还朝廷依旧为官，但强敌环伺，不啻再入虎口。若再有变故，他们还经得起几次？"

我无声无息地苦笑出来，无力道："清，若是我父兄可以有个清白，那么他们就要重回官场去无休无止地和人争斗；若是不还他们清白，就是我这个做女儿的不孝，让他们父子远隔南北，与我天伦难聚。清，我该怎么做才是对的？"

他懂得地摇了摇头："只怕你稍有举动，你父兄的冤屈还未洗刷，你、胧月、你的父兄家人，都已经身遭不测了。"

我只觉左右为难、悲苦无尽，一时间什么话都说不出来了。

他低声道："嬛儿，我虽然是个闲散宗室，却也是个王爷、当今皇帝的手足。你父兄分居川北岭南，相距千里之遥，若有可能，我会想尽一切办法把他们调往一处。只是委屈你些，不能时时得见父兄了。"

我低头拭泪道："若能让爹爹老怀有慰，即便我活着时不能再见到他们，又有什么要紧。"

浣碧定定看着玄清："王爷可以做到吗？"

玄清神色认真而坚定，看着我道："我答允嬛儿的，一定会做到。"

浣碧手指绕着衣上丝绦，沉吟片刻，道："王爷对长姐的心意浣碧看在眼里自然明白。王爷既然这样说，那么浣碧就代父兄和长姐谢过王爷了。"说罢敛衽为礼，一鞠到底。

他扶我起来，唤了车夫回来，柔声对我道："天色向晚，我们还是先回去要紧。"

时值九月，道路两旁稼禾成熟，尽是荠麦沉坠。偶尔风过，麦浪起伏如黄海生波，汹涌叠嶂如潮起潮落，亦仿佛我心头无尽的心事与哀愁。我为免玄清担心，虽然面上不再露忧愁之色，然而马车稍稍一颠簸，无限心事又翻涌了起来。

結愛

佳仪之事，我与槿汐提起，槿汐蹙眉良久，道："王爷说得对。不要打草惊蛇为是，现在咱们做什么都是无济于事，只能静待时机。"

我于是极力隐忍，因佳仪的出现而重被掀起的沉郁之痛依旧新鲜而血迹淋漓。我极力忍耐着，把心底的痛和恨隐忍成一根尖锐的刺，深深扎进血肉，只待来日。

这一年的冬天，就在这样的隐忍和煎熬中到来了。

这一日小雪，玄清策马而来。

禅房中红烛如双如对，明媚如情人含情相睇的剪水双瞳。桌上一个素白大瓷瓶中插满了盈盈蓬蓬的一大束绿梅，十分清雅。炕中炭火烧得正旺，屋内又搁了两个大大的火盆，炭火"毕剥"一声跳，燃出更多的热气，熏得绿梅益发含香吐蕊，清香四溢。屋外朔风正劲，小雪籁籁，斗室内却是融融洋洋，只觉春暖。

我抱着他的大羽斗篷道："方才下马怎么那么不小心，好好的斗篷钩破了一块。"

他坐在我身边:"想着有四日没见你了,下马便有些急。"

我看他一眼,心疼道:"雪天山路本就难走,马蹄又容易打滑。这回是钩破了衣裳,下回若是跌伤了自己可怎么好呢?"

他神色不安而疼惜,忙道:"我答应你,小心就是。我也不肯伤了自己,若伤了怎么能来看你呢?"

我忍俊不禁,嗔道:"下回再这样不小心,谁还肯给你补衣裳。"说着也不理他,只在斗篷的破处缝了一朵小小的六合凤尾云纹,掐断了线头,我默默片刻,方抬头问,"明日就要走了么?"

他侧首想想:"十一月二十,不能不走了。否则新年前赶不回来。"

"那……"我依依不舍,"一个月就能回来了么?"

他仔细算了算日子,直直望着我,道:"一月之内,我一定回来。"

"嗯。"我抱膝而坐,用紫铜剔子轻轻拨了拨烛焰,把它挑亮,缓缓道,"一个月,月亮又圆了一回呢。"

他的手怜惜地按在我的手上,轻轻道:"一个月,也很短的。"他微微笑,笑容温暖如春,"我已经都安排好了,等我这次回来,就可以接你离开这里了。"

我欢喜:"真的么?"

"是。"他从怀中取出一个小小的纸包,打开,却是洁白芳香的一包粉末,我好奇:"似乎是香粉。"

他摇头,神情有些神秘:"这是温太医配过来的假死药,名叫'七日失魂散',以曼陀罗花粉制成,服下之后如死了一般,呼吸全无。就这样昏迷七日之后,自己就能苏醒。"

"是温太医亲手配制的么?"

"是。我亲眼见他调配好,他亦希望你能早早脱离这里。"

我长长舒了一口气,道:"是他亲手配制的,我就放心了。"我既是感慨又是安慰,"他终究还是肯帮我的。"

　　玄清亦是颇为感动："温太医为我们用心良多，的确要好好谢谢他。我已经安排妥当，只等我此番从滇南回来，一切都可完满解决了。"他揽我入怀，眼中有如璧的光华涌动，"明年，就是新的一年了。嫒儿，咱们终于可以永久在一起了。"

　　灯光映得人的心境温润，我的声音亦温柔如春水："等你回来，等一一事毕，我才能真正安心。"

　　他道："滇南毗邻南诏，从前的摆夷等部族归顺之后都并入滇南数州。这几年天灾人祸，民心浮动。况且滇南出玉陕关往北都是赫赫的疆域，滇南一地关系着我大周小半的粮草丝绸，一旦与赫赫交战，是十分要紧的地界。且那里边民混杂，只怕有赫赫的奸细混了进来打探我大周的消息，因而皇兄很是烦恼。而我生母出身摆夷，也唯有我能走这一趟，去察看民情，安抚人心。"他目光恳切，"事关社稷，我不得不去。毕竟摆夷，也是我的母族，我的身体里留着一半摆夷人的鲜血，我不能不闻不问。"

　　我了解地颔首，轻轻以食指按住他的嘴唇："我明白。朝中能不偏不倚地处理这件事的，唯有你，也只能是你。"我脉脉望住他的双眼，"一月而已，我一定等你。"

　　他微笑："此去滇南，回来时我便往川蜀走，去探望你爹爹，也好让你放心。"

　　我软软"嗯"了一声，弯下身，拉起他的品蓝色遍底银滚白风毛直身锦袍的袍角，又扯起自己的衣角，郑重其事地结了一个结，徐徐含情道："心心复心心，结爱务在深。一度欲离别，千回结衣襟。结妾独守志，结君早归意。"①

　　结挽得似双手合拢成心，他轻声接口："始知结衣裳，不如结心肠。坐结行亦结，结尽百年月。"②

　　我浅浅笑得温婉，亦有些离别的心酸苦楚，像含了一枚极青的梅子在

———————————

①②　出自唐代孟郊《结爱》。

口中，吐亦吐不出，吞亦吞不下，只得任它酸在口中，酸到心里。

我忍着眼中的泪，躺在他怀抱里，一壁钩着他的袖子，雪白的蚕丝团花隐约在品蓝色的平锦里，似乎白玉堆雪，不仔细看几乎看不出来。

他和我一样，都喜欢这样素净的颜色。

他的气息离我这样近，我的世界，值得让我欢悦的本只有他。我低婉道："一度欲离别，千回结衣襟。自在一起，从未和你这样分离过，一想到哪怕只是分离一度，也很想千回百回地把咱们两个人的衣襟连到一起。希望人和衣襟的结一样不要分离。"他轻轻吻着我微闭的眼睑，轻柔得若有若无，我只道，"从前听江南来的姨娘说，杭州西湖边上有一座桥，名叫长桥。"

玄清问："这桥很长么？"

我微微摇头："其实长桥并不长，之所以叫长桥，是因为当地人总说当年梁山伯和祝英台这对情人在此告别，依依眷恋不舍，所以原本很短的桥也显得特别长。"我淡淡一笑，手指张开套进他的指缝之中，双手牢牢扣紧，唏嘘道，"伤离别之情，古往今来，都是一样。"

他急忙捂住我的嘴，笑道："咱们可不是梁山伯和祝英台，他们一个哭嫁一个吐血早亡，最后只化蝶离开人世，咱们可比他们幸运多了。"

他一说，我顿觉不祥，忙笑着道："我可是胡说了，拿了他们来混比。不过也是传说罢了，咱们听听就是。"

他一笑对之："也是。我如今总是多心，听不得薄命之语。可见一个男子的心肠若被心爱的女子所系，亦是洒脱不起来了。"

我仰面望着他，只是笑道："你自洒脱去，清河王风流倜傥，还怕没有曼妙女子前赴后继而来么？"

他一急，便来呵我的痒，我笑得一壁躲一壁嚷嚷道："这人真经不得说，一说便恼了，这样来欺侮我。真真是恼羞成怒了。"

他一把按住我，瞪我道："我何曾恼了？"

我笑得止不住，又是害羞，急道："好好说话就是，你成什么样子。"

他的衣襟和我的衣襟结在一起，方才起身一绊，两人倒在了一起，他半个身子压在我身上，两人倒在榻上，姿势太过暧昧香艳。他离我这样近，却不让开，只说："你还胡说不胡说了？"

我只得讨饶，道："你先让开，算我胡说就是了。"

他看一看衣襟，大笑着指着衣襟上的结道："这可是你自己干的。"见我更是羞恼，他用手指夹一夹我的鼻子，眼中顽皮之意大盛，"等下再胡说，一定把你鼻子给拔下来，看你再这样顽皮。"

我趁他一松，忙推开他，理了理衣襟，只笑不语，斜斜睨他一眼道："谁要和你顽皮啦？"

他顺势抱住我，额头抵着我的额头，指一指衣襟上的结："始知结衣裳，不如结心肠。如今可知道好处了。"

我恨恨看他一眼，终于忍不住笑了出来，别过头去，想了想，才缓缓道："你回来时，总要快二月春上了。"我沉吟，"陌上花初开，风光何等美妙。"

他与我对望一眼，心意俱是了然，想起那一年他来探我我却赏春去了不在，于是他写了一张纸笺，温情无限，却是这样一句：陌上花开，可缓缓归矣。

"陌上虽然花开，但请务必急急归来。"我心中温柔而伤感，低声道，"因为……我在这里等着你回来。"

他的手掌贴在我的脸颊上，那么烫，仿佛他的皮肉与我的皮肉贴合在了一起。他低声耳语："你在这里，我便归心似箭。连我的御风也知道要载我千里归来，什么花香也留不住。"

我低低应一声，埋首在他怀中。想到只消他归来，我便能朝朝暮暮与他相守如一，满心满肺便都是清甜的欢悦，像小胡桃刚刚敲破那一瞬间乍然破溢而出的坚果才有的那种稳健的清香，入口都是绵甜。

只觉他应允了我的，我便安心。

窗外天色暗如墨汁，小雪下得更大了，扑扑地打着窗纸，沙沙声安静入耳，和着他微微急促的呼吸。炭火燃得更旺，室内越发暖和，春意无边。

也不知是几时了，阿晋低低在外头叩了两下门，我迷迷糊糊地转一个身，倏然想到是来催清起床赶回王府的。脑中陡地一惊，仿佛凉水浇头，一下子清醒了过来。

他悠悠转了转身子，手臂已经牢牢把我拢在怀中，一丝也不松开。

我心中无端地难过了起来，把头靠在他胸口。门外阿晋略略提高了声音，催促道："王爷，该起来了，还要赶回王府去一趟呢，总不成从这里出发呀。"

玄清的眉头在睡梦里微蹙了蹙，我不愿催他，忙假意闭上眼睛，装作还在熟睡。

片刻，只觉得身边安静，玄清一动也不动。慢慢睁开眼来，却见他已经醒了，只无限情深地看着我。

我一时害羞，低声道："醒了？"

他微微颔首，低头轻吻我的额头，抱着我的手臂更加用力。他轻声在我耳边道："还未别离，已觉别离之苦了。"

我忍一忍心中的酸楚，轻轻道："先苦后甜，等你回来，清，咱们就可以永永远远在一起，再不分开了，是不是？"

他用力点点头，语气坚如磐石："是。等我回来，我便和你再也不分开了。"

我心底的欢喜自酸楚之中开出一朵烂漫明丽的花来，越开越低，几乎要漫到尘埃里去。可是那样欢喜，连这世间的尘埃灰烬也埋不住的欢喜，那种希望充盈心间的感觉，满满地填满一颗心。

我推一推他的手臂，轻轻道："阿晋在外头要等得急了。快出去吧，别落下什么话柄。"我的声音低低如呢喃，"咱们，不在这一时。"

他话语裹在绵密如雨的亲吻里，清凉如小雨："两情若是久长时，又岂在朝朝暮暮。你不晓得，我现在多么厌恶这句话。过了这些日子，咱们就真正可以朝朝暮暮了。"

我用力地抵在他心口，眼泪几乎又要落下来。他的肩并着我的肩，我郑重道："咱们拉钩。"

他笑着刮一刮我的鼻子，低笑道："跟孩子一样。"然而他亦郑重钩住了我的手指，"我从不对你食言。"

我微笑。诚然，他从未食言于我。

我的清，他答允我的，从来都做到。我这样放心。

他起身，原本他的手掌贴在我的手背上，贴了整整一夜，紧贴着的肉身分开的一刹那，忽然有一种什么被生生剥离开身体的感觉。我的心突然"咔"的一声，无声无息的，似碎裂了什么，整个人都空落落地虚空起来。

那种他离开时，肌肤与肌肤生生分离的感觉，好像他和我的皮肤，本就是该生长在一起的。那种亲密脱离后的触感，热热的滚烫，像被烙铁生生地烙过，仿佛他的手心，依然还在我的手背上。

心中的难过，愈加浓重了。

抬头时，却见他已经穿好了衣衫，正望着床前衣架上挂着的衣衫微笑出神。我看了一眼，亦"哧"一声笑了出来。

原来昨晚睡前，我与他的外衫分别挂起，却在袍角结了一个牢牢的结。

我轻笑道："始知结衣裳，不如结心肠。你这么跟我说，却也还做这样的事。"

他转身过来，熹微的晨光下，他清俊的脸庞如天边升起的第一道日光，执过我的手道："已结心肠，再结衣裳，你会不会觉得我太贪心？"

我微微羞涩，抱住他的肩，真心愉悦微笑："我总觉得你的贪心，是很好很好的。"

我缓缓解开袍角的结，亲手披到他身上，柔声道："穿上吧。"

他收拾整齐，再度道："等我回来。"

我用力点头，轻轻吻一吻他的嘴唇："我等你。"

他起身离去，其实我与他相隔长久不见，这也不是第一次了。

然而不知为何，心里总觉得不安，起身想为他缝一件衣袍，才缝了几针，便扎到了手指。鲜红的一滴血沁出来，浣碧急急俯过来道："怎么这么不小心呢？"

我含着手指片刻，勉强笑道："不知怎么的，今天心里总毛毛躁躁的。"

浣碧笑道："想是王爷要走一个月的缘故。"她的目光清亮，笑意悠悠道，"不如小姐去送送王爷吧。"

我忙摆手："这怎么行呢？若被人瞧见可就完了。"

浣碧凑到我耳边，笑吟吟道："我听阿晋说了，皇上派王爷出去的事并没有张扬，所以也不会有朝廷官员去送。阿晋跟着王爷两人，是从灞河便上船。"她的声音听起来是怂恿，"小姐可去么？"

不过是一瞬间心思的转换，我起身向浣碧道："去拿我的披风来。"

小雪初停，路滑难行，我策马再快，赶到时玄清已经上了船。

我不觉懊丧顿足，然而玄清远远已经看见我，清俊容颜上绽放出惊喜的绯色。

遥遥一水间，伫立岸边，目送离去，玄清目光缱绻，只驻留在我身上，仿佛风筝，千里远飞，亦总有一线来牵引。

他远远呼喊："我很快回来。"言毕，他只无限眷恋地微笑。

我晓得他要说的下一句是什么。

等我回来。

就如昨日烛下之盟。他说，等我回来，我们就可永远在一起了。

于是心底无限欢喜起来，仿佛心花开了一朵又一朵，连绵无尽的欢喜与期待，只要等他回来。于是一壁地应："我一定等你，等你回来。"

我高高地招手，手里的绢子也挥得高高的，杏子黄的绢子，仿若我此刻的心情，虽然离别在即，却因着有永生永世可以期望，亦是那么明媚灿烂。忽然手一松，江风一卷，绢子远远地飞了出去。

我骤然一怔，眼看那绢子如彩蝶一般翩翩飞了出去，风卷得它一扑一扑，我捉也捉不住，只得眼睁睁看它飞走了，不由得心下生出了如许怅惘来。然而转念一想，也不过是条绢子罢了，有什么可惜的，心情也渐渐平复了。

风帆远远去了，日落江晖如红河倾倒，漫天殷红无边无际，仿佛要把人吞没一般。

我踮着脚眺望他黑如一点的身影，那姿态像极了一个殷殷盼望丈夫远归的妻子。

他远去，我的心也一点一点寂寥下来，寂寥到了极处。

每一日，每一刻，每一分的牵念与盼望，就是，他能快快回来。

月亮圆了又缺，一个月其实也很快就过去的。只是在我眼里心里，一日不见，如三秋兮。他才去了三日，在我看来，已如九个月一般。

相思之人，是最禁不得远离的吧。也常常因为远别而寂寞，只是这寂寞因为有他即将会回来的盼望，也是寥落中带着欢喜与期待的。

于是闲来抚琴弄曲，以"长相思"的泠泠七弦来寄托我的相思。

槿汐日夕相伴在侧，偶尔在听琴时往香炉中添入一小块香饼，便有清香轻缓地逸出。如斯安宁的时光，槿汐轻声道："所谓神仙眷侣，奴婢此生只见过两对，除了现在的王爷和娘子，只有当年的皇上和纯元皇后。"

我愉悦微笑，明知我和清两情相悦，偏偏口中还要问一句："槿汐，你眼里，什么样子才当得起'神仙眷侣'这四个字？"

她道："娘子从前和皇上，绝对当不起'神仙眷侣'这四个字。"

我垂下眼睑，神色便有些萧索，道："这个自然。"

"若论容貌气度，皇上和娘子自然也算登对。当然王爷与娘子也是一对璧人。所谓神仙眷侣，外貌自然要郎才女貌，相得益彰，不能是无盐配周郎、小乔嫁武大。然而仅仅形貌匹配是远远称不上神仙眷侣的。"槿汐娓娓道，"娘子知道是什么缘故么？奴婢旁观者清，娘子对皇上，虽有真心，却更多算计；皇上对娘子，也不能说是无情，但那情是虚得很了，若非这样，娘子也不会到今日这步田地。何况娘子和皇上之间，尊卑太明。不似与六王，坦然相对、真心相待，无尊卑之分，无猜疑芥蒂，是彼此都用上了全副心思的，情趣心志也都是相投，这才算是神仙眷侣啊。"

她这样贸然提起玄凌和我的过往，我却是释然了："槿汐也爱慕过男子么？说得这样头头是道。"

槿汐脸上一红道："娘子取笑，奴婢一直在宫中服侍，轻易见不到男子，现下也三十多岁了，哪里来爱慕之说？这些话，不过是奴婢在宫中住久了，一些所闻所想罢了。"

我以手按住琴弦，问："当年皇上和纯元皇后也像我和清郎现在一般好么？"

槿汐道："皇上那时还年轻，纯元皇后……她是很好很好的人。"

我有些不信，笑着疑问："可是她妹妹……"

槿汐用力摆首，道："纯元皇后和如今的皇后绝不是同样的人。"

纯元皇后，是我在宫中最大的隐痛。我从未见过她，对于她的一切也不过是宫外宫内听到的些许传闻。然而这个人，我宫中的四年，全是做了她的影子啊。

我按捺住心底的起伏，轻轻道："纯元皇后，究竟是怎样的人？槿汐，你说她帮过你，太后对她念念不忘，皇上为她做了一辈子的痴心冷心人，端妃的琵琶这样好也只得她的几分真传，而《惊鸿舞》亦是得她改编才流传天下，更兼之'婉嫕有妇德，美映椒房'。这世间竟有如此曼妙美好的女子么？"

槿汐微微出神："从前在宫里，是断断不许私下议论纯元皇后的，连皇后也讳莫如深，以致除了先入宫的端妃外，已无人知晓纯元皇后之事了。其实奴婢与纯元皇后的机缘，统共也不过三两次。只觉得整个宫里，没有比纯元皇后更善良没有机心的人了。所以她永远不适合做皇后，也不习惯做皇后。"

　　我冷笑，却也佩服："说到做皇后，没有比现在的那位皇后娘娘更胜任的了。"

　　槿汐道："不错。奴婢在宫中服侍娘子时常常劝娘子要狠心有决断，就是因为如此。纯元皇后固然善良，可因此也不得善终。"她淡淡道，"当然，这是从前的话了。"槿汐望着我，真心道，"娘子有今日，也算脱离苦海了。来日王爷能与娘子长久在一起，奴婢也没有遗憾了。"

　　我微微颔首，想着有那一日，心中也是欢悦憧憬，道："果然有那一日，我也是如愿了。"

　　槿汐满面含笑，道："那一天便要快了吧，到时娘子可别不要奴婢和浣碧姑娘啊。"

　　我微笑："咱们三人同甘共苦，总是要在一起的。"

　　槿汐神色欢喜："若真有长久服侍娘子和王爷那一日，也是奴婢的福气了呢。"说罢又掰着指头，"还有二十日，王爷就要回来了呢。"

　　手中的"长相思"是最初坚持的梦想，而玄清的"长相守"，是梦想的最终。回首漫漫长路而来，即将走到梦想的最终，心中起伏难定。唯觉和玄清在一起的日子，是一生来最幸福快乐的日子，如此想着，手下的"长相思"琴弦被我拨起，曲意婉转。

叁伍 辗断罗衣留不住

日子，就这样过去了。细细算来，离他回来的日子只有五六天了。

这样想着，心里也是欢喜而雀跃的。这一日见大雪融化，日色明丽，浣碧从外头进来道："小姐让我送去安栖观的棉袄我都送到了，太妃还叫我问小姐的好，说王爷也快回来了呢，到时让小姐和王爷一同去请安。"

我有些倦怠："我这两天懒怠走动，身上总乏得很。不过顶多十日清就要回来了，到时再去也不迟。"正说话间隔，听得外头有尖声尖气的声音禀报："莫愁师太，有宫中贵人到访。"

我与浣碧相顾愕然，不过一个恍惚，却见一个盛装丽人扶着侍女的手翩然而进，莲青锦上添花金线大氅兜头解下，露出眉庄雪白姣好的面容来。

我又惊又喜，不觉热泪盈眶，唤道："眉姐姐。"

话还未说完，眉庄的手已经一把牢牢扶住我，眼中落下泪来："嬛儿，是我不好，到如今才来看你。"

她的话甫一出口，我的泪水亦情不自禁落了下来，相对无言，只细细打量着彼此的身形容貌，是否别来无恙。

眉庄见我亦是哭，忙拭了泪道："咱们姐妹多少年才难得见这一次，只一味地哭做什么？"又拿了绢子来拭我的眼泪。眉庄环顾我的居所，蹙眉向跟着进来的住持静岸道："好端端的做什么叫本宫的妹妹住这么偏僻的地方，本宫从甘露寺过来即便坐轿也要一炷香的工夫，甘露寺就这样照顾出宫修行的娘子的么？"

眉庄的口气并不严厉，然而气韵高华，不怒自威，静岸尚未说话，她身边静白的额头上已经冷汗涔涔流下。

我见了眉庄已经喜不自胜，懒得为静白这些人扫兴，也不忍住持为难，只道："我前些日子病了，才挪到这里来养病的，并不干住持的事。"

静岸默然道："莫愁慈悲了。"

静白连连道："是是是，是莫愁病了才叫挪出来的。"

眉庄眉头微拧，然而并没有说什么，只道："你们且出去候着吧，本宫与莫愁有些体己话要说。"众人正要退出，眉庄又道，"旁人就罢了，静白师太身体强壮，就为本宫扫去回宫必经山路上的残雪吧。"

采月抿嘴儿笑道："为表诚意，请静白师太独力完成吧。"

静白面色发白，此时虽说大雪消融，然而山路上积雪残冰还不少，眉庄回宫必经的山路又远，要她一人去扫，的确是件难事了。

我见静白一行人出去，向眉庄道："何苦这样为难她？"

眉庄只拉着我的手坐下："你在甘露寺里可受尽了委屈吧？"

我摇头："并没有。"

"你便是太好性儿了，还这样瞒着我。打量着我都不知道么，你是从宫里被废黜了送出来的，这世上的人哪有不是跟红顶白、拜高踩低的，即便是佛寺我也不信能免俗。"眉庄冷笑一声，"你不知道，方才我要来看你，那个静白推三阻四、百般劝阻，一说天冷，又说路滑。我见了你才说几句话她就心虚成那样，可见是平日欺负了你不少。我便是个眼里揉不进沙子的，当你的面发落了她，一则叫她有个教训，二则也不会以为是你挑唆了我，更为难你。"

我心下温暖："难为你这样细心。"

眉庄看不够我似的，上下打量着，忽而落下泪来，道："还好还好，我以为你吃足了苦头，又听住持说你大病了一场挪出了甘露寺，一路上过来心慌得不得了。如今眼见你气色既佳，我也能放心些。"

我喜道："听说你晋了贵嫔，我可为你欢喜了好多天。"

眉庄蹙一蹙眉，唇角轻扬，却含了一点厌弃之色，道："贵嫔又如何？我未必肯放在心上！"

眉庄原本绮年玉貌，脾性温和，心气又高，如今性子冷淡至此，于人于事更见淡漠，不禁叫人扼腕。我想起一事，愈加难过，唏嘘道："你何苦如此呢？"

眉庄抚一抚脸颊，道："很苦么？我并不觉得。你走之后，皇上也召过我两次侍寝，然而对着他，我只觉得烦腻。我这样清清净净的身子，何必要交给他这样一个薄情之人。我只要想一想，就觉得烦腻，连我自己也讨厌了起来。所以，保留着嫔妃的名位与敬妃一同照顾胧月，为你伺机谋求而不为他侍寝，于我是最好不过的事情。"眉庄的笑意凉薄如浮光，"近些年新人辈出，皇上也顾不上我，只待我以礼。不过也好，有了贵嫔的位分，有些事上到底能得力些。"

眉庄这般为我，奋不顾身，我心中感动不已，柔声道："芳若姑姑能常常来瞧我，也是因为你求太后的缘故。你这般尽心尽力地为我……"

眉庄摆一摆手，道："若换作今日受苦的是我，你也一定这般为我的。我听了你的劝，这些年收敛锋芒，不叫皇后她们注意，只一心侍奉太后，与敬妃照顾胧月。只为找一个时机可以一举帮你洗雪沉冤，奈何我留心多年也抓不住把柄。"

"不要紧，不要紧。"我紧紧握住她的手，"眉姐姐，我只要你们都平安。"

今日得以重见眉庄，是想也想不到的事情，几乎是欢喜极了。然而欢喜之中更是有难言的酸楚。一别多年，终于能彼此见上一面，然而玄清回来，等他回来我服下"七日失魂散"，便要离开甘露寺，离开凌云峰，从此隐姓埋名生活，再也见不到眉庄了。想到此处，心下慢慢散出一股生冷的离愁。我忽地想起一事，便问道："出宫不易，你今日怎么能出来的？且还在正月里。"

眉庄的神色骤然复杂而不分明，荫翳得如下雪前沉沉欲坠的天际，她轻轻叹了一口气，道："你还记得瑞嫔么？"

我一怔，过往的记忆分明在脑海中划过。瑞嫔洛氏，那个会说"若堕尘埃，宁可枝头抱香而死"，眼神澄静无波的女子。终究一语成谶。

眉庄道："瑞嫔是自缢而死的。宫嫔自戕本就有罪，又加上安陵容一意挑拨，坐实她挟君的罪名，所以她死后棺椁一直停放在延年殿，连送入妃陵安葬的资格也没有。这么些年了，因为皇上皇后都没有开口，所以谁也不理会，就一直停在延年殿里。到了腊月初的时候，昌贵嫔的和睦帝姬突然高热不止，虽然看了太医，可通明殿的法师说是有妃嫔亡灵未得超度所致，算来算去只有瑞嫔一个，因为是死后获罪的，所以不能在通明殿超度，只得把灵柩送来了甘露寺。"

我道："这事在正月里办终究不吉利，怎么交给了你？"

"通明殿的法师说要长久没有被皇上召幸的女子身心清净才能办这样的差使。其他的妃嫔嫌晦气不肯，才轮到我来的，瑞嫔是个可怜人，我也想着可以来看看你。"

我淡淡"哦"了一声，忽然隐隐觉得不对，然而哪里不对，却是说不上来。我怔怔支颐思索，忽然瞥见眉庄眼角微红，仿佛欲言又止。

我心下起疑："眉姐姐，你一向在生死之事上检点，平日绝不会沾染奉送亡灵超度这种事。当真是只为了送瑞嫔的灵柩来甘露寺超度顺道来看我么？"

她的目光倏然沉静到底，恍若幽深古井。她牢牢盯着我，一字一字道："既然你察觉了，我也不能再瞒你，这次出来见你我是煞费苦心。我给和睦帝姬下了点发热的药，又买通通明殿的法师，说起瑞嫔要超度一事还要长久不得宠幸的妃嫔护送到甘露寺，才能想法子见你一面。"

我的心口沉沉地发烫，喉头微微发痛，愈加觉得不安，盯着她道："你这样费尽心机，一定是出了什么要紧的事——是不是胧月出事了？"我不敢再往下想，胧月，我的胧月——不！

我的身子微微发颤，眉庄一把按住我，迫视着我的眼眸："不是胧月，她很好，什么事也没有。"我骤然松下一口气，还好不是胧月。眉庄的神情忧虑而焦急，她银牙微咬，闭眼道："是你的兄长，甄珩……他疯了！"

我怔怔呆住，几乎不敢相信。我的哥哥，我英气逼人的哥哥，他怎么会疯了？怎么会！他只是流放岭南而已，玄清一直派人照拂他，怎么会呢？

我心口剧烈地跳动着，下意识地咬着嘴唇，生疼生疼的。那么疼，不是在做梦，眉庄也不会和我开这样的玩笑。我怔怔地呢喃："不会！绝不会！哥哥好好的怎么会疯呢！"

眉庄深沉道："的确不会。你哥哥虽然被流放，但身子一直好好的。清河王同情你哥哥，暗中派人照拂，这事我与敬妃也知道。但就在清河王奉旨去滇南后十来日，清河王府安在岭南照拂你哥哥的人传来的消息——你哥哥晓得了你嫂嫂薛氏和你侄子的死讯，一时承受不住打击吐了血，醒来就神志失常了。这本该是报到清河王府的消息，清河王不在，他们也拿不定主意，只好来禀报了我。我自己也犹豫了两天该不该告诉你，这些事你知道了只会伤心。可是担心你的安危，我不得不自己来告诉你。"

我静静地听着，身子一动也不能动，热泪酥酥地痒痒地爬过脸颊，像有无数只蜈蚣锋利的爪子森森划过。

我惊觉起来："哥哥怎么会知道嫂嫂和致宁的死讯，不是一直瞒得好好的么？怎么会突然知道了！"

眉庄容色深沉，压低声音道："问题便出在这里，明明是瞒得滴水不漏，怎么清河王前脚去了滇南，后脚岭南那边就走漏了消息？若真是天意也罢，要是人为，那才可怕。"

我心思电转，刹那分明，恨道："她们是有备而来的！一定是宫里的人知道六王去了滇南，便有了可乘之机把嫂嫂和致宁的死讯露给了哥哥！"

"不错。"眉庄沉吟片刻，"我只怕是皇后那边动的手脚，除了她们，要么是管氏在外头的人。只是事情已经过去了那么久，她们竟还这样穷追不舍。"

我身上一阵阵发冷，嘶哑了声音，沉沉道："更叫人费解的是，为什么哥哥刚流放去岭南时没有走漏消息，偏偏到了今朝还有人穷追不舍。"

其中种种，加之去年秋游时见到顾佳仪，种种不解与哀痛，我脑中一时纷乱如麻，纠结一团，几乎无法想得明白。

眉庄目光雪亮如刀，刀刀分明："如今不是痛哭流涕的时候。第一要紧的事就是你兄长已经被人暗算，焉知下一个她们要对付的不是你？你虽然在修行中，已远离宫廷，还是要早做打算，这也是我为什么想尽办法出来见你的缘故。二是想法子把你兄长从岭南接回来医治，悉心调理或许还治得好。你与清河王不太往来想是不熟，这事我会想办法告诉清河王，等他回来即刻就可以做打算，偷偷接你哥哥回京医治。"

我勉力镇定心神，死死抓着自己的衣角："眉姐姐，你说得对。死者已逝，要紧的是为活人做打算。为哥哥医治的事我也会尽力想办法。"

眉庄意欲再说些什么，外头白苓进来道："回禀娘娘，时辰到了，咱们得赶在天黑前回宫去的。该启仪驾了。"

眉庄点一点头："本宫晓得。你让轿子先准备着吧。本宫与莫愁师太再说两句。"

白苓欠身道："是。娘娘别误了时辰就好。"说罢恭敬退去。

眉庄握住我的手臂，容色沉静，道："我要走了，你只记住我一句话，好好保全自己。这才是最要紧的。"

我用力点一点头，热泪不止："宫中险恶，你自己也要小心才是。再相见，也不知道是什么时候了。"

眉庄闻言伤感不已，微微转过脸去："只要彼此安康，见面不见面又有什么要紧呢。"

采月为眉庄披上大氅，又唤了白苓进来，一左一右搀扶了眉庄出去。眉庄频频回首不已，终究礼制所限，再不能多说一句，上了轿去了。

眉庄的暖轿迤逦而去。我极目远远望去，群山隐隐深翠，零星有残雪覆盖，逶迤叠翠之上似有数道裂痕，叫人不忍卒睹。

我沉痛转首，我甄家的苦难便这般无穷无尽么？

因了哥哥一事，我盼玄清归来的心思更加急切。浣碧与我相对之时亦是垂泪不止，焦急万分，只盘算着如何把哥哥悄悄接回京都医治。

然而度日如年，苦心期盼，腊月将要过去，玄清却依旧迟迟未有归期。不仅没有归期，并且连一点音讯也无，清河王府不晓得他何时归来，清凉台也不晓得他何时归来，连太妃亦不晓得，仿佛断了线的风筝，全然失去了消息。

十天过去，十五天过去。眼看快要新年了。

我心中焦灼不堪，太妃安慰我道："滇南路远迢迢，远隔数千里，而且体察民情这种事最是细致不过，怕是路上耽误了时间也是有的。"

我担心着哥哥的病情，他又孤身在岭南，不免心中焦苦。我依在舒贵太妃膝下，太妃抚着我的脖子，柔声劝慰道："嬛儿，你别急。等清儿回来，接你离了这里，再把你哥哥接到京中好好医治，虽说神志混乱是难症，但也不是治不好的。京中杏林圣手不少，顶多花上两三年总能治好的。你别忧心太过了。"太妃的语气轻柔而疼惜，轻声道，"等清儿回来就好了，什么都好了。"

太妃的道袍上有檀香的气味，柔软的衣料紧紧贴着我的面颊。已经是二月里了。天气渐渐回暖，万物复苏，新草吐露嫩芽，鹅黄浅绿的一星一星，夹杂着遍地开如星辰的二月蓝，一小朵一小朵的蓝花，春暖的气息就这般逼近了。

我如何能不忧心如焚呢？若玄清再不回来……我脸上微微一红，胸腹中窒闷的恶心再度袭来，我抵挡不住胃里翻江倒海的感觉，终于忍不住别过头跑了出去。

干呕虽过，头脑中的晕眩却没有减轻。太妃急急奔出来拍着我的背，急切道："怎么了？可是吃坏了什么东西了么？"

我看了太妃一眼，旋即低下头去，满面绯红。太妃略略思索，惊喜道："难道你……是什么时候的事？"

我羞涩低首，手指不自觉地捻着袖口的风毛，声如蚊蚋："他走的那时候……已经一个多月了。"

太妃喜不自胜："好好好！眼见我就要做祖母了。"太妃眼眶微润，"好孩子，只是委屈你了，要无名无分地跟着清儿。"

我微微低首，下颌抵在粉蓝色的衣襟上，衣襟上疏疏地绣了一枝玉兰花纹，细密的针脚带来的触觉叫人妥帖。我轻声道："我心里看重的并不是名分。"

太妃眼角有一点柔亮的光泽，动容道："好孩子，你这点性子最像我。这世间，终究是一个情字比虚名富贵都要紧的。"

我低声呢喃："愿得一心人，白头不相离。"

太妃拉着我一并坐下，推心置腹道："嬛儿，我这个儿子我最晓得，他若一心喜欢一个人，就会一心一意待她，哪怕你没有名分，他也不会再娶。对着外头，就让他去做一个孤零零的清河王好了。只要你们能长长久久在一起，别这样暗中偷偷摸摸的，你不拘是住王府或是清凉台都好。做人呢，总是里子最重要。"

这样的未来，或许是可以期盼的吧。第一个孩子没能生下来，胧月我不能亲手抚育。而现在我腹中的孩子，我和清的孩子，我可以亲自陪着他一起长大了，感受一个母亲真正的喜悦和幸福。

我心中无不和软，依依道："清对我如何，我对清如何，太妃都看得明白。我不负他，他也不会负我的。"我含羞道，"若清回来，太妃先别告诉他。"

太妃明朗的笑意如春风拂面，道："这个自然，你们小夫妻自己说就好。我只等着抱孙子呢。"

我伸手抚着还不显山露水的小腹，心里翻涌出蜜甜的期望，只要清回来，只等清回来。

时光在等待里缓缓地流淌过去，浣碧凝望我的眼神有偶尔的凝滞，仿佛被天空牵扯住的一带流岚，凝视在我的小腹上。

她的心结，我未尝不明白。我招手让她过来，握住她的手放在我的小腹上，语声温软："你听，里面是你的小外甥。浣碧，玉姚和玉娆都不在，余生恐怕只有我们姐妹相依为命了。我的孩子，也是你的孩子。今后咱们一同抚养他好不好？"我的语气是诚挚而恳切的，带着长姐对妹妹的怜惜和疼爱。

浣碧眼中泪光莹然，如一枝负雨梨花，且疑且喜道："果真么？"她放在我小腹上的手微微有些战栗，然而无尽喜悦，"长姐与王爷的孩子，也是我的孩子。"

"是。"我郑重允诺，"浣碧，有些事已成定局无法改变，有任何改变也只会伤人伤己。但是我能给你的我都会给你。"

浣碧低头微微恻然，如清露含愁："我晓得的。命里没有的事终究不能强求。"

我揽住她的双肩，低低而放心地叹了一口气。

这样殷切的等待中，等来的却是温实初的一袭身影。

温实初拿了几服安胎宁神的药来，道："这药是我新为你开的。你先吃着吧。"他看我眼下一抹黛色，不免心疼道，"这两日夜里都没睡好么？"

浣碧隐隐含忧道："王爷说了去一个月便回来的，可是现在一走已经五十日了。新年都过了，还是半点归来的消息也没有。小姐难免焦急，昨晚又做噩梦了，可不是又没睡好。"

我的手指拂过绵软厚实的雪白窗纸，淡淡笑道："噩梦是不当真的，浣碧，他一定很快就回来了。"

温实初闷了片刻，难过地转过头去，忽然冒出一句："他不会回来了。"

我一时没有听清，回头笑道："你说什么？"

温实初的脸色不断地灰败下去，他用力闭一闭眼睛，突然硬声道："清河王死了，他再也不会回来了。"

他的话生冷地一字一字地钻入耳中，像是无数只灰色的小虫杂乱地扑打着翅膀，在耳中嗡嗡地嘈杂着，吵得我头昏眼花。我的面孔一定失去了血色，我全身冰冷，愣愣转过头来，喝道："你胡说什么！"我的声音凄厉而破碎，"你怎么能这样咒他？咒我孩子的父亲！"

温实初一把按住我的手，急切道："长这么大我什么时候骗过你。嬛儿，我一直不敢告诉你。清河王前往滇南迟迟未归，宫中也没有一点消息，皇上派人出宫去寻，得到的消息是清河王乘坐的船只在腾沙江翻了船，连尸骨都找不回来。"

我怔怔地听他说着，很安静地听，只觉得身上像被一把钝刀子一刀一刀地狠狠锉磨着，磨得血肉模糊，眼睁睁看它鲜血蜿蜒，疼到麻木。我咬破了自己的嘴唇，腥甜的汁液蔓延在口中齿间，胸腔的血气澎湃到无法抑制。温实初絮絮而谈，我只不言不语，恍若未闻。

他说，明年，就是新的一年了。等他回来，我们就可以永远在一起了。

可是已经是新的一年了，他却死了！

清死了！他就这样死了！这样骤然离我而去，说都不说一声，他就死了。

温实初含泪依旧道："腾沙江的水那样急，连船身都冲散了。就算尸身找到，也……"

我心中咯咯地响着，仿佛什么东西狠狠地裂开了，心里某种纯白的希望被人用力踩碎，踩成齑粉，挥撒得漫天满地，再补不回来了。

此时浣碧正端着煮好的安胎药进来，听得温实初的话，药碗"哐啷"一声跌破在地上摔得粉碎，浓黑的药汁倾倒在浣碧天青色的裙裾上，一摊狼藉。浣碧怔怔地呆在那里，顾不得药汁滚热，也不去擦，呆了片刻，跌坐在地上锐声尖叫起来。她的声音听起来凄厉而尖锐，一声又一声，仿佛是一块上好的衣料被人狠狠撕裂的声音，听得人心神俱碎。

我的泪一滴一滴滑落下来，无声蜿蜒在面颊上。我只闷头闷脑想着，他死了，连最后一面也见不到！

温实初死命地晃着我的身体："嬛儿！你清醒一点，清醒一点！人死不能复生了！"

人死不能复生？他连魂魄也不曾到我的梦里来啊！这样想着，胸中愈加大恸。五脏六腑像被无数只利爪强行撕扯着，扭拧着。唇齿间的血腥气味蔓延到喉中，我一个忍不住，呕出一股腥甜之味，那猩红黏稠的液体从口中倾吐而出时，仿佛整个心肺都被痛楚着呕了出来。

强烈而痛楚的绝望，让我的身体如寒冬被吹落枝头的最后一片落叶，不由自主地倒了下去。

后宫品级次序表

皇后

正一品：贵妃、淑妃、德妃、贤妃

从一品：夫人

正二品：妃

从二品：昭仪、昭媛、昭容、淑仪、淑媛、淑容、修仪、修媛、修容

正三品：贵嫔

从三品：婕妤

正四品：容华

从四品：婉仪、芳仪、芬仪、德仪、顺仪

正五品：嫔

从五品：小仪、小媛、良媛、良娣

正六品：贵人

从六品：才人、美人

正七品：常在、娘子

从七品：选侍

正八品：采女

从八品：更衣

图书在版编目（CIP）数据

甄嬛传 . 3 / 流潋紫著 . -- 北京：作家出版社，2020.1
（2025.10重印）

ISBN 978 - 7 - 5212 - 0843 - 6

Ⅰ . ①甄… Ⅱ . ①流… Ⅲ . ①长篇小说 - 中国 - 当代
Ⅳ . ①I247. 5

中国版本图书馆 CIP 数据核字（2019）第 287579 号

甄嬛传 . 3

作　　者：流潋紫
书 法 字：严　忠
责任编辑：袁艺方　卓尔文
装帧设计：孙惟静
出版发行：作家出版社有限公司
社　　址：北京农展馆南里 10 号　　　邮　　编：100125
电话传真：86 - 10 - 65067186（发行中心及邮购部）
　　　　　86 - 10 - 65004079（总编室）
E - mail: zuojia@zuojia. net. cn
http: // www. zuojiachubanshe. com
印　　刷：中煤（北京）印务有限公司
成品尺寸：150 × 218
字　　数：295 千
印　　张：22.25
版　　次：2020 年 8 月第 1 版
印　　次：2025 年 10 月第 9 次印刷
ISBN 978 - 7 - 5212 - 0843 - 6
定　　价：50.00 元